漫娱图书
SINCE BOOKS

不须辞

诗无茶 著

长江出版社
漫娱图书

目录

第一章	第二章	第三章	第四章	第五章	第六章	第七章
淮水相逢	寒泉镇魔	蓬莱归来	深宫惊梦	痴心成灰	故人西辞	咫尺天涯
004	013	025	031	051	058	078

第八章	第九章	第十章	第十一章	第十二章	第十三章	第十四章	番外
莫邪疑云	忘川难渡	秋水无痕	飞升三劫	举世无双	前世遗恨	魂兮归来	宜归其家
085	104	128	144	168	220	257	280

淮水相逢 第一章

长舒在容苍加冠礼的前一夜才恍然察觉，眼前这个三万年前被自己随手捡回来的小龙妖，如今竟然已经长得这般高大了。那晚长舒自卧玉泉中沐浴归来，见赤霜殿前院里的那棵枫树长势正盛，飒飒枫叶几乎占了前院一半。长舒踏月而归，前脚刚迈进正殿，身后便传来容苍一声呼唤："长舒。"

长舒转身，看到容苍扶树站在月下。容苍长身玉立，黑瞳黑衣，一头墨发被他束在背后。凉风拂过，将他鬓边的碎发吹了起来。长舒没应，只神色淡淡地走过去，扬起右手的折扇朝容苍的额头轻轻一敲："没有规矩。跟你说过多少次，叫我君上。"

容苍置若罔闻，抬手将长舒停在额前的扇柄握住，脸上咧开一抹孩子气的微笑，又唤了一声："长舒。"

长舒一愣，这孩子的手，何时已经如此宽厚了？再一看，枫树的万年树根盘绕在树坛中的昆仑壤中，因枝干吸收日月精华，根系早已高出地面数尺。

容苍方才站在昆仑壤被树根翻搅出的一个土坑里，低了平地两级台阶，长舒才勉强与他平视。现下容苍抬脚踏出坑底，长舒眼前所见就只有容苍绣着金色暗纹的衣襟了。长舒后退半步，折扇在他手里打了个旋，接着被他别到小臂旁。长舒负手而立，微微扬起下巴，正眼打量着眼前的人。

长舒捡到容苍那年，容苍四万余岁，于龙族漫长的岁月，不过相当于人类五六岁的幼崽。

　　彼时的淮水之畔不似如今绿草如茵，尽是飞沙走石。河水自西向东奔流怒号，河岸之物稍有不慎便会被卷入阵阵惊涛，随波而逝。那日长舒去昆仑山上采土，途经淮水想稍做休息时，于高处见浅滩上有一黑石，他凑近看了才知那是一条盘卧着的小龙崽。只是此时它双目紧闭，似在沉睡，浑然不觉自己所处之境危机四伏。

　　若不是长舒见淌过它尾巴的江水带走了些细密血丝，断然不会发现它一身黑鳞之下满是伤口。眼看汹涌河浪就快将这条黑龙卷走，长舒顺手把这只小兽带回烟寒宫，将它同院中枫树一起养了起来。长舒初时凭着一股子新鲜劲儿，还算有耐心地照顾小龙崽，擦药喂水亲力亲为。到第三天，他见小龙崽还未苏醒，转身就不再过问。

　　结果当晚亥时不到，赤霜殿便被人闯入。长舒正倚在榻上假寐，掀开眼帘，看到门口站着个光溜溜的小龙崽，他黑眸黑发，额头上长着一对狰狞龙角，正睁着一双无畏的眼睛怔怔盯住榻上和衣半卧的自己。

　　"你醒了？"长舒开口道，小龙崽点头。

　　"醒了便回家去，赤霜殿里不养灵宠。"长舒挥手，小龙崽身上转瞬间便被套上了一件黑缎裈子，袖口长出他手臂数寸，后摆拖到门槛。这是长舒二哥的衣物，长舒也没多想，便将衣服随手扔了一件给这孩子，没承想大成这样。长舒懒得去管，合眼翻身道："你收拾好就走。"

　　房里再没了动静，又过了半响，门口传来些窸窸窣窣的声音，那孩子把衣服后摆拾起，裹好绑在身上，就这么光着脚朝长舒走去。他走到榻边，像野猫一样扒拉长舒的衣袖，长舒侧目，他便不敢动了，待长舒收回眼神，他又去扯长舒的袖子。

　　长舒从榻上坐起，一腿盘起，一腿屈膝，手中捏着折扇扇柄，有一下没一下地打着左手手心，他低眉睨视着这龙崽子，俨然一副要收拾人的模样。龙崽子见势不好，一瘪嘴，眼里就冒了两汪泪水，要掉不掉，只等着让长舒看见。可长舒无动于衷，龙崽子便把袖子一圈圈卷起，卷到胳膊，露出一条混着泥污、布满大小伤疤的手臂。长舒眼神缓和了些，龙崽子的眼泪在此时啪嗒一掉，他趴在长舒腿边，把小臂伸到长舒怀里："痛。"

龙崽子就这样留了下来，一留就是三万年。

长舒问他："你叫什么名字？"龙崽子摇头。长舒又问他家住哪里，属于哪支龙族血脉，龙崽子皆是一问三不知，只知自己在这世间流浪了四万八千年。前几日他被一只大妖欺负，不慎落入淮水。后来他挣扎着上了岸，却再没力气逃走，便破罐子破摔般倒在岸边。

烟寒宫常年不见阳光，不生草木，唯一一棵枫树还需得用昆仑山上的土才能养活。长舒望着殿外那抔埋着枫树种子的昆仑壤沉思片刻，对龙崽子说："你便叫容苍吧。"

是以容光朗朗、草木苍苍为意。

"容苍，容苍。"龙崽子傻笑，学着念了两遍。忽闻殿外姑获鸟盘旋鸣叫，他提脚便跑了出去，在追逐玩闹之中转头就忘了"容苍"二字。后来长舒如父如师似的揪着容苍后领至书案前，提笔蘸墨教他写自己的名字，教他读书，又教他识字。容苍学会写自己的名字后，第二个学会的便是长舒的名字，知道长舒叫长舒却是数月以后的事。

赤霜殿里平日少有人至，除飞禽走兽偶尔误闯，每日陪伴容苍的便是那棵同他一样飞速长大的枫树。枫树无声，长舒也不爱说话，容苍待在赤霜殿中难免烦闷，不过四五天，他就恹恹的，打不起精神。

长舒虽不言，却将此看在眼里。一日饭后，容苍坐在门口玉阶上，正撑着脑袋昏昏欲睡。院中倏地刮来一股黑气，黑气落地时变成了一位黑羽侍卫。侍卫手里提着一个鸟笼，笼中关了一只怒目圆睁的恶鸟。

那是容苍第一次听见别人称呼长舒。那人跪地行礼，唤了一声"君上"。长舒从容苍身后正殿中的几案前抬眼，将目光从手里的话本投向院子里端正下跪的人，道："放下吧。"

那人应了一声"诺"，放下鸟笼，转眼间又化作黑烟离去。容苍和院子间乱叫的姑获鸟对瞪几个来回后，他欲言又止地转头看向殿中之人。此时长舒早已将目光挪回话本，小龙崽坐在地上，仰头时只看得见长舒头顶压髻的一顶白玉冠。不久，长舒的声音从话本后方悠悠传来："给你的，拿去玩吧。"

容苍欢呼一声，雀跃着跑到院中捡起鸟笼，转瞬将还没回过味来的一声"君上"抛诸脑后。

打那次以后，不时也会有人来到赤霜殿，或男或女，不男不女者亦有之。他们对着长舒行礼下跪，唤"君上"，再将外界诸多杂事纷纷呈上。容苍听得最多的便是"天界""攻打"和"伤亡"等字眼。

长舒不避讳在容苍面前商议大小事务，容苍多数时候也不过是蹲在一旁发呆耍鸟，只有听见天界"玄凌帝君"的名号时会动作一顿，但在旁人看来也不过走神而已。

容苍不叫长舒君上，人人皆唤长舒君上，他便不唤。若有朝一日天下无人尊长舒为君上，容苍或许会考虑这么叫长舒一声，他想成为特别的人。

赤霜殿寂寥多日，终于来了一位不速之客。那人进殿不禀报，做派嚣张。他手上提着野味和两个酒瓶，大摇大摆地直奔长舒的议事房，甚至连门也不敲。未见其人先闻其笑，那人脚步声尚在数尺开外，招呼声就遥遥传进房中。

"长舒吾弟，听闻你近来新收了一条小长虫当作灵宠。哥哥特意提着好菜好酒来做客，让我好生看看。"

话音刚落，容苍就见门口踏进一双玄色鹿皮长靴。往上再看，来者腰间挂着一柄玄铁长刀，衣袖束口，通身黑色锦缎，容貌是极其英俊的，不同于长舒那样的温润精致，是刀削斧凿般的凌厉干脆，他眉眼极深邃，更显鼻梁高悬，眸色浅淡，一笑起来，透着一股恣睢风流。

原来君上的名字唤作长舒。

"二哥。"长舒合上书册，起身迎道，"休要胡诌。"说完长舒又示意容苍起身："容苍，这位是持觞君，长决。"

容苍眼观鼻，鼻观心，低头看脚，假装听不见。

"这位便是那条小长虫了？"长决哈哈一笑，伸手拍向容苍的肩膀。容苍侧身试图避让，却不及长决身手敏捷，竟是没躲开。长舒不答，拾起桌上的折扇便朝殿外走去，任房内一老一少二人暗自较劲儿。容苍看着长舒远去，自己却还被长决钳制着停在原地。他挣脱不过，心下不满长舒对自己这般不管不顾，愈发委屈，扯开嗓子便喊："长舒！"

不远处，信步离去的背影停滞一瞬，又很快恢复常态，留给容苍的就只剩最后一点衣袂飘动的残影。

"当真是长舒教出来的人，错不了。"长决俯身调笑道，"半点规矩也不懂。'长舒'二字，也是你能直呼的？"容苍甩动肩膀，却甩不掉肩头那只大掌。龙崽子冷哼一声，偏过头去不理会长决，接着又对着身侧唤道："长舒！"语调憋屈得跟面上的神情判若两人。

院子里终于传来冷冷的一声喝止："二哥。"

"好啦好啦，不逗你便是。"长舒一说话，长决便松了手。他捏捏容苍的脸颊，把容苍推搡了出去，"走，二叔请你吃好吃的。"

龙崽子得了机会，一撒腿便朝长舒奔去。他躲在长舒身后不肯挪步，还将脸凑到长舒眼前，朝他展示自己方才被长决捏得青红一片的地方。长舒扫了一眼，将容苍拨到身后，抬眼看着吹着口哨从殿中走出来的人。

"唤他容苍。"长舒道，"我殿中的人，即使是二哥，也该收敛着些。"

那天长决在殿外架好火堆，串上野味就地将其烤了起来。不出半晌，赤霜殿便飘出了阵阵肉香。野味被烤得周身流油，长决又在上面撒了一把来自人间的、白花花红灿灿的调料，引得周边小妖趴在院墙边上探头观望，盘旋不止。

长舒没有太强的口腹之欲，一个活了近十万年的幻妖，一日三餐吸风饮露对他来说都纯属爱好。

可眼下的小龙崽已经被长决身前烤得金灿灿的兽肉勾得眼冒精光，却又羞于向半日前还跟自己针锋相对的敌人开口讨要吃食，便一边咽口水一边缩在长舒身旁直勾勾地看着长决大快朵颐。

长舒饮一口酒，朝吃得有滋有味的长决瞟了一眼，将手伸到长决面前。

长决道："你要吃？"

"不吃。"

长决明知故问："那你要干吗？"长舒不语，只是手依旧摊在长决跟前。

"哦……"长决摆出恍然大悟的模样，他望了望容苍的脸，笑道，"不给。"

长舒缓缓数落道："你每次到我赤霜殿来，不是蹭吃蹭喝便是把我赤霜殿搅得个满地狼藉，哪回不是我亲自收拾的？真当这里是给你白白折腾的？"

"小气小气！"长决挥手，举起桌上的短刀在串起的野味身上划了数块肥瘦均匀的肉块，然后拿盘子接好，跑到长舒身后堵着豆丁大的小龙崽道："叫我一声二叔，我就把这个给你。"

容苍盯着盘里的肉咽了一口唾沫，然后把脸仰到一边不说话。长舒抬手便将盘子夺了过来递给容苍，容苍正欲接过，就听长舒低声道："要谢谢二叔。"

长舒素日称长决二哥，烟寒宫众人又比长舒更小一辈，加之族人为表敬重，尊其为上，便将对长决的称呼也顺着往上抬了一层。只是原说叫长决二伯，长决听了非说这叫法显老，逼着众人改口叫二叔才不计较。

龙崽不乐意了，凭什么长舒叫长决二哥，到他这里就变成二叔了？可长舒的话不可忤逆，容苍低下头，不情不愿地开口："多谢二叔。"

月上中天，长决喝得酩酊大醉。最后他二指勾着酒瓶，嘴里唱着幻妖一族的的歌谣，蹒跚地走出了赤霜殿，真任身后满地狼藉，一概不管。

容苍看着长决离去的方向，心里好生奇怪。明明长决同长舒推杯换盏间，二人的酒量旗鼓相当，从这满地东倒西歪的酒瓶来看，长决也算海量。长决都醉得一塌糊涂，怎的长舒脸上并无半分醉态，还能在院子里收拾长决留下的杯盘？

正神游间，容苍不知长舒已扶住桌面在他身后站了许久。容苍忽然听长舒呵斥道："吃饱了便去洗漱睡觉，平白在此愣神，是等着坐化吗？"

小龙崽吓了一跳，呆呆转过身去。他感觉长舒不太高兴，但不知该说些什么哄长舒，便怯怯叫道："长舒……"

长舒垂眼，又躬身去捡盘子。末了，他端着两手的杯盏朝小厨房走去。月照花影，容苍总觉得长舒今晚的步子有些轻飘飘的。容苍见长舒进了小厨房不见踪影，才突然醒神。他赶忙跑去沐浴更衣，之后一骨碌钻进长舒的被子里。若是没赶在长舒收拾完毕之前上榻，再想赖着和长舒一起睡可就没那么容易了。

小龙崽听到殿外来来回回的奔忙声，判断那是长舒收拾完碗筷在清扫。等长舒沐浴完，渐渐踱回寝殿，小龙崽熟练地闭眼假寐，像往常一般装死不动霸着床角。若是换作平日，长舒定是要将他丢到床下，赶他回偏殿去住。届时容苍又趁长舒掀被躺下的瞬间一头拱进长舒的怀里，再爬到他的枕边趴着。

如此三两个来回，等长舒懒得管自己了，他便能赖在长舒身边安睡一晚。

今夜却是大有不同。

长舒照常披着一件团云白裳，头发似是刚洗完，随意被他披在脑后。

容苍把眼睛睁开一条缝，恰好对上长舒一双空洞的眼眸。他已做好了被长舒揪着丢下床的准备，没料到那人懒得搭理他，只是低头扫了他一眼，便挥手熄了灯。不到片刻，容苍耳边就只剩下长舒绵长轻缓的呼吸声。

他这才明白，长舒这是醉了。小龙崽抬起身，细细观察这人的容貌。他似乎从没这么近地打量过长舒。平常每次偷偷看过去，长舒就像有感应似的。要是长舒眼风一动，容苍便慌乱地收神敛眉，假装正在忙活长舒给他布置的课业，半点不敢逾矩。

烟寒宫和人间似乎没什么不同，会有天暗天明，夜夜都有玉盘一般的月亮，可就是不见半点日光。长舒是个不爱到处走动的性子，肤色才总带着些寡淡的苍白，今晚许是饮了酒的缘故，面上总算浮了点血色。

小龙崽把身子又撑起来些，靠近长舒耳边，轻声唤道："长舒。"

长舒左耳微不可查地动了动，人却未醒，看来是真醉了。容苍刚抬手，想试试温度。

"真是愈发没有规矩。"

被一把擒住的龙崽子，便对上了长舒深若幽潭的一双眼。

"谁借你的胆子，敢叫我长舒。"龙崽子吓了一跳，只看见身下的人嘴唇一张一合，只能捕捉到只言片语，"唤我君上。"

容苍心下正千回百转地想借口狡辩，哪知长舒话一说完，忽地闭眼，又酣睡过去，容苍余惊未定，大气不敢出地乖乖又缩回床角。

长舒第二日是被压醒的。

容苍年纪太小，修为尚浅，一旦身心处于全无戒备的状态，便收敛不好自己的真身，总要露出些妖容。长舒叹了一口气，替容苍敛去妖容后，将小龙崽抱起端端正正放在床上，盖好被子，又散下床帐。

待容苍醒来，已是正午时分，他洗了把脸，晃晃悠悠走到前院，看到了坐在石凳上翻书煮茶的长舒。龙崽子笑嘻嘻地跑过去，作势要扑长舒，又拖长音唤道:"长舒!"

眼看就要抱到长舒,却被长舒用二指抵住额头,推开了一尺远。龙崽子揉揉被长舒指头戳得生疼的额头,委屈道:"长舒。"

这一套对长舒没用,面无波澜的老妖饮尽最后一口茶,拂了拂衣袖,路过龙崽身旁时用扇子打打他的肩:"随我进来。"

龙崽子跟在长舒身后,看长舒停在寝殿中的铜镜前,便自觉在铜镜前的椅子上坐下。烟寒宫有奴仆杂役,只是长舒不喜人多,许多事情能自己做就不使唤别人来做。只有关乎龙崽子的大小杂务,譬如梳洗用饭,他才会吩咐奴仆来赤霜殿处理。

往日这个时间应该早有侍女备好一应用品候在殿外,等小孩子起床便进来伺候他更衣束发。今日容苍跑出去见长舒,把这些多日里培养起来的习惯忘得一干二净。现下看长舒站在他身后,容苍估摸是长舒今日为了让他睡足,一早撤下了服侍的众人。

难得长舒亲手为自己束一次发,龙崽子自觉乖巧,正襟危坐于镜前,看着镜中低头仔细替他打理头发的长舒。

盘好了小孩的发髻,长舒从袖袍中取出一根发带替龙崽子束好,他动作极轻:"可紧了?"

"不紧。"

"松了?"

"不松。"龙崽子抬手摸摸自己的小发髻,顺便悄悄碰到长舒的手,笑道,"长舒盘得刚刚好。"

长舒不语,走到一侧,取下挂在熏香旁的一件新衣,递给容苍道:"我见你这几日似乎又长高了些,便命人裁了一件新褂子,你穿上看看合不合身。"

容苍欢欢喜喜地换上新衣,全然不顾长舒还站在一旁。待他换好衣服后转过身,才发现长舒已经踏出殿外了。

容苍跑到门边,看到长舒负手背对着他,不知在想什么:"长舒。"

长舒应声回眸,见容苍打扮得体,点了点头,斟酌片刻,又道:"以后沐浴更衣之类的事,若是有人在旁,该避让一些。"

容苍似懂非懂地"哦"了一声,问道:"那长舒呢?"

"什么？"

"长舒也要避让？"

"那是自然。"长舒道，"到了你这般的年纪，都是不雅。"

"我不避长舒，就要给长舒看。"

长舒闻言一愣，随即走上前去，扬起折扇对他头上狠狠一敲。长舒眼中有些许怒色，脱口斥道："胡闹。"

龙崽子差点被这一下打出眼泪，可一抬眼看到长舒冷峻的神色，不敢把这话再多说一遍。

长舒给了教训，转身朝院外踱步。他一袭轻纱白衣翩然翻摆，就此荡漾在容苍眼底数万年。

"跟上，带你去个地方。"

寒泉镇魔（第二章）

　　这是容苍被救半年多来第一次踏出赤霜殿。

　　烟寒宫地势复杂，隐匿于神魔两界之外，加之幻妖一族人丁稀少，行踪最是飘忽不定。天地间垂涎幻妖异能者不在少数，但能抓住且能驾驭幻妖的，却是寥寥无几，遑论知道幻妖一族栖息地的外人，更是少之又少。

　　容苍跟着长舒，被一路上形形色色的飞檐翘角迷花了眼。宫内的奴仆见到长舒并不过分拘谨，多数行礼过后便自顾自地忙活或是嬉笑。宫殿之内一派欢愉祥和的景象，倒显得长舒这般不苟言笑的主君格格不入。

　　容苍和长舒并肩而行，搜肠刮肚地找话说："昨夜我看长舒小臂上有个极其漂亮的刺青，那是什么？"

　　长舒脚步一顿："我昨夜何时给你看过？"

　　"就……"龙崽子眼珠子一转，"就昨晚啊，长舒喝醉了，非拉着我不放，还夸我好乖！"

　　长舒：……

　　"我就是那时候看到的。"龙崽子眨眨眼开始卖萌，"所以长舒手上的刺青是什么？我也想要。"

　　"不可。"长舒拒绝，"那是幻引，非烟寒宫族人不能得其烙印。"

幻妖并非全部都栖息在烟寒宫，除了这里的，还有不少流落在外没有入籍的幻妖。长舒多年深居简出，大多时候只有在得了外界幻妖下落时，才会亲自去把那些无依无靠的幻妖接回来。进入烟寒宫的幻妖，在名字被写上族谱的那一刻，便由一族之主在其魂魄中种下幻引，等到加冠礼当夜，他们再被授予幻印。此后，他们的魂魄中便被打上烟寒宫的烙印，非除籍不可消失。这并非拘束禁锢，而是来自种族的认可与接纳，是宫内无数尚未行加冠礼的族人心向往之的徽章。

七弯八拐，待容苍一头撞上长舒后背的时候，他们不知不觉已到烟寒宫大门。长舒从袖中取出一条黑布递给容苍："戴上它，闭眼。"容苍听话照做。

不多时，长舒为容苍取下黑布，二人已身处冥界入口。长舒将随身玉佩递与看守："烟寒宫宫主，幻族主君，长舒。"

长舒话音刚落，冥界禁令大开，冥差递回玉佩让身道："请。"

九幽之处，森罗殿上，一红衣男子歪身躺在太师椅中。他听见长舒二人的脚步声，懒懒掀开眼皮。

"长舒。"红衣男子的嘴角扬起一抹意味不明的笑，"好久不见，可是来还小扇子了？"

韩覃口中的小扇子，正是长舒手中那把名叫斩风的妖扇。妖扇数万年前也曾生灵化形，那时长舒看斩风生得俊朗可爱，便让他去人间游历一遭。岂料斩风初至人间，便遇到了在凡界做将军的韩覃。后来二人起了一段纠葛，斩风经历人情世故，宁愿以魂飞魄散为代价来忘记过去。斩风灵归本源时，韩覃刚好飞升成神。为了保住斩风灵根不灭，韩覃自毁神业，以一半的神魂与当时的冥主做了交易，立誓此后永生驻守冥界，接手冥主之位。

韩覃初见长舒，为了夺回扇子，同长舒打了几天几夜，最后难分胜负，一场架打下来，扇子还是在长舒手上，韩覃自此便乐此不疲地往烟寒宫跑。那时的烟寒宫还在天上，不在神魔两界之间，一来二去，两人也算不打不相识，几万年过去，竟也成了挚友。只是韩覃每每问到长舒何时将这扇子给他时，长舒总说，斩风还没醒，要他再等等。

一直到五万年前，幻族在一夜之间几乎全族覆灭，作为冥主的韩覃在得到消息时尚未清楚因果，一切却已成定局。他找了长舒和斩风万年，岂料有一天，长舒竟若无其事地出现在九幽入口，还找他喝酒叙话，好像那场轰动三界的大战从未发生过一样。只有一点，天界与冥界向来楚河汉界分明，长舒要他整个九幽对外保密，决不能透露幻族踪迹分毫。起初韩覃还满腹疑虑，日子久了，长舒不提，他也懒得去问，继续年复一年地缠着长舒要他的小扇子。

"不还，"长舒道，"还没到时候。你先替我照看个小孩。"

韩覃闻言放下搭在扶手上的双腿，坐正看向躲在长舒身后、扯着其外衫的小孩子。他将小孩打量个遍，问道："就他？"

容苍此时才反应过来长舒这是要将自己独自留在这里。他仰起脖子直勾勾地看着长舒，满是质问。长舒视若无睹，只朝韩覃点头："暂存三日，三日之后他若是找我哭诉又或是少了根头发，你要的人，便再等上万年。"

韩覃眸光一凛，冷哼一声不再说话。长舒转身将手放在龙崽子肩上，细细嘱咐道："你在此暂住三日，饿了就说，困了便睡，其余一概不要管。三日之后我来接你。"容苍瞪大眼睛盯着长舒，不接话。长舒将他往殿前一推，韩覃起身将龙崽子揽到跟前，按住双肩，任小孩在自己手下挣扎。

"韩覃，照顾好他。"

"你且去吧。"韩覃打趣道，"就三天，三天后你若是回不来，我可就把这条小虫子丢出去喂鬼了。"

"多谢。"

长舒转身，刚迈开三两步，就听见身后传来一声小崽子的呼唤："长舒！"他脚步一顿，终是没有回头。原地捏了个诀，转瞬间长舒便飞离九幽，眼看长舒没了踪影，韩覃抓着容苍恐吓道："别动！再动我就将你扔去喂鬼！"

龙崽子登时冷下脸，扭头一脸无趣地和韩覃对视一瞬，然后甩开韩覃的双手，走到椅前坐下，闭眼不再搭理周遭事物。韩覃饶有兴趣地眯眼看着眼前的小龙崽，只觉这人在长舒身前身后的反差甚有意思。

再说长舒刚出冥界，就见长决等在出口，快步上前招呼道："二哥。"

"你安排妥当了？"

"嗯。"长舒道，"走吧。劳烦二哥了。"

"你我之间谈何劳烦。"长决摆手，"我不管事，一年也就回来这么几日，幻妖一族若没有你，只怕我早就带着满族去见韩覃了。"

"二哥莫要开玩笑。"

长决哈哈一笑："我胡说罢了。长舒啊，你真该多笑笑，在赤霜殿待太久，人也闷了。走吧，早去早回，早些将那条小长虫接回来给你解闷。"

提到容苍，长舒目光凝滞，难得走了回神。待长决唤他一声后，长舒方才运气聚神，朝卧玉泉飞去。

三日之期眨眼而过，龙崽子早早守在森罗殿大堂等待长舒。过了半日，来的人却是长决。韩覃依旧横卧在太师椅上，一手揽着小孩，挑眉道："怎的？这次没熬过去？"

"去你的！"长决上前将容苍拽到手里，"鬼嘴不说人话。"长决刚起势欲走，就被容苍生生拽住了，小龙崽拉着他问："长舒呢？"

"好孩子，长舒在家等你。跟二叔走。"

小龙崽固执道："长舒为何不来？"

"长舒累了，要休息。等回家就能见到长舒了。"

容苍回了赤霜殿，看到榻上之人双眸紧闭，两片薄唇颜色苍白，紧紧抿成一线，任人如何呼唤都纹丝不动，像是要永久长眠。小龙崽扑到长舒怀里，才换的新衣也抵不住长舒冰凉皮肤透出的寒意，从冰窖中取出来的石头亦不过如此。

"长舒。"小龙崽怕极了，小声呼唤，他想让长舒醒，又怕吵到长舒休息。似是早已见惯这样的场面，长决抚着容苍的头宽慰道："长舒无碍，会醒的。"

容苍头也不回，趴在榻边守着长舒，脑袋枕在手臂上一动不动。殿中静谧至极，偶有风过之声从外传来，余后便又是几人交错的呼吸声。长决坐在殿外饮酒，溶溶月华之下，恍惚间总听见一两句从殿内传出的低低呼唤："长舒。"

龙崽子一守便是一天一夜。长舒一睁眼，对上的就是小龙崽强打精神的一张脸。容苍眼眸里的万般死气在看到长舒醒过来的刹那都消失不见，取而代之的是满眼欢喜，又掺杂着担忧和些许莫名的委屈："长舒……"

长舒难得没有板起张脸："你这张嘴，除了会叫长舒还会叫别的什么？"

一夜不合眼的守候就得了这样一句数落，连着在九幽被抛弃的情绪一同涌上心头，小龙崽终究憋不住了，一瘪嘴，眼泪滴滴答答往下掉。

"别哭了。"长舒收了笑，伸手替小孩拭去断线的泪珠，又将身旁的被子掀开道，"上来吧。"龙崽子胡乱拿衣袖擦了把脸，情绪还没平复下来，边抽泣边爬上床窝在长舒身边。小孩子缺不得觉，一沾枕头，没几刻便沉睡过去。半梦半醒间，小龙崽感觉身旁的怀抱逐渐抽离，他死死抓住身旁人的衣服不肯放手。

"怪我这次心神未定，总归是有惊无险。"

"终究是我孤掌难鸣，若再多些人手……罢了罢了……此番凶险，你下次断不可再生杂念。"

"二哥此次打算何时离开？"

"你既已无碍，我便即刻启程，走了。"

不知谁人又哼起那首熟悉的幻族歌谣。容苍半梦半醒间，听到属于长舒的脚步声离他越来越近后，才彻底安心陷入了昏睡。凡事有了第一次便会有第二次，自从长舒带着容苍出过赤霜殿后，容苍便再难闷在这一亩三分地里。于是他天天一睁眼便缠着长舒再带他出去逛逛。长舒起先没理会，被吵得烦了，一挥手解开赤霜殿的封印，让容苍自己出去解闷。

"只一点，"长舒道，"凡高地、无人处与设禁之地不可靠近。"

烟寒宫甚大，龙崽子得了长舒的允许，日日有一个时辰出殿玩耍。一年下来，他已同烟寒宫众妖打成一片，也学了些幻妖一族的语言。但因种族不同，所习术法也大相径庭。纵使长舒有心，也只能授予一些基本的技法给容苍。

次年长决再回烟寒宫时，容苍已在大门候着，他一见长决，便雄赳赳将人拦下："我知你回来所为何事。"

"好你条小虫子。"长决挽起袖子叉腰笑骂道，"当真是他教出来的人，越来越没规矩！"

"今年不许将我丢在九幽。"容苍道，"我要与你同去。"

"你知道我要去干吗？"

"不知，但我听到了。"容苍扬起下巴，俨然一副理直气壮的模样，"你年年回来只为一件事，且势单力薄，去年长舒便是因此涉险。"

"长舒可知你要同去？"

容苍没答，只道："你悄悄带我去。"

"你去了也无用。"

"为何？"

"长舒每年需在冬至前后两天赴卧玉泉闭关以压制体内异障，满月之夜邪魔最易乘虚而入，届时我需在旁护法三日，那御魔之术你可会？"

"不会。"容苍道，"何为异障？"

长决笑得深不可测："不可说。"

容苍此路不通再行一路："你又怎知长舒去年心神不定不是因为将我扔在九幽放心不下？"

长决嘴角僵了一瞬，这小子说得不无道理。以往数万年他与长舒从未在闭关之时出过纰漏，去年与往常唯一不同的便是多了个远在九幽的容苍。在此之前他从未见过长舒对谁这般上过心，想来是真把容苍当成自家孩子。说来说去还是怪韩覃太不靠谱，长决思忖道："若是如此，你便更悄悄去不得。"

容苍道："为何？"

"你得光明正大告知长舒，征得他同意方可。否则你人与我前去，他却仍旧以为你在九幽，到时你再在卧玉泉搞出什么动静使他分神，岂不是事倍功半？"

"好。"

那是容苍第一次见到险象迭生的卧玉泉。卧玉泉说是泉，其实更像一面湖。湖面倚壁而生，泉水自山壁的天然沟壑流向湖底。这湖十分奇怪，虽能见泉水流动、湖面涨退，靠近些甚至能听见汩汩水流之声，但却怎么也寻不到泉眼。许是看出容苍内心困惑，长舒在入泉之前道："卧玉泉水，自天上来。"

卧玉泉与烟寒宫有一山之隔，过去因为长舒的禁令，容苍最多远远看上一眼。只见其仙雾缭绕，盈盈一湖镶嵌在山腰，犹如墨盘中被谁放进的一颗碧玉珠。容苍虽窥不得卧玉泉全貌，却无数次心向往之。

如今走进看了，容苍才知哪是什么仙气，分明是自湖底升起的寒气！容苍离卧玉泉尚有数里的距离，还未走近，已觉得寒意刺骨。闭关时长舒要在湖里泡上三天三夜，难怪他去年躺在床上身体冷成那样。即便卧玉泉水压制得了长舒身体里的异障，可湖里的寒气，却又从另一方面损害了长舒的身体。容苍守在泉外，被冷气逼得一个激灵，忍不住回头去看泉中的长舒如何。长舒背对着容苍，漆黑如墨的青丝遮住了他整个后背。他定坐于泉中，周身气场宛若隔绝了一切身外之声。

一直在旁闭目养神的长决忽然睁眼低声道："来了。"长决话音未落，不知何时从山脚生出的迷雾蔓延到他们脚下，离卧玉泉越近便越有加速的趋势，距他们还有不足一丈之时，突然呈奔腾之势翻滚而来！长决霍然起身，左手拔出腰间弯刀，横跨一步将容苍挡在身后。他口中念诀，右手覆二指于刀脊之上，自刀柄向刀尖贴着刀身扫去，金色符文闪现一瞬，很快消退。未待容苍认清，眼前凛冽刀光一闪，刀面照向迷雾。雾中霎时闪现数张狰狞可怖的青白鬼脸，正亮出獠牙作势要朝卧玉泉扑去。长决的刀尖横扫而过，所过之处传来凄厉的叫喊声，顷刻之间迷雾消散。一个回合下来，长决容苍二人毫发无损。

长决饮尽最后一口酒，将酒壶抛向身后，再次念诀。他二指擦过刀脊，将衣服下摆扎进腰带，两脚叉开，打好下盘迎接第二波攻击。果然，不过片刻，滚滚浓雾卷土重来，比上次更为汹涌。

"好孩子，躲好，二叔可顾不了你了！"长决说完，纵身跃到雾前，持刀尖向下在身后土地上划了一条长线。容苍眼前出现一道薄薄的半透明光壁，这是长决为他和长舒设的结界。容苍站在阵法之内，看长决只身力退数波劲敌。直到东方吐白，最后一阵迷雾不击自退，长决收刀回到阵中，神色疲惫地就地睡下，为第二晚的防御养精蓄锐。

黄昏，长决自耀目夕阳下醒来，睁眼便看到小长虫趴在半人高的石头上面朝长舒的方向发呆。长决坐起身，捡起酒壶仰头朝口中倒去。壶中滴酒未落，他这才想起昨晚就已经把酒喝光了。于是他看向山脚对容苍道："非要跟来，这下怕了吧？怕也没用，没人送你回去咯。"

容苍不理，半晌后问道："那雾中是何物？"

"魔，心魔。"

"谁的心魔？"

容苍问完只听见长决轻笑一声，他瞬间了然。长决起身去打水，临走前留下一句话："今夜月满，最为凶险。你去长舒身边待着，若我撑不住了，便将他摇醒。"

容苍虽不知把长舒摇醒的后果是什么，但那定然是他们所做的最坏打算。他不再多嘴问话，心中暗想，有他在，不会有把长舒摇醒的那一刻。

夜幕刚至，长决把容苍赶到泉边，将阵法缩小一圈，缩到只有容苍一人可沿泉行走的范围。之后他头也不回地走到山腰，到容苍看不见的地方，离泉水十丈处，独自面对自下而上的涛涛魔气。熟悉的打斗声很快在山腰响起来，容苍虽看不见，但听声辨位也大概能判断出长决被逼得节节后退，连绵不绝的咒骂号叫声从四面八方传到容苍耳畔。定坐泉中的人忽地蹙眉，发出一声极低微的闷哼，眉间一道细长的赤色妖纹忽明忽灭，接着嘴角很快溢出一丝鲜血，顺着下巴滴入没过胸口的泉水，倏尔化开，了无踪迹。容苍正欲抬手替长舒擦去嘴角的血迹，就听到不远处的长决急吼道："容苍！"

一团黑雾直冲长舒后脑勺而来。容苍眼中闪过一抹厉色，沉声道："找死。"

隐了道行的黑龙此时指尖发力，聚了灵力正欲将魔物打散。没料长决瞬间飞来挡在长舒身前，替长舒受了魔物一击，然后陷入昏迷。容苍初见长决奔来那刻就收了法力，待看见长决昏过去后方才缓缓起身，踱步朝周围蔓延的雾气中走去。

长决在容苍背上被颠醒的时候已经是第四晚，他恍惚间只见山野丛林在眼前晃荡，待视线清晰后才察觉自己这是在下山的路上。他一下从容苍背上撑起来："长舒呢？！"

"已将他带回去了。"容苍见人醒了，便停步把长决放下来，"三日已过，天一黑我就将他带回了赤霜殿。"

"没人帮你，如何回去？"

容苍伸了个懒腰："一步一步走回去的。"

长决借着天色低头看去，见容苍靴底往上沾满了山间的黄泥。

长决笑道："好长虫！长舒没白养你。"

容苍懒懒瞥他一眼，打着呵欠道："还不飞回去？难道要我再陪你走一遭山路吗？"

长决畅然一笑，拉住龙崽起身腾云飞回了宫。

刚一落地，容苍便急急朝殿内走去。长舒还如刚被容苍送回来时那般沉睡不醒，浑身冰冷。容苍烧了热水，将帕子浇湿轮换着敷在长舒额头。入夜，小龙崽细细收拾了白日被自己踩脏的地板，又换了一套干净衣裳，才小心翼翼爬上床，坐在长舒身边看着他。

这次又要睡多久？小龙崽愁眉不展。他拿手背抚上长舒的额头，发现长舒额上已经回温不少，想来是自己今日不停用热帕子湿敷的缘故。但长舒身上仍是冷的。

容苍暗忖许久，突然脑中灵光一闪，开始扒自己的衣服。扒到最后只剩一套里衣，他一咬牙，迅速钻进被子里，团成一个团，趁着自己一身热气，赶紧贴着长舒。他想了想，又大着胆子，把长舒抱住，正在这时，长舒毫无温度的声音从头顶传来："你在干什么？"

容苍一抬头，对上身边人冷若寒霜的眼神："我……"

没等龙崽子开口解释，长舒低声打断道："下去。"

"长舒……"

"穿好衣服，下去。"

容苍光脚站在床下，向外迈了两步后，转身小声问道："长舒，你要我去哪里呢？"

长舒不答，也不看他。

小龙崽鼻子一酸，泪水涌上来。他一转身，趁眼泪落下之前疾步离开。殿中大门被他"吱呀"一声打开，心如铁石的人在此时开口问道："你方才，究竟想做什么？"

小龙崽在门口伫立许久，抽泣得说不出话，等眼泪流完，才结结巴巴开口道："我……怕长舒冷。"

榻上之人的眼中划过一丝惊讶之色，随后慢慢垂下眼帘。灯火照向他苍白如纸的脸庞，睫毛投射在眼下的阴影遮挡住了他此时的神情。再未听到长舒说话，小龙崽收拾好情绪，看着天外皎洁的月色，黯然地踏出了寝殿。过了不久，等容苍走远，长舒静卧在殿中，却听见偏殿之中传来小龙崽断断续续的哭声，听起来委屈至极。

这孩子……走出去时，还未穿鞋吧？长舒心底滋生出一分难以言喻的后悔和自责，终究是个小孩子。

小龙崽一连几天没有踏出房门。原本龙崽子也不需要吃饭，以往不过仗着长舒娇惯他，天天嚷着吃这吃那，一来是想多在长舒跟前晃悠，二来是自己嘴馋。这下和长舒闹起别扭，心里哪哪不舒服。干脆一不做二不休，谁也不见，就要长舒来哄他。

长舒倒是出去了一次。那天天明，他一开殿门就看到长决在院子里正卖力洗刷着什么，身边还溅了一圈泥污水渍。他走过去，站在长决背后突然发声问道："你何时这么勤快了？"

"吓死我了！走路都不带声的！"长决整个人先是惊得脖子一缩，手上的东西"扑通"一声落入木桶中。他转头见是长舒后才嗔怪了一句，又继续从木桶里把东西捞起来，低头专注手上的活。

"我给小崽子刷鞋呢！好家伙，我用了整整三桶水都没把这鞋子洗干净！你是不知道山路有多难走，也不知道那崽子是怎么把你从卧玉泉边一步一步给背回来的。我昨儿让他早些歇息他也不肯，非要把自己里里外外洗干净了才上床，说怕你醒来见床脏了不高兴。要我说，都累成那样了还管这呢！可惜这孩子长得快，只有这么一双合脚的鞋。你今天醒来见他把殿里边踩脏了没骂他吧……咦！人呢？！"

又过了几天，长决忍受不了赤霞殿死气沉沉的氛围，跑去找龙崽子了。容苍一个人窝在偏殿里，两眼发直趴在床上，一对龙角抵着床柱，尾巴也拖到地上，时不时扫两下地板。长决眼中精光一闪，手上施法，那双被他洗得一尘不染的黑靴出现在容苍榻边。长决过去蹲下，将靴子提到容苍眼前："好孩儿，看看这是什么？"

容苍看了一眼后，转过头去盯着床柱子。

"你二叔我刷了整整一个上午才洗干净的！"

容苍不搭理："你随便施法弄一下不就好了。"

"事事皆施法，妖生多无趣。"长决笑了笑，凑到容苍耳边，"此次御魔凶险，你可瞧见了？"

容苍百无聊赖地点点头。

"我每年都是这么经历的。"长决道，"以前还勉强过得去，这些年却越发感觉吃力了。想来还是我老了，又只有一个人替长舒护法的缘故。我这些年时常担忧，若是哪天我出了事，长舒可怎么办？"

小龙崽这才把脸转过去看长决，等着他的下文。

"若是能再多一个人护他就好了。"长决眉眼弯弯道，"你觉得呢？"

"你教我。"

"什么？"

小龙崽目光如炬："教我守护长舒的术法。"

"那可不是说教就能教的。"长决一屁股坐在地上，两手搭在膝头，"当年长舒魔障缠身，我一身浴血把他救过来，却没料到他困于梦魇，一睡就是万年。我后来得高人指点，说蓬莱有仙法，可清肺腑，免情欲，消煞气，除心魔。待我自蓬莱学成归来，又去九天之上求得那方卧玉泉，才得以将长舒封印泉底三千年。"

"若你要学，需得同我去趟蓬莱，拜见将此法传授与我的仙人。若你悟性够好，千年便能学成归来，若你悟性不够，只怕耗上万年也不能护长舒周全。"

"说到这个……"长决突然想起什么似的，话头一转，道，"我晕了一天一夜，那一天一夜你是如何度过的？魔物未曾伤你？"

"不知道。"容苍看向一边，含糊道，"我把你拖进阵法里面，那雾进不来。后面我也晕了。"

"怎么晕的？"

"吓晕的。"容苍又把话题扯到术法上，"我若去了，那仙人便肯教我了？"

"看机缘。"长决笑着摸了摸容苍的龙角，"我们家容苍聪慧可爱，谁见了都会喜欢。"

容苍嘟囔道："除了长舒。"

长决一下便乐了："如此说来，你是要去了？"

"去。"

"不怕长舒舍不得？"

"长舒巴不得清静。"容苍神伤道，"但我若不去，以后谁来保护他？"

长决拉着容苍将此事告知长舒的时候，长舒正在院中煮茶。待容苍说完自己要同长决远去蓬莱时，倒茶人的手突然晃了晃。长舒施法将桌面未干的茶渍拂去，放下茶壶看着杯中水面微澜的茶汤恰好倒映出身旁容苍尚未长开的脸庞。

"想去便去吧。"长舒的目光始终未从茶水上移开。

容苍从踏进院子到坦白时一直十分忐忑，直到这一刻他才明白是自己多虑。他在紧张些什么呢？长舒从不为任何人置气。

容苍张了张嘴，最终什么也没说。他扯了扯身后的长决，问道："什么时候走？"

"即刻启程。"

小龙崽"哦"了一声，看向长舒，淡漠如水的那个人却始终没有分毫动容。小龙崽颓然，低头向院外走去，明明平日一眼就能览尽的青砖小院，他这次走了许久也没到院门。

离开赤霜殿的最后一刻，在拐角之处，他忍不住回头，那院中石桌旁哪里还有煮茶人的身影，茶壶口冒着残存的热气，院中一片萧然。

长决道："走吧。"

殿内，傲然坐在书案前的君上一派淡然的模样，手中拿着的一本古籍却是久未翻页。桌下，他隐在袖中的左手不知何时握了一块皓如羊脂的白玉，玉佩上面雕刻着一圈细致精巧的流云纹边，中央刻了两个篆体小字"容苍"。

长舒许久未雕玉，手艺难免有些生疏了。他生来不会说软话，便想到雕块玉去哄那孩子好了。伸出拇指在那两个小小的篆字上摩挲，长舒自嘲地勾起一抹笑，心想，容苍终究同他赌气。

山中无甲子，千年弹指一挥间，人间沧海桑田，于烟寒宫而言不过转瞬即逝。这两千年里长决年年归来，身旁却年年不见容苍。长舒既不开口过问，也没有刻意规避容苍的消息。每每长决提到容苍，长舒脸上均是惯常的那副神情，他用那副神情商议族事，用那副神情掌管生杀，用那副神情赏月吃茶，亦用那副神情去听长决讲述容苍。不过他也总会拐弯抹角地向长决打听容苍的近况。

每次长决临走前都会问长舒有没有什么话要带给容苍，这是容苍两千年来乐此不疲拜托长决的事，但是长舒从来没有回话。长舒还是同过去几万年那样生活，容苍曾经陪伴在侧的那几年仿佛不过是长舒漫长岁月里的沧海一粟，容苍的存在或离开，对长舒而言没有什么影响。只是长舒偶尔触到袖中那块玉佩时会走神，待思绪归来之后有时心中也会闪过片刻失落。

寒／泉／镇／魔

第三章 蓬莱归来

容苍回来那天正值深秋，一树的枫叶将赤霜殿的上空染得绯红，满月把殿前的小院照得宛若白昼，溶溶月华之下，一道身影越过正门，朝最南边的寝殿飞去。落地声在深夜显得极为突兀，偏殿中人感知到不速之客的闯入，掀被而起，转瞬移身到院门，与此同时手中幻化出一柄长剑，架在来人的脖子上。持剑人赤瞳黑衣，发间两尾红羽，一副人间十五六岁少年郎的模样，厉声喝道："何人？竟然擅闯赤霜殿！"

容苍不卑不亢，抱臂斜倚在石拱门上，眸子直直平视过去，问道："长舒呢？"

"大胆！"少年的剑刃直逼容苍颈上，眼看就要划破容苍的皮肉，"君上的名讳岂是你能直呼的！"

"红羽。"一道温润的嗓音从殿内传来，如碧水清泉，如朗月余辉，平缓轻和，又淡漠疏离。

"把剑放下，莫要伤……"里面的人徐步出了殿门，在看清擅闯者的那一瞬间，声音戛然而止。

容苍一下直起身，嘴边绽开一抹故作稚气的笑，唤道："长舒。"

他长高了许多，长舒看到容苍第一眼时心想：瘦了，肩膀宽了，也高了些，当年走的时候还够不到这道拱门。

"长舒。"容苍又唤了长舒一声，全然不顾身旁竖起眉头对自己怒目而视的少年。长舒这才将目光缓缓移到容苍脸上，和阔别千年的人对视。

容苍看他的眼神变了，又似乎没变，还是当年那般殷勤炽热，长舒将视线错开，颔首道："回来了。"

"嗯。"容苍道，"长……二叔还在路上。我等不及，就连夜赶回来了。"

"你既回来了，便去沐浴洗漱，先好生休息。"

容苍笑着应了，见长舒转身回房，自己也欲跨步进院，却被收了剑的红羽一把拦下。

"去客房。"红羽不客气道。

容苍此时全无刚碰面时的嚣张，只巴巴看着已将一只脚迈进殿中的人，小声叫道："长舒……"

进殿的人身形一顿，低声道："红羽，无妨。"

红羽咬牙，愤愤把手放下。

待殿门合上，容苍眼中的温情倏然消失，随即恢复一派冷冽神色，他对着红羽挑了挑眉，发出只二人之间能听见的一声嗤笑，接着目不斜视地朝浴室走去。容苍沐浴完，一开门便看见等在室外的赤瞳少年。

"偏殿是我住的。"红羽昂首道，"赤霜殿没别的房间了。劳你移驾，我已经叫人给你打扫好隔壁寝殿的客房了。"

"偏殿你住了？"

"对，我住了。"

"哦。"容苍道，"那正好。"

他拍了拍红羽的肩，道："你让让。"

红羽侧身让容苍过去，心里正疑惑这人怎么洗个澡出来就变得如此好说话，下一瞬就看见容苍穿着一身单衣，湿着头发朝长舒住处走去。还没等他追上，容苍已经敲响了房门，斜着眼睛挑衅地看了他一眼，对门内唤道："长舒……"

红羽抱着剑，对容苍的挑衅不屑冷哼，只想着君上才不会让他进去。

然而他腹诽还未落地，房门就被人打开，容苍对着房内的人小声说了两句什么，说完还装可怜地拉君上的袖子，接着红羽便眼睁睁看着容苍进了房。

在关门之时，红羽看见容苍抛给自己一个蔑视的眼神。

殿内，径直走到榻边的长舒久久没有听见身后人跟上来的动静，偏殿那边，红羽住的卧室，却突然传来极暴躁的砸门声。

长舒顺势转头，刚想开口询问容苍与红羽方才是不是起了什么争执，何故惹得红羽如此，便看见那龙崽子站在门口，双手负在身后，耷拉着嘴角，满眼委屈，一副不知是在他这里还是在红羽那里受了天大的气的模样。

"怎么了？"

不问还好，长舒一开口，龙崽的眼泪应声而掉。长舒看得怔在原地，人也回来了，要进来同他一起睡也让进了，怎么又哭起来了？

容苍一抹眼泪，使劲儿压制住哭腔，问道："他是谁？"

"他……"

没等长舒说完，容苍又质问道："他说偏殿是他住的……什么叫是他住的？明明是我的地方，怎么我离开两千年一回来就变成他的了？还说我不准住在这里，我不住这里我该去哪里呢？连你的名字也不许我叫，难不成我离家一遭，就不是赤霜殿的人了？如今学了本事回来，倒被除籍了。早知如此，我便是永生永世当个废物……"

龙崽子越说越得劲儿，越说越委屈，说到动情处，干脆直接把脸埋在臂弯里呜呜哭了起来。长舒站在原地，沉吟不语，待房里哭声小了，方坐到榻边，冲龙崽子招手道："过来再哭，我替你把头发擦擦，免得着凉。"

容苍边哭边朝长舒走去。他在长舒身前的脚踏上坐下，抱住膝盖静静等着长舒替他拭发。

赤霜殿中灯火如豆，一片静谧之中偶尔传来两声烛火燃烧的"噼啪"声，坐在榻上的人面若皎月，眼中是一派平和。

"两百年前，我途经西海，见红羽被暗礁所伤不能自理，便将他捡了回来。"

龙崽子自然是知道这事，所以他刻苦修炼，完成学业后一步不停地赶回赤霜殿。但今夜一见，龙崽子在心中暗笑，长舒待他，终究与旁人不同。尽管如此，他还是出口埋怨道："你怎么老从外面捡人回家。"

身后的人指尖一顿，说道："你也是我捡回来的。"

"长舒捡我一个还不够？"

长舒不知不觉抚上龙崽子的鬓角，目光有些空洞。他没有回答容苍的问题，只轻声道："你如今回来了……"

回来了如何？容苍竖起耳朵等着下半句，长舒却没有再说。

"睡吧。"

容苍并不起身："长舒长舒，你看。"容苍把头发拨到颈边，原来背后的衣料被头发洇湿了大片。

长舒只扫了一眼，说道："你用法术弄干不就好了。"

"事事皆施法，妖生多无趣。"容苍道。

长舒语塞："柜子里放着你之前的衣服，自己拿来换上。"

龙崽子将衣服取出，拿到衣架旁，随手搭在横杆上，匆匆换好衣物。

容苍长高了不少，以前为他量身裁制的衣裳现下穿在身上，衣袖和裤腿都短了一大截。现下更深露重，又值深秋，长舒思量着说道："明日叫人给你量身，重新做几套衣裳。"

待安定下来，听得长舒说道："以前不是教过你，更衣洗浴之时，需得——"

"需得避嫌。"容苍打断长舒，接话道，"但我不避长舒。"

身旁的人沉默下来，须臾，被褥枕头迎面砸来，混乱之间只听长舒骂道："外出两千年，本事没学到，尊卑有序、礼义廉耻倒是叫你忘了个一干二净！"

龙崽子被骂得双眼发直，愣坐在原地久久不能回神，躺在地上，半晌，才狡黠地咧嘴一笑。他倒也想得开，这天上地下，能得长舒为之这般接风洗尘的，也只有他了。

第二天一早，容苍神清气爽地起来。容苍来到殿外，红羽抱剑而立，似乎是在等他。

"昨晚睡得怎么样？"容苍伸了个懒腰，没等红羽回答，打完呵欠叹了一口气，懒洋洋说道，"我睡得不太好。长舒哄我可久了，被哄得热出一身汗。"

红羽冷笑："是吗？我看君上今早出来的时候脸色不怎么样。"

容苍不欲继续斗嘴，左顾右盼道："长舒呢？他让你在这里等我是有什么事？"

"二叔回来了。"红羽撇嘴，翻了一个白眼，"君上叫你醒了若要找他便去议事殿。"

二人一同赶到议事殿，正听长决同长舒说着："我昨日途经大晏国时，随便落脚一间酒楼，听见有桌道士在议论，说皇宫有妖孽作祟，有的说是怨鬼作怪，有的却说……"长决突然压低了声音，"是幻妖。"

长舒拂茶的右手一顿。

"我飞到皇宫上方粗粗瞧了一眼，确是有同族气息，可皇宫不是一般地方，我也不敢在人界随意施法，便想着回来与你商量，结果你猜我在路上又遇见了谁？"

"韩覃。"

"你怎么知道？"

"你我共同的旧识，如今还活在世上的，不过两人。若遇见的是另一个，你没有心情同我坐在这里打谜。"

长决吃瘪，面上划过一丝不自然的神色，又道："你猜他同我说什么？"

长舒懒得开口，只抬眼看他。

长决顺说下去："韩覃竟是去大晏国抓人的！原来是地府生死簿上有人阳寿已尽却迟迟没有归档，他命冥差前往查探，皆是有去无回，他只好亲自去了。谁知他只到那里看了一眼，便说不好抓。还神神秘秘地跟我说，此事同我幻妖一族有关，劝我早日告知于你，好让你将他这桩麻烦一同解决了！你说这韩覃，又懒又无赖，真不知这斩风当年到底是怎么与他结交的！"

听到最后一句，长舒眸子一暗，长决也意识到自己说错了话，眼珠子一转，刚好看到站在殿外凝神偷听的二人，赶忙招呼道："容苍来啦？还有红羽！来来来快进来！一年没见红羽，让二叔好好看看！"

红羽快步上前对长决行礼，容苍踱步跟在后面，默默走到长舒身旁，低声唤道："长舒……"

长舒收起眼神，置若罔闻，只管吃茶。

"长舒，我错了……"

"错在何处？"

"一，不该打断长舒讲话；二，不该同长舒开玩笑。"龙崽子说得声音渐小，待长舒看过去时，龙崽子的脑袋已经埋得快贴着衣领了。

"你既已思过，便要改错。"长舒将茶盏放到桌面上，起身道，"我要出一趟门。"

"你可是去大晏国？"

长舒点头："你已听见，我便不再解释。少则三五日，多则大半月，最迟会在冬至前回来，在此期间，你要好好听二叔的话，不要惹事。"

"我同长舒一起去。"

"我同君上一起去。"

红羽和容苍异口同声道。

"谁也不许去。"长舒拂袖离开，留给众人一个悠然远去的背影，"碍事。"

是夜，长舒刚到大晏国皇城脚下的客栈，就径直走到角落桌边一个戴着帷帽的黑衣剑客身旁："你把我的话当耳旁风？"

剑客把头转向另一边，准备把长舒晾着。旁人看来，长舒不过是客栈里最常见的那种把人认错的客官。冷冰冰的声音在剑客头顶响起。

"一。"

剑客纹丝不动。

"二。"

剑客抱剑的手突然握紧。

"三——"

话音未落，柜台边正在打瞌睡的小二听到极响亮又快速的一声"长舒我错了"，登时被吓得打了一个激灵，他擦了擦嘴角边的涎水，朝那边望去，只见那黑衣剑客把兵器掷在桌上，举手将头顶帷帽一扔，露出一张俊俏的脸庞。被唤作"长舒"的道长开始面色冷峻，最后无奈道："我不是说了不要跟来吗？"

"我才回来，长舒便要走。"那人声音闷闷的，还带了一点轻微的鼻音，"长舒还在生我的气，不想要我了是不是？"

"你明知不……"

白袍玉冠的道长最终轻叹一声，携着黑衣少年朝柜台走来。小二抖擞精神，咧开嘴角，露出一抹机灵的笑："两位客官，打尖儿还是住店？"

"两间上等客房。"

一锭白银被端端正正置在柜台上，黑衣少年扯了扯白衣道长的衣角。道长沉默一瞬，改口道："一间。"

第四章 深宫惊梦

二人进了房，长舒问："二叔就这么放你下山？"

容苍摇头，笑着说："我留了个分身在那儿。"

长舒挑眉："分身？"

"我师父教的。"说到这个龙崽子就来了精神，"二叔也会呢。长舒你不知道，我原以为蓬莱那处该是人才济济，谁知去了才知道那里就一个糟老头子，教完二叔又教我，一共就我们两个徒弟。我说长舒这般超凡脱俗，二叔为何会如此聒噪，原来尽是跟那老头子学的。二人跟亲父子一样，谈吐举止一样不说，连做事都惯使左手。"

长舒一边听容苍念叨，一边用叉竿支起窗户，他们的房间位置靠近街道，朝南面望去，穷目之处正是巍峨皇宫。此时那里灯火通明，依稀可见人影。帝王家的住处，本该龙气环绕，但此刻却好似被一层诡异的雾气笼罩。

容苍站到长舒身侧："长舒今夜便要去皇宫？"

"嗯。"长舒放下窗户，若有所思道，"皇宫内确有我族中人。只是皇城不是别的地方，我们不能随意出手。况且我们不知道躲匿在宫中的那只幻妖是何种情况。加之韩覃所说的棘手之魂，二者不会那么巧地撞在一起。皇宫广阔，我需得找个身份在宫内待上一些时日，探出那只幻妖藏身在何处，才能有些头绪。"

容苍道："那我同你一起。"

"此妖不是小妖，看这妖气怕是有数十万年的修为，放在烟寒宫，也少有人能与之匹敌。"长舒看了容苍一眼，"只怕我无法护你周全。"

"我不用你护我周全。"容苍道，"我跟着长舒就好。"

二人闪身跃至宫闱内的一个偏僻角落，黑灯瞎火中恰好有两个小太监从拐角处出来，正相互搀扶着朝卧房走去。长舒和容苍对视一眼，隐身跟了上去，待走到门口，长舒朝两位小太监一挥手，太监们两眼一翻睡了过去，再一晃眼已消失得无影无踪。再看长舒，已化成两位小太监中的一个，容苍见势也幻化成了另一个太监模样。进房后，及至夜深人静，二人再悄然起身，一起闪身出了房门。

长舒和容苍寻着幻族妖气一路往北走，他们穿过湖边走廊，在一座极其奢华的寝宫前停下。朱漆大门、镀金的铺首衔环、赤墙上的琉璃瓦油光锃亮，一看就知道这座宫殿才修成不久。一丈高的门前挂着蓝底金字的匾，上面题着"霁月宫"三字，右下角还有一行小字，书"轩德元年，萧启题于静亭"。

静亭，正是方才他们穿过走廊时经过的亭子。

"看来这是位宠妃的寝殿。"容苍打量着寝殿道，"那幻妖便在此处了？会不会就是住在这里的皇妃？"

"不然。"长舒道，"此处应是幻境主人所居之地。那只幻妖不在这里。"

长舒见容苍不解，略一思忖，解释道："幻族，同别的妖有些不同。"

"幻妖一族，没有本相。"长舒说完，毫不意外地在容苍眼中看到了诧异，他继续盯着匾额说道，"这也是三界之中无数人垂涎幻妖的能力，却又难寻幻妖踪迹的原因。幻妖幻妖，既生幻境，也由幻境而生。既是幻境，又何来的本相？凡六道魂灵，只要有情有欲有执念，皆能产幻。世间千万生灵，便有千万种幻境，幻妖之相随幻境主人的变化而变化，而自身形体却能跳脱幻境。往往妖气凝聚最甚之处，是幻境所在，而非幻妖。"

容苍听得云里雾里，只抓住前半部分关键点问道："那幻妖能根据人心中执念布置幻境，岂不是得先知道对方心中所求？"

"不错。"长舒道，"幻妖最大的能力之一，便是探取人的记忆。"

容苍脸色一变。

"不过也不是谁都能探取，还得看对方修为的高低。"长舒道，"记忆是魂魄的一部分，探知记忆无异于穿透对手层层防御，触及对方命脉。要做到这一步，施术者的能力自然是高于对方的能力，才能做如此等同于拿捏别人生死的事。"

"那凡人面对你们岂不是束手无策？"

长舒意味深长地看了容苍一眼："这项法术十分耗费元神和修为，不到非做不可的地步，幻妖不会妄动。而且烟寒宫明令禁止幻妖一族通过幻术加害于人。违令者轻则逐出烟寒宫，重则处死。若非自保，幻妖不会随意制造幻象。"

"若中了幻象会怎样？"

"幻妖死而幻境破。"长舒往回走道，"又或者，中幻术之人自己意识到自己身处幻境，幻术不攻自破。除此之外，别无他法。否则中术之人只能长眠幻境，直到元神耗尽，命海枯竭，重入轮回。"

容苍跟上前："那长舒探取过我的记忆吗？"

"没有。"

"长舒要不要探取一下？"容苍突然拽住长舒，二人停在原地，"探取一下吧。长舒不想知道我心中有何执念？"

"不想。"长舒拂袖道，"吃喝拉撒贴脑门，酒囊饭袋作肉身。"

二人决定按兵不动，等紧赶慢赶回卧房，此时已到三更，两人挨着宫里酣睡的小太监躺下。长舒刚想闭眼，臂窝中突然钻进一个毛茸茸的脑袋，长舒回手拍了拍容苍的背，让容苍寻个舒服的姿势躺好，低声道："睡吧。"

二人被褥还没焐热，就已到了起床的时间。

"福康和福礼，你们俩今日负责去霁月宫洒扫送饭。"

长舒闻声看过去，掌事指的正是昨夜酣睡的那位小太监。福礼抖着嘴唇开口道："高公公……"

福礼话还没说完，老太监就甩了甩拂尘："别给我说些有的没的，大家伙儿都是轮着去，谁也没有特权，这个月就剩你们俩没轮完了。"

福礼旁边的福康直勾勾盯着正在出神的长舒，须臾，眼神变得狠戾，一捏拳头朝容苍二人指道："德全这月一次也没去过！就算他是新调来的，按理来说也该轮两回了，可他连霁月宫的大门长什么样都不知道！每次一轮到他，德海就让他躲着休息，自己一个人跑去把活儿干了！"

众人皆是倒吸一口凉气。

老太监好整以暇地听福康闹完，细着嗓子冷冷一笑："那你想怎样啊？"

"我揭发他……我……我不去！让他！让他和福礼去！"

福礼脸色"唰"地一白，下意识便抓住了福康的小臂，眼中净是难以置信："康哥儿……"但是他的手随即被福康冷冷甩开。

"好了！"老太监不耐烦道，"我安排了谁去谁就去，德全没去是德海心甘情愿替人遭罪，你有本事也给自己找个心甘情愿的！马上就卯时了，霁月宫那位主子一向起得早，耽误了主子们的事，我让你吃不了兜着走！"老太监说完头也不回地转身离去。

待老太监走远后，福康一脚将腿边的木桶踹出两丈远，然后咬牙切齿地瞪了长舒一眼，愤懑走开。长舒朝容苍使了一个眼色，后者意会，一把将福礼搂在臂弯里，问道："小礼子，哭什么？"

福礼用哭红的眼瞧容苍："你说哭什么！"

"不就是个霁月宫吗？你怕成这样？我每次去真没见着什么古怪的东西。"

"就一个长公主还不够古怪啊？你见不着，你敢说长公主没见着吗？那是鬼没找上你，等你能看见了，也差不多该玩完了！"福礼说着说着，大概回忆起以往每次去霁月宫时的场景，腿一软，干脆坐在地上哭了起来。

那霁月宫内住的竟然不是宠妃，而是长公主。

容苍蹲下又把胳膊架在福礼脖子上："你这么说也确实古怪。按道理长公主应该有自己的府邸，怎么会住到宫里来？"

"这有什么想不通的。"福礼哭得失了理智，什么话都往外蹦，"这么个疯婆子谁敢往外放，也就皇上能管，不扔宫里边关起来扔哪里啊？"

"可不敢乱说！"容苍捂住福礼的嘴，"你多大能耐？再疯那也是长公主！长公主是你能妄论的？脑袋不想要了？"

"你能耐你去呀！"福礼看起来也不过十五六岁，此时小孩子心性上来，不管不顾把容苍胳膊甩开。

容苍该问的已问得差不多，回头朝长舒挤了挤眼睛，长舒点点头，容苍便对福礼说："罢了罢了，莫再哭了。我今儿心情好，带着你全哥儿替你和福康走一遭便是！你以后莫再在高公公面前告状！"

福礼哭得喘不过气，打着嗝问道："当真？"

"我几时诳过你？"容苍笑道，"替我和你全哥儿把该做的活儿做好。"

"那……"福礼腿还软着，跟跟跄跄摸索起身，一抹脸道，"那我去找康哥儿说一声……"

长舒和容苍去御膳司取了要送往霁月宫的食盒，然后往北边走去。

"长舒怎么看？可认为那宫里有邪祟作祟？"

长舒微微摇头："昨夜你我二人去的时候，宫内并无邪祟。"

"皇宫？"

"不，单是霁月宫。"长舒道，"大晏国历经千代国主朝臣，沧海桑田间必有无数生灵命丧宫闱，皇宫之内怨气聚集，邪祟遍布是定数。但霁月宫显然是新修的殿宇，宫内还没出过人命，昨夜我们也就没探到半分邪气。只是不知韩覃说的那只究竟藏匿于何处，是怎么个难抓法。"

容苍也赞同，便道："那福礼口中所说的长公主被邪祟缠身是怎么回事？"

"应该是我族幻术。"长舒当时听福礼说完，心里估摸了七八分，这下便对容苍道，"幻族幻术非比寻常，中术者并不会陷入沉睡，而是行动自如，头脑清醒，身体机能与常人无异，但其实他们眼前所见与常人不同，所以在外人看来会显得疯疯癫癫，像是被邪祟缠身。"

二人一路行至殿前，朱漆大门紧闭，容苍试着上前一推，竟就推开了。霁月宫宫墙高于宫内其他寝殿的宫墙，宫外是一片人工湖，湖水自城外沛河凿渠而引，横卧于其他宫殿与霁月宫之间，将这座巍峨宫殿同规整肃穆的皇宫建筑群分隔开来。

昨夜天黑看不清楚，现在他二人站在宫外，面水眺望，抬眼看去，正值深秋，岸边杨柳垂首，残花落叶飘飞，举目尽是萧然破败的景象。长舒看过与这磅礴殿宇极不相称的湖光风景便收了眼，回身迈步跨进霁月宫大门。原以为墙内风景当同墙外别无二致，岂料二者截然不同。霁月宫其实更像是一个独立的四合院。大门内有满墙的木芙蓉，入了垂花门，又有满院初绽的蜡梅。两侧的厢房都关着，看起来像是久无人居。如此空寂的房子，却有满院黄艳艳的梅花点缀其中，似乎是主人刻意制造的一种死板的热闹。

　　他们刚把这个院子打量个大概，正房大门便被人打开，里面跑出个提着裙摆的女子。女子身上披着一件金丝朱雀纹绲边的绸面斗篷，远山眉，杏仁眼，梳着个百合髻，头上还插着一只金步摇，看上去十七八岁。她身上虽衣饰繁复，却欢快地朝院中奔来。

　　"姜禹，你回……"女子刚下门外台阶，就见到院中从容站立的两人，一愣，"你们……"

　　长舒率先行了一个跪拜礼，道："参见长公主殿下。"容苍跟着跪了下去。

　　"姜禹让你们来的？"女子叉腰俯视他们，问道，"他今日不回来了？所以让你们来送饭？"

　　长舒道："是。"

　　身前的食盒被人提起，容苍听得女子颓丧道："你们回去吧。"

　　"嗻。"

　　旭日初升，十七八岁的小姑娘拖着影子慢慢踱回正房，全身的金冠绸缎似在此时才有了分量，将她的步子压得沉闷而缓慢。

　　退到门外，容苍倚墙抱臂，朝晖给他的黑发镀了一层金光："要留在此处吗？"

　　长舒颔首："长公主现在看起来没有任何与常人不同的表现，既然宫内盛传她被邪祟缠身，说明她的异常不是偶然，而是日日如此，姑且在此待上一日，看看会有什么状况……你在想什么？"

　　"长舒可知大晏国当今皇帝的年号与名讳？"

　　"轩德，萧启。"

　　"那就更奇怪了。"容苍屈起食指抵着自己的下巴，皱着眉头思索道，"既是一国长公主，又得皇帝为她特意开辟殿宇，亲赐殿名，说明无论是自身身份或是受宠程度，她都该是当世无与伦比的。"

　　长舒垂眸，心下已经了然容苍想表达的意思，只是并未接话，听他继续说着，看与自己心中所想是否一致。

　　"我看长公主的模样，她的首饰衣物虽是上乘，发髻却盘得不太规整，当是她自己弄的。我们提来的食盒足足有四个，且每个都是三层，分量虽然不多，但于她而言，独自提进殿中怕还是有些费力。尽管如此也没见她唤人出来帮忙，亲力亲为，大概霁月宫真如我们见到的这般没人候命。偌大的一座宫殿，里面住着当朝身份最尊贵的皇族，竟然没有一人服侍在侧，且连饭食都只是让人按点送来，这长公主的日子过得还不如寻常人家的小姐。"

"不错。"长舒道，"长公主的待遇和处境，无论怎么看，都是十分奇怪的。还有食盒……"

"嗯，还有那食盒。"容苍道，"就算皇家用膳菜品繁多，但我想长公主在这方面也不会得到多少优待，既然如此，怎么她一人用膳还需要用到整整四个食盒？还有她方才出来口中所唤的人……"

"姜禹。"

"想来这就是宫中众口相传的邪祟了。"

长舒凝神看着眼前分析得头头是道的人，两千年前容苍还是个只会把伤疤揭开朝他哭鼻子的孩子，出去历练一场，竟也学会了在脑子里拐弯思考，看来蓬莱的那位师父并不是个庸才，至少比他会教。若是这两千年里容苍哪儿也不去，老老实实在他身旁，断没有如今这番成就。

"长舒？"

长舒被容苍一叫才回过神来，错开眼睛道："幻象。"

"什么？"

"姜禹，"长舒定神道，"是幻象。"

"我也是这么想的，因为长舒说这里没有邪祟，那便定然没有。"容苍笑道，"不过长舒方才在想什么？想得这般入神？"

长舒略微沉默一瞬："我在想……或许该将你再送出去学几万年本事。"

"不要！"容苍闻言一下站直，皱眉道，"我学了两千年回来长舒身边就有别人了，若再学个几万年，只怕你连孩子都有了！"

长舒把这话在脑中过了一遍，不解："这两件事有什么关……"

"有！就是有！怎么没有！"容苍急了，"总而言之，就是长舒可能不要我了！"

长舒更不明白了，且不说自己身边有了红羽怎么就跟日后成婚生子扯上关系，容苍又怎么会联系到自己不要他了？难不成他日后还要跟嗷嗷待哺的婴儿争宠？长舒不愿再想，不和他争辩，转身留给龙崽一个淡漠的背影："休要胡闹。"

身后果然瞬间安静下来，长舒正待同容苍商议去房顶上等，耳畔却传来低低的抽泣声。回头一看，那龙崽子不知何时到墙角边面壁蹲着，一手拿着树杈在地上画圈，一手不停地擦眼睛，脊背和肩膀还时不时抽动两下，伴随着压抑的抽泣声。从长舒的角度看，只看得到龙崽子小半个侧脸，袖口濡湿了一片不说，眼角还挂着几颗眼泪珠子。

长舒无奈走到墙角，他的神色还是冷的，只是语气已经不自觉温和了起来："好端端的，你又哭什么？"

龙崽子嘤嘤道："长舒不要我了……"

"我几时说过不要你了？"

"方才我说长舒日后成婚生子有了娃娃便不要我了，你就生气了，这不是被我说中了是什么？"龙崽子拽着袖子使劲儿擦了擦眼睛，太监的衣服布料粗糙，这一擦擦得长舒仿佛眼睛都有些疼。他又听容苍咕囔道："男大当婚并不可耻，我不过一不小心说中了长舒的心事，你又何必对我恼羞成怒……当年你在淮水之畔施舍我一点善意将我救了回来，早在那时我就该知足，你原本就想赶我走，是我死乞白赖留了下来，早知如此，我……"

"好了。"长舒听这龙崽子越说越离谱，再听下去怕是要直接把当年将他打伤在淮水之畔的那只大妖同幻族祖辈在几十万年前的关系给编造出来，好让自己给他低头认错。

长舒干脆夺过龙崽子手中的树杈一把扔掉，再扯住他的手腕将他从地上一把捞起，长舒细细替他擦去手上的灰尘，说道："哭就哭，一个人跑到墙角蹲着算怎么回事？我平日给你多大的委屈受了？又何时说过要娶妻生子？你替我下的三媒六聘吗？怎么闹起脾气来还和小孩子一样没点分寸。"

龙崽子心里高兴了，面上却一撇嘴，扭头："长舒还是没说会不会不要我。"

长舒将容苍的双手连同指缝仔仔细细弄干净后道："赤霜殿我让你住一天，便能让你一直住下去，你又何苦闹这一出？"

容苍知道长舒有些生气了，默默讨好捏着长舒的袖子："长舒，我以后不闹了。"

长舒见他乖了，也不再多说，只让他上屋顶去。

一直坐到月明星稀，一勾下弦月挂在他们眼前，容苍撑着下巴百无聊赖地数着星星，觉得这人间的夜景甚没意思。他打了个呵欠，往长舒身边蹭蹭，小声道："长舒，我想回家了。"

　　"家？"

　　长舒有些失笑，仔细算算，小龙崽在赤霜殿里待的日子不过是在蓬莱的千分之一，他如今这般直白地告诉自己他想家，他第一反应竟是觉得容苍想回蓬莱了。长舒总有那么一种感觉，容苍不属于那片凄清寂寥的山野，迟早有一天，他会离开赤霜殿。

　　"烟寒宫，赤霜殿。"容苍道，"以前我活了四万多岁也不觉得时间有多难熬，可在蓬莱的那两千年里，我总觉得望不到头。蓬莱不好，那里没有赤霜殿夜夜如玉盘一般大的月亮，没有听我说话的枫树，没有敲起来叮叮咚咚的玉阶，没有长舒。我觉得样样不好，样样都只把我当异乡之客。我盼着回家，可归期似乎遥遥无期。明明不过两千年，我却觉得自己已经等出白发了。"

　　小龙崽说到兴头上，心下窃喜，以为正是在长舒心里抢占地位的好时候，却不承想屁股上狠狠挨了一巴掌。

　　"起来。有动静。"

　　"哦……"

　　小龙崽捂着屁股起身，两眼泪汪汪地看向长舒。顶着一双桃花眼的玉面太监却根本没空搭理他，只盯着正房，等待那里的主人开门。果然，不多时，长公主一如早晨那般从房里奔跑出来，朝门外欢喜叫着："姜禹！"长公主换了一身素衣，看样子像是准备睡了又从床上爬起。

　　宫殿修得高大，长舒所坐的地方离地有四五丈远，但这并不影响他看到长公主皮肤上的狰狞伤疤。撤了门闩，长公主朝门外扑出去，像是抱住了什么人："怎么今天叫别人来送膳，我还以为你不回来了。"她说着摆出一副将人拉进院中的姿势，又去插好门闩，挽着身边的人朝正房走去，边走还边碎碎念着，"没呢，等你回来一起吃……冷了没事呀……去小厨房热一热……以前我连冷的都没得吃呢……好啦好啦不提啦……"

　　少女清脆的笑声回荡在院中，屋顶的二人无言看着她走进房内，零零碎碎的谈话声不断传到外面，无非是女孩子的嘘寒问暖或者撒娇嗔笑。如果院子里不是只有长公主一个人的话，这本该是一幅琴瑟和鸣的画面。她身旁……仿佛多了一位谁都看不见的夫君。

"我们走吧。"长舒道，"快到换班的时候了，别像昨晚一样回去迟了。"

容苍原本利落起身，准备听话地离开，听到长舒后半句话又变得有些磨磨蹭蹭："其实……回去迟些……也没关系的……"

长舒伸手将手背贴到容苍的脑门上，皱着眉头道："脑子也没发烧啊……今日怎么尽是胡言乱语？莫非被人夺舍了？还是换魂？"

容苍黑着脸把长舒的手拨下去，面无表情道："走吧，回去。"

到住处之后，二人才发现他们住的地方叫散侍监。现在整个散侍监灯火通明，人声鼎沸。容苍找到福礼，问："这是怎么了？"

"康哥儿不见了！"福礼哭得眼泪鼻涕一起流，"早上从这里离开就找不到人了！他该不会……该不会……"福礼张着嘴巴说不出个所以然来，胡思乱想间又要哭起来。

长舒站在不远处，用周围人都听得到的声音说了一声："去掖庭旁的死巷里看看。"他的声音明明没什么起伏，不知怎的，众人听到总有一种被人吩咐的感觉。

"那么远……康哥儿不会去那种地……"

"去找了就知道。"

长舒翻然转身回房，留一干人等在原地进退为难。过了一会儿，人群窸窸窣窣流动起来。待人走得差不多后，容苍跨步跃进房间。

"长……"容苍话未出口，长舒瞬间闪到容苍跟前，抓住他的一只手臂，霎时，他们又回到了霁月宫的院子中。

"他们找人还要些时候，我们趁着这个机会看看这边的情况。"

长舒有些心急了，不知是不是临近冬至的缘故，他才到人间不过一日，体内气息已然有些不太稳定，方才在散侍监进房的一瞬间，竟然感觉有些心力不支。

此时夜色迷蒙，整座宫殿都陷入了黑暗。长舒待容苍站稳，松手后健步朝长公主寝殿走去，容苍旋即跟上。长舒脚步极轻，推门无声，转眼二人便隐去身形来到长公主榻前。不出所料，榻上之人睡在内侧，酣睡之中神色安详，嘴角还带有一丝笑意。只是原本便细窄的床榻，硬生生被她让出了一半空间，就好像身旁有人与她同睡。

容苍看着长公主躺着的位置，喃喃道："不应该啊……"

长舒侧耳："怎么？"

容苍道："我在蓬莱那两千年，只因师父好酒，便时常替他去人间寻些酿酒的方子。去得多了，风俗习惯也了解一些。长舒不知，在人间，夫妻同榻，妻子一般是睡在外侧的。"

"为何？"

"因凡间夫妻，多是丈夫养家，妻子在家中劳作。为了侍奉夫婿，妻子往往会比丈夫起得更早，起床做事的频率也更高些，故而让妻子睡在外侧，免得吵醒丈夫。久而久之，上至皇族，下至平民，都是这样的相处之道。这习俗已经延续不知多少年了。"

长舒皱眉："简直糟粕。"

"嗯。"容苍点头，他又指着长公主道，"可长舒你看，这位长公主同她的'夫婿'，却是反着来的。"

长舒沉思道："说明在幻境中，他们二人之间是她那位夫婿做事更多，且看她今日的表现，那人应当对她十分爱护。"

"不错。"容苍还想再说点什么，却见长舒显了身形，指尖浮起一点蓝光，正要朝长公主眉间探去。

"长舒！"容苍擒住长舒的手，摇头道，"不可……"

"凡人而已，不会消耗我太多法力。"

"可你说过，探知记忆比寻常术法更耗损心神……"

"无碍。"长舒拿开容苍的手，"要破幻境，需得找到心结。你在此替我护法。"

容苍见无法阻止，只得叮嘱："尽快抽身，若是半炷香内你没回神，我……"

"届时你便念动聚灵咒，将我唤醒。"

长舒说完，端坐在榻上，伸出两指抵住长公主的眉心，往其体内缓缓注入一丝神魂，然后闭眼，封五识，催灵海，随意寻了个长公主的记忆点融神进去。

一阵眩晕过去，长舒站在皇宫脚下，周围人声嘈杂，有女子驭马之声从宫门口传来。摆摊过市的百姓们迅速往大路两侧避开，他们手脚麻利，似是十分熟练应付这种情况，不过依旧有挑担的汉子和一些卖菜的老翁妇女没能躲过奔驰而来的骏马。

"吁！"清脆稚嫩的嗓音自马背上响起，被养得油光水滑的汗血马驹仰天嘶鸣，在长舒身前刹脚停下。长舒无意去躲，因为自己在这个时空之中并没有实体肉身，旁人看不见也摸不着，与空气无异。

"我说四公主啊，怎么又骑着你那匹宝马到处窜啊！"一旁的挑货郎扔下扁担，满脸愁容，朝马上之人发问。

"就是啊四公主，你看看！你看看我这首饰摊子！被你这马一脚踩烂多少！"对面穿着粗布麻衣的中年妇人接过话茬。

"您这三天一小闹五天一大闹的，再赔钱，那也还是浪费了俺的粮食啊！"一旁蓄了络腮胡子的汉子看着被打翻的半屉馒头，长长叹了一口气。

附和声此起彼伏，马上的人却迟迟没有回应，长舒抬眼看去，只见马背上的软皮绲边金鞍上坐了个十四五岁的少女，她梳双角髻，着流仙裙，一派倨傲神情，耳朵却越渐发红。这位少女赫然就是他和容苍在霁月宫见到的长公主，这个时空的当朝四公主，萧霁阳。

"不，不就是摊子吗？"少女眼神闪躲，梗着脖子嘴硬道，"我每次都赔了钱的啊！大不了这次……多赔点！"

"这是赔钱的事吗！"

"就是！"

"四公主啊，你这万一哪天伤了人可怎么办……"

少女声势弱下去："这不是没伤过吗……"

"那伤了再说有啥用啊？"

"再说了，您这是在我们这里，要是哪天您这马跑远了，伤到您自己又怎么办啊？"

众人言语恳切，虽然马上之人身份尊贵，字里行间却并没有透露出多少畏惧之意，更多人像是把她当成自家孩子一般说教，显然这种场面在皇城之中时有发生。

"好了好了，我知道了知道了！"眼看局势就要把控不住，萧霁阳赶紧挥手保证道，"最后一次！这绝对是最后一次！下不为例！"

"你说的啊！"

"我说的我说的。"萧霁阳敷衍应和完，两腿踩着马镫，一夹马肚子，驰出数丈，身后还扬起滚滚飞沙。待飞沙消散，众人在原地面面相觑，攒动的人头中不知何处突然惊起一声嘹亮号叫："欸！钱呢？！还没给钱！"

大街安静一瞬，须臾爆发出质问声，哗然间，一道黑影踩着人群缝隙中的扁担桌椅，几个翻身点地，朝萧霁阳离开的方向追去。众人再一低头，人人掌心都多了两锭指节大小的碎银。众人见得了赔款，脸上又是一副司空见惯的神情，相互交头接耳过后，哄散离去。

长舒视野中的画面急速转换，再一个定身，已来到一处悬崖边上。

俏皮灵动的公主翻身下马，汗血宝驹自觉地走到枯树旁俯首吃草。残阳如血，落日盘踞在不远处的山头。萧霁阳手中不知握着什么东西，似纱，似布，被她紧紧抓在手心又不敢用尽全力，好似那帕子里面包裹的是脆而不坚的稀世珍宝。她的发髻已经在一路上被颠簸得将散不散，蜀锦流仙裙的下摆也有了斑斑污迹。崖边之人眸光流转，来回踱步之后，竟直直走到百尺悬崖边，一抬脚，踩空，翻身仰面落入崖下深渊。

长舒在树旁负手而立，静静观察着下一刻会有什么发生。

不出所料，几乎是萧霁阳迈出第一步的时候，长舒便听到有衣衫翻飞的声音。不多时，萧霁阳便被人扛了上来，又被稳稳放下。那黑影速度极快，还没等萧霁阳张口，便又要起势离开，萧霁阳见状，立即蹲下身捂着脚踝痛呼："欸！好痛！骨头断了！"已跃至半空的背影稍有迟疑，最终还是在树顶踮脚，转身飞回去查看萧霁阳的伤势。

萧霁阳坐在地上，将受伤的脚朝那人伸去，后者一怔，手拿起又放下，犹豫一阵过后，对她道："冒犯了。"

长舒这才得以细细打量那黑衣男子，同样打量他的还有此时的萧霁阳。那是个极其精瘦的男孩儿，从身形上看顶多十六七岁，他虽蒙着面，眼神也故作镇定，但是一直发颤的双手却出卖了他的慌乱。那孩子单膝跪地，小心翼翼捧住萧霁阳的小腿将其放在自己的膝上，再极其轻缓地替她除去鞋袜。那孩子只用指头空握住萧霁阳的脚踝，替她检查脚上究竟何处骨折。待无遗漏地检查一圈后，他皱起

第四章

眉头说道："公主，没有……"

他话未说完，蒙面的黑布就被萧霁阳一把扯下。少年反应极快，将萧霁阳的腿撤下之后先是举臂挡住自己面容，而后飞速起身转过去，背对着萧霁阳。

他声音里有些哀求的意味："公主……"

萧霁阳慢悠悠站起来，将抓着黑布的手放在身后，扬起下巴装听不懂："什么？"

少年一臂挡着脸，一手朝背后的萧霁阳颤巍巍伸出去，他快急哭了："面巾……"

萧霁阳一歪脑袋道："你转过来，不转过来我就不给你。"

少年伸出去的那只手握成拳，似乎下了很大决心似的，他将手垂到腿边，然后慢慢转过身。

"你把另一只手也放下。"萧霁阳扬了扬手中的面巾，"放下。"

少年有些绝望地闭上眼，然后视死如归地把手放下。这是个极其俊美的男孩子，便是容苍，也生得没有这般精致。或是本来如此，或是被萧霁阳吓到的，少年的脸色在此刻十分苍白，这样倒显得脸上的"劫"字更加刺目。大晏国法，谋逆者家属黥面，再以罪论处，重则处以极刑，轻则流放或终身为奴。萧霁阳显然被眼前的景象骇到，攥着帕子和黑布的两手皆是一紧，半张着嘴说不出话来。

少年久未得到回应，只能睁开眼睛，却还是不敢去看身前人的表情，怯怯道："公主……"

萧霁阳不由自主地后退两步："你，你便是一直暗中护着我的人？"

少年见对方露出这般神态，神色更是暗淡三分，他无力地点了点头。

"是皇兄派你保护我的？"

"是。"

"你叫什么名字？"

"罪人……姜禹。"

萧霁阳没听过这个名字。偌大的夕阳嵌在天边，悬崖上的两个孩子，一个站在这头，一个站在那头，一个仰首审视，一个垂头不语。良久，姜禹眼前出现一双软缎绣花鞋，一只拿着黑布的手探到他的腿边，牵住了他的两根手指。

姜禹猛然抬头："公……"

"我不是故意的。"这次低头的人换成了萧霁阳，"我不知道你脸上……"

有风吹过，带着木槿叶和皂荚清香的头发肆意拂过姜禹的鼻尖，惹得他有一瞬间分了神。再看自己眼前的小姑娘还低着头不肯把手松开，他骤然后退一步，结巴道："无，无，无碍……"说着他脚后跟一下绊到脚边的石块，仰头一个趔趄过后迅速发力稳住了下盘。

姜禹狼狈的模样惹得身前人发笑，萧霁阳上前把他扶住，他却像小臂被什么烫到一样想要收手，也不知怎的，比手臂更烫的是一颗心脏和两边脸颊。萧霁阳絮絮叨叨说道："我早就想知道你是谁了，可你功夫太好，每次我还没来得及叫你，你就不见了。我又不是鬼，不追着你跑，你每次逃那么快干吗？这次可算让我抓住了。"

"哦，对了！还有这个！"萧霁阳边说边将那块从马背上便一直抓着的帕子打开，她将帕子递到姜禹跟前道，"这是逸芳斋的桂花糕，我最喜欢吃了，平日皇兄找我要，我都舍不得给他。给你……"

帕子被完完全全摊开，里面是一堆被捏碎得看不出原本模样的花白粉末。二人俱是一愣。

"呀……"前一刻还气势高昂的小公主霎时泄了气，"明明一路都好好的……我肯定是刚刚不小心把它给……欸算了……欸！你干吗？"

姜禹把帕子合拢，然后迅速把它放进自己的兜里，眼神左右飘忽不定："碎……碎了也……也能吃的。"

"那……我下次一定给你买块好的！"

满脸通红的小暗卫低声应了一声："嗯。"

下一幕记忆已是在紫柱金梁的殿中。站在铜镜前的萧霁阳伸开双手，任数十个宫女老仆往她身上添上衣物，她的脸上没有任何表情，麻木得像个人偶娃娃。直至最后一件红鸾羽衣上身，半数人毕恭毕敬地退了出去。两名侍女托着鎏金珍珠冠呈到她眼前，待她颔首过目后，道："公主，辰时一刻行及笄礼，您先休息。奴婢们先行告退。"

"下去吧。"

二人退身出殿，关门时，晨间洒进殿中的阳光也被一并驱逐出去。站在铜镜前的公主面无表情地站立许久，久到长舒以为是自己的术法出现了问题，才见她使劲儿将裙摆抓到手里，轻手轻脚地跑到门边探望，确定门外无人之后，她将殿门打开一条缝隙，然后冲着屋顶小声唤道："姜禹——"

一抹黑影从梁上落下。萧霁阳把门推开，将人拉了进去。

"你带我出宫吧。"

"今天，不行。"

"姜禹。"萧霁阳双眼有些失神道，"你见到我的及笄冠了吗？"

"嗯。"姜禹斟酌道，"很……很好看。"

"可是这冠好重，我不想戴，也不喜欢。"

姜禹一怔，嗫嚅道："其实……也没那么好看。"

萧霁阳"扑哧"一声笑出声来，她起身悄悄去拉姜禹的手："你带我出宫吧。"

大晏国都，北门大街，夕阳染透半边天。酒足饭饱的萧霁阳，拉着姜禹满大街乱窜。她特意挑了一条相对其他主道来说较为冷僻的街市。突然，她见着一家店铺，想拉着姜禹一起进去看看，一身黑衣的蒙面侍卫左顾右盼，犹豫不决。萧霁阳扯着他的袖子央求："进去吧！"姜禹最终还是叹了一口气，跟她一起走了进去。

萧霁阳在店内大摇大摆逛了一圈后，一叉腰，眼神迷蒙地指着掌柜身后木架上放置的一支色泽极好的凤衔垂珠金步摇，她满面通红地说："今天是我及笄的日子！我，我没有及笄簪！你送我！"

姜禹神色凝重起来："小姐……"

"我想要这个，你把它当及笄簪送我好不好？"

姜禹看着那支在余晖下熠熠发光的金步摇，及笄的簪子可不是随便谁都能送的……他在心中粗略估算着自己不多的积蓄，平日萧霁阳的所有开支都由二皇子报销，可这支步摇，他只想用自己的钱买下。姜禹咬了咬牙，试探道："这步摇……"

"不卖。"掌柜和气地说道，"亡妻遗物，公子见谅。"

二人只好作罢。

姜禹还想再问萧霁阳有没有别的想要的，门外却突然响起一声惊呼："这不是四公主吗！"

萧霁阳闻言望去，竟是相熟的小贩认出了自己，她一手提起裙子，一手抓着姜禹道："走！"

不知何时，禁军闻讯赶至。那夜向来寥落的北街，看热闹的看热闹，抓人的抓人，逃跑的逃跑，又是一阵鸡飞狗跳。

回宫，雨幕之下，光明殿内，跪着今天让整个皇族丢人的罪魁祸首。老皇帝两鬓斑白，斜倚在龙椅中指责跪在殿下的人。萧霁阳始终伏地叩首，配合着老皇帝愈发激昂的语调瑟瑟发抖，摆出一副忏悔的模样。

站在长舒的位置，恰好能看见萧霁阳趁着自家父皇骂累以后饮茶的间隙，朝着站在不远处的皇子眨了眨眼。皇子看到妹妹的调皮表现后，无奈又颇为溺爱地笑了笑。夜色渐浓，殿上之人最后骂无可骂，便打着呵欠叫二人退出。二人退到光明殿外，萧霁阳一改方才战战兢兢的样子，嬉笑着攀上身侧人的手臂，热络道："启哥！"

萧启，萧霁阳一母同胞的皇兄，大晏国下一任的国主，日后史册上最传奇的少年天子。

"还有脸叫我启哥？"芝兰玉树的二皇子指着萧霁阳的鼻尖笑骂道，"自己今日闯了多大的祸知不知道？皇家颜面都被你败光了。"

萧霁阳吐了吐舌头："堂堂皇家，威严若是靠一个公主的及笄礼撑着，那这颜面不要也罢。"

萧启闻言霎时敛了笑容，低声呵斥道："霁阳，慎言。"

"好了好了，知道了，说不得。"萧霁阳无所谓地笑了笑，又缠着萧启说了些趣事逸闻。萧霁阳被护送回殿门时，她转过身，双眼明亮地对萧启道："只要有皇兄和姜禹在，霁阳就算闯了天大的祸都不怕。"

屋脊上的黑衣少年听到这话突然重心不稳，差点从屋脊上滚落下来。他瞪大眼睛放缓呼吸，慢慢将手移到衣襟左侧的位置，那里放了一块方帕。他的耳边又回响起那个银铃般的笑声："逸芳斋的桂花糕，全天下都找不出比它还好吃的，给你……"

屋檐下，萧启先是一愣，而后嗤笑着拿手去点萧霁阳的鼻子："你呀你呀，真是大晏国里最难驯的一匹小野驹。"

"要是霁阳不是公主，却仍有皇兄和姜禹就好了。"

"又在说胡话。"萧启道，"好了，皇兄看着你，进去吧。"

目送公主进了房门，萧启眼中逐渐覆上一层冷意，不久前的暖意温情在这张脸上消散得无影无踪："蒋郁。"

屋脊上的少年应声跃至萧启身后，跪道："二殿下。"

蒋郁，前忠义侯府世子，十二岁时随军征战，于大战之中以一己之力诱敌入谷，再以合围之势将两万敌军射杀于卧龙峡中，自此一战成名，被皇帝称赞为治军奇才。后忠义侯随太子发动宫变，在二皇子萧启手下伏诛，全府男丁判斩，女眷流放。

昔日罗绮者，如今养蚕人。现下隐姓埋名的昔日侯府世子跪在满身威压的皇子身后，听着皇子声声带着怒气的质问："我赐你一条命，叫你贴身保护她，你便是这样护的？"

面向殿门的人转身将寒芒似剑的目光投射到姜禹身上，长舒这时才看清萧启的面容，呼吸一滞。轩德皇帝萧启，竟长得与容苍十分相似。长舒正待上前仔细查看，画面却又变了。

银针斜打芭蕉叶，月落池塘，萧霁阳身着嫁衣坐在窗前，听簌簌寒风同她耳语，明日便是启程之期。承癸三十九年腊月，蛰伏已久的东丽国一举来犯，两月不到，百废待兴的大晏国被蚕食得支离破碎。次年二月，大晏国举国退至烽海关内，遣使臣前往敌军处商议休战合约，最终两国签订求和契约数百条，其中最令人扼腕者有二，一为割让关东五城，二为霁阳公主出嫁和亲。

"姜禹，你还生气呢？"

"明天我就走了？你还不跟我说话？"

"姜禹，别装睡好不好，你说说话吧……

"你还没看过我穿嫁衣的样子呢？要不要下来看看？你夸我两句，说不定夸得我高兴了，我就先跟你拜堂了。"

吃了半晌的瘪，萧霁阳"哼"了一声："小气鬼，当初叫你带我走你不带。现在好了吧，媳妇都让人抢了。"

"是你不要走的。"

"你没睡啊？"萧霁阳眼睛一亮，跳起来道，"那你之前怎么不说话？"

萧霁阳闷闷道："姜禹，我好想吃逸芳斋的桂花糕啊……嫁过去可就再也没有那么好的桂花糕吃了……说起来……我还欠你一块桂花糕呢……"

"姜禹，你说东丽那边的人长得好不好看？会不会有你好看？我都忘了告诉你，其实你不用老是蒙面的，你那么好看，别说刺字，就是划两刀也好看。

"你不知道吧，其实我在见到你之前就喜欢你了，见到你之后就更喜欢了。你以为我第一次见到你那个样子是被吓得吗？哼，是因为你长得太好看了，我还是第一次见到比我皇兄还好看的男孩子。我那时候就想，这张脸，当什么暗卫啊，合该当我的驸马。姜禹，你是什么时候喜欢我的呀？是第一次见我的时候吗？还是我给你桂花糕的时候？那可都比我喜欢你的时间要晚……不对，你早在我见到你之前一年就见过我了吧……"

屋顶上的人静静听着萧霁阳自言自语，闭上眼在心里反驳，笨蛋，岂止一年。

那年他刚满十二岁，初生牛犊，仗着一身功夫，诱敌入谷，后来虽然大获全胜，却落得满身是伤，只在回京途中随便包扎了一下。踏进光明殿的那一刻，他终究没有撑住，两眼一黑晕了过去。他醒过来时不知道躺在什么地方，只看到有个满头戴着珠翠的小脑袋。他满脸嫌弃地伸手把这颗脑袋从自己怀里推开，金冠华服的小公主拿袖子擦了擦嘴角的涎液："你，你怎么这么快……就醒了……"

蒋郁原本就不太明朗的神色又暗了一分。

"啊不，我不是那个意思……"小公主慌乱解释道，"我，我是看你伤太重了以为你要睡很久呢，所以才不小心打了个瞌睡……"

小公主看他脸色越来越难看，哭丧着脸"哎呀"一声："我真的不是故意的……我偷跑出去玩儿结果被发现了……回来才想起今天有个什么受封礼没去……皇兄罚我来这里看着你……可，可我一天没合眼了……"

原来眼前这人是大晏国唯一的公主，萧霁阳。堂堂公主被派来看护他睡觉，萧家这面子给得够大的，他神色缓和了一些。萧家小公主别的不行，从小挨罚、察言观色的功夫练得一流，她满眼关切道："我看太医给你疗伤的时候，端出去的盆子里都是血，你一定受了很严重的罚吧？"

她挠挠脑袋，伸手去怀里掏东西，边掏还边朝门口张望，小声道："看在我不小心睡着的分上……给你这个！"

小公主神神秘秘地将绢帕掀开，一脸狡黠："逸芳斋的桂花糕，你肯定没吃过。以前我每次被父皇和皇兄收拾，一吃到它，我就不疼……"话还没说完，萧霁阳眼中黯然失色，她望着手心绢帕里的粉末伤心道，"呀……碎了……"

他闭着眼回忆起萧霁阳当年的那副模样，跟那时在悬崖边上的她还真是别无二致。

辰时将至，萧霁阳被一众奴仆请出殿外，她站上城墙，于高台上转了一圈，将这片生活了十六载岁月的国土尽收眼底。最后，她回望了一眼那片屋顶，拜了三拜。号角吹响，她转身便踏上和亲之路。

"护她最后一回。"萧启站在送亲之列，对身后的蒙面侍卫吩咐道，"出了境，便回来，我需要你。"

蒙面之下，护卫扯出一个苦笑，依稀想起，她在及笄礼后不久，曾借疗伤，悄悄在他耳边叫自己同她私奔来着。那时他因私自带她出宫，被主上责罚，得了满背鞭痕。萧霁阳总能很快捕捉他的反常，等在房里看到他伤势时，终归不争气地掉了泪。她替他擦药，擦好了，从后面悄悄抱住他："姜禹，你带我私奔好不好？"

一个"好"字如鲠在喉，家仇国恨，他迟迟没有说话。

再想答应时，萧霁阳已经走回床边，闭目懒洋洋躺在床上，开玩笑似的说："算了。"

姜禹目光幽幽，看着黄土飞尘的大道，想着当初若是早些答应她就好了。

痴心成灰 第五章

东丽皇族，人丁寥落，同一辈中能有两个以上的皇子已属兴旺之势，且皇女从不外嫁，若女子生在皇家，便一生都被豢养在宫闱内，孤独终老。而皇子多娶外邦和亲公主，尤其是太子，一生只娶一个女子，待其登基，女子便是王后。光凭这点，不少小国公主对嫁到东丽还是心向往之的。不知是东丽水土养人还是怎的，传闻东丽的每一任王后都衰老得较为缓慢，于同龄人中看起来显得十分年轻。

东丽国唯一让人心生退却的是它的陪葬习俗，凡王死，王后必须合棺陪葬，而东丽国的每一任王都死得很早，最老的也不过才刚满四十岁罢了。即使如此，也还是有不少邻邦小国对东丽王后的位置趋之若鹜。这些东西萧霁阳早在远嫁之前便查得一清二楚。一个月的路程，赶到东丽时，她已经瘦了一圈。长舒看到她下车时的憔悴模样，有些许惊骇。

婚礼繁复而隆重，铺天盖地的红也没带出半点喜庆，这家人眼中看向她时的诡异眼神仿佛不是在迎接一位新娘，而是把她当成一个祭品。

细雨方歇，长舒站在院内一片巨大的芭蕉叶下，鼻尖钻入丝丝草木清香，还有……妖气。

东丽皇族不循伦理，不过是将代代娶回来的王后视作祭物。她们原本满怀希冀跋涉远嫁而来，旷日积晷过后，面对的却是东丽皇族不与外族结合的腌臜真相，此后半生，直至葬死，东丽的王后都将带着解不开的怨气与恐惧生活在暗无天日的绝望之中。

怨气聚积处易生罗刹，而罗刹鸟妖，乃世间身怀煞气之最。长舒突然想起，他在来到人界之前，查了大晏近十年的史册，有记载霁阳长公主从东丽回朝初时，形容枯槁，双目失明，但不出半月，竟得神医相助，视物清楚如初。

罗刹鸟，最喜食人双目。

长舒闭目，凝神感知，此处妖气极为浅淡，想来那只妖还没到可以化形的地步。东丽于轩德元年灭国，不知这三年间发生了何事，能让一只毫无修为的罗刹鸟妖在这里吸尽煞气，从而化形伤人。

东丽宫中众人对萧霁阳的态度是逐渐暴露的。他们初时还当她不知东丽皇族内情，从上到下大抵都愿意装装样子，毕恭毕敬尊她一声"王妃"，吃穿用度也按王妃的规制来操办。日子久了，他们才明白过来，她早早知道真相，一直都在装聋作哑，端着雍和纯粹的姿态，其实是在暗暗羞辱他们。笑他们小国之人，短见薄识，拈轻怕重，永远难登大雅之堂。大晏在战场上丢失的尊严面子，竟在后宫之中被那个写进条款的四公主挣了回来。

长舒走马观花式地看着萧霁阳在这里的举止言行，那些在大晏国里她从未恪守过的条训宫规，那些她向来瞧不起的王公贵族的吹毛求疵，在东丽被她发挥得淋漓尽致，刁难和虐待也是从这时开始的。

起先是撤了宫内所有的下人，反正太子从不在此留宿，以往还会来走走过场，撕破脸后就再没来过。萧霁阳便是在这时候学会了洗衣服。然后连定点送饭也没人了。没米没饭，她这次连想学都没东西来学，于是她学会在夜深人静之后偷溜去御膳司找吃的。后来有人发现御膳司的东西在变少，他们便把好饭好菜藏起来，天天只给她留一碗剩饭。她也无所谓，世上的食物只分两种，逸芳斋的桂花糕和其他。她总得活着，活着等到姜禹来接她的那一天，活着等到大晏的士兵打进东丽的那一天，活着才是最重要的。

最后她连殿门都进不去了，那晚她从御膳司吃完东西回去，发现殿门被锁了。踹，踹不开，拍，拍不应，她走去别的殿，都关得严严实实。后半夜她走累了，天上下起了瓢泼大雨，她打算走回御膳司睡一觉，结果御膳司的门也关了，只有马厩的门是开的。她去马厩睡了一觉，第二天就发了高烧。她第一次不愿意等了，

痴／心／成／灰

心想，好啊，烧吧，死了算了，烧着烧着她听见马厩外的人说"大晏国二皇子反了"。

承癸四十一年，二皇子萧启领孛林军发动叛变，从撅阳关一路北上，收失地，平暴乱，顺民心。承癸四十二年九月，萧启登基，年号轩德。同年十月，大晏以"遗马"之名向东丽发动战争。四月不到，大宴的孛林军攻至东丽皇城脚下。护城军于城墙远眺，十万黑甲压境，帅旗之下，是一位蒙面的将军。

东丽皇宫正殿内，东丽国王瘫倒在座椅之上，他的冕冠不知掉落何处，两鬓铺散。听见禁军跑向后宫的脚步声后，他才如大梦方醒一般爬到柱子后躲起来，然后满面沧桑地看着宫墙顶的那半轮残阳。

突然，一支飞箭携破空之声直直刺向他身旁的赤柱，就在离他面门不到三寸的地方，一张长笺被飞箭钉在柱身，上书：劝君饮尽铁蹄声，坐待晏兵破百城。

孛林军尚未攻城，萧霁阳在杀了那些欺侮过她的宫人后趁乱奔逃出宫。京畿九门已封，外面的人进不来，里面的人出不去。东丽皇城，已成一片遍布烽火的狼烟之地。

东丽国断了交通运输，物资只消不增。一半以上的粮草都拿去充作了军事储备，城内的百姓开始缩餐减饭，妄图在深夜潜逃出城的人也有不少，清晨的皇城街头每日出现毙命于军法之下的尸体，渐渐地，腐肉白骨在各个不知名的巷尾越积越多。没人有心思去处理他们，更没人去关注那些新增数量多到反常的尸体以及那些离奇的伤口和诡异的死相是怎么回事。

乱世多妖，民怨沸腾的东丽皇城被沉沉煞气所笼盖，异象之下那只作乱的邪祟，是在萧霁阳杀人当日便顺势化形的罗刹鸟。

长舒一直跟着萧霁阳，看她换下绫罗绸缎扮作流民，看她在不知不觉中走投无路，看她一步一步变成一个真正的流民。在她决定去死人堆里寻找食物的那晚，萧霁阳被罗刹鸟夺食了双眼。刺骨钻心的疼痛让她在把嗓子号到失声的同时找回了几分理智，萧霁阳拖着异常发烫的病体转身去了另一个流民堆里，和老弱妇孺一起挖食树根。

城外的孛林军守着每一个有可能流窜出难民的洞口，每个守卫手上都有一幅霁阳长公主的画像。可整整两月有余，孛林军没有见到一个从城内出来的人。直至漫天尸臭飘过城墙，前来东丽的姜禹望着臭味飘来的方向，他才明白，东丽王族宁可将自己的城池化作万千子民的埋骨之地，也不愿让任何人出城投降。

他也想过喊话"交出萧霁阳，放所有人一条生路"，可如今还没见他们把她抓来当人质，机警如她，只怕早就混入百姓之中，若贸然喊话，只怕会给她徒增危险。

轩德元年三月，李林军攻城，东丽禁军与李林军正式交战。不出半日，城破，残留的一万禁军被俘，数百流民尽数受援，东丽王自尽于宫中。大晏国在萧启的统领下，彻底洗清当年的割地之耻。

姜禹在破城的那个傍晚找到了萧霁阳。萧霁阳被找到时，她还不知城门已破。只知过去几日与她做伴的大娘今天竟不知在何处拾到两个馒头带给了她。她一口便塞了半个馒头进嘴，正嚼得起劲儿，听见身后有些嘈杂人声，甚至还夹杂了马蹄声。她虽条件反射地朝墙角更偏处躲了躲，却在心中自嘲，自从这眼睛瞎了以后，幻听的毛病是越来越严重了。

吃完一个馒头，萧霁阳开始谴责自己的贪心，怎么一不留神就吃完了一整个馒头？在往日，那是两天的干粮。她小心翼翼将剩的那个馒头藏到怀中，刚放了一半，她又拿出来朝对面递过去："大娘……你吃了没？"

没听到对面的回答，身后倒是响起一个久违的声音。

"霁阳。"

萧霁阳先是愣神一瞬，然后低头轻笑一声，朝对面又问了一遍："大娘，你吃……"

"霁阳。"

萧霁阳呼吸滞住。

身后的喧嚣早已沉寂，一切都归于无声，呼呼风声中裹挟着数不清的细密黄沙。不知是不是沙尘太大惊了马匹，不远处的战骑发出一声长长的嘶鸣，回响在东丽皇城这无名的一角。

她极缓地转过头，慢慢伸出手，偏了偏脑袋，听声辨位似的朝姜禹的方向探去。她刚探到半空，手被一只满是厚茧的手轻轻握住。这只手曾为她拆过无数次逸芳斋的油纸红绳，曾在马背上抱着她驰骋郊外，曾在四下无人时由着她使性子地拽着撒娇，曾将她扶上那辆远嫁的马车。

痴／心／成／灰

她还是有些不敢相信，今日有了果腹的馒头，老天怎么还会赏给她一个有姜禹的梦境。

她嗓子干得说不出话，唾沫咽了几遭，才动了动早已皲裂的嘴唇，哑声问道："姜……禹？"

话音刚落，她被用力拥入一个怀抱。

"是我，公主。罪人姜禹，救驾来迟了。"

萧霁阳反应依旧迟缓，她把脸贴在铠甲上摩挲了两下，谨慎地抬起手沿着坚冷铠甲一路往上，摸到腰间的佩剑，摸到一截被泪水打湿的脖子，再摸到一副坚如玄铁的面具。她窝在他怀里，小声问道："姜禹？"

"是我。"他耐心应着，"霁阳，我来接你了。"

长舒终于见到了那只幻妖。那是在萧霁阳寝宫，他与姜禹站在榻边，同榻上双目失明的长公主一起等待那位神医现身。

姜禹此时已卸下战甲，换上一身暗缎玄服。虽然他蒙着下半张脸，但也能见眉目疏阔，身姿挺拔，俨然是一位翩翩公子，眸光里却又多了两分寻常少年没有的凛凛寒气。

屏风前人影幢幢，只一个眨眼，便见珠帘摇动，青葱玉指掀开帘幕，露出一张容貌绝丽的脸。紫衫素带，吊梢狐狸眼下有一颗朱砂痣，鼻梁细挺，两片薄唇天生就带着三分笑意。

那幻妖不卑不亢地行了个礼，颔首低眉道："草民紫禾，奉命替公主诊病。"

萧霁阳让她平身，温声道："劳烦医官了。"另一侧的手却紧张地悄悄握住了姜禹的手。装模作样将"望闻问切"的流程过了一遍，紫禾温声宽慰几句，只道无碍，不日便可恢复，又施施然行完礼出去，临行时向床边的姜禹抛了个眼神。

姜禹收到示意，耐心等着萧霁阳睡去以后，出门朝光明殿走去。

殿内。龙椅上的九五之尊似是刚下朝，还没摘下冕冠，九珠旒帘遮住了他的面容，他一身明黄绸袍威坐于案前，胸前的苍龙怒目圆睁。长舒却看得清楚，正襟危坐的姿态之下，是一副硬撑的将死之躯。这位二十出头便登基为帝的传奇天子，命不久矣。

"殿下，"身着紫杉的医官淡淡开口道，"公主不过是被小妖夺食了双眼，找个人换一双上去便是。最好是自愿的，凡人肉身与魂魄总相依相连，眼睛取下，难免带点原主自身的魂气，若沾染了怨气，引得孽畜再来取眼可不划算。"

　　殿中静默片刻，姜禹跪地道："末将愿为长公主献出双目。"

　　三日后，李林帅府接到密函，命将军姜禹亲去西辽，取西辽王第三子首级，铲平五皇子登基障碍。

　　听亲信念完密函的姜禹坐在一烛灯火前无奈一笑，他最终还是没能来得及脱身。昨日还答应霁阳，待她眼睛好了，她便不做公主，他也不去打仗了，他们去十五岁那年无意间闯入的那个小村子，修间木屋，种一院的蜡梅和木芙蓉，过寻常夫妻的日子。他应允得很真切，比萧霁阳还渴望早些过上这样的生活，他心想明日就去递上辞呈。数年前忠义侯府常霆军大帅蒋云济犯下的错，那么多年的出生入死，他该还得差不多了。不承想皇帝不给他这个机会。有些意料之外，又是情理之中。

　　翌日，宫中传进口信，李林军大帅姜禹托人向萧霁阳转达，因军中急务，连夜离京，恕不告而别之罪。待长公主双目恢复之时，姜禹定将聘礼亲手奉上，娶长公主回家。

　　长舒站在百尺宫墙之上，看那日的夕阳同他初入这里时所见竟有种相似感，大晏皇城在一片浸血黄昏中安宁静谧。远处，有一黑衣少年驰骋远去，一串孤傲决绝的马蹄印直指西辽方向。

　　轩德元年五月，西辽三皇子暴毙于寝宫之内，刺客身中数箭，被砍断一臂，下落不明。

　　长舒等在原地，想看看九死一生的盲卫姜禹还会不会回来，耳边却凭空响起声声急切呼唤。

　　"长舒！长舒！"

　　是容苍的声音。

　　长舒被一股外力拉扯出萧霁阳的神识，那是聚灵咒的召唤。眼前世界逐渐化为虚影，突如其来的窒息感让长舒不由得气短，闭上眼后再一睁开，所见已是被夜色笼罩的霁月宫正房。萧霁阳睡在榻上，而他端坐于榻前，耳边嗡嗡作响，不知何时从口中控制不住喷出的一口血水将前襟和一小片被褥染红，容苍的声音模模糊糊传进他耳中："长舒，我见你脸色越来越差，所以……"

长舒勉力撑起眼皮看过去，还没坚持到把话听完，只能看见容苍的嘴唇在自己眼前一张一合，便两眼一黑，什么也不知道了。

长舒睁眼时刚被背回散侍监。房内空无一人，长舒推了推容苍示意他把自己放下。长舒两脚刚一沾地，差点跪下去，幸好被容苍一把扶住才勉强站起。他提了一口气，只觉得连开口说话都有些费力，他朝桌子扬了扬下巴，容苍心领神会地扶他走去坐下。

茶水还是热的，容苍把水倒进杯中吹了吹，轻轻试了试水温，方才递给他。长舒抿了抿嘴，一饮而尽。待有些力气，长舒才问道："过了多久了？"

"不到半炷香。"

长舒在心中默了一瞬，以他的修为，正常情况下在别人神识中游走两炷香时间都没问题，看来是这几日内损过大，加之临近冬至，心神愈发不稳了。

休息片刻，他本想试着调节内息，一运气，表里虚空，半点法力都使不出来。他咬紧牙关强行运气，胸闷许久，喉间一腥，血水沿着嘴角流下。容苍慌了神，抬手便要给长舒渡些真气。长舒将他拦住，摇头道："无用。我现在就是一具凡人之躯，你渡再多给我，我也无法消化，只怕这副变作他人的容貌也撑不住多久……你先去替我找些吃的。"

容苍颇为担忧地看着长舒："可你一个人……"

"无碍。"长舒有些撑不住，用手扶着额头道，"我得吃些东西。你速去速回。"

容苍慌乱起身，连门也不关便朝御膳司的方向跑去。

长舒闭眼，又昏昏沉沉睡了过去。

故人西辞 第六章

　　这次长舒醒来再见的人却不是容苍,而是一脸晦暗的高公公。长舒尚且保留着几分清醒,知道自己现在是什么身份,他撑着一口气赶紧起身低眉顺眼地唤道:"高公公。"

　　老太监斜睨着他,开口时语气中带着些得意:"你今日怎么这么乖了?平时不是除了德海谁都不搭理吗?"

　　长舒手心和后背都冒着虚汗,累得脑子里一片糨糊,什么都听不进去,只管含糊应着,心里巴不得这老太监快些离开。岂料他交握的两手被人一把擒住,老太监一声令下:"走!"便将长舒拽了出去。

　　长舒没有防备,又使不上力气,试着挣脱老太监的手,怎料这人力气大得出奇,他脚步虚浮地被一路扯到了老太监的房中。老太监插上门闩,转身看着长舒,神色更加诡异,他指着桌边圆凳道:"坐。"

　　长舒当下也顾不得其他,他累极了,一言不发地过去坐下。桌上摆有茶食,老太监笑眯眯地将杯盘推到长舒面前,放了一块糕点到长舒手里,温声细语道:"饿了吧?"

　　长舒心下拉起警戒,暗中防备地看了老太监一眼。

　　"我都看到啦!"老太监一副"别以为我还不知道"的模样,意有所指道,"刚刚德海才同你回来，你们俩又跑去哪个旮旯里偷懒了吧？你是不是没来得及吃饭啊？"

长舒垂目，收敛了眸光，不知这人要搞什么鬼，于是顺意将糕点拿起，就着茶水一点一点吃起来。老太监这便收了声，什么也不说，在一旁眯起眼睛耐着性子看长舒进食。

等容苍将老太监房门一脚踹开时，长舒已经被放倒，看样子像是被下了迷药，眼睛都睁不开，紧皱眉头。听到破门声，老太监猛一抬头，对上容苍怒不可遏的一双眼，他提起嗓子就要骂："好大的胆……"

老太监话还没说完，见门口的"德海"瞬息之间变换容貌，眉目气势皆与往常判若两人，眼里正是一片不欲掩盖的汹涌杀机，扑面而来的凛然威压宛如九天凶神，令人不寒而栗。

老太监登时连自己要说什么都忘得一干二净，耳畔只有自己两排牙齿控制不住的打架声，他颤着舌头道："妖……妖怪……妖怪……"说着就想往门外逃。

只见"德海"衣袖一挥，老太监就被一股怪力提着朝门边飞去，他趁势想夺门而逃，却发现无论怎么用力拍门或是求救，走廊上那些贴门而过的侍卫就像根本听不见一样。

容苍把老太监打晕扔到一边后便疾步朝长舒走去。只见长舒已控制不住法力变回了原本模样，整个人一身狼狈，豆大的汗珠不停地沿着他的发际滚落，呼吸起伏不定，烫得吓人。

容苍弯腰唤着昏迷的长舒："长舒？"

长舒觉得这声音有些熟悉，但神志翻搅一团。容苍凝视着长舒紧蹙的眉头，伸出手指替他抻平。看着还在受折磨的长舒，容苍帮他解除迷药，然后心神不宁地走到离床边最近的椅子上坐下，一动不动地坐了一整晚。

长舒在客栈的床上醒来时房里没人，他掀开被子，发现自己已经换了一身衣裳，变为原本的模样。他扶着床沿站起，刚一松手，两眼一花差点倒下，急忙抓住床柱才勉强慢慢坐下。

"长舒！"容苍端了一碗清粥和一盘小菜，进门便看见长舒扶着额头摇摇欲坠地往下坐，他匆匆放下托盘赶过去将人扶住，让长舒靠在床边。

长舒揉了揉眉心，还很恍惚，问道："我们怎么在这里？"

容苍解释："我看长舒探查完出来，觉得没有继续冒充那两个小太监的必要，便带着你先回来好好休息，免得又要早起干活。等你好了，我们再进宫也行。"

长舒点头听着，等容苍说到那两个小太监的时候又问："那两个小太监可送回去了？"

"送回去了。"容苍过去端粥，边走边道，"都处理好了，长舒放心。"

"都？"

长舒睁眼看向容苍，总觉得心头好像忘了什么事。容苍此言一出，他才想起自己昨夜最后是被叫去了高公公房里……再往后竟怎么也想不起来。他试探地问了一句："高公公……"

听到这个名字，容苍拾起碗勺的动作暂停了一下，他背对着长舒回答道："我今早听闻他疯了。"

"疯了？"

容苍点点头："说是见到了一个突然变脸的妖怪。"

长舒想着自己醒后变回来的模样，估摸是昨夜自己恢复原貌时被老太监撞见了。不过也好，一来反正不用再伪装，二来恰好说明那老太监应该没对自己干什么逾矩的行径。长舒接过容苍端到面前的清粥，又问："你是怎么找到我的？"

"福礼跟我说的。"容苍嘴角渐渐耷拉下去，眼神也有些暗淡，"他说那老太监一早就对你不怀好意。"

"不是我。"长舒纠正道，"是我化作的小太监。"

"反正都一样！"容苍语气有些激烈地说，"昨夜我赶到的时候，你被下了迷药……"话没说完，他一扭头，开始抽鼻子。

长舒放下勺子："我怎么了？"

容苍不答，长舒便伸手去扳他的肩膀，让容苍转过头来看着他。他拽一下，容苍就甩开一下。甩着甩着，那龙崽就开始攥着袖子抹眼睛。

"你又哭什么？"长舒有些无奈，"被下迷药的人又不是你。"

龙崽子气急了，鼻头通红地转过来："昨夜我一进去，便看到老太监迷晕了你！那么危险！"

长舒拿帕子替容苍擦着眼泪:"后来呢?"

龙崽子正哭得起劲儿,被长舒一问,说收就收,悄悄抬眼瞟了一眼长舒,闪躲地回答道:"后……后来……"

"嗯?"

"后来……那老太监就逃了。"

"我是问我。"长舒道,"可有什么失态之举被人瞧见?"

"没人瞧见……"容苍愈发小声,心道反正他不是人,他是龙。

"那便是有失态了?"

龙崽子咬着下唇不说话。长舒喝了口粥,只道:"但说无妨。"

"长,长舒你……"龙崽子悄悄抬起眼皮,一边观察着长舒脸色,一边缓缓说道,"你昨天看到我来了……就抓着我不放……说……"

"说什么?"

"说我们家小龙崽最乖了,从小就讨你喜欢,以后长大了也留在烟寒宫,哪里也不准去,生是烟寒宫的龙,死是烟寒宫的鬼!你还要给我种幻引,说等我加冠礼一过,就给我幻印,从此魂魄里都烙着烟寒宫的印记!"

"幻引岂是能随随便便种的?"装粥的白瓷小碗"啪"的一声硬生生被捏碎在长舒手中,他目不斜视盯着地砖,咬牙切齿问道,"你可答应了?"

龙崽子一边瞧着一边呜呜哭着:"起先自是没有的!我知道长舒只是失了神志,也知道幻印对于幻族而言是多重要的身份象征,我怎么敢不自量力随随便便答应下来。可,可你当场就拉着我起誓,说今夜你说的字字句句都以你的性命作保,我,我又怎敢不答应呢!"

说完龙崽子便环抱住双臂,将脸埋进两臂之间,放声大哭起来,仿佛受了天大的委屈。长舒只觉胸口气结积郁,但也知此事错不在容苍。他闭上眼试着稳住语调,慢慢吐出两字道:"出去。"

龙崽子满脸泪痕地从双臂中抬起头来:"长舒……"

"你先出去。"

容苍不再多言,拖着步子走到门口,他刚要迈出去,又走回来。长舒眼神不善地看着容苍。像是被这一眼伤到,龙崽子错开目光,蹲下身将长舒捏碎的碗盏收拾好,放到托盘里,低声说了一句:"长舒别弄脏手,我再去煮一碗。"再默默默退出去关上了房门。

长舒坐在床上，神情复杂地盯着紧闭的房门许久，有些自责地叹了一口气。

容苍虽然嘴上说着替长舒再煮碗清粥来，实则一直没敢敲门进去。待长舒平复了心绪一开门，低头便见龙崽子正抱膝坐在门口，有些落寞地把头靠在门框上。他身旁的托盘里，那碗白粥还冒着热气。两人无言地对视少顷，最终还是容苍怯怯开口："长舒……"

长舒弯腰将他扶起，虽然面色还是紧绷着，语气却比之前缓和许多："粥都煮好了，怎么还不进来？"

容苍低头看着自己的脚尖，像个做错事的孩子："我怕你不想见我……"

"又胡思乱想什么。"长舒把碗端在手上，朝楼梯走去，难得不顾仪态地边走边吃了几口。

容苍跟在他背后，听得他说："我已探查完长公主的记忆，大概了解了一些往事，稍后进入幻境，找到症结所在，要破了它便不是难事。"

容苍悄悄扯住长舒的袖子："那长舒跟我讲讲……"

长舒讲完后，容苍问道："那，那个将军最后死了吗？"

长舒摇头："我没等到消息便被你唤出来了。不过西辽史册有记载，三皇子确实死于刺杀。而那名刺客虽刺杀成功，自身也被砍断一臂，下落不明，想来是没了活路的。"

容苍道："那便是没回来了……"

"不。"长舒将目光放远，凝神道，"他应该是回来了的……"

他记得在霁月宫初见长公主时，她头上戴着一只金步摇，同当年她在那家首饰店看中的一模一样，而姜禹也说过要回来娶她。若没有回来，二人现在不会是以夫妻之道相处。

长舒摇了摇头："这也只是我的猜测罢了。"一切若是那只幻妖所为也说不定。

"那我们现在怎么办？"

"进入幻境找姜禹。"

"那长舒找到姜禹后打算干什么？"

长舒迟疑了一下，答道："杀了他。"

"杀了他，长公主便能醒过来了？"

"自然不是。"长舒道，"幻象在捏造的世界里不死不灭，杀了他以后，他也会活过来，一切如常地生活。"

"有什么用？"

"什么用？"长舒看了容苍一眼，"被杀之后还能活过来，这足够说明所有了。姜禹很聪明，他意识到这一切后，会做出选择，要不要放任长公主在虚无的世界里和他了却残生。"

"我想同长舒一起进去。"容苍突然说，"出了事我至少能把你带走。"

原以为又会像往常那样遭到斩钉截铁的拒绝，他都做好了撒泼打滚的打算，没想到这次身旁那个白衣飘飘的身影只是略微停了下脚步，便对他说："好。"

两个人一路同行，飞身至霁月宫前。

四顾无人，长舒对容苍叮嘱道："我之前同你说过，幻妖所造幻境不同寻常，里面的人虽在幻境之中，但只是有一部分东西见到的和常人不一样，其余情况下是和幻境外没有区别的。就像那日我们前去送饭，长公主虽中幻术，看到我们看不见的东西，但同样也能和我们交流。换言之，幻境不完全是幻境，它和现实是交叉的，只是有关于幻象的那部分脱离现实，其余和真实情况都是一样的。"

容苍点头："明白。"

"进了幻境我们眼前所见便如同长公主所见，届时我们若到了陌生的地方，抑或是见到陌生的人，要留心区分那到底是幻象还是真实存在的。"

见容苍认真答应，长舒便不再多言，只闭眼合指向上，一掌托住那只手，将两指竖起置于丹田之前，口中念诀，最后举起一臂，向空中伸手道："斩风，召来！"

宫外忽起狂风，成股地卷起萧萧落叶。呼呼风声中，容苍耳畔回荡着那声"斩风"，总觉得有些耳熟，似是在哪里听过。

霎时，长舒手中金光一闪，那把在烟寒宫内平日总被长舒拿在手里的折扇竟就这么凭空出现在他掌中。长舒依旧并未将其打开，只握着扇柄直指霁月宫大门，喝道："破！"

话音刚落，霁月宫上空竟出现了一个巨大的结界，呈淡紫色，将整座宫殿笼罩其中。而此时折扇所指位置出现了一道缝隙。长舒收势朝那缝隙处奔去，对容苍道："跟上来。"

进了结界，眼前景色突变。

原本恢宏的宫殿成了简陋的小院，他们所站的位置本该是垂花门前宽敞的一方庭院，现在却仅仅是一片篱笆围起来的空地，中间一条青石板小路，通向木屋大门，而两侧的厢房也没了踪影。

怪不得他们初入霁月宫时，除正房以外的房间都是大门紧锁，因为那些在萧霁阳的幻境里根本都不存在。

唯一和现实相同的地方便是满院的蜡梅和木芙蓉十分繁茂。

屋中有隐隐嬉笑声传来，长舒侧耳去听，是一男一女正在说话，女子毋庸置疑是萧霁阳，而探查过萧霁阳记忆的长舒很快就分辨出另外那位男子的声音属于姜禹。容苍虽没听过那个男声，也不难猜出应该是萧霁阳幻想出的夫君。

长舒略微思忖了一下，虽不能完全摸准那幻妖给萧霁阳造的幻境是从哪段记忆开始，又是如何编造故事发展的，但那夜他和容苍扮成太监前去给萧霁阳送饭，对方脸上并无太多讶异。这说明在萧霁阳的幻境中，他们"隐居"的这个地方，皇帝是知晓的，并且在姜禹有事来不及赶回家的时候，皇宫就会派人前来送膳食。虽说是隐居，但其实她还是有着长公主的待遇。

长舒沉吟片刻，又将自己变作小太监的模样，容苍随后也跟着变成了德海。二人在门外跪下，长舒高声道："长公主殿下，传圣上口谕，急召将军入宫。"

屋内交谈声戛然而止。

半晌，木门打开，从内走出一个玄衣玉面的男子，他身姿挺拔，虽然面貌清秀俊美，眉宇间一片浩然之气，但脸上有一个刺目的"劫"字。萧霁阳站在他身旁，面上带着半分不悦道："不是说好今天休沐吗？皇兄也不带这么压榨人的。"

姜禹握了握她的手，眉目柔和道："他定是有急事才会召见。你在家若是觉得无聊，便拿我替你削的桃木剑来玩玩，我晚饭前就回来，好不好？"

萧霁阳撇了撇嘴，悄悄瞪了长舒和容苍一眼，转身进屋给姜禹拿了一件狐裘大氅，踮起脚替他披上又系好带子，朝门外摆摆手道："去吧去吧。"

二人依依不舍地告别后，姜禹同他们走出木屋。待到院子远远落在身后，他停下脚步，语气中有了几分肃杀之意："你们究竟是谁？"

长舒二人被识破后并不惊讶，想来姜禹应该熟悉平日传旨的人，突然出现两个陌生面孔，引得他起疑也很正常。长舒一言不发，袖中变出一把短刀，容苍见状将长舒轻轻按住，当着姜禹的面变回自身容貌，无视他眼中的惊骇神色，恭敬道："借用将军一点时间，我给将军看一样宝贝。"

长舒和姜禹皆是满眼疑惑地看着容苍。对峙间，只见容苍手心变出一块小小的镜子，这镜子残缺不全，只是一部分碎片。容苍拿着镜子对姜禹道："此镜名叫往生镜，乃蓬莱仙物，这是碎片之一。"

他将镜片递给姜禹："将军方才见到在下变身法术，当知在下不是凡人，又或者觉得这不过是障眼法也行。这镜子顾名思义，能照出人的前世。在下也是机缘巧合于两千年前在蓬莱捡到一块，从中窥探到几许过往，觉得十分神奇。不知将军可有兴趣照上一照，看看自己前世是何模样？"

姜禹在稍许惊诧过后很快恢复冷静，久经沙场，什么样的场面他没见过，这点风云镇他不住。他冷冷盯着镜片，嗤之以鼻道："子不语怪力乱神。"

容苍只笑道："我同将军打个赌。将军照了这镜子，从中能看到长公主和你的前缘。"

此话一出，姜禹眸光微动。容苍也不急，只徐徐劝道："只一眼，将军便能验证在下所言真假。若是假的，我任凭将军处置，若我所言非虚，将军能瞧见自己与长公主的前世情缘，横竖你都不亏，何不一试？将军赌是不赌？"

长舒见容苍胸有成竹的模样，暗自收了袖中短刀。他也未曾见过容苍手中的东西，有些好奇地凝神看着那块镜片，静待姜禹选择。若真如容苍所言，那镜子能照出姜禹前世，确实就能免他动手杀人。毕竟对于此时的姜禹而言，同萧霁阳的过往种种，都是前世。

不信怪力乱神的将军还是拿起了那块镜子。

原本空无一物的镜面在姜禹看向它的那一瞬仿佛掀开了一个世界，风沙飞舞，卷得小小一块镜片中黄烟滚滚。待平息下来，姜禹眼前出现了骏马正在路上飞驰的画面。很快,镜中的画面投射出来,急速放大,一息之间,三人宛若身临其境般站在画面外,朝远处正骑马奔来的人看去。

"咱们和他看见的不一样。"容苍悄悄对着长舒咬耳朵,"凡人看自己前世,能在脑海中飞速地把每一刻都过一遍。"

"我们呢?"

"若是旁观,便像现在这样只能看一些片段。"

"那要是看自己的又如何?"

"得看上一世是什么。"容苍道,"若上一世是神魔妖怪那种寿数很长的,也只能看到一些片段。如果是凡人,大概能在脑中回忆一生。"

长舒还想开口再问,却见驾马之人已奔至他们身前。

马上是位少年,十二三岁的年纪,身量远比同龄的孩子高出不少,但双脚也只是刚好能够到马镫。他虽说年幼,眼神却如鹰隼一般锐利,直直盯着前方,一刻不歇地策马狂奔。少年身上穿着特制的盔甲,灰头土脸让人看不清本来面目,却难掩浑身凌人的盛气。

由于见过他十五六岁的模样,长舒一眼认出,这是更早些时候的姜禹。或者说,这时他还是另一个身份,蒋家那个风华绝代、鲜衣怒马的小世子,不世出的治军奇才,蒋郁。

姜禹见此也是微微一怔,眼神有些凝固,下意识抬起手摸了摸自己的脸。

这是十二岁时候的他。这地方他认得,前面就是卧龙峡,三万常霆军正在峡谷之上整军以待,等着他将敌军带入谷中,再包抄合围。马上的身影看起来英姿勃发,势不可当,只有他自己知道,这时的蒋郁早已精疲力竭,整个背部伤痕累累,靠最后一口气撑着。

很快,方才蒋郁奔来的方向跟着响起如潮水般汹涌的铮铮铁蹄声,还有沸腾喧嚣的嘶鸣吼叫。放眼望去,黑压压的敌军正扬鞭赶来,他们始终与蒋郁保持着一段不远的距离,让人总有种还差一步就能追到蒋郁的错觉。

进了峡谷,马背上的姜禹突然铆了一股劲儿,拔出腰间的匕首,狠狠朝马后臀上扎去。胯下战马仰天长鸣,以更快的速度朝前跑去,须臾便将敌军甩在身后。

万千铁蹄掀起滚滚扬尘,漫天飞舞,三人眼前一片朦胧。

待画面清晰后,他们已置身天牢之中。身穿囚服的蒋郁抱拳下跪,听得身前那个穿着蟒袍的伟岸背影向他宣判："自今日起，你便是姜禹。"

蒋郁浑身一僵，很快低下头，沉声道："罪人姜禹，多谢殿下不杀之恩。"

"活下去。"那个背影说，"带着蒋氏的罪孽和耻辱，为大晏活下去。"

蒋郁将头垂得更低："是。"

再看身旁的姜禹，眼中已是一片难掩的悲切怆然之色。于长舒二人而言，看到的不过是两个短暂的画面，而按容苍的说法，姜禹在方才那几刻钟内，已如走马灯一般在脑海中亲历了一遍蒋家从盛宠冠世到一朝落败的所有过程。长舒看着天牢中一立一跪的两个身影，沉吟片刻，转头去问容苍："大晏现在的皇帝萧启，你可曾见过？"

"未曾。"容苍看着那个锦衣华服的背影道，"那应该就是吧。怎么了？"

长舒想了想，决定还是等出去再说，便摇头道："没什么。"

接下来便是那些长舒在萧霁阳回忆里看过的场景，悬崖落日，闹市花街，其间姜禹的神色起起落落，眼底多是温和之色。再看容苍，像看故事一样聚精会神地看着姜禹的记忆，情绪也随眼前所见跌宕起伏，一会儿神采飞扬，一会儿满面愁容，像是自己又替他二人将这些悲欢离合经历了一遍。

长舒静待半晌，终于等来自己上次被迫切断的画面。

城外，一匹黑马以追风之势朝城门飞驰而来，马上的人用一只手死死抓着缰头，身体好似孱弱无力，跟随飞马的跃进被颠簸得东倒西歪。直至到了城门，他仿佛才来了些精神，被守卫拦下时并不多话，一把扯下面罩，在守卫的惊惶跪迎中蹒跚地下马，等城门开了，他淋着大雨走进城内，所过之处，地下雨水皆带了血色。

身后的守卫看着那个仿佛下一瞬就要昏倒在地的身影，最终没忍住喊道："将军！您的手……"

轻衣便装的黑影闻言身形一滞，用仅剩的那只左手摸索御赐的腰牌。找到之后他一把掏出亮向众人，一堆守卫迎面跪下，他的声音在嘈嘈雨声中一如往常那般铿锵果断："今夜之事，不得泄露半字。违令者，斩。"

长舒余光瞧见姜禹突然低头看了看自己完好无损的双手，眼中掠过一抹茫然之色。

那边已断一臂的将军步步走得缓慢，仿佛在心中不断估算着自己与城门的距离。终于，走到北街一家店铺时，他骤然止住脚步，机械地向铺面转身。断臂人抬头面向招牌，红彤彤的灯笼下，是他薄薄的眼皮，眼皮覆盖着一双空洞的眼眶，里面没有眼睛。

失了一条手臂的姜禹是怎么顺着暗渠潜入皇宫的长舒二人不得而知，只听到身边雷声阵阵，响彻云霄，或许正是这样雷霆怒号的雨夜，才能让姜禹苟延残喘地拖着步子连走带爬地来到萧霁阳寝宫门口而不被人察觉。

姜禹累极，坐在殿门边喘了许久的气后才在一身湿透的衣服上把自己的手来回擦干净，他小心翼翼地取出怀中的那支步摇，放到自己空空如也的眼眶前细细端详了许久。

他嘴角含笑地将那步摇捂在胸口，感受了一会儿，用残存的一臂撑着门槛起身，得到这份聘礼的欢喜让他快要忘却断臂之痛和濒死之感。他雀跃地准备敲门，脑海中想象着自己待会儿要怎么在萧霁阳看到他的时候说出那句早就练习了很多遍的话："霁阳，笄簪已至，我来娶你了。"

他把手举在门前，一直维持着要敲门的那个姿势，一直到雷声渐止，手都没有触上门框，最后他将手轻轻放下，低笑着说了一句："算了，还是不吓她了。"

他躬身将步摇放在门外，一步一停歇地，好像今夜的事情已经耗光了他所有的力气，此时每迈出一步，都如行走在刀锋之上那般艰难。天亮前，一身没有几块好皮的姜禹走向了日出的方向，最后他面朝萧霁阳的位置，用一只手摆出作揖的动作，拜了三拜，转身离去。

旭日初升，大晏皇城碧空如洗，房屋土地皆是一尘不染的模样。画面到这里便彻底结束，意味着姜禹的一生也到此为止。

容苍和长舒不约而同地无声静候在姜禹身旁，看着他脸上的哀伤、惶惑与凄凉交织暗涌，最后他渐渐舒展眉头，释然后，归于平静。三人相顾无言，长舒知道，眼前这是位一点就通的青年，他们只需要等他开口决断就够了。

"有时候我也在想，自己到底还是不是人。"姜禹将目光转向容苍，"这位公子方才说这往生镜，照的是人的前世，可为何我今生还滞留在此，我现在又是什么？"

"幻象。"长舒开口，"有人为长公主捏造了一个幻境，境中一切，皆是为她而生。所以将军现在所过的每一天，没有除关于公主以外的一切记忆。"

长舒没在姜禹眼中看到过多讶异，就像姜禹心中早已替自己给出了答案，只是等待有个人来告诉他，那答案是对的罢了。姜禹沉吟片刻，问道："霁阳她是何时沉入幻境的？"

长舒想了想大晏野史，语调没有什么波澜地说出那段文字："轩德元年四月，李林军主帅姜禹失踪。五月，遗体于城外一无名断崖边被人发现。尸身已腐，失双目，断一臂。次日，长公主萧霁阳手持一只金钗直闯光明殿，与轩德帝密谈过后，哀然离去。她自此搬出皇宫，移居长公主府。轩德帝在不久后罹患不治之症，龙体日衰矣。有耳闻者传言，兄妹二人因李林军主帅之死而决裂。次月，大晏皇宫最恢宏的宫殿之一霁月宫开建，斥空前人力物力财力，不到一季便已竣工。同时轩德帝得一神医相救，病体好转。长公主受邀回宫当日，突发脑疾，此后行动言语皆异于常人，神态疯癫，常于无人处自言自语，无故嬉笑怒骂。日久，再未出过霁月宫，独居至今。"

姜禹眼波悠悠，恍然想起，自己其实一直都记忆模糊，能想起的清楚的开端，便是有一日他站在身后这小院中，萧霁阳推门而入，看见他时满眼愣怔的模样。

原来他们夫妻二人，从未离开过皇家宫宇。

他向长舒和容苍微微欠身，行了一个揖礼："多谢二位提醒，在下心中已有定夺。"

二人齐齐朝他回了礼，长舒握着折扇指向那结界裂口道："将军若要出去，便朝那处一直前行即可。"

不多时，姜禹带着萧霁阳从木屋中走出，朝长舒指的方向驭马而行。他们二人见此便隐了身，跟上前去。

幻境随着萧霁阳的路径而变幻，原本一出缝隙就该是辽阔萧然的大湖和殿宇，此时竟变成了林间小径，朝宫门延伸。出了宫，两人两妖站在主街道上，眼前所见又是那片繁华都城、喧嚣闹市，他们已然置身在真实的场景之中。

姜禹扶着萧霁阳下了马，朝北门大街的一处铺面走去。不知是不是姜禹所为，再从那小木屋出来时她换上了数年前上巳节没穿去正殿的那件红鸾羽衣，走在街上，整个人的衣着隆重得与周围环境格格不入，引得行人纷纷侧目。只是她的发饰简单，头发只随意盘了起来，用一根木簪固定着。

"我好像好久没出门了。"她和姜禹十指相扣，又有些惊慌地抓住姜禹手臂，"这些人的眼神很奇怪。"

姜禹抚上她的手背，附到她耳边道："他们是见你太好看了。"

"才不是呢。"萧霁阳闻言，弯起眼睛笑了笑，嘴上却反驳着，"他们是觉得嫁去过东丽的女人又回来以长公主自居，还嫁人了，有些无耻。"她低头看了看自己这身装束，"就跟你说不要穿这身衣服出来吧。"

"霁阳。"姜禹停下脚步肃重道，"不要这样说自己。你便是嫁过十次东丽，百次东丽，只要想回来，千山万水我都去接你。你愿意再嫁与我，是我之幸，若不愿意，是我福薄。大晏长公主，一言一行，轮不到他人评判。遑论你远嫁乃是为国，不是为己。"

萧霁阳撇撇嘴，拉着他继续往前道："好啦好啦。我耳朵都要听起茧了。日后不说便是。"她挽着姜禹的手腕，仰头看着因方才那番话不太高兴的姜禹，扯开话题道，"我们今日要去何处？"

姜禹脸色稍霁，问道："可还记得及笄那日，我们去的那家首饰铺子？"

"自然。"萧霁阳道，"你赠我的步摇就是那里的。"

"再去看看吧。"

容苍二人默默跟在他们身后，北街路上行人拥挤，渐渐以萧霁阳为中心聚集，看着她一个人说话比画，激起一片惊骇之声，众人窃窃私语。穿过人流，他们来到那家首饰铺前，姜禹拉着萧霁阳站在屋檐之下，并没有进去。夕阳西下，远处的落日坠向关外那条长长的边际线，大晏皇城浸浴在一片暮色之中，姜禹眼底也染了一层融融的暖意。

他还欠她一场及笄礼。

他看着自己身前这个笑颜如花的女子，他们年幼相识，年少相知，若蒋家没有身负叛国之罪，他便是名满京都的侯府世子，清风明月，步步荣华，能将她八抬大轿娶回家中。恍惚间他又想起那年出嫁前夜，她在窗棂边上守着自己说了一夜的话。

"当什么暗卫啊，合该当我的驸马。"

他那时心中暗想，他本该当她的驸马的。本该像在幻境之中，与她结发为夫妻，恩爱两不疑。就差一点，就像那晚她在身后抱住他，让自己带着她私奔那样，一个"好"字如鲠在喉。姜禹的目光定在萧霁阳脸上，他抬手抚上她的鬓发，将一缕被风吹到耳前的头发别到后面，然后慢慢攀到她的发髻，取下那根木簪，又从袖中摸出那支金步摇，极庄重地替萧霁阳戴上。佳人金钗，衣香鬓影，她不该陪着一个幻象虚度残生。

他有些眷恋地凝视着萧霁阳，低声道："霁阳……我十二岁就认识你了。"

萧霁阳眨了眨眼睛，没听清楚："什么？"

"没什么。"姜禹颔首，眼底的泪光转瞬即逝，再抬起时眸间已是春风般的笑意，"想不想吃桂花糕？"

"嗯……想。"

"那我去替你买一些来。"他深深地看了萧霁阳一眼，"等我。"

街尾，显了身形的长舒与容苍同姜禹行礼告别。

"将军此欲何去？"

玄衣黥面的青年侧首远望着西边穿透云层的粼粼暮光，眉宇间一片柔和，道："大晏的落日……在那处断崖上看最为壮观。"说完他又轻轻扬起嘴角，不知想起了什么，笑得有些腼腆青涩，"可惜当年，我光顾着看她了。"

语毕，他扬袖离去，走出两步，又回头朝他们端端正正作了个揖："发妻……萧霁阳，万望二位多加照看了。"

长舒微微躬身，回礼默应。直至那玄衣身影越走越远，消失在往生镜中姜禹离去的方向。

萧霁阳百无聊赖地站在首饰铺门前，等了许久也不见姜禹回来，正要提裙去找，听闻身后一声语调长长的"咦"。她扭头去看，是店家见她一直站在门口不进去，出来询问情况。只一走近，店家便瞧见了她头上那支步摇。

"姑娘这步摇……可是从我店中拿的？"

萧霁阳不明所以地点点头："是啊，我夫君赠我的。"

"你夫君？"店家疑惑道，"可是个黥面的年轻人？他还活着？"

萧霁阳先是点点头，听到后面又皱起眉嗔道："您这说的是什么话……"

第六章

071

店家意识到自己失言，有些不好意思地笑了一下，解释道："姑娘莫怪。我只是有些惊讶，没有别的意思。"

他指着那步摇道："这步摇本是我亡妻遗物，在我这里并不出售。只是几年前一晚，有个年轻人冒着大雨来此处敲门，一开门就给我下跪，脸上还刺着'劫'字，着实让我吓了一跳。他说他命不久矣，平生唯一憾事便是没能给他未过门的妻子送一根笄簪。"

"他那心上人又是个固执脾气，只想要我店中这支步摇。我本想照着这步摇的模样找人再打一支，可依当时的情况来看，应是来不及了。那人道他活不过那晚，本不该出现在大晏，一想到自己一生答应过他未婚妻许多事，完成的却很少，就觉得遗恨难消，所以撑着一口气来我这里，愿散尽千金，求我将这发簪给他。我当下不忍，便从那阁上取下，赠予了那青年。"

店家眯起眼睛，神色有些不忍地回忆道："他当时的模样……确是让人觉得撑不过一夜了。我现在都记得，那晚雨势极大，他跟从河里捞出来一样，整个人身上都在滴水。即便如此，那条断了的胳膊也还在不断淌血，也不见他包扎。我本想问他为何如此，才发现他是个瞎子。当时他已是失血过多，连站都有些站不稳了。"

"我叫他留下，想给他找个大夫先把伤治了，可他一拿到那根步摇就往门外冲，嘴里只说着'来不及了'。我见那青年确实是华佗来了也无力回天的光景，便不强求，由他去了。"

萧霁阳原本有三分怒意，在店家的讲述中逐渐怔然，听到最后只紧闭着双唇，整个人沉默起来。她满眼茫然地在店家摸着胡子的感慨声中痴痴转过身去，将懵懂无措的目光投向姜禹离开的方向，对身后一声声"没想到"的感叹充耳不闻。

日暮西山，残阳湮没，大晏皇城被夜色笼罩。街上的人稀稀拉拉地散去，身后的铺子也关上店门。偶尔三两过客会朝檐下的这位红衣女子掷来有几许怪异的眼神，可她眸光未曾移动半分，只静静地伫立在那里，等着替自己买桂花糕的丈夫归来。

她站得太久，整条北街都空了，她也没等到姜禹回来。长舒来到檐下，手持折扇，在萧霁阳身后，回望一眼姜禹曾和他告别的地方，对着那个萧萧背影道："长公主，你等的人，不会回来了。"

一身红袍的背影霎时一僵，漏在宽大袖口外的几根指头微微动了动，寂寥大街上响起有些寂然的一声低语："好想吃桂花糕啊……"

良久，阶上盛装华服的长公主迈开双腿，步步缓行，朝皇宫大门走去。

这次没有蜿蜒离奇的林间小路，萧霁阳的脚踏上十里长街，一步一回响，是敲击在皇城大街铺地青砖上的音调。长舒眼无波澜，目送她走进宫门，一开口还是那个没有任何起伏的语调："幻境破了。"

此时已近深夜，又临近冬至，原是妖体的长舒本不该那么快就感觉到身体疲倦，奈何连身旁的容苍都看出了他呼吸时口中喘出白气的时间持续了许久。猝不及防地，长舒身形晃了一晃，竟支撑不住朝一侧倒去。容苍眼疾手快地扶住长舒，肩头的人两眼半合，说话都有些费力，只能双唇张合着虚声吩咐道："先回客栈。"

到了客栈，容苍把人安置到床上，才发现长舒已经陷入沉睡，他撑在床沿，一步不离地守着长舒。容苍不知何时上下眼皮也开始打架，打着打着便枕在自己肘上睡了过去。

窗子没关，夜风一吹，他便醒了。十二月的寒气灌进房中，饶是身强体壮的龙妖也耐不住，肉身起了一层鸡皮疙瘩，更别说此时虚弱的长舒。他朝窗外看了一眼，起身前去将窗子关得严严实实。再坐回去，仔仔细细将被褥从头到尾检查一遍，看有没有地方没盖好漏了风进去。他眼神一路往上，最后对上一双幽深如水的眸子。容苍竟一时没察觉长舒已醒，心下一骇，只当是习习凉风把人吹着了，抑或是刚才关窗的动静吵醒了长舒，有些木木地开口："长……"

长舒没等容苍说完，复又闭上眼，随口道："夜寒，早些休息，别受凉了。"

耳边响起遥遥一声鸡鸣，长舒睁眼，微白的天色渗进房中，就见龙崽子坐在床榻边哭。长舒缓缓开口，嗓音里带着些半睡半醒的迷糊，问道："怎么了？"

龙崽子一动不动，长舒觉得不对劲儿，伸出手去拉了一把龙崽子的胳膊，他想让人转过来，耐心地又问了一遍："怎么了？"

没承想小龙崽应也不应一声，竟还将他的手甩开。

长舒觉醒了八分，坐起来倾身和龙崽子并肩，他挨得极近，低低问道："做噩梦了？"

容苍耳朵微不可见地动了一下，他把头偏过去对着床外，留给长舒一个后脑勺。长舒第一次在容苍这里碰壁，眉头一锁，心道平日里简直太惯着他了，近些日子这小东西是愈发不知好歹。长舒一时也来了脾气，后仰着靠到床头，冷声道："不说话就睡觉。"

接着长舒便听见一声小小的呜咽，还没等龙崽子开始抽鼻子，他就面无表情地警告道："不许哭。"容苍呜到一半又硬生生给咽下去了。

屋里短暂的沉默后，长舒看龙崽子动了动膝盖，停下片刻，又动了动，他才再俯身哄着问道："是不是哪里不舒服？"

容苍虽还是没有回答，这次却识趣地轻轻点了点头。

"给我看看。"

容苍瓮声瓮气地含糊道："不要。"

长舒语气强硬起来："听话。"

容苍嘴角极轻微地勾了勾，又一抽鼻子，瓮着声音说道："长舒可还记得要为我种幻引？"

原来是这事，长舒愣怔了一会儿，道："那夜的事，你能忘便忘。你已经不小了，我就算再怎么失智，也不该妄自决定你日后的去留。天地山川，多的是你还没有涉足过的地方。我平日以你的亲族长辈自居，强行拉着你发誓，实在愧为一个长者。你倘若觉得委屈，要在我这里讨个说法或者道歉，又或要我做点什么来补偿，那都是应该的。若你实在想不开要就此离开，我也不会强留。"

容苍心中暗喜，他按捺住眼中神色，颓丧道："说来说去，长舒还是想我离开……"

"我不是这个意思。"长舒听不下去，"你若是不想离开，谁也不能逼你。你天性喜好自在，我不想你因我的这番荒唐誓言而将自己禁锢在烟寒宫的一亩三分地，想遨游天地也缩手缩脚，倒叫我觉得愧疚。"

越说越说不下去，长舒觉得自己之前那番誓言真的荒唐。

容苍这才慢慢走过去，蹲在长舒身旁，将下巴搭在长舒的膝头上道："长舒这样过分，我是要讨个说法的。"

长舒侧目："讨吧。"

"都依我？"

"依你。"

容苍支吾道："总之，我已经应了长舒许下的誓，便是赤霜殿的人了。"

长舒眉梢一挑，心下有些预感，问道："你想说什么？"

容苍一擦脸："我要种幻引，要长舒授我幻印，我要当赤霜殿的人。"

"不可。"

容苍黯然垂下眼，又默默靠着床榻抱膝坐着，安静得与刚才判若两人。良久，他才细声细气地开口："我就知道……"

长舒暗暗头痛，听着小龙崽抽泣，抬手抚上小龙崽头顶，叹道："你还小，你不懂这些。"

"你方才才说我不小了……"容苍把头埋进臂弯，背上耸动两下，闷闷道，"我在长舒这里，是可大可小的吗……"

长舒俯视腿边把自己团成一团的小龙崽，少顷，眼眸微动，话题一转，突然问道："你那往生镜是个什么东西？"

容苍还没等到长舒哄他，一时未来得及从情绪里抽身，被这么忽然一问，根本反应不过来，只下意识黏糊糊地应了一声："啊？"

"往生镜。"长舒坐正，右手不知何时变出的折扇一下一下敲打在左手掌心，从容道，"拿出来给我看看。"

"哦。"容苍还是有些蒙，但依旧听话地从怀里掏出镜片，头也不回地越过肩膀递给身后的长舒。

"没规矩。"长舒看也不看，也不接，还是手执折扇闲敲掌心，语气暗带了三分严厉道，"起来。"

幼时熟悉的语调响在耳畔，容苍被本能驱使着"噌"地站起来，立正后还不忘拍拍屁股上粘的灰。

"坐好。"

容苍又坐好。

"拿来。"

容苍这才把镜子递上去。长舒眼中闪过一瞬取胜的光芒，方伸手接了。这碎片看起来约莫占整个镜子的四分之一，分明是亮锃锃的镜面。长舒拿在手里，将正反两面都看了看，发现它竟照不出任何东西，不管对着什么，镜子里都是一片诡异的白光。为以防万一，他没将镜子对着脸，平放在掌心后他若有所思地问容苍道："这镜子，你是从蓬莱得到的？"

容苍"嗯"了一声，说："是有一日师父让我替他去岛中小湖捕鱼，我在湖底拾到的。"

"这么凑巧啊。"长舒漫不经心道，又盯着镜子，眼神扫过容苍，"你说你曾在镜中看见过自己的前世？看见了什么？"

"看见了……"

"你"字还没出口，容苍急急打住，舌头抵住牙关，愣是没泄露半点声音出来。他岂能告诉长舒他在镜中看到的东西？

其实不多，镜中长舒还是眼前这个模样的长舒，傲雪欺霜般出尘的气质，绢衣玉冠，不苟言笑，像块寒冰似的叫人不敢靠近。

不过镜中的长舒不叫长舒，容苍也不知道里面那个长舒的名字。那里面的自己也从没像现在这样长舒长、长舒短地叫，只喊对方"哥哥"。像什么口诀似的，每次他一喊"哥哥"，那个惯是面沉如水不动声色的人就会有些动容，擅察言观色如他，一眼就看出镜子里的长舒架不住他喊"哥哥"就如同现在的长舒架不住自己撒娇一样。

而且还是一副极好骗的模样，单纯得跟张白纸似的。

"哥哥既然救了我，就不能不管我。"

"哥哥真有天上地下都找不出能与之比肩的绝代风华。"

这些张口就来的话每次到那个人的耳朵里，都能引起一丝微澜。

容苍每每想到，脸上就不自觉浮现了笑意。

"你在那镜子里，看见了前世的什么？"

"我……"容苍直愣愣看着长舒，痴傻道，"我看见了……"

"嗯？"

"我看见了前世……"

长舒哭笑不得："我知道你看见了前世。我问的是你看见了前世的什么？"

"看见了前世的我。"

长舒愣神一刹后便泰然收声，他抿了一口茶，微笑道："容苍，看来你确实长大了。"

学会打太极了。

"有时间我定要去拜访拜访你在蓬莱的那位师父。"长舒眉尖覆上冷意，却还是慢悠悠地说道，"看看是什么样的高人能把你教得如此灵光。"

"长舒……"

长舒起身，将镜子推到容苍跟前，一副还给他的姿态。须臾后白影轻晃，衣袂飘动，已施施然到了房间门口："你不说我也不逼你。我们该去办正事了。"容苍跟上去，二人由于今早的事，一路上都没有怎么说话。其间容苍几次试着想要搭话，都被长舒漠然的神色硬生生给挡了回去。他心下凝噎，且不说做妖的在一整块镜子中都只能窥得一些过往片段，更何况他得的还只是那么一个残角。那往生镜给他看到的确实只有那么一丁点东西，半个字都不好透露给长舒。

说什么？说了只怕当下直接被你一扇子送去九幽见韩罩了。

龙崽子是斟酌又斟酌，掂量又掂量，觉得只字不提固然让长舒生气，但总的来说还是保命要紧。

咫尺天涯 第七章

　　容苍这么想着不知不觉就跟着长舒到了一处宫殿前，砖角瓦缝透着磅礴的气势，恢宏模样比霁月宫有过之而无不及。

　　夜色已褪，蒙蒙亮的天边好似盖着层薄薄的灰雾，明明已不早，却始终未见本该悬空的旭日。整个皇宫寒意瑟瑟，从宫内进出的太监宫女脸色是同天空一样麻木的灰白，青天白日下的皇宫仿佛处在一片昼夜交替的昏暗之中。有两个身着华服的太监阴着脸从宫门跨步出来，窃窃私语被裹挟在寒风之中刮过长舒和容苍的耳畔。

　　"这天啊，是说变就变……人也一样……早些时候还勤政得很……自从那妖女……"

　　"说什么呢！不想活了是不是！没那……那医官！咱今儿能不能见到圣上都还说不准！"

　　"他这副样子，见和不见有什么……"

　　"住嘴！脑袋搁你那脖子上嫌重得慌就自己拔下来找个地埋了！别连累我！"

　　长舒目光幽幽地看着那两个背影走远，开口道："闻到了吗？"

　　容苍点头答道："腐魂。"

"还有。"长舒说，"那只幻妖，就在此处。"

他朝紧闭的宫门看了一眼："进去吧。"

雕梁画栋金砖玉瓦的殿中没有一个旁侍宫女，遑论左右护卫。

二人畅通无阻直达龙榻面前。帷帐飘飞，轻纱后面有一袭娜背影立于床前。他们越走近，闻到的腐魂味道就越浓厚。容苍轻拨纱帐，侧身待长舒进去再紧跟其后，二人将眼前景象看了个清晰了然。

织龙绣凤的明黄锦被下安睡着一具呼吸轻缓的身躯，看样子体量高大，眉目疏朗，若睁眼站于人前，该是一位玉树临风的翩翩公子。只是此时榻上之人面色红润，双眸紧闭，似乎陷入了一场极安稳舒心的沉眠，如果忽视其眉间团团氤氲的死气的话。

长舒观察得细致，正欲将萧启再仔细看看，却感觉到侧后方的人身体明显一滞。他主动向后侧伸手，轻轻捏了捏对方的手掌，缓声道："别怕。你们只是长得像，你不是他。"

"他当然不是他。"

沉默良久的紫衣身影终于出声，嗓音清冽如百尺冰泉，又似寒兵冷剑。她转身，还是那双狭长的吊梢狐狸眼，眸中是波澜不惊的泰然，她不卑不亢屈膝行了个礼："长舒殿下。"

受礼的二人双双一愣，若说凭借灵识试探彼此的修为，从而推算出他是幻族之主长舒也不奇怪，毕竟世间像他这般岁数又功力深厚的幻妖屈指可数，可这一声"殿下"实在来得猝不及防。别说容苍在他身边时数较短，就连长舒自己，自烟寒宫中醒来那么几万年，都从没听人称呼过自己一声"殿下"。

烟寒宫众除长决以外皆不及长舒年长，或是出于敬重，或是迫于辈分，人人都尊他一声"君上"，只有容苍是个例外。一来是他疏于对容苍的管教，把容苍养得肆意妄为；二来这孩子整日跟着长决学嘴，跟着二哥喊长舒，他也懒得去逼人改口。

眼前女子修为保不齐在他和长决之上，断然不会是族中小辈，唤他一声"殿下"，是尊称，也是暗示自己并无敌意。反应未及礼数先到，长舒收了袖中随时准备召出斩风的手势，脑中回忆着在萧霁阳记忆中女子曾自我介绍过的名字，颔首回礼道："紫禾姑娘。"

来人闻言自嘲地弯了弯唇角："十几万岁的老太婆，担不起这声'姑娘'了。"

长舒面上不动声色，手下彻底收了法力，别说自己现在这副半残身躯，加上容苍也不是紫禾的对手，更何况身后这个小拖油瓶还指不定能不能帮上忙。总不能到时候打起来让小龙崽哭给紫禾看，逼对方认输吧？

长舒悄无声息横跨一步，将容苍护在自己身后，对着紫禾说道："前辈长在下数万年的见识，所作所为本轮不到我来置喙。只是前些时日在下有位在冥界当差的朋友，说是人间有一亡魂迟迟未收归冥界，手下行职又多次遇阻，无奈只能亲自前来查看。岂料他一看完就找到了在下，说是牵扯到了幻族，拜托我帮他这个忙，在下就应了。"

长舒言毕没有等到紫禾给出回应，便望向床畔继续说道："幻族禁术'魂契'本是要在一死一活的前提之下才能施行，相当于肉身内原魂离去，将前主记忆本性留在躯体，幻妖自身命魄再分给已死空躯，以命续命，二者因此同生共死。可阁下未待萧启死去便施此秘术，强行挽留他体内亡魂，阴魂久不归冥界，会受不了人间阳气腐烂不说，于阁下命魂也是百害而无一利。"

"遑论生死轮回之事，于人间秩序而言，乱一人便是乱一界，若本该投胎的生灵到了时候还滞留于轮回道中，引得后面万千亡灵皆错了良时，必定招致天下大乱。此等牵一发而动全身的事，望阁下趁着他转世期限未过，早日收手，放他一条生路。"

"他没有什么转世期限了。"紫禾敛眸略略低头，像是在笑，那笑的意思是长舒方才说的这些她全知道，"这是他在人间的最后一世。"

长舒一怔，想来也是，十几万岁的老妖怪，生得说不定比这些秩序规矩本身还要早。于是不再反驳，静待紫禾下文。她不再面对他们，而是转过去看着榻上的萧启，指尖触到他衣襟口上方一个半月牙状的胎记，一双看不出温度的细长眼睛竟涌上些许暖意。

紫禾目光遥遥，似是在透过那张和容苍极度相似的脸庞回望记忆中早已泛白的旧事：

"天界玄凌帝君，骊龙族主，东海水神，只有半片逆鳞。"

紫禾眸光一停一转，好像又看到十几万年前，那个连崖边碎石都光洁得能倒映出半片月色的山洞。

那年她三千岁，是世间第一只历劫化形的幻妖。

幻妖原本生而无形，是无数幻象执念所化之灵。

那夜本该是月明星稀的好夜，她一如往常在山谷中游荡，岂料眨眼天色突变，云海之中暴起寒芒，震谷巨响之后是数道直直朝她劈来的天雷。慌乱奔逃之中，她躲进一个山洞，却仍被穷追不舍的天雷劈中灵体，险险寻了个避难之处，却再没有行动的力气。她听着头顶轰鸣的爆裂之声，想着只能生死随天。

眼看护身之处被劈出道道缝隙，处处泄入天光，接着身前洞口轰然坍塌，她已是死路一条。还未化形的小幻妖闭上眼，等着自己被未知的某一阵天雷打得魂飞魄散。

短暂的寂静过后，她听见的却是高处的一声轻笑。

"我还当哪位上神在此渡劫，原来是只小妖化形。"那声音带着些揶揄，"这司雷真君也太不走心了，用得着这么大阵仗吗？"

她一派惶然地循着声源去看，发现有人撑伞站在自己身前，正含笑垂眸凝视着她。青衣玄发，眉梢自带三分春色，似画中仙，天上人，翩翩然一个俊俏潇洒的风流公子。

她便是在那一刻化形的。

汹涌雷鸣霎时再度朝她发难，几乎是看见闪电的一瞬，她捂住耳朵惊叫出声，一把抱住了跟前人的一条腿。来人见状想撤，却被她手脚相缠，怎么都来不及了。一只广袖盖住的大手轻抚上她披头散发的颅顶，再一扬，生生为她挡退了一道天雷。

"放手。"

她装听不懂，直接抱着他的腿，蛮横无赖地坐在了那只脚上。半晌，一通窸窣响动过后，有什么东西被丢在她头上，烟青锦缎罩住了她缩成一团的身躯，将她严严实实盖住，好像是那人的外袍。那声音带着几分无可奈何，穿过布料传到她耳中："男女授受不亲，你将衣服穿好。"

她胡乱穿了几下，生怕他跑掉，刚把袖子套上就立马继续手脚并用地缠在那人腿上。脱了外袍的公子暗笑不止，拎着她穿反的后领把她从鞋子上提起来，又扯下头顶发带将她的衣服合上又严严实实系好，顺便帮她理了理乱糟糟的头发。

他刚把她拉起来，一双手就又攀上他的袖口。

"别拽。"他把她的手从袖子上扯下来，"我助你渡这一场天劫便是。"

话音刚落，眼前的青衣公子转眼化作一条身长百尺的黑龙，吟啸间便盘踞原地，将她圈在中间："我救你一命，你怎么报恩？"

她懵懵懂懂地看着这条巨龙，听不懂"报恩"是什么意思。

"罢了罢了。"他笑道，"你这小东西，连话都不会说，哪还能让人指望着报恩。"

明明是惊心动魄的一场天雷，被他这么笑着闹着，好像就成了一件没什么大不了的事。他既答应护她，那她便全心全意信了，再没什么可担忧的。他们都轻视了她的力量。

六界生灵，凡功法在更进一层之时皆要渡劫，能力越强者，劫难越重。往往一二道天雷只是小惩试探，第三道才是危及性命的一招。彼时不论是她自己还是玄凌，都以为她不过一介小妖，就连前两道天雷，玄凌都觉得是司雷小题大做，失了轻重。

直到第三道天雷降至此处，惊天骇世之气震得他心头一凛，再看怀里的人，竟抱着他一根龙爪睡得无比酣畅。眼看雷锋已朝此处劈来，他想也不想，圈紧了真身，将她整个人埋进自己怀中，硬生生替她扛了这最后一道雷劫。劫气直冲龙体，打得他心脉断行，竟劈掉他半块逆鳞。

"我再醒来时浓云已散，周围除了堆砌的巨石残块什么都没有。"紫禾的手指轻轻摩挲着萧启喉结下方的那块胎记，"脚边剩着一块半月牙状的龙鳞，那是他的逆鳞。"

她将那半块逆鳞握在掌心，借着那时空前清亮的月色，置于眼下端详。

"玄凌来的时候，最后一束月光刚好落在他的肩头。"她说，"待我醒来，想再去寻那束光时，却忘了他肩头的位置。伸手去抓，满掌唯余寸寸荒凉。"

"我拼了命修习练功，横冲直撞，好的坏的什么都学。"紫禾声音低低的，"就是为了上天入海，去找他。"

她微微朝长舒二人的方向侧头："殿下方才所说禁术，也是我创的。"

长舒没有太意外，只低眸道："是在下唐突了。"

紫禾摇了摇头，继续说道："有一次我修习心法差点走火入魔，有只藤妖趁我不备将藤毒注入我浑身经脉，待我发现时，只差一步就毒气攻心而亡，是那半片逆鳞护住了我的心脉。我体内余毒始终未清，苟延残喘到现在只因那逆鳞早已与我同生同长，护我周全。后来那十几万年，我的修为精进极快，也未尝没有几分它的功劳。"她苦笑了一下，"我带着这片鳞片找了他十万年……就是没找到天地间只有半块逆鳞的黑龙。后来才明白，哪条龙会将自己只有半块逆鳞的事情大肆宣扬呢？或许正是自己的一腔执念，才会阴差阳错同他擦肩而过。"

"玄凌他……曾三媒六聘到幻族向我提过亲的。"紫禾仰起头，看着床头帷幔，语气是说不出的苍凉，"我常年浪迹，不知道提亲的人是他，想也不想就托人拒绝了，连看都没去看他一眼。"她突然将目光向容苍扫去，"待我察觉端倪后，他却迫于当时形势，火急火燎地和别人定了亲。"

"我不甘心啊……我怎么会甘心呢？我找了他十万年，那一纸婚书上，本该是我和他的名字。"紫禾平复半晌情绪，方又絮絮说道，"可有些事错过了，再去强求，本应该就变成了不应该。"

她闭上眼，神色有些倦怠："那亲他没结成。两厢都不情愿，他和他那未婚妻竟都找人顶替成亲。事发之后二人双双遭到天罚，被贬下凡。天尊原本是想让他们一同经生死情三劫，可这次天算也没算过旁人。"

长舒原本默默听着，突然脑中白光一闪，欲言又止道："他那未婚妻……"

"没错。"紫禾目光平静如水，"他与他未婚妻本该历一世劫难就重返天庭再修前缘，却被我生生拖了五万年。"

她从袖中拿出一件有些反光的物什，慢慢把玩着道："当年玄凌被贬下凡，不知何人给了我这镜子，还留下一句话：一计术法解生劫，二计往生断情劫，尾计魂契续死劫。"

"此后生生世世，我都在凡间找他。"她轻叹了一声，过往这五万年真是有些耗费精力，"若到得早些，便利用妖术替他除了生劫，最晚到时，也没晚过他遇情劫。所以我总在他历情劫以前将这往生镜给他看上一眼，管镜子里照的是哪一世，都只有他和我。"

她一生光明磊落，偏偏被一个"情"字逼得做出这样的卑劣行径。

"生死情三劫，本就不能被强行干涉。打乱命盘，无论少渡了哪一劫，都不算渡劫成功。于是他就这样一世一世地在人间轮回，他那未婚妻也在人间耗了五万年的光阴。他们二人世世相见，却世世经历着各自的劫难。这一世，她叫萧霁阳。"说到这里，紫禾面露痛苦之色，"可偏偏就是这一世，我来晚了些。"

她的目光悠悠转回萧启的脸上："死劫一过，他便渡得圆满，要回九重天去了。"

"所以前辈用了那招尾计，以魂契吊着他的命魄，不要他前往转生轮回。"长舒语气间没有什么动容，好似只是替她总结了一下，"黔驴技穷，饮鸩止渴。"

紫禾不置可否，只笑着感慨道："殿下还是老样子啊。也不知该说你变了，还是没变。"她抬手将头发全部撩到一侧颈边，露出后颈中间一个浅浅的半月牙状的疤，突然五指弓成爪状，掌心施法，强行将那块皮肉下方的什么东西破开肌肤，吸到手中。留给长舒二人视线的，只剩一个皮开肉绽，可见脊骨的血淋淋的后颈。紫禾摊开手掌，血水之中静静躺着半块黑得发光的逆鳞。她那一头原本柔顺亮泽的黑发很快以肉眼可见的速度褪色变白，渐渐失去光泽，变得毛糙干枯。她很平静地将那逆鳞推入萧启喉间，再开口时声音已如耄耋老妪一般沙哑疲惫："他从一开始，替我挡到现在，也该回去了。"

说完之后，她撑着床沿很缓慢地站起身，低头握着自己胸前的白发看了一会儿，有些佝偻地走出宫殿，始终没让长舒他们看见她的正脸。

"我老了。"紫禾沧桑的声音从远处慢慢飘来，"不等他了。"

殿中不知何时泄进缕缕金黄的曙光，阴云散去，日晖骤起。大晏皇帝萧启，在轩德三年这个隆冬的早晨，于安睡中悄然驾崩。

第八章 莫邪疑云

天边乍起轰雷,响彻云端,是有上神历劫归去。

长舒正看着远处闪烁的云层沉思,突然低呼道:"不好。"

"萧霁阳。"容苍登时反应过来,先长舒一步朝霁月宫的位置奔去,离开时不忘转头道,"我先去,长舒慢慢来。"

后者神色晦暗,长舒昨天在萧霁阳幻境之中一直用法力撑着斩风扇保持结界开口,否则他们很有可能随时会被挤出幻境。

而幻妖功力越深厚,所造幻境的排异性越强,若要硬闯,就需在斩风扇上注入更多法力维持着自己不掉出幻境。

紫禾是世上修为最强的幻妖,她所造的幻境,需用最大的精力去破开。遑论斩风扇是第一妖扇,为人所用的同时还会吞噬扇主渡到它身上的同等法力,一旦启用斩风,就代表要耗费两倍有余的修为才能成事。

长舒此刻确实已经快到极限了。他看着容苍在眼前倏地消失不见,稳了稳心神,踏出宫门再沿着宫墙一步一步朝霁月宫走去。

容苍一路留了龙息,一是方便长舒能顺着它找到自己,二是能凭借自己随龙息留下的术法感受长舒和自己的距离。容苍一个闪身到了霁月宫正殿,萧霁阳依旧穿着那身拖地红袍,头顶端端正正插着一支金步摇,上面的吊坠无风自动,整个人面对墙上的壁画，留给门口的容苍一个安静而诡异的鲜红背影。

容苍负手跨进殿中，微微眯了眯眼，眸底划过一丝寒芒，毕恭毕敬喊道："霁阳长公主。"

红衣身影并未转身，只平淡地"嗯"了一声，便再无下文。

容苍冷冷勾起唇角，缓步靠近，每走向她一步，那个一动不动的背影似乎就更僵硬一分。

就在他快要伸手拍上萧霁阳肩膀的那一瞬，一直不肯转身的长公主突然极快地把脸凑到容苍眼前。咫尺之距，那张姣好的面容此时变得极度狰狞扭曲，一双鬓水秋瞳早已不见踪影，只剩两个黑洞洞的眼眶，正大睁着和容苍对视，里面隐隐逸出丝丝骇人煞气。下一瞬，和容苍近到快要脸贴脸的"萧霁阳"歪了歪头，以一个不可思议的弧度咧开了嘴，露出上下两排青黑的獠牙，猩红长舌直冲容苍双眼而来！

容苍沉眼哼笑一声，内里发狠，抬手将虎口卡住萧霁阳的喉咙，直直朝墙壁掼去，五指收缩间渐渐现出龙爪，直接掐进那罗刹鸟妖的魂魄使其难以金蝉脱壳。

容苍冷冽开口问道："萧霁阳呢？"

罗刹嘴硬，不肯开口。

容苍懒得多言，抬起掐着罗刹那只手的拇指，龙爪毕现，拿锋利的指尖刺进了罗刹的喉咙。容苍将额头抵在墙壁上，转过来用极温和的语气对着它耳语道："别让长舒听见，叫他晓得我不乖了，要生气。"

容苍用指头拔出它的喉咙，一下一下轻柔地摩挲在那个可怖的伤口上，又耐心道："我知道你为什么死到临头还不说。"

"罗刹鸟妖是煞气所化，即便被打得形神俱散，也不过就是变回千万缕煞气，待过些时日，又能重新聚形。所以你不怕我，你觉得你们不死不灭。"容苍一笑，离罗刹鸟妖又近了些，近到声音毫无遗漏地传到那只妖的耳中，"你可曾听说，淮水之畔，有一邪龙，不习妖道，不修妖法，以吃妖为生，将吞入腹中的妖怪消化得一干二净后，那些妖的修为和术法便全都被他化为己用？"

话音一落，罗刹脸上那点得意的神色陡然消失，像是回忆起过往道听途说的那些传言，眼中出现了无法抑制的恐惧神色，它的身体不由自主地颤抖起来。那副被捅穿的嗓子用残存的最后一点力气挤出游丝般的声音："是……你……"

"是我。"容苍笑得和气友好，"你说我若是吃了你，你还有没有再生的命？"

罗刹还不死心："萧……霁……"

"事到如今你还想拿她做筹码？"容苍一下子凶狠起来，咬牙厉声道，"她早死了！被你吃了双目，煞气侵体而亡！"

小妖怒目圆睁："你知……"

"蠢畜！"容苍哂道，"我当然知道！爷爷诓人的时候你还在东丽没有化形。"

"给她陪葬去吧。"容苍淡下语气说完最后一句，仰起脖子微微露齿，正对着那罗刹要一口下去之时，眼前刮过一阵黑风，生生趁容苍不备将口下小妖无声卷走。龙口夺食的事也有东西胆敢不自量力来试，容苍怒从心起，眼角骤缩，深沉如水的一对眼珠隐隐发红，一个蹲身便朝黑风卷走的方向追了上去。

容苍一路追到一处山脚，眼尾扫见石碑，就不再往上。他能感知到，长舒到了霁月宫发现没人，现在正飞往此处，且离自己越来越近了。若贸然往前追，届时让长舒撞见自己杀人的模样可不好办。倒不如直接在此处等着长舒，二人一起上去。

不多时，容苍身边立现一个白衣身影。长舒气息微澜，容苍赶忙伸手扶了他一下。长舒的声音听起来有些无力："怎么不上去？"

容苍直直看着山脚那个半人高的石碑，上面龙飞凤舞刻着"莫邪山"三字。容苍斟酌片刻，还是问道："长舒可知，在凡间，有关于'四大杀器'的传说？"

长舒摇了摇头，他深居烟寒宫，平日很少出门，虽说偶尔会看看二哥从人界带来的话本子解闷，但多数都是一目十行地浏览，更别提凡间那些牛鬼蛇神的传说。自己就是妖，对这些根本不感兴趣。

容苍便道："凡间有传言，混沌初开之时，上古神兽夫诸曾预言，六界会生四大杀器，杀器之间相互牵制又能彼此感知，一旦其中某一样觉醒，其他几样都会依次现世，而四杀器聚首之日，便是六界改天换地之期。"

长舒难得听一次这样的谣言，也来了些兴趣，便问道："哪四大杀器？"

容苍朝长舒袖子掠过一眼，说："魔镜往生，鬼剑怀沙，佛珠菩提，还有……"

"还有什么？"

"妖扇斩风。"

长舒一愣，随后竟难得地笑了一下，心道这凡人编故事还真有头脑，真实的东西里充几个南郭先生，好让人难辨真假。

"斩风是第一妖扇没错。"长舒颇有听下去的欲望，徐徐道，"关于这几样东西，可还有什么别的说法？"

容苍知道长舒这是不信，不恼也不争辩，既然长舒愿意继续听，他便愿意高高兴兴讲给长舒听："长舒既已有了斩风，便能摸出这几大杀器取名字的规矩，是反着来的。"

"往生镜被称之魔镜，但其实并不能为魔道所用，它除了能映照往世，还有更重要的一个作用，便是封印世间一切邪魔。"容苍道，"同样，鬼剑怀沙可强召万鬼，屠尽九幽，妖扇斩风可破六界所有妖术。"

长舒默然，片刻后问道："那佛珠菩提呢？"

"佛珠菩提在四杀器的传言中被人着墨最少，却最引人遐想。"容苍解释道，"只因关于它们的谣言不知流传了几万年，时间奔涌，前三样法物或多或少总有人曾窥得那么一眼真身，故而才会惹得众说纷纭。独独这颗佛珠，竟是从未现世。就连名字，也只是因为那珠子传说曾是佛前清池中的一颗白玉菩提珠而随便被人取来凑个称呼罢了。"

长舒沉吟道："往生封魔，斩风杀妖，怀沙屠鬼，那菩提……"

"长舒想得没错。"容苍露出一个会意的笑容，接话道，"佛珠菩提，可灭九天神佛。"

长舒垂下眼帘不知在想什么，待再开口时已将话头转回了一开始的时候："这和现在这山又有什么关系？"

"萧霁阳被东丽尾随来的那只罗刹鸟妖害了。"容苍气势微颓下去，道，"我本想将它抓起来，奈何修为太浅，打不过，让它逃了。"容苍指了指山顶，"我一路追到此处，看见这山名，却不敢上去，只好等着长舒。"

"为何？"

"鬼剑怀沙，相传便是被封印在此处。"

"那也得上。"长舒朝山顶看了看，"你我曾答应过姜禹，要替他照看萧霁阳。无论生死，总该有个着落。"

容苍不知想到了什么，眼神一息暗淡下去，有些懊恼地朝长舒走近两步，弱弱地扯了扯长舒袖子："长舒，我是不是很没用，什么事都办砸……"

长舒这才意识到自己刚才那番话说得僵硬，使得容苍多心，觉得自己是在怪罪于他。

"我没有怪你的意思。"长舒将语气放软，"你还小，修为尚浅，本就不该孤身涉险。在此处等着我来是明智之举，日后再遇到这样的情况直接在霁月宫时就该止步，免得伤了自己。"

容苍没有说话，只低着头默默点了点脑袋，像是还在自责。

"走吧。"长舒哄道，"莫怕，既然那剑还在封印之中，便不会突然觉醒。"

长舒嘴上温言细语这么说，心里却想这故作玄虚的莫邪山怕是什么也没有，所谓鬼剑怀沙不过是其中山野精怪编造出来防止外人进山的自保之术。只不过长舒看容苍对那些传说深信不疑，不忍心破坏他那些幻想，便顺着那套说辞安慰容苍，只管把人哄上山去。

越往上走，山上越是潮寒，快到山顶之时天色已经完全暗了下去，云雾缭绕间让人有种可扶日月的错觉。

长舒面色逐渐青白，眼底却愈发防备警戒。

这山上怪异得很，就算久无人至，也不该干净得也无一丝怨气。更矛盾的是，如此空净的莫邪山，偏偏围绕着一股邪煞之力，想来是有恶妖在此。但这妖盘踞此处，一来无人可害，二来无煞气可借助生长，图什么呢？

容苍显然也察觉到了这山的诡谲，正要偏头去和长舒说话，思绪却被不知从何处冲他们二人而来的一股黑风打乱。早有防备的龙妖眸间闪现一抹厉色，又是那阵风！

那邪风疾速袭来，气势汹汹，顷刻间便使他们眼前之景风云失色，二人落入伸手不见五指的黑暗当中。长舒被黑风残影包围，啸啸呼声盘踞耳畔，听得容苍的叫喊声逐渐变得细微。他正要伸手召出斩风，那邪物却像是有预料似的不再同他纠缠，只绕着长舒转了几圈又朝山的另一边奔去。

待视野清晰下来，草木皆定，长舒四顾寻找容苍，却不见其踪影。他当下顾不得许多，跟着黑风消失的方向追了过去。不承想山南那面竟不似方才那条路上杂草丛生，虽然也好不到哪里去，但还是有零落的房屋散落在整个山上，目之所及的那些残垣断壁撑起来的框架也多少透露着几分恢宏大气，此处看起来像是曾建立过一个规模不小的门派。

长舒站在百步长阶之下，遥望伫立在山顶的几座零丁殿堂，依稀能窥探到几分当年的磅礴盛况。

不知这门派在以前经历过怎样的浩劫，才落得如今这般荒凉破败，鬼气森然。长舒闭目凝神，感知那两只妖和容苍都在山顶正殿之中。他遂想也不想，直接飞去了山顶。

那殿远看还觉一般，走近了才让人知晓其高耸巍峨，仰头穷目方见屋脊，正脊端端立着青狮白象驮宝瓶，翘角飞檐亦是被多年风霜雨雪模糊了面容的狰狞兽头。殿前的青铜祭鼎有三个长舒那般宽大，只不过早已积起厚厚一层灰尘，蛛网罗布，同那殿宇内外大多数摆设一样，处处皆是了无生气的光景。

长舒绕过院中青铜鼎，抬脚踏上殿前刻着繁复花纹的石阶，殿中景象一览无余，随视野的扩大慢慢呈现在眼前。

层层叠叠的蛛网几乎覆盖了殿中所有陈设，青砖铺就的地板早已看不出原本面貌，砖缝里的杂草不知轮回了多少个春秋，青黄相间地遍布在各个角落，最矮也能没过人的脚踝，快要叫人无法迈进殿门。

容苍负手背对大门站在正殿中间，听得身后脚步声才转过头来，待见来人是长舒时，眼中方才还自持着的沉稳之色倏忽消失不见，他转而匆匆跑向长舒，一脸的慌乱无措。

他这一错身，进门的人才看见刚刚被容苍背影挡住的几案后方，那把宽大的太师椅之中，坐着一个容貌妖冶的绝色女子。她此时正一肘倚靠在扶手之上，半睁着眼懒洋洋地同长舒对视，朱唇微启，绽开一抹好像静待长舒已久的笑，她似漫不经心地说道："怜清，你来了。"

这是一只化形至少万年的罗刹鸟妖，同她脚边跪着的那只相比，要难对付上千百倍不止。

但令人惊惑的是，这只罗刹身上的煞气极其浅淡，甚至已到了所剩无几的地步。按道理罗刹周身一旦煞气散尽，那本就是因煞气成妖的罗刹也该不复存在才是。而眼前这只大妖，体内煞气还没有脚边那只半死不活的重，不仅没有魂飞魄散，反而修炼成形至少上万年，就好像支撑她如此修为的早已不是一般罗刹所需的怨煞之气，而是别的什么东西。

"我不认识什么怜清。"长舒没有感知到对方的进攻意图，从容应对道，"阁下费尽心力引我二人至此，不知有何目的？"

"桑胥啊。"那只万年罗刹鸟轻轻吐露出这个名字，"我是桑胥，你不记得了？"

"丧胥还是活胥，在下都不感兴趣。"长舒镇静道，"不管阁下有意还是无意引我至此，在下既然来了，就要拿到自己想要的东西。"

"哦？"桑胥挑眉，扫过脚边瑟瑟发抖的同类和身后座椅，笑问道，"我的东西可多了，不知你要哪一样？"

长舒看向她脚边，无视桑胥口中的调笑意味，说道："在下受一位朋友所托，替他照看遗孀，却不防让他那未亡的妻子被妖物所害，如今落得活不见人，死不见尸。这本就是在下所犯过失，若再不替人讨个说法，便是错上加错，补无可补了。"

桑胥垂手抚上脚边小妖天灵盖，片刻过后对长舒道："你那朋友的遗孀已经死了，不知怜清要讨个什么样的说法？"

长舒毫不犹疑："杀人偿命。"

话一出口，竟惹得座上的桑胥开怀大笑，待笑够了，她以一指抹去眼角笑出的泪珠，摇头啧啧叹道："多少年了，你一点没变。杀人偿命，替天行道。谁在你这里都没有例外。"她说罢便一手抄起脚边的妖孽，另一掌屈起五指朝它天灵盖挖去，作势要将其处决道："蠢货！自己在外惹了不该惹的人，就要还你该还的债！这下人家要你三更死，我岂敢留你到五更！"

她偏偏又在下手前一刻斜斜瞟了一眼阶下的长舒，见对方那副毫无阻止之意的模样，眼珠一转，法力留在掌心要落不落，两眼笑意盈盈地转向长舒道："怜清要我杀，我便杀。我是个晓得是非的，知他今日犯下大错，必是留不得了。只是这小妖好歹蒙我同族之荫，受我一声应允，说过关键时候要护他一命。现下若我非杀他不可，便是我食言了。"

一直默默站在长舒身后的容苍本想插嘴说点什么，桑胥朝他一望，他顺势做出被迫噤声的模样，有些委屈地朝长舒望过去。

长舒轻轻捏了捏容苍的手指，听得桑胥又道："不过我向来不在意虚名什么的。我认怜清为主，怜清的一句话自然比什么都重要。只是你惯是个有债必偿的人，想来对我也不该例外，若是能答应我一件事……"

长舒不欲多辩，目光平静，泰然道："阁下请说。"

桑胥收手，敛了笑意，认真道："我既守誓成为剑灵，认你为主，本该同你生死相随。奈何当年你走得匆忙，留我在此守着怀沙近五万载，如今你回来了，说什么也该带着我走。"

"怀沙……"长舒低声默念了一遍，转过头和容苍对视一眼，二人眼中皆是有些意外，原本只是半信半疑的传说，没想到无意间在桑胥口中得了验证。

"早前听闻莫邪山有一杀器名叫怀沙，封印着万鬼之力，由山间妖灵守护。原以为这说法不过是谣言，岂料阁下就是守剑者本尊。"长舒道，"只是恐怕阁下对我有什么误解，在下不是你口中的那位怜清，也没在五万年前同阁下结缘，更不知你我之间有什么誓言……"

"你我之间？"桑胥眸光一冷，突然打断长舒，语气拔高了一个声调，愤然嗤笑道，"你我之间本就没有誓言，向你发誓的是他们！"

她起身侧步一挪，朝自己身后扬袖指道："怀沙所聚又岂止万鬼之力？三十万亡灵，一个不少，当年他们指天对着怀沙发誓，轮回前将全部鬼力献祭其中，只认你为主，听你召唤！鬼剑怀沙，六界之中非怜清之命不从！这些你当真半点都想不起来了吗？！"

二人随着桑胥所指望去，只见镀金的太师椅背上竟然直挺挺插入了一把长剑，剑身已尽数刺进椅背，徒留一个剑柄露在顶部，如果不仔细去看，根本难以发现那是一把埋在椅背之中的兵器。剑柄亦是蛛网遍结，得凝目观察，才依稀可见几许银光寒芒透过蛛网投射出来。

这番情形，实在难以看出传说中这把鬼剑怀沙的真容。长舒略略看过，无暇顾及桑胥此时的激动情绪，余光瞥见椅子边上那只小妖跃跃将逃，不愿再多费口舌，干脆利落地否认道："我不是怜清。"

"这剑连同阁下，我一个也不会带走。"长舒慢慢走近台阶，"但那只妖，我势必要杀。"

小妖畏畏缩缩向后退去，猝不及防间却被桑胥一把抓到手里。

面若寒霜的女子一手掐着小妖，一边对长舒厉声道："是不是怜清，你说了可不算。"

她闪身退到怀沙后方，示意长舒道："拔！"

怀沙认主，数万年来慕名而至到此取剑的人不计其数，她虽挂着个守剑的名头，实则这剑守与不守都没多大干系，只因来取剑者，但凡不是怜清，一概拔不出剑。只怕自己今日不让她死心是难以脱身，若要硬打，虽说有八成胜算，但后果怕便是撑不过这个冬至。

衡量一番过后，长舒最终还是缓步踏上那几级蒙灰玉阶，走到了太师椅前，伸手握住怀沙剑柄。

刚一接触，怀沙便在长舒掌中剧烈抖动起来，连带着剑身插进去的太师椅背都被震得有了轻微裂痕。在场所有人俱是一惊，只有长舒脸色突变，手掌仿佛粘在剑柄上不得离开，一股怪力如电击一般顺着掌心直直朝太阳穴冲去，那一刹他脑中闪过无数陌生的画面，喜怒哀乐，嗔痴怨憎皆是自己，却又对此没有任何印象。耳中也灌入无数声音，男女老少尖锐低哑的语音尽数充斥耳膜，吵得他目眦欲裂。

"他来了！"

"是他吗？！"

"不！不是他！"

"是他！我认得！我认得他的魂魄！"

"不！不是！不全是他！"

长舒头痛难忍，一时间面色煞白，眉头紧皱，刚拿着剑柄不过一瞬，内眼角和双耳竟双双已有血迹流出。

容苍看得心惊，正欲上前阻止，不料瞬息过后那怀沙又停止了抖动，好像刚才那番地动山摇是所有人的错觉一般，大殿又一下子彻底安静下来。长舒在二人的注视下稳住气息，抓住剑柄的右手试着向上发力，手下的怀沙却纹丝不动。

"拔不出来。"长舒放下手，宽广的袖口遮住了他颤抖的指尖，他用一双流着血泪的眼睛平静地看着桑胥，"我不是怜清。"

093

或是因为长舒没有拔出剑来，又或是因为他对自己被怀沙震出的血痕完全无动于衷的模样，桑胥愣在原地，微张着嘴却久不能言。僵持的场面被她手边那只小妖的异动而打破。

那罗刹最终意识到自己今日难逃一死，它脸上闪过阴毒神色，竟趁桑胥不备逃脱了她的手掌，张牙舞爪地对准了长舒的脖子朝他扑过去。电光石火间，长舒只听见瞬息离耳边越来越近的一声"小心"，眼前血色浑浊，天旋地转，罗刹同归于尽的致命一击被闪过来的容苍生生挡了。

长舒仰面躺地，后脑勺被容苍稳稳掌住，听得伏在他身上的人喉间闷哼几声，难以按捺地将一口血水喷在了他身侧地砖上。

"长舒……长舒……"容苍气息微弱地撑起身，下巴上满是血迹，"你有没有事……有没有受伤……"

"我没事。"长舒的语气在今日第一次失了沉稳，他急忙坐好将容苍搂在怀里。容苍后背被罗刹鸟刺出的窟窿，当下还隐约散发着浓浓煞气。

长舒赶忙对着伤口渡入真气，岂料刚一运气，就被容苍一把抓住，眼前的龙崽子整个身体连带着嗓音都在发抖："长舒……我好痛……好痛……"

长舒骤然乱了方寸，他不知道容苍伤势到底如何，有没有危及性命，只觉得心慌。虽然那罗刹修为低微，但方才那一招却是孤注一掷的死招，伤到人后它便殒命，如此破釜沉舟求的就是个以命换命。长舒想要宽慰，说出话来却已有些语无伦次了："莫怕……马上就不疼了……先放开我……"

龙崽子使劲儿摇着脑袋哭道："不要长舒渡气……要回去……长舒回去……"

"好，好，回去。"长舒另一只手替他顺气，自己呼吸也失了节奏，大脑一片混乱地哄道，"不疼了……我现在就带你回去……回去就不疼了……"

长舒言毕扶着容苍起身，再顾不得尚且站在殿上发怔的桑胥，一挥手捏诀便原地消失回到了客栈。

长舒将容苍安置好后，运掌要替容苍疗伤之际，他的动作又被怀中突然睁眼的龙崽子打断。龙崽子握住长舒的那只手，唇色惨白，艰难地摇了摇头："长舒也受了伤。"

"无碍。"

莫／邪／疑／云

长舒本想敷衍一下自己的伤势，要运功的手却被容苍牢牢抓着，怎么也抽不出去，只能无奈低声劝道："你这副模样，若不疗伤怎么撑得过去？我既说了我那点伤没有大碍，便断然不会诓你。你听话，别让煞气侵蚀你的魂魄，平白叫我担心。"

　　"长舒真会为我担心吗？"龙崽子抓着长舒死不松手，眼中眸光微炽，又咳出一口血，把握着的那只手放在自己心口迫切问道。

　　"休再胡闹！放手！疗伤！"长舒低呵道。

　　"我不！"龙崽子仗着自己病体残躯，大起胆子顶嘴回去，一激动便血气上涌，"哇"地吐出一口黑血，眼眶通红，憋着泪水大口喘气，似是极其难过，"事到如今长舒还想糊弄我吗？！"

　　"或者你告诉我，你不过只想养我那么几天，所以才不愿为我种下幻引！若我将来不能长久待在烟寒宫，我活与不活又有什么意思？！"

　　"生死之事岂能当作赌气任你儿戏？！"长舒听得气不打一处来，"我知道你仍对我没给你种下幻引之事心怀愤懑，但这事难道比你的命还重要吗？"

　　龙崽子双唇一抿，埋在长舒颈间放声哭道："我怕死后还听不见长舒一句真话，我早就想一直待在烟寒宫里，不出去了！若你不要我待在烟寒宫，再将我救起，那人是活的，心却亡了，又有什么意思？"

　　长舒伸手覆上小崽子后脑，轻轻抚着，另一手悄悄运功替他除去伤口上的煞气，还不忘分心哄道："你且好好把伤治了，等恢复过来，你要什么说法我都不糊弄你，好不好？"

　　龙崽子早已哭得涕泗连连，打湿了长舒半边脖颈和大块衣襟，整个人还不停呜呜哭泣着，虽不应长舒，却也不拦着长舒替自己疗伤了。待将容苍体内煞气除尽，没有大碍后，窗外已是月挂中天，临近深夜。

　　长舒把半昏迷的人放在枕上，让容苍侧卧而眠，以免碰到伤口。长舒要起身离去洗漱时，就被睡得迷迷糊糊的容苍一把抓住，低眼去看，才哭累不久的龙崽子正强打着精神半睁开眼，像条小狗一样目不转睛地看着他："长舒是不是要偷偷回烟寒宫了？是不是又不要我了？"

　　长舒半身是血半身是泥，一件白袍脏污得看不出本来样貌，他只是想出去换身干净衣服，此时看着龙崽子惶惶不安的一双眼，便又走回榻边缓缓坐下，替容苍理着鬓边的头发，轻声道："我不走，在此处陪着你，快睡吧。"

"长舒不走？"

"不走。"长舒道，"你在这里，我哪里都不去。"

容苍这才满意地放心睡去。

待容苍呼吸匀长下来，长舒才小心地把他放回枕上盖好被子，临近破晓时悄声出去换洗衣物。

房内，原本应该陷入沉睡的小龙崽在关门声响后半晌慢慢地睁开双眼，悠悠看向紧闭的房门，嘴边浮起一抹难以察觉的笑意。

长舒从外面回来时，看到小龙崽在房间门口，只穿着单薄的里衣，正手足无措地来回踱步。

"容苍。"他轻轻唤了一声，嗓音不高不低，正好让两丈之外的龙崽子能够听见。

后者一听声音就朝长舒抬头看来，一双眼睛睁得老大，生怕自己把长舒一根头发丝看漏了似的。

"长舒！"容苍急急跑过去，"我醒来看不到你，以为你走了……"

长舒拉起容苍软声道："你在这里，我又能走多远？"说话间被容苍瞅到他手指勾着的东西，那东西由油纸包着，拿红线系着，一摞足足有一掌高。

长舒顺着容苍的目光望向自己的掌中，才想起方才出门一趟的目的。

"逸芳斋的桂花糕，听说味冠京都。"长舒递给容苍，"不知道你喜不喜欢，买来给你尝尝。"

容苍闻言却忽然不动了。

"怎么了？"长舒偏头去观察小崽子的神情，"不喜欢？还是哪里不舒服了？"

"长舒……"容苍呢喃着，一抬眼对上长舒的目光像是有些措手不及，"专门为我去买的？"

长舒"嗯"了一声拉着容苍："我不爱吃甜的，但我记得你曾经是喜欢的。"

长舒记得以前容苍在烟寒宫里最爱的菜惯是些甜食，像是松鼠鳜鱼、糖醋排骨还有什么八宝饭之类。容苍在的那些日子，人间这些菜品，长舒都让烟寒宫的厨子学了一个遍，换着花样做给他吃。只不过那时容苍小，甜菜是小孩子的口味，如今他回来，自己也摸不准容苍还喜不喜欢这些东西。

昨夜他看小东西哭得厉害，偏偏自己说不出来几句哄小孩子高兴的话。他今早换了衣裳便不知怎的突然想起这桂花糕来，于是问了客栈掌柜逸芳斋的大概位置，又一路挨家挨户找着去。岂料他出门太早，铺子都没开，等了大半个时辰。那掌柜开门看到他时还吓了一跳，以为是他们家有谁惹了哪门哪户的贵公子，被上门讨债来了。

掌柜知晓他是专程守着买桂花糕的时候方才松了一口气，赶忙把今早第一锅出炉的糕点给他包好了送到手上，边包着还边念叨："以前啊，也有个像公子您这样的后生，老爱一大清早就在我们店门口守着，说是他府里小姐爱吃我们家的桂花糕，盼得能让他主子一醒来就吃到新鲜的。只不过那公子没您生得那么白净，气质虽也是出尘的，就是黥面，好端端的一张脸，生生给破了相……不过已经是好几年的事咯，那公子这两年再没来买过我家的糕点，许是大户人家小姐的口味总是多变，吃了几年我这桂花糕，腻了便换一家喜欢去了。也不知那位公子如今又在哪家店门口守着开门呢……"

长舒默默听着那掌柜絮叨，一言不发地接过桂花糕付了钱便走，走出街道两步脚下又顿了一瞬，转身回来对那掌柜行了个礼，垂眸望着灶台，温声解释道："那公子是我一个朋友。前年和他家小姐已喜结连理，二人琴瑟和鸣，搬去了别处定居。并非他发妻厌倦了店家的糕点，只是山高路远，他不便来买。他前几日还传书与我，说他夫人对您的手艺念叨得紧，这才托我寻至此处，替他买些送去。"

店家听完一乐，又送了他两叠桂花糕。

目光随着思绪飘远，待长舒回神时再去看身后的小龙崽，不知怎么又抱着那叠糕点背对着他偷偷抹眼泪了。

"怎么了？"长舒走到容苍跟前，极柔和地哄着，"好端端的，怎么又哭起来了？我确实只记得你两千年前爱吃甜食，并不知晓你如今还喜不喜欢。我知道你大了，不爱我老将你当作孩子打发。若你不想吃，那不吃便是，我再去给你买些别的吃食，只是别再哭了，有什么话好好跟我说，我都记着。"

龙崽子边哭边摇头，等哭够了："我喜欢的……长舒给我什么我都喜欢的，我以为长舒不要我了，没想到长舒是为了我专门去买了桂花糕……我真是一点也不知好歹……"

长舒用手轻轻抚摸着龙崽子头顶道："喜欢就好了。天这么冷，你以后不要不穿褂子就随便跑出去。"长舒又拍了拍容苍的后背，"柜子里有干净衣服，去穿好。待休息好了，我们便启程回家。"

容苍换好衣服后便拉着长舒在圆桌旁坐下，他神采奕奕地拆开一包桂花糕，带着两分烟火气又甜而不腻的白糕香味登时在房中四散开来，隐隐桂花香气勾得人直咽口水。他拿起一块作势要放入嘴中，余光瞟到长舒，不知对方把手藏在袖口里正握着什么愣愣走神，于是眼珠一转，突然叫道："长舒！"

"嗯？"

长舒神思尚未回笼，见到对面的小龙崽手中举着桂花糕直直朝自己嘴边伸过来，长舒下意识张嘴含住，丝丝甜味很快从舌尖蔓延到整个口腔。他本想将口中糕点吐出去脱口呵责，一对上小龙崽满满期待的眼神，骂人的心思便消退一半。这孩子从昨晚到现在第一次对他露出高兴神色，他也不忍心让容苍难过，遂咬了一口糕点，细嚼慢咽后吞了下去。

容苍此时才大快朵颐，一口气将白糯的桂花糕塞了满嘴，边吃边含糊不清地问道："长舒方才在想什——"话没说完，被长舒一折扇挡住嘴巴，眼前的人眉头紧锁，话中带了些许严厉意味："食未下咽便开口与人交谈，我是这样教你的？"

容苍立马乖乖合上嘴，心虚地把口中的桂花糕老老实实嚼完再吞得一干二净以后才敢怯怯撑起眼皮去看长舒。

"说吧。"长舒掸掸袖子，风轻云淡地，好似刚才厉声责骂容苍的并不是他，"你想问什么？"

容苍呆呆看着长舒低眉信手的模样，早忘了一开始想问他什么话来着，但又舍不得放弃和长舒聊天的机会，舌头发直地问了一句："紫禾十几万岁，长舒十万岁，为什么她没了龙鳞就一下子变老了，而长舒还是这么丰神俊朗？"

掸袖子的老妖怪手间动作一滞，先否认道："我模样确实不算苍老，但也没有丰神俊朗。世间好看的人有许多，我算不得其中之一。"他接着又说，"紫禾法力尽散，容颜衰老，应当不是年龄的缘故，大抵是因为没有那半片逆鳞，藤毒攻到心脉了。"

说到这里，他抖了抖袖子，袖口褪到腕间，摊开掌心，上面静静躺着一块往生镜碎片，是紫禾曾在萧启床前拿着的那一块。

容苍有些许惊讶："这镜子是她给你的？"

"不。"长舒凝目看着碎片若有所思，"是它自己找上我的。今早我换衣服时，它便从袖中掉落了出来。"

二人对视半晌，眼中意味不言而喻。那四杀器，容苍先在蓬莱得了往生镜一块碎片，而长舒持有斩风扇，传言在他们见到怀沙剑以前还算得上半真半假，毕竟有两样都没有现身。可莫邪山一行，亲眼见过桑胥后，这四杀器的传闻，信与不信都由不得他们了。

既然说四杀器相互牵连，其中一样苏醒后另外三样会相继现世，杀器有灵，那如今往生镜会自动跑到长舒手里，便说明它在按自己的方式慢慢苏醒，所以怀沙和斩风沉眠许久，按道理以后应该也会以各自的方式逐渐复苏。长舒沉吟道："你觉不觉得此事有些过于巧合？"

"恐怕不是巧合。"容苍道，"此次长舒下山，看似是二叔无意间在酒楼吃饭听见道士闲聊，跑回来告知的结果，可其实它迟早都会发生。即便二叔没有偶然听到关于大晏国有幻妖的传言，长舒还是会以别的方式知道这件事。"

"不错。"

长舒和容苍同时想到了那个人，异口同声道："韩罩。"

"若长决没有在酒楼听闻皇宫幻妖作祟一事，韩罩也会因为萧启魂魄迟迟没有归档而前去探查，一旦他发现此事系我幻族之人所为，以他的性子，定会找我解决这桩麻烦。"长舒眉宇不展，继续说着，"更重要的是……"

"这件事或许是有人在五万年前就安排好的。"容苍接话道，"那人五万年前将往生镜碎片赠予紫禾，且告知她如何拖住玄凌历劫归去的法子时，就等着这一天。"

长舒点了点头，神色更加晦暗："只要紫禾一旦错过玄凌渡情劫，便会用魂契之法强留玄凌魂魄，此时就将引得韩罩前往，那人引我前去的目的也就达成了。可要完成这一系列的谋划，至少要做到两点。"

容苍沉默一瞬，问道："那魂契，幻族里知晓的人可是少数？"

"没错。"长舒道,"五万年前布局的人定十分了解我族内情,且对魂契有大概掌握,才能给紫禾支招。"

"而且那人还得通晓韩罩的性子。"容苍笑道,"若他不知道韩罩是个泼皮无赖,也不会预判到韩罩察觉紫禾身份后会来找幻族出面解决。万一韩罩是个万事自己兜着的人,二叔又没有偶然听闻此事,那长舒这趟山,可就不用下了。"

"说到玄凌,"长舒眼神忽动,问道,"你以前可对他有什么印象?"

容苍嘴角笑容凝固一刹,继而很快摇头否认。其实是有的。他在过往近五万年的日子里,常在梦中听见有人唤他"玄凌",却又不止"玄凌",也被叫"玄昭",而且梦中的自己,每每被叫玄凌,不知为何,总有种暗喜涌上心头。

"我倒是听说过这个人。"长舒眸光凝固在虚空的一点,开口道,"天界有我幻族的探子,以往他们来报时,偶尔会提到这位东海骊龙帝君,说是下凡历劫历了几万年都没回去,而天族对此表现得有些担忧,或者说……更像是忌惮。"

"这不奇怪。"容苍耸了耸肩,"我在蓬莱时听师父说过东海骊龙一族原本就不是什么善类,数十万年前骊龙本属魔兽,后来主动归顺天界,两族表面和睦,实则相互暗中提防。这玄凌帝君下凡那么久还不回去,天族定是以为他们在偷偷搞什么小动作。没想到啊,其实人家是被情劫绊住了。"

话一说完,容苍额头就狠狠吃了长舒一扇子打。

"是魔兽便不是什么善类了?"长舒目光一冷,"那我幻族不愿归顺天族已久,也不是善类?"

"长舒知晓我不是这个意思……"容苍捂住额头嘟囔着,见自己扮了可怜对方却无动于衷,便将话题往回带,"那……那长舒说说,给紫禾镜片的人,引长舒来此,是为了什么?"

长舒不言,只慢慢看向那片安安分分躺在手中的碎片。

"往生镜。"他道,"他要往生镜找到我。"

"难不成往生镜与长舒有什么关联?"容苍摸了摸怀间的那块,递给长舒,脑海中不自觉想起自己曾在镜子里看到的场景,咳了一声道,"要不……长舒也照照看?"

长舒不言,只接过容苍手中的残片,一手一块凝目端详着。他从未用往生镜照过自己，倒也不是特意回避，只因自己是妖而不是其他，幻妖成灵特殊，根本不存在什么前世。

"算了。"长舒将那片镜子递给容苍，"应该照不出什么的，多一事不如少一事。"

"可长舒不想知道你与桑胥口中的怜清有什么关系吗？"容苍不接，殷殷看着长舒问道，"长舒握上怀沙的时候，当真什么反应也没有吗？"

长舒递过去的那只手停在半空。

"若五万年前那个人真是冲你而来，那我们更该趁早知道他给你往生镜是要干什么。"容苍将长舒的手推回去，目光灼灼，"至少现在，这镜子只有一个用处。"

他其实根本不关心那个人把镜子给长舒干什么，他只想看看长舒见到镜子里的自己和他发生的那些过往时会是什么反应。像是被说动了，长舒将手伸到一半又收回去，沉思片刻，随便拿起其中一块照向自己。

白光荡过眉宇，二人皆是屏息凝神地望着镜面，对镜子中未知的一切都带着好奇和紧张。然而盯了半晌，镜面还是白晃晃的镜面，什么也没有。长舒像是松了一口气，将两块镜片掷在桌上，起身朝床铺走去，准备收拾离开，留容苍一个人撑在桌子上满脸失望地瞪着镜子发泄怨怼。

若长舒真的没有前世，那他便与怜清没有关系。那自己在镜中看到的与长舒一模一样的人又是谁？难道真的不是长舒？容苍不愿再往下想，只是愈发烦躁，抓起两片碎片放到眼前，目不转睛地来回扫视，看着看着倒真让他给看出了点东西。从两块残片的边缘线条来看，它们应该是挨着的。容苍试着对准边缘的凹凸缺口将残片合在一起，正暗喜它们相互填补，极其贴合时，身后传来一声极痛苦的哼叫。他转头望去，原本站在床边的白衣身影此时摇摇欲坠，长舒微躬着背，两手按着太阳穴不住发抖，下一瞬就要往地下倒去。

"长舒！"

容苍立即丢下镜子跃到长舒身后将人稳稳接在怀中，不过少顷，豆大的汗珠密密麻麻地从长舒的额头冒出来，不久前还和容苍清醒交谈的人现下已变得神志不清，两只眼珠在紧闭的眼皮下胡乱滚动，像是整个灵魂都承受着极其痛苦混乱的折磨。长舒眉间，那道血色妖纹再次若隐若现地闪烁。

"长舒……长舒！"容苍摇了摇枕在他臂弯里的人，见对方没有半分清醒的趋势，便打算起身飞回烟寒宫。岂料刚一用力，胳膊便被紧紧抓住，长舒骤然睁眼，一双瞳仁旁的眼白尽数被鲜血染红，随着他睁眼的动作留下两行血泪。

"什么日子？"长舒抓着容苍，指尖用力得快要掐进容苍的皮肉之中，他咬着牙根问道，"今天是什么日子？"

"今天……"容苍略略想了一下，灵光乍现，恍然大悟道，"明日便是冬至了！"

他们在大晏逗留太久，竟忘了最不容忽视的一个时间点！长舒用光了他最后一丝力气，听完容苍的回答便霎时松手，渐渐陷入昏迷之际，他气若游丝地嘱咐道："去……卧……"话没说完，长舒头一偏，彻底晕了过去。

容苍抱起长舒，抓起桌上两块镜片便化作一道黑光飞出窗外，朝卧玉泉奔去。妖龙手心，两块往生镜残片正好相连，原本空无一物的镜面在黑暗中亮起一道微光，光线所及之处，谁都没注意到，一颗白玉珠在镜中一闪而过。

卧玉泉。

魔雾从山脚弥漫到山腰，似是因为没在泉中找到自己的目标，一直盘桓在泉外久不肯散去。时隔两千年，容苍终于再次来到这个地方。他抱着长舒站在山脚，朝山坡上放眼打量，那山间黑雾明明不过是一片死气，此刻却像长了眼睛一般，容苍一落脚，那雾气竟自觉凝成一团，眨眼之间便俯首朝山下冲来！

容苍淡淡抬眼扫了一下朝他们飞速奔袭的雾气，转身寻了个及膝高的石头将长舒小心放在那处，再回头，一双沉静如幽潭的黑眸之中慢慢涌现一抹暗红血色，一息之间化作一条百尺黑龙，龙尾盘在后侧，将靠石而卧的长舒圈在其中。待黑雾冲到长舒身前，鳞色如墨的长龙略微摆首，龙眸半合，山间只闻一声低低龙啸，过后那雾气便被黑龙吞了个干净。

长舒意识全无，自闭眼过后便只觉堕入一片黑沉沉的深渊之中。那些从未停歇在脑海中的声音纷杂不堪，却又让他抓不住只言片语。好像有人破开了他的灵台将他颅内所有东西都揉碎捣乱，搅得他整个脑袋疼痛欲裂。

更要命的是不知何时从体内迸发出的那股撕裂感，宛如一道焰火从最深处蹿起，燃烧着他整个魂魄。那股不知来历的灼烧之感使他饱受折磨却又莫名依赖，好像那团火焰虽让他承受不住，但若是灭了，他便会跟着一并死去。

　　只是这次烧他烧得过了头。长舒痛得恨不能化出利齿尖牙，把自己生吞活剥，蚕食干净，跟里里外外折磨他的一切都同归于尽，再不用年年吃这般灼烧之苦。直到另一个魂魄闯进了他的体内。灼痛感在瞬间消退大半，那股焰火刀锋般的势力似乎被平息下去，收了锋芒，又渐渐隐没回了他的魂魄。外来之客肆无忌惮地长驱直入，强大而温和的力量仿佛天生自带那种令人不容反抗的气势，使所有异类畏惧。对方的魂魄将长舒整个包裹其中，令人安稳的气息在长舒体内发散蔓延，很快便安抚住了长舒。

　　有人正强行进入他的神魂并治愈他。长舒镇定下来，灵海努力辨别侵入自己体内的那只魂魄是何模样，待近了，再近了，他勉强能察觉的时候发现……那是龙魂，龙魂正一点一点渡进长舒体内，稳住长舒整个魂魄，渗透了长舒身体的每一个角落。

　　长舒自黑暗中被慢慢带出，再一睁眼，发现自己已和衣泡在卧玉泉中。泉水清冽寒冷，恰能缓他灼魂之痛，只是今夜，身边多了一人。

第八章

忘川难渡 第九章

三日后。

容苍在尚清殿休息了半日，已经可以行动自如地下床走动，只是卧玉泉水寒气侵骨，一时无法将体内的寒气尽数除去，导致他虽已无大碍，脸色看起来却依旧苍白，唇间也没有什么血色。眼见至晌午，他估摸这会儿长舒应该醒了，便收拾整齐准备去赤霜殿看看。

然而一出门就被守在外面的红羽给挡住。虽然二人至今也不过一面之缘，且那缘还是孽缘，彼此在心中都甚是互相瞧不起，但容苍觉得自己还不至于每次见面都要以一副剑拔弩张的姿态和对方相处，比如像红羽现在这样。严格来说他们二人这还只是第二次碰面，况且和第一次相见那晚已经过去了不少时日，本来那夜就没起什么摩擦，红羽完全犯不着用这样冷若寒霜的眼神看他，仿佛二人之间有什么不共戴天之仇一样。

容苍这时倒也懒得关心自己什么时候又惹了他，心下想着长舒，只用手在空中朝一侧撇了撇，道："让一让。"

对方当然无动于衷。红羽这表情摆明就是来找麻烦的，容苍皱了皱眉："你到底要……"

"你对君上做了什么？"

容苍一头雾水："什么？"

"我问你对君上做了什么？"红羽面色冷得仿佛全脸的肌肉都被冻住了一般，只咬牙切齿道，"为何他的体内会有如此重的龙息？"

容苍先是反应了一瞬，随即极轻佻地嗤笑一声。

"你说呢？"容苍抱臂斜靠在门框上，两腿交叉，一脚点地，饶有意味地看着红羽。见红羽咬着牙根绝口不言，他低头凑到红羽眼前问道，"你该不会不知道以魂养魂是怎么回事吧？"

对方积压已久的怒气被他这一句话四两拨千斤地点燃。

容苍接着以那副无辜口吻问道："你该不会不知道什么人之间才能以魂养魂吧？"

以魂养魂，乃是极其信任的人之间才能施展的法术，否则轻则重伤不治，重则魂飞破碎。红羽胸口起伏剧烈，指尖发抖，掌心长剑已然现形，欲朝容苍刺去："你胡说！"

原本没指望会刺中容苍，红羽摆出攻击之势，只不过想和容苍打一架泄愤罢了，这一招出得并不突然，任谁看了都知道躲过去。岂料容苍竟颔首低低一笑，认准了剑锋挺肩而挡，红羽收手不及，只能眼睁睁看着自己这一剑刺穿容苍右肩。

"容苍！"二人身后响起一个无比熟悉的声音，还是那样冷冽的声线，语气却已尽是惊慌。

红羽心下一凉，手上还保持着握剑刺入容苍肩膀的姿势，他转头去看，院门口站着的，赫然是刚刚赶到这里就看见红羽伤人的君上。剑下之人此时极配合地疼得重重闷哼一声，溢出鲜血的嘴角微微抽搐，容苍一手捂着右肩，五指压住还没拔出凶器的伤口，一手向长舒伸出去，皱起眉头委屈地冲对面唤了一声："长舒……"

白色身影闻言便三两步奔了过来。红羽急急将剑抽出，惹得地上的人又是一声痛苦惨叫。叫声过后容苍便被长舒接过，又要掉眼泪："长舒，好痛……"

长舒咬紧腮帮，抬手一挥，红羽手中长剑"哐当"一下应招落地。地上红血白砖，站在二人身前的红羽摆着双手，语无伦次道："君……君上……我不是故意的……我没有……"

"你出去。"

"君上……"

蹲在地上的君上头也不抬，一字一顿地寒声重复道："出去。"红羽浑身一僵，过后张了张嘴，什么也没说，拾起长剑低头退了出去。

容苍像是疼得没有办法，手指抓得长舒的衣袖皱成一团，艰难地哼道："长舒……你别怪他……"

"先别说话。"长舒把人扶好，凝神聚力准备给容苍疗伤。

怀里的人还在强撑着一口气喋喋不休："他只是……他只是闻到你身上的龙息……跑来质问我……我不知道怎么办……便说了。"

"别说话了。"长舒的声音听不出喜怒，"我扶你去休息，待你好了再商议此事。"

跌跌撞撞回到寝殿，长舒起身想去给容苍倒水，又被一把抓住衣摆。

"长舒……"容苍从床边探出头来，模样有些可怜，"这就走了吗？"

长舒把人的手拂下去："我去给你倒杯水。"

"我不要喝水。"容苍喊道，"我痛，我要长舒守着。"

床边的人静止少顷，像是轻叹了一口气，感觉到小龙崽呼吸逐渐平稳，长舒的眼神有些释然，不知是自言自语，还是在和小龙崽说话，轻声道："你既三番两次救了我，又愿意待在烟寒宫，待你这次好了，我就……"

"就如何？"

龙崽子不知何时醒了："长舒方才说，我就如何？"

垂眸凝视着小龙崽的人目光沉沉，没有任何情绪的模样，可眼里多了几分佛像才有的慈悲："你想如何便如何。"

小龙崽眨眨眼，脸不红心不跳，大言不惭道："我要长舒给我种幻引，我要成为赤霜殿的人。"

长舒不是个矫情的人，万事在他那里都是理当头。他知晓容苍想要什么。小孩子罢了，把脸面看得比什么都重要，所以才想方设法要名正言顺的一个身份，好像顶着那个身份在同龄的孩子面前，又赢了一分，殊不知年少时意气用事要的承诺是他永远摆脱不掉的身份和禁锢。长舒原本就怕容苍年幼，心性不坚，日后反悔，才迟迟不肯松口。如今容苍想要，他答应便是了。

"只是有一点。"他对容苍道，"幻族规矩，男子须得行了加冠礼方能被授予幻印。你如今尚不满五万岁，等到明年夏至，你生辰过了，行完冠礼，届时你若还是想留在这里，再说不迟。"

小龙崽一下子颓靡下去："说白了长舒现在还是不……"

"我既答应了你，便不会反悔。"长舒道，"我明日便将幻引种在你体内，这礼就算半成。等你成年加冠之后，剩下的一半礼成与不成，幻印授与不授，尽皆在你。"

他这样做并非无私心，只是想着先安抚住一天到晚躁动不堪的容苍。小孩子一天一个心性，万一明年小崽子便觉得此时他所求之事甚为荒诞，想要回头，这半成的约定进退都有余地，到时恰好就是一个回旋的台阶。容苍哪能不晓得长舒想的是什么，只是对方言尽于此，把族内的规矩都搬了出来，他若再不知好歹，便要挨打了，于是撇撇嘴："真希望一觉醒来就是夏至。"

"那你便快睡。"长舒顺着哄道，"睡醒起来看看有没有到夏至。"

容苍哪里还睡得着，先是自己主动挡了一剑，一边演戏一边担惊受怕地唯恐长舒识破，意料之外又得了那么庄重的一个许诺，现在就是天王老子来了要他睡，他也静不下去。不知想到了什么，他突然嘿嘿一笑："长舒还记不记得你在我小时候第一次哄我睡觉是什么时候？"

"我自然记得。那时你在烟寒宫待了大半年有余。"长舒的声音平静得像一注涓涓细流，"我不过是去山脚除了一只作祟的雪莲妖，取完她的内丹没给你看，你便一直惦记着。那个午后，盼咐看着你的人打了个盹，你便乱跑闯进了茶楼。待我发现的时候，你已将那颗雪莲妖的内丹吞入腹中，疼得满地打滚。"

"那妖丹极寒，后来我逼着你将它吐了出来，可毕竟你还小，仍是生了一场大病，化身成了一只小龙模样，发了三天高烧，浑身都是烫的。"长舒带着笑意轻晒了一下，"烧得眼睛都睁不开，躺在床上昏迷了三日，什么也不会说，就是哭。谁喂你药你都不喝，只有我才能靠近。那是我第一次觉得小孩子那么难带。"

容苍也跟着笑了一下。他模糊记得发烧那三日，自己现出了原形，只要一难受就开始呜呜地哭，一哭就有人抱着他哄。龙鼻子生得灵，只要是不属于长舒的气息靠近，他就闹得更厉害。到了要睡觉的时候，长舒便夜夜将小龙崽抱在怀中，学着宫里常去凡间的几个女妖教的，一边轻轻拍着他的背，一边还在嘴里哼唱着现学的凡间歌谣哄他睡觉。后来病虽好了，自己却发现了一个让长舒对他百依百顺的诀窍，此后一旦闯了祸或是惹长舒不高兴，他便抢在长舒脸色变冷之前抽着鼻子哭出来，长舒立马就没有办法了。小事小哭，大事大哭，最后软下语气温声细话的人总是长舒。

"说起来……当年哄我睡觉的那些歌，长舒还记得吗？"

眼前的襟口停下了一息的起伏，容苍听见再开口的长舒语气有些不自然，大概是不想回忆起这部分事情："不记得，忘了。"

容苍撇撇嘴，一头窝进被子里，抓着长舒的手睡去。

一觉醒来，门外有簌簌之声，容苍开门一看，竟是飘雪了。

他撩起左手袖子，小臂处果真多了个冰蓝色的印记，有些像长舒昏迷在卧玉泉时额头上的妖纹。不仔细看这印记，恍惚还以为是生的痣。

容苍余光瞟到侧后方的桌子，才发现那上面的杯盏压着一红一白两张纸。红的上面滴墨未沾，白的上面倒是写了两行小字，字迹俊秀，落笔收尾处的力道又不失遒劲，容苍一眼便认出那是长舒的笔迹。容苍移开杯盏，将白纸黑字的那一张拿起来细细读了一遍。借着碧透天光，背后风声在耳，只见上面规整书道：

红笺为记，风雪来证，长舒在此立下重誓。今容苍已立永授幻印之重誓，当许不背不弃之长约。结此善缘，载明族谱。明年夏至加冠日，便是你我赴约时。

烟寒宫宫主，长舒亲笔。

容苍将纸上每个笔画来来回回看了三遍，方才满意地将红白两纸收起，放在衣襟之中。

他刚满心欢喜跑出院子，又看到红羽顶着一头碎雪站在院外，手上提着两个酒瓶，百无聊赖。他一袭红衣肩头的覆雪约莫有半截指头那么厚，不知在那处站着等了多久。

容苍负手慢悠悠地踱步过去，红羽听见动静便斜斜朝他扫了一眼，默默把背挺直，胸膛也挺起来了几分，拎着酒瓶一言不发地等他走近。容苍心情颇佳，他揣着胸前的红笺，反而觉得这人又顺眼了几分，便轻快问道："怎么？负酒请罪来了？"

红羽"哼"了一声，把脸朝另一边转过去，把酒递给他道："君上说了，先出手打人和兴师问罪是我不对，但是你伤敌一千自损八百，以身挡剑来污蔑我也有错。咱们俩半斤八两,你受的剑伤算是你咎由自取,送酒给你便是我的惩罚。"

容苍才扬起的嘴角从听到一半的时候就僵住了。僵了半晌,他咬着牙根问道:"你告诉他的?他竟然信你了?"

红羽不屑地发出一声冷笑,容苍只看见他肩膀抖了抖,听见他说:"君上多明察秋毫的人,你那点小伎俩需要我去说吗?他一回赤霜殿便将我召了去,要我体谅你旧伤未愈,让我大人不计小人过,赏你两瓶酒算是私了了。"

容苍彻底石化在原地。他知道红羽这是添油加醋地气他,以长舒的性格,绝不可能说出什么"大人不计小人过"之类的话,顶多是云淡风轻地告诉红羽此事错不在他,顺便让他来找自己和解罢了。容苍能理解,要是换了他是红羽,他能把这事说得更……不对,若他是红羽,旁人根本没有栽赃他的机会。只有一点,红羽绝不会错传,长舒从一开始就知道他在演戏。

"干吗呀?"红羽把脸转过来,一看见容苍像吞了黄连一样的神色就幸灾乐祸地憋着笑,"还接不接了,手都给我举麻了。君上可说了,你我二人得把酒干了才能回去见他,否则门都不让进。"

容苍沉着脸扯下一壶酒,拔出瓶塞,对上红羽一双尽是得意的眸子,龙崽子盯着对面头顶因为摇头晃脑而微微摆动的两尾羽毛,突然勾了勾唇,和悦道:"长舒今早给我种幻引了。"

两尾羽毛霎时静止。

"待我明年加冠礼一过,他就将幻印给我,以后我就是烟寒宫的人了。"龙崽子拿着酒瓶轻轻碰了碰红羽的瓶口,故意露出手臂上的印记后,仰起脖子将酒一饮而尽。随即他拍着红羽的肩膀道,"长舒这是提前请你喝我的入府酒。"这次石化的人变成了红羽。容苍事了拂衣去,留下那个赤焰般鲜艳的身影一个人在漫天大雪中静止成一座雕像。

烟寒宫这年冬天因为容苍的归来,变得热闹许多。他总闹着凡间惯是要过年的,蓬莱也过,于是伤势一好,便日日在烟寒宫里呼朋引伴跑去凡间闲逛,美其名曰置办年货,要在宫内把年过起来,就连红羽也没忍住跟着去了几次人间。

长舒在这些小事上向来都不对他们多加管束,便睁一只眼闭一只眼任他们胡闹。其实以往长决也对过年一事提过几句,可惜长舒是个不冷不淡的性子,这下容苍回来，二人臭味相投，一拍即合，长决竟难得地留下来要把年过了再走。

　　长舒虽不将人间那些繁复的民俗节日放在心上，却极重视小年。容苍知道到了小年，幻族会举办对他们最重要的祈安礼。他仍记得两千年前，自己第一次，也是目前唯一一次看见一身暗红锦袍的长舒。说是暗红，其实更像是极深的朱砂色，袖口和衣襟的黑色绲边上用金线绣着幻族语言组成的符文，那是一种少有的折边棱角的文字，极其精美繁复。他第一眼见时以为是某种古老的绣纹。直到幻族的巫女为长舒在眉间和眼尾也用朱砂色的涂料描了细细的一个符文，他才隐约猜到这应该代表着某种含义。

　　后来容苍去博引阁翻阅了幻族的古籍，在最厚重的一本习俗解说的第一卷的开头便了解到那是幻族最特殊的一个字，历来唯独君主才有资格将它描在眉眼周围参与祭祀，那字带着某种诅咒或者誓言的力量，意思是：

　　以吾生魂，祭吾先灵，佑吾子民，永盛昌兴。

　　后士而乐，先士而卒，尔之神训，万古长青。

　　后来第二年的冬至，容苍在卧玉泉边，再次看见了那个符文。只是那次没有了巫女。那妖纹自长舒魂魄深处而来，在眉间若隐若现。第三次便是今年冬至。

　　现下再度同长舒一起参加祈安礼，容苍早早为自己备好了黑衣红边的锦袍，除没有幻族符文以外，连腰封款式都一模一样。以至于长舒在房内被簇拥着收拾了整整两个时辰以后，他一开房门看到好整以暇的容苍时明显一愣，眼中的情绪分明是疑惑这天上地下，容苍在哪里找了这么一套衣裳出来穿着。

　　容苍却没心思去解读长舒的神色。再看一次，他依旧被惊艳到。

　　长舒将目光从容苍脸上扫过，抬脚踏出赤霜殿时整个院子响起了清脆的铃铛声，那是长舒左脚系着的一根红绳上的金铃。在幻族的风俗中，祭祀典礼上，君主脚下金铃声音越纯澈响亮，传播得越广，便意味着先祖对君主过去一年的奉献越为满意。丁零之声不绝于耳。

　　十丈高的祭台，长舒衣摆覆阶，脊背笔直地步步缓行。祈安礼上数万只幻妖一同凝神肃目，看着盛装而行的君主，听着君上脚腕处传来的清脆嘹亮的金铃声和祭坛边沉重磅礴的隆隆鼓声。良时已到，长舒恰好登上最后一级台阶，青黑色的祭鼎上镌刻着古老而神秘的图画，一旁的巫女将十寸长的三根沉香递给长舒，阶梯之下万妖叠掌颔首，虔诚闭目，口中低低吟唱着一支古朴沧桑的歌谣，似安眠颂曲，又似祈福经传。

祭坛上的人将十寸沉香躬身插入鼎中，两手交叠置于胸前，对着焚香烟雾升起的方向深深拜了三拜。容苍顺着望去，那烟最终消散于半空，在白雾散尽之处穷目展望，是赤霜殿的正脊上的神兽雕像。

整个过程中没有一丝多余的声音，烟寒宫众，平日或吵闹多话者，或沉默寡言者，都默契地低头伫立在自己的位置，一动不动，只一致从喉间发出统一协调的令人震撼的歌声。那平缓地包裹着某种力量的歌声同沉香烟雾一起飘远，盘桓在头顶的天空，将他们最纯粹的祈祷和敬重献给祭坛上的君主与苍穹中的先灵。

低吟浅唱渐至尾声，长舒衣袂飘然，自祭坛之上徐徐转身，目光坚毅立于十丈高台之上俯瞰众生。他孤傲清冷如九天神祇，一袭红衣与如血残阳相互染就，又似祸世邪神。

长决、容苍和红羽三人非烟寒宫幻族，故而只在祭坛下方一侧观礼，并不参与祈祷祭祀。

或是被幻族此刻的凝聚力所感动，红羽目不转睛地盯着黑压压的人群，眼眶也逐渐发红。而长决已经多年没有参与祈安节，当下看着众人，目光幽深，不知道在思考什么。容苍一直昂首凝视着祭坛上的长舒，待眼睛看得酸涩难忍，才收回思绪，扯了扯长决的袖子道："二叔，我和红羽一龙一鸟，非幻妖不能参加祭典情有可原，你呢？你难道不是幻妖？"

"不是所有幻妖都得参加祈安礼。"长决轻轻笑了一下，那笑容是容苍看不懂的意味，"紫禾参加吗？她也从不参加。长舒这些年深居简出，为数不多的几次离宫都是为了寻找幻族流落在外的那些幻妖，将他们带回烟寒宫照顾。可以说，烟寒宫有多少幻妖，世上就有多少有名目的幻族。这世间的幻妖，只有没被长舒找到带回来的，没有他知道后还放任自流的。即便如此，三界还是有不会出现在幻族族谱之上的人。"

容苍道："比如你和紫禾？"

"不错。"长决点头，眸光微凝，"还有一人，他叫……"

后面二字他呢喃得极其小声，容苍只问他："你们二人为何不入族谱，不待在烟寒宫？"

"紫禾向来行踪不定，你此番前去应该知道这是为何。她入不入族谱岂是我们这些小辈能妄加干预的。"长决笑道，"我呀……我生性放荡懒散惯了，要我日日待在宫内实在颇不自在，我仗着是长舒的亲二哥，便干脆跟他说，将我从族谱中除名便是。既不在族谱之中，又何来资格参与祭祀呢？"

容苍总觉得对话中透露着一种说不出的违和感，他还想再问些什么，没来得及继续开口，祭坛上传来喧天号角之声，歌谣已止，鼎中沉香燃尽，祭祀结束了。长舒扬手示意，底下妖众散去，他自长阶信步走下，还是笔直的身板，雍容的姿态，脸上却已有了些许倦色。

祭礼过后烟寒宫一派喜庆之象，人人都忙着回去串门道喜，平日总不苟言笑的君主再怎么令人仰慕，也总还是没多少人敢逗留于他的身边。待长舒走到最后几步，容苍瞅见周围已经没什么人停留在此，便走上长阶将长舒扶住，后者亦没有推脱，长决和红羽见状也围了过来。

"这衣服太重了。"长决随便看了一眼便道，"那么多金玉坠子青铜牌挂着，层层叠叠的，少说也有二十来斤。长舒回赤霜殿换了吧？"

余下三人闻言皆是动作一滞。长决正迷惑怎么没人应和一声时，听得红羽叹了一口气道："二叔你……还真是久不理事啊。"

祈安节作为幻族最重要的节日之一，其受人重视的原因除傍晚的祈安礼祭典以外，还有一点是无数族人最心向往之的——在祈安节这日，无论男女，不分尊卑，凡有尊敬喜爱之人皆可向其投以信物，那位被相中的人，无论愿意与否，回不回应，都必须敞开院门迎接对方的示好，接过信物，以示尊重。

而幻族最高级别的信物便是枫叶，枫树乃是幻族圣树。相传第一位化形的长老曾在无妄海与一只枫树精在不打不相识后成为莫逆之交，后来枫树精为救长老不幸殒命，长老借着幻妖无本相的体质将那树精精元存放在自己体内以纪念亡友，自此枫树便成了族中圣树。

时间太长，这传言的真假已不可辨，但枫树日渐成了族妖坚定不移的精神寄托。每个族群都有自己的信仰，或许那信仰的起始踪迹难寻，但当它被赋予了某种永恒的精神，自那精神扎根在族人的根骨里起，对传说追根溯源便不那么重要，这无法磨灭信仰对族群而言所具有的意义。

红笺为记,风雪来证,长舒在此立下重誓。

今与容苍已立永授幻印之重誓,当许不背不弃之长约。结此善缘,载明族谱。明年夏至加冠日,便是你我赴约时。

烟寒宫宫主 长舒亲笔

这也是一向不爱出门的长舒在两千年前宁愿跑一趟昆仑山，也要在寸草不生的烟寒宫种下一棵枫树的原因。正是因为幻族唯一一棵枫树长于赤霜殿院内，一到暮秋初冬时节，便会有许多人叩门而至，向他们的君主求一片落地的枯枫叶。幻族对枫树十分敬畏，他们不会去攀折任何一片鲜活的枫叶。

　　长舒起初还会吩咐属下打开赤霜殿的大门，任讨要枫叶的子民进去捡取，日子长了，真心来捡枫叶的人成了少数，借机流连忘返的人们倒是络绎不绝。后来长舒一逢秋末，便让红羽每晚将枯败落地的枫叶扫起来收到篓子里，于第二天清晨放到门口，让想拿枫叶的人就在殿门前领取。

　　可躲得过初一，躲不过十五，那些年年在初冬被拿走的枫叶到了祈安节这日多数又会回到赤霜殿。加之祈安节不能闭门谢客的习俗，长舒在这个日子里几乎一整天都在收枫叶。幻族人热情奔放却又恪守礼仪，平日对主君该有的尊重半点不会少，但祖宗定下的规矩在前，祈安节这日，就算你是君上，面对大家的喜爱也不能摆架子。

　　长舒架不住来的人实在太多，熬了几千年，便学会了一散礼就躲到没人知晓的地方去。容苍记得长舒上一次也是如此。好端端的人前一刻还在祭坛上站着，眉眼温和地目送最后一个子民离开祭场，再一转眼，长舒就这么凭空消失了。

　　容苍回赤霜殿等了长舒一个下午，接待了一堆拿着枫叶前来拜访的幻族人，最后他不耐烦地跑去将殿门关了，萧萧枫叶便接二连三地从墙外被扔进来。到了大半夜，容苍还没把人等来，便一个人绕着院墙扫了一晚上的叶子。

　　"去找韩覃喝酒吧。"

　　长舒打破了四个人之间诡异的宁静，又转过来对着容苍和红羽道："你们二人回赤霜殿看门。"

　　说罢便拉着长决离开，走了几步以后又回过头对容苍道："不准关殿门。"

　　"衣服都不换了？"长决问道。

　　"不过子时，不能更衣。"长舒每走一步脚下的铃铛便响一声，他低头看了看，若有所思道，"韩覃不是嫌九幽冷清吗？"

　　容苍和红羽看着他们逐渐远去，长舒的背影消失后，听话地回烟寒宫守了一晚上大门。

　　及至子时，容苍摆着一张已经笑得肌肉僵硬的脸送走了最后一个客人，回过身看着同样把麻木笑容固定在脸上的红羽，扯了扯嘴角，等面部肌肉软化后一脸阴沉道："走。"

红羽拉扯着脸皮子问道："去哪里？"

"九幽。"容苍活动了一下筋骨，"看看森罗殿有几个酒鬼。"

到了九幽，不出所料，韩覃和长决已经趴在桌上醉得不省人事，一个拿着酒瓶，口中喃喃道："好弟弟，再干一杯！不醉不归！"一个枕着手臂，一边痛哭流涕，一边说着梦话，嘴里重复哭喊着什么"小扇子"。

最镇静的那个人端坐在桌前，直面森罗大殿，还是一身锦衣华服，从发丝到穿着都和在祭坛上相比没有一丝凌乱。或许是肩胛太过繁重，长舒两肘撑在椅子扶手上，交握着置于怀间，目光平静地看着自殿外走来的二人，轻声开口道："容苍，红羽。"

"君上！"红羽眼睛一亮，抬脚便要奔过去，"您竟然……"

"没醉"两个字还没说出口，他就被容苍一把拉住，听得对方沉声说道："别喊了，他喝醉了。"

红羽没有见过长舒醉酒的模样，听他这么说，一头雾水地看了看长舒。座上之人眼光清明，神态怡然，怎么都不是喝醉该有的模样。

这边红羽还在悄悄研究长舒到底有没有喝醉的问题，容苍俯下身问道："长舒，我们回家好不好？"

长舒没有答话，任由容苍把他带起，准备离开时还严谨地抚了抚自己的衣摆和袖口，确定衣着没有失仪以后才缓步同容苍朝殿外走去。红羽站在殿中，把眉头皱出了一个"川"字，一脸难以置信地问道："你确定……君上醉了？"

容苍无言带着长舒走到殿门，在离红羽有了一定距离后才转回身道："一尺之外的声音他都听不到。不信你叫他一声。"

这时长舒竟突然看着容苍冷冷开口："你说谁听不到？"

远在几丈之外的红羽吓了一跳，屏着呼吸看面色无波的龙崽子撒谎："红羽。我说红羽听不到。"

怀里的人这才把眼珠转过去，一脸漠然地继续发怔。红羽忍不住探头探脑地对着长舒唤了一声："君……君上？"见红衣背影无动于衷，他又大着胆子提高音量道:"您……喝醉了吗?听得见吗?"

　　长舒依旧无动于衷。红羽这下是真的信了,他无奈地摇了摇头,冲容苍喊道:"二叔和冥主怎么办啊?!"

　　容苍朝身后还趴在桌子上的两个人扫了一眼:"不管他们。"

　　长舒又猝不及防地发话:"把二哥带回去。"

　　待红羽背着长决哼哧哼哧地回了烟寒宫,与容苍分道扬镳时,他忍不住道:"那冥主……就不管了?"

　　"那是他家。"容苍才没心思去管那个酒疯子,"等他在那儿凉着吧。"

　　容苍朝赤霜殿走了几步,又放开长舒,走回来言辞恳切地说:"你今夜在二叔殿中将就一下,赤霜殿我就不给你留门了,免得吵醒长舒。他喝醉了一向不太好睡,容易被吵醒。"

　　"哦……"红羽愣愣答应,心里觉得哪里奇怪,他背着长决走了半天才恍然回神,也不管还有没有人听见,回身冲容苍那边离开的方向愤愤道,"你不是说君上一尺以外的声音都听不见吗?!我怎么吵醒他?!"

　　赤霜殿内。

　　长舒刚一踏进房门便朝床边走去,容苍赶忙把他拽住。长舒迟缓地看了容苍一眼,虽没说话,却展开了双臂,一副等人更衣的模样。容苍心领神会地从背后替他脱下袍子,略一掂量,估摸着这袍子怕不止二十斤,再看长舒,也是如释重负一般。眼瞅着人就要上床,容苍又拦着长舒道:"要不要泡个脚,舒服一些?"

　　长舒沉默了一会儿,像是在思索自己一个十万年的老妖怪会不会真的像凡人一样泡了脚就舒服一点,最终还是答应了:"可以。"

　　"那长舒在此等我,不要上榻。"容苍说完便出去为长舒打了水,没多久就抱着一盆热水回来。长舒不知何时已坐到床上,强撑起精神等着泡脚。容苍将长舒的双脚放入盆中,看着眼下细长双足沉思半晌,容苍把头垂得更低了些,声音闷闷地道:"今夜我在烟寒宫,守着这殿门,收到了许多枫叶。那些枫叶三箩筐都装不完。"

　　"送你的吗?"

　　"长舒明知故问。"龙崽子偏着头道,"哪里会有人送我,分明是送你的。

那些想要赠我信物的，都被我拒绝了。"

　　长舒犹疑道："祈安节不能拒绝信物……"

　　容苍抬头，满眼不甘不愿："我直白拒绝，人家自然便不会来送我信物。可你呢？"

　　"我没有。"长舒否认得倒是干脆利落，他叹了一口气，抬头摸了摸容苍的头顶，缓声道，"你还小，还没长大，许多想法太自以为然了些。"

　　"长舒不要总把我当小孩子看。"小龙崽愤愤然道，一边说着，一边坐到长舒身旁，"长舒要不要和我试试，我的修为，到你几成？"

　　晌午长决来找长舒时吃了个闭门羹。容苍负手站在院门口，谁都不让进，说是长舒早上刚刚入眠，不准旁人打扰。长决被拦在外面，摸着下巴左想右想没想明白："不应该啊……难不成你又拉着他喝了一遭？"

　　容苍不屑地哼笑一声，长决摸不着头脑，正待细究，远远地瞅见赤霜殿大门打开，长舒整着衣襟从里面出来。这下容苍倒跑得比谁都快，转身就丢下长决去长舒身边待着，长决同他们隔得有些远，二人不知你一嘴我一句地交谈了些什么，最后以长舒面无表情地扬起扇柄狠狠往容苍脑袋一敲作为结束。长决虚握起拳放在嘴边重咳一声以示自己的存在，殿前白衣飘飘的人才闻声朝他看过来，认清来人后欠身行了个礼，招呼道："二哥。"

　　先前还被拦在院门的长决此时摆起了架子，点头故作深沉地应了一声以后才背起手不紧不慢地朝院内走去。被请坐下片刻，长决似有若无地看了一眼容苍，对着长舒关怀道："长舒啊，我看你今早才得了空休息，怎么不多睡会儿？"

　　长决问完，接过长舒递来的茶水，又低头自言自语道："我还以为昨夜闯入了什么大妖……"

　　"何出此言？"

　　"我听见你院中铃铛声响了一夜呀！欸欸！怎么了？怎么突然呛着了？没事吧……"

　　长舒一边咳得满脸通红，一边对着半起身的长决摆手示意他坐下，顺便推开了低头憋笑给自己顺气的容苍。气息彻底平复后，他才放下袖子问道："二哥此来，所为何事？"

长决突然一拍脑门道:"对了,我忘说正事了。你还记不记得昨夜我们找韩覃喝酒时,他同我们说了什么?"

"韩覃?"长舒眸光微凝,似是在回忆,"他没说什……"

"哎呀!"长决"啧"了一声道,"我就说你一喝醉就不记事吧。"他一手撑着膝盖,豪迈地坐在石凳上,一手敲着石桌道,"他同我们讲,前几日天庭有个性格颇为泼辣的女君来他冥王府抢人。抢的是什么人呢?是一个亡魂。"

"他说那亡魂其实已经在九幽待了好几年了,就是不肯喝孟婆汤,不愿入轮回道,说是要等他凡间的妻子来了一起走。韩覃见多了,也就不管了。"

长舒啜了一口茶:"要他不管……恐怕得付出什么代价吧?"

"那是自然。"长决道,"要想这么做,是一定得付出代价的,不然谁死了都这样在九幽等着人结伴转世,三界岂不就乱套了?"

容苍挑了挑眉,接话道:"忘川。"

"不错。"长决眼神颇带赞许地看着容苍,用手指点了点他道,"就是忘川。凡冥界亡魂不愿即刻轮回者,皆要沉入忘川河底才有资格等待故人。可那忘川不是你想待多久就能待多久的地方。既然你要等,那便看你有多大的能耐。忘川河水,一饮便消却所有前尘。若亡魂一直待在忘川河底,就会日渐忘记自己心中所求之事,等到被忘川洗去所有记忆那天,心中的执念也就幻化为烟,届时无牵无挂,自然而然也愿意听话,乖乖再入轮回了。"

"那亡魂等了多久?"

"两三年吧,韩覃说他记不清了,反正挺久的。"长决目光悠悠地叹道,"虽说两三年对我们幻妖的寿岁而言不过沧海一粟,但一个待在忘川河底的亡魂能坚持两三年不忘却故人,可见其执念之深,这在冥界几乎是闻所未闻。正因如此,才引得韩覃好奇,去查了他的前尘。"

"那亡魂生前是个将军。你知道的,韩覃生前也是个将军,或是对那亡魂有惺惺相惜之情吧,他将那人的每一世前尘都去查阅了一遍。不查不知道,那亡魂啊,五万年前的某一世,曾在人间做过皇帝,这也罢了,偏偏是个亡国之君,还犯下了滔天大祸。于是从那以后的每一世都是历经坎坷不得善终,就是要为他五万年前犯的那桩祸事赎罪。这一世本该是他最后一世,他命定的结局原就是在忘川河底洗尽前尘,不入轮回,最后灰飞烟灭。结果恰好是这最后一世的姻缘救了他。"

长舒问道:"最近天庭没什么大动静?"

"我正要说呢!"长决迫不及待道,"那韩罩好歹是冥界之主,天庭的人抢人抢到他这里来了,他能不管吗?结果一派人上天打听,才知道最近这九重天啊,可不怎么太平。听说先前被双双贬下凡的玄凌夫妇二人在凡间蹉跎了五万年,终于历劫归来了。但这两口子相继历劫回了九重天立马就大吵一架。吵完之后二人一拍两散,当下就签了和离书,一个跑下九幽抢人,另一个不知所终。我可听说啊,这二人当年成亲都不是亲自去的,刚完婚第二天就事发败露,被天尊找去呵责一顿,说他们拿婚姻当儿戏。没多久就被贬下凡去了。"

长决一口气说完,唏嘘道:"这可真是一出演了五万年的闹剧哦……"

长舒沉默着听完,等长决长吁短叹过后,便打算送客,又见对方正色道:"不过这些都不是重点。我今日来,要同你讲的,是接下来的事。"

长舒眉梢覆上一层冷意,那刚刚讲的一堆废话,是二哥认为他长舒是个颇有闲情雅致,听人八卦的人?

"你别急呀。"长决一眼读懂长舒神色,干笑两声,"前面的不铺垫完,后面的不好开头……那去九幽抢人的女君啊,来历也不简单。原本是天神后裔,祖上战功累累,自小又在观音身边长大,同罗侯也是密友。在天族中的地位不可谓不显赫。五万年前天界让她和玄凌联姻就是为了拉拢骊龙一族,将她嫁过去以彰显天族对骊龙一族的重视,搞好两族的关系。"长决说到这里面露轻蔑之色,似是对天族这些虚与委蛇的行径十分不齿,"这女君去九幽抢完人以后,韩罩也找上去了,自然天族是要给他个交代的。当然了,韩罩这厮,办事是小,看热闹是大,他就巴不得凑进去把事情越搅越复杂。说回来,那天界派兵前去抓人,抓了许久,顾及那女君身份,便缩手缩脚,投鼠忌器的,自然抓不到,后来连跟人都跟丢了。"

长决突然眯起眼睛,将手撑在桌上靠近长舒,神神秘秘道:"你猜在何处跟丢的。"

"我懒得猜。"长舒道,"二哥惯会把一件小事讲得跟裹脚布一样。"

容苍在一旁吃吃笑出了声,长决瞪他一眼,撇撇嘴道:"秋水镇,瘴山。"

"瘴山?"

"不错。"长决直起身道,"这件事到这里都与你没什么关系。可要怪就怪你二哥我求知精神实在值得人赞颂。我呢,今早闲得没事就去查了查,发现那瘴山,也是大有来头。"

长舒为他续了杯水。

"那山啊，数万年前不叫瘴山，而是秋水镇背后一座普普通通的青山。后来据说是山灵成了形，化为女子凡身与当时的太子相爱。结果没几年那太子出了家，成了佛，便两眼空空再也不理会那女子。久而久之，那女子执念不消，便生了心魔。魔气作祟，残害周边百姓。原本成了佛的太子主动请缨下界杀了那女子，但那女子肉身虽死，怨气却不消，亡魂化作瘴气终日盘桓在那青山之上，年岁渐长，那山也被称作了瘴山。"长决一口气饮完杯中茶水，说出最后一句话，"我看了看关于瘴山的描述，发现那山周瘴气，同每年冬至前来纠缠你的魔气十分相似。"

二人送走长决之后，不约而同地陷入了沉默。

这趟瘴山，恐怕是怎么也得去的。容苍从两千年前在卧玉泉边第一次见长决护法的惊险场面，就猜到长舒很久以前或许经历过什么事情，只是他们两兄弟多年以来都一致对外闭口不言，他也不愿多问。现下已说到了每年冬至必前来纠缠的魔气，容苍斟酌片刻，还是试探着说道："长舒，我曾问过二叔，那魔气是什么。"

长舒扫了他一眼："二叔怎么同你说的？"

"他说，那是你的心魔。"

"哦？"长舒掀起眼皮，"他同你说，那是我的心魔？"

容苍一怔，思索过后改口道："他没直说是你的心魔。当年我问，他只说那瘴气里藏了魔，是心魔。我便问二叔那是谁的心魔，他只笑笑，就不说了。我那时便以为，那是你的心魔。若不是你的，又为何总是苦苦前来纠缠于你呢？"

长舒低低斜视着脚下地砖，沉默一会儿，说："我也不知那是不是我的心魔。"

"长舒……"

"你其实一早就察觉了。"长舒一脸清平如水，"在你我二人……以魂养魂之时。"

容苍没有反驳。他在卧玉泉用以魂养魂之法时就发现，长舒魂魄有损，且损得不是一星半点。按常理来说，神魔也好，凡人也罢，但凡魂魄残缺到了长舒这个地步，早该神形俱灭，毫无生机可言。可不知长舒体内到底有什么东西在保护着他，愣是把那些零星的残魂碎片牢牢聚合在一起，撑着这个半死之身的病秧子

第九章

苟活。

"在想什么？"

容苍思绪尚未回笼，被长舒一问给拉了回来。

"没什么。"容苍收起眼底的晦暗神色，接着之前的对话说道，"我是在卧玉泉中发现了……可长舒既然猜到我知道了，也不向我解释，我又何必自讨没趣地逼你开口呢……"

"我不是故意不说。"长舒见龙崽子声音越来越小，头也越说越往下低，知晓这龙崽子又在心里瞎想，觉得受了轻视，便耐心解释道，"我连自己都不知道怎么回事，又如何告诉你？"

容苍便明白长舒这是什么意思。他曾记得长舒说过，记忆是人魂魄的一部分，想来记忆若是有所残缺，三魂七魄也是不全的。长舒如今神魂残损成这个模样，是不是有人为了打乱或磨灭他的记忆才将他伤害至此也未可知。

"二叔呢？"容苍道，"长舒不知，二叔难道也一无所知吗？"

"他向来是个闲云野鹤的性子。"长舒摇摇头，"现在每年回一次烟寒宫还是为了我，以前可以动不动消失个几千年，杳无音讯是常态，哪里还会知道我身上发生过什么。"

他三万多年前刚醒过来，第一眼看到长决的时候还很恍惚，只笑着调侃道："稀客啊，还知道这九重天上有个烟寒宫。"

待说完，看到对面人眼中满是掩盖不住的怪异神色，他才敛了笑意，察觉到哪里不对，想去回忆自己昏迷以前的事，却发现记忆连不成片，大部分都十分模糊。他问长决他睡了多久，长决说一万三千年，九重天上的烟寒宫早已是一片焦土，幻族也与天族决裂，群龙无首，四散天涯，皆是生死不知。

"你二叔他……五万年前听闻天界与我族失和，在大战之时赶来，终究还是晚了一步。"长舒目光中有些难以言喻的悲切，平日在他脸上很少有这般神情，"他说他到的时候，现场的幻族，没有一个活着。所幸他那时多了个心眼儿，在尸山血海里找到我的同时也留意到那些尸首中没有年幼的孩子，便大概猜到小辈们应该是被我提前送走了。他原本看我精魂散尽，以为我也活不成，便捞我回去想将我葬入君陵，结果他埋到一半时发现我的魂魄又重新聚了起来，虽残缺不全，却也还能保命。"

容苍这才明白为何烟寒宫中没有与长舒、长决同辈的幻妖，所有人都同他一样尊长决一声"二叔"，盖因现在宫中幻妖，全是当年被长舒送走后流亡天涯，又被长舒这些年辛辛苦苦找回来的小辈。

"我既在不毛之地重建了烟寒宫，收复遗族，五万年前那段无人知晓的过去，也是一定要找回来的。"长舒很快抚平眼中情绪，又恢复镇定道，"那不是我个人的记忆，那是幻族的一段过去。一个族群若是不想消亡陨落，就不应该有段空缺的历史，不该遗落一场曾让他们改天换日的战争。这是我的责任。"

"瘴山之行，无论是有人刻意引导还是只是巧合，都必须由我完成。"

长舒对容苍吩咐道："你且去收拾收拾，我去趟博引阁，再看看关于瘴山有没有什么可以查到的东西，等我回来我们就走。"

长舒走后不久，红羽便上了门。容苍忙着收拾东西，听见有人进殿，草草看了一眼，发现来者是红羽，便又转过身做着自己的事情道："长舒不在。"

"我不是来找他的。"红羽倚门而站，面带笑意道，"我来找你。"

"找我？"容苍动作一刻没停，哂道，"我何德何能，能让您有一天这么上心？"

"以前是没有。昨夜就有了。"红羽悠悠道，"昨夜你打发我去二叔殿中，可二叔耍起酒疯来实在吵闹，我便躲去博引阁待了一夜。无聊之下，我翻了翻你从不去看的那些山水录本，找到一本游记，上面是我族的脚游妖在外游玩时随手记录的一些杂文趣谈。你猜猜我翻到了什么？"

容苍懒得搭理："我怎么知道你翻到了什么。"

背后传来一声轻笑："那脚游妖两三万年前偶经淮水一带，见淮水下游常有群妖聚集而上游却鲜有人至，他好奇之下便混入妖群之中前去询问，你可知他问到了什么？"

一直躬身忙碌不停的容苍渐渐停下手上的动作，在红羽的言谈之间缓缓直了脊背，人依旧没有转过来，声音却已冷了三分："他问到了什么？"

"淮水上游有一邪龙，生无逆鳞，虽是妖身，却也以妖为食，最喜乘人不备之时吞人生魂，平日无恶不作，凡做妖者，无论年长或年幼，招惹了他的，皆少有幸免于难。那龙妖杀人手段狠辣，从不留情，霸绝淮水一带。"红羽说到后面几乎是一字一顿，见眼前的人已经彻底僵住，他又颇愉悦地继续说道，"我便又查阅了那脚游妖近几万年的游记，发现他时不时还是会去淮水看看，其间偶有几笔会提到那只龙妖。迫于那妖的名声，他也没什么胆子敢涉险靠近，只远远看过一眼，说是那妖确实生得奇怪，竟真的没有逆鳞。"

"直到两千年前，"红羽不再靠着门框，朝容苍走近道，"那邪龙有一日不知遇到了多么强悍的劲敌，被打得受了重伤，听到动静前来探查的妖怪们看着那邪龙满身是伤倒在河边也不敢上前，只躲在远处观察。它们本来想等那恶妖死了再将其分尸，不承想那日有位白衣飘飘的仙人途经至此，将那龙妖救了回去。自此，那本游记中，便再没有关于那只龙妖的传闻。"

伫立良久的人一开口的语调便犹如三尺霜寒："你到底想说什么？"

"我且问你，"红羽正了神色，"你是不是从一开始就心怀不轨地靠近君上？"

"是又如何，不是又如何？"容苍终于转身和红羽对视，他平静无波的眸子里蛰伏着渐浓的杀意，"你告诉长舒了？"

"还没。"红羽皱了皱眉，听完容苍的回答后嘲讽般笑了笑，眼中竟有些痛色，寒声挑衅道，"我今早听闻二叔要去博引阁，便只同他随口提了此事。现在君上……应该已经拿到那本书在看了吧？我记得我将那一页翻开放在门口，君上那么好洁的人，应当会捡起来的。"

容苍额前青筋跳动，却也顾不得解决红羽，登时化作一道黑光朝博引阁的方向追去。他火急火燎撞开博引阁的大门，轰然响动引得正在书架前登梯查阅的长舒朝门口望去。来人逆光顿在门口，长舒认出那是容苍，并未走下折梯，只站在中间的踏板上问道："怎么了？"

见容苍没有反应，长舒在梯子上也看不清他的神情，便慢慢扶着梯子下去，手上还握着看了一半的卷轴。长舒信步走到容苍跟前，看了看容苍，盯着他额前的细汗蹙了蹙眉，温声道："出什么事了？脸色怎的白成这样？"

"长舒，"容苍一把抓住长舒放在他额头的手掌，盯着身前的人许久，确定长舒神情没有异样之后，才张了张嘴，磕磕绊绊道，"我……听说……族内……有一……脚游妖……"

"脚游妖？"长舒垂眼想了想，"哦，你说他啊。那也算小辈中的长老了，该是有五六万岁，我也记得不大清。他从不回来的，每年只把自己那些零碎杂乱的游记传回博引阁……你怎么突然说起这个？"

"我……我就是突然听说。"容苍把眼神错开，解释道，"那脚游妖那么爱到处游历，会不会他的游记里，有些关于瘴山的东西？"

"这倒是我没想到的。"长舒说着便往回走，"我现在去——"

"我去，我去我去。"容苍一脚跨到长舒前面，朝专放山水游记的那列书架走去，"长舒……长舒继续看你的好了。"

"那你若是疲倦了便回去。"长舒走回折梯下，扶着脚踏又上去，"你惯不爱看这些东西。"

容苍乖巧应了一声，视线隔着几列书架去看长舒露在缝隙里影影绰绰的背影，他见长舒始终只是微微低头，没有转过头看看他或是回身找他的意思，一时也说不清心里到底是高兴还是失望。他只是不自觉耷拉下了眼睛，不知跟谁赌气似的从书架上一把揽了一排游记到怀里，就地坐下，一本一本地查看起来。他当下依旧是紧张的，紧张得来不及思考长舒为何没有看见红羽放在地上的那本关于他的游记，只一心埋头仔细翻找着怀里的书本卷轴，一字也不敢漏掉地查阅，势必要找出那只脚游妖写下的所有关于自己的记录。一找便找到暮色沉沉，容苍从最后一本游记中抬起头时，脸色极度阴郁。并不是因为他找到了多少关于自己的记录，恰恰相反，是他完全找不到自己的记录，有人在替他隐瞒。

"找到了吗？"

长舒的声音自后上方打破了他的沉思，容苍下意识一扫脸上阴郁，条件反射地仰起脖子，装愣看着长舒，眨了眨眼睛，才慢慢开口道："找……找到了。"

"哦？我看看。"长舒撩开衣摆俯下身，指尖触到地上书籍的前一刻却停滞下来。地上书太多，他不知道容苍说的是哪一本。

"这本。"

容苍将右手边一小块空地上的一个小册子捡起，拍了拍上面的灰放到长舒手上。长舒将册子接过，他没急着打开查看，而是把人牵起来："地上凉，别坐着了。"

长舒把容苍放开，方摊开手上的书册，一页一页目不转睛地察看。容苍抿了抿唇，眼睛跟着长舒手指徐徐翻页，时不时走神。奈何眼里看的是字，心里想的是人，他盯着书看不了多久，没一会儿，又瞟了一眼长舒。

"我以前竟不知，你们做龙的，眼睛都这么活络？"凝神翻书的人目光依旧聚在手心小册子上，他微启双唇，好似自言自语地呢喃道，"做派好似心志坚，两眼却是……人书两边来回看。"

容苍怔忡着听长舒编排自己，不知是不是他眼花，近在咫尺的那个人似乎眼角含笑睨视了他一下。再定睛一看，哪有什么揶揄的痕迹。

容苍恍惚中听见长舒短促地说了一声："找到了。"

他垂眸去看，确是与秋水镇瘴山相关，篇幅不多，不尽翔实。其中内容大抵与长决所言相差无几，容苍无法把字认全，读到不清楚之处皱了皱眉，便听长舒低低解说道："瘴山，数万年前曾是迦维国皇城南边的一座青山，后来的某一天，迦维国太子在发妻诞下儿子后便修炼成佛，去往西天极乐。其子继承太子位，并被取名为执月。执月太子一直长到八岁，都没见过自己的父亲，以至于父亲在回家看望妻儿的时候，太子一直躲在母亲身后不肯认人。"

"由于太子是皇位唯一继承人，整个皇室都对他溺爱有加，因此将他的性格养得嚣张跋扈顽劣不堪，整日游手好闲无所事事，尤其……爱听折子戏。面对皇孙如此行径，当时的皇帝非但不加以阻止，还投其所好地在皇城建了一所直属皇家的戏院以供太子取乐。

"执月太子十四岁那年，皇城南面的青山化灵，百丈雄山一夜之间凭空消失，山脚下原地多出来一个黑发绿眸的小女孩。执月闻讯赶至，觉得新奇，便将那小女孩带回去，养在了戏院。一年以后，父亲二度归家探亲，见执月太子灵慧机敏，便让其受戒于座下弟子，执月自此出了家。六年后，执月太子一夜成佛，那养在戏院的山灵就此不知踪迹。没过多久，皇城之中魔气泛滥，百姓深受其害，皆传是那山灵作祟。执月闻言请缨下界，于秋水湖边诛杀了山灵。山灵身死，怨气不消，秋水湖畔终日魔气盘桓。日月更迭，沧海桑田，迦维国在几万年后覆灭，关于那座山的传言也逐渐变得离奇古怪，众说纷纭。

"有人说那女子借助宝物，真身不散，最终又变回了一座青山，就伫立在秋水湖畔。也有人说秋水湖边虽山林耸立，却从没出现过一座百丈高山，所谓瘴山之说，不过谣言。

"多年来不乏垂涎宝物之辈大着胆子前去探查，多是空手而归，近年只有一队……"

长舒眸色一暗，念道："那队人马结伴而行前去探宝，少说有二三十人，结果疑似遇到了真正的瘴山，几乎所有人被魔气吞噬，除了一个秋水镇的小孩幸存。"

长舒念完最后一句，便停下来合上册子不再说话，容苍听得意犹未尽，被吊起了胃口，追问道："那小孩呢？"

"没了。"

"没了？"容苍一时没反应过来，"不是说活下来了吗？"

"故事没了，不是人没了。"长舒淡淡瞥了容苍一眼，把书甩到他怀里，转身朝天色渐黑的门外走去，"还不跟上，今夜想睡殿外玉阶吗？"

容苍赶忙跟上去："不是说找到就走吗？"

他倒不是真的想走，但现下的局势容不得他不走，万一回去的路上碰到红羽，他可没把握自己会不会在那人开口告状前就把其一口吞了。吞完怎么跟长舒解释也是个问题，总不能把长舒一起吞了。长舒停下脚步，惹得后面的人一个没刹住撞到长舒背上。

长舒的声音听不出喜怒："不想待在赤霜殿了？"

容苍心里"咯噔"一下，直觉告诉他接下来出口的答案会直接决定他今夜的住所。

"不是……"容苍放慢语速，脑子里千回百转地闪现各种说辞，最后他找了个觉得最合适的说辞，"这不是……昨夜……吵到二叔了吗……"

长舒斜乜着容苍，眼锋杀过来："你觉得这是赤霜殿的原因？"

"不是，没有，赤霜殿很好。"容苍麻利地迈步道，"我立马回去睡觉。"

长舒站在阁前石阶上，悠然看着容苍的背影走远，带着些刻意的匆促，又带着些可怜的无奈。长舒眼底掠过一丝笑意，而后捏着折扇一步一步从容跟在容苍身后，朝赤霜殿走去。容苍走得极快，原本打算赶在长舒之前回到殿中，若是红羽还守在那里或是在找他们，他便无论如何也要把人封口。不承想一路过去半个鸟影子都没见到，赤霜殿院内倒是坐了个人。

"二叔，"容苍一进院门便唤道，"你怎么又来了？"

"怎么说话的？"长决笑骂道，"我亲弟弟的院子，主人都没发话，你倒是当起家来了？"

正打趣着，长舒已信步走了进来，容苍直往殿中奔去，说是先把收拾好的东西收起来，实则是去探查红羽有没有留下什么。

怪就怪在整个房间容苍去时是什么样，来时依旧是什么样，博引阁到赤霜殿几乎横跨了整个烟寒宫，一路上也未见那臭鸟的身影。按道理来说，红羽应该一早就抵达博引阁等着看好戏，再适当补两刀才是，如今却像是无缘无故销声匿迹一般，实在令人费解。

容苍一边注意着殿外的动静，一边将殿内不动声色地巡查了一遍，确实没有半分异样。

直到晃眼看到门后的烛架。那半人高的细长木架本是有一个三脚底盘撑着，此时底架已分崩离析，烛台也歪歪斜斜倒下，靠在了承墙的圆柱上，像是被一股强力掀起的风所带倒的。那便可以解释为何从早上到现在，红羽都没有任何动静——大概是被人掳走了。毕竟那只臭鸟早前找他对峙的时候还胜券在握的样子，不可能为了追他而匆忙到这个地步。

除了烛架房内没有任何打斗的痕迹，只能说明那股力量袭击时，对手已经强大到红羽根本来不及反抗的地步，又或者说，红羽根本在没有准备的情况下，猝不及防地被人下了暗手也不一定。

容苍面色愈发凝重，到底是谁，如此周全地帮他把身份隐瞒得滴水不漏？殿外的谈话很快接近尾声，容苍见屋内无甚可查，便说着替长舒送客，陪同长决一起出了院子。行礼告别时，容苍突然拉住了长决的手臂，靠近低声问道："二叔今日可有见到红羽？"

"红羽吗？"长决侧目想了想，未几便道，"哦，早上我见他急匆匆从赤霜殿出来，不知要去何处，一问才知是以前在外结识的旧友找他。既是旧友，我便没有多话。"

"旧友吗……"容苍蹙了蹙眉，难道他在房中的推测都错了，那倒台的烛架，只是风刮的不成？

"怎么了？"

"没事。"容苍道，"我和长舒明早就走了，估计红羽还要几日才能回来。二叔既然要在这边过年，那到了除夕，也不该让他脚不沾家才是。"

"那是自然。"长决点了点头，颇感兴趣地说，"你今日怎的这么关心他？"

"我关心他？"容苍眉睫一跳，嗤笑道，"我只是想让他早点回来看家罢了。"

要是他除夕还不回，二叔便是抓也得把他抓来，岂能让他败坏了烟寒宫的风气。"

二人又谈笑几句，方才拜别，各自回了殿中。长舒沐浴更衣过后回到寝殿，发现容苍在房中等他。

容苍小声道："长舒骗我。"

"我哪里骗你？"

"长舒说红羽是你在西海捡的。"容苍闭眼道，"根本不是。"

"你又听谁胡诌了？"

"才没听谁。小时候你抓来陪我玩的那只姑获鸟怎么不见了？"

"你走了，我便将它放了。"

"放了，然后那鸟变成人，在西海遇暗礁，又被你捡回来？"容苍耐着性子有一搭没一搭地聊着，"我听闻姑获鸟一族因为寿数短暂，所以化形很早，只要几千岁就能修得人形且是成年凡身。我知道他好面子，长舒要替红羽隐瞒，万不该连我也一起瞒了。"

长舒不置可否，只怕他说出"瞒的就是你"后，今夜赤霜殿就落不了清静了。

"休要多问了。"长舒道，"早些休息吧。"

第二天一早，二人出门碰见长决，后者脸上难掩讶异之色："不是说一早就走吗？这都晌午了才出发？"

长舒抿了抿嘴，没说话。容苍把长决拉到一边咬耳朵："红羽还没回来？"

长决道："没见人。"

容苍皱了皱眉，心里巴不得红羽就此消失，嘴上却还是叮嘱了一遍让长决把人找回来，其余没再多说，三人就此别过。

秋水无痕 第十章

　　一路往西，到了迦维国旧都，长舒和容苍二人站在秋水镇前，远远望去，城中花红柳绿，一派繁华。

　　"不应该啊。"容苍直道，"岁晏时节，隆冬腊月，这秋水镇怎么绿柳繁茵的？"

　　"秋水镇没有冬天。"长舒虽在脚游妖的簿子里查阅到了这一点，身临其境时还是难免觉得恍惚，"先进去吧。"

　　"现在便去找那瘴山吗？"

　　"不。"长舒道，"昨夜二哥来找我，同我说他打听到当年在瘴山魔气下逃生的孩子如今就在秋水镇中，以行商为生，约莫而立之年。他让我们最好能找到那孩子问问当年什么情况。"

　　"只是行商吗？行什么商可知道？"

　　长决的消息虽给他们指明了一条路，但终究条件还是太过宽泛，若要在原属皇城的秋水镇寻找一个商人，也还是等同于大海捞针。

　　长舒刚要答，远远地，车水马龙的另一头隐隐有商贩敲响了叮叮当当的铁锤边走边吆喝着："麻糖！卖麻糖！"

　　听声辨位，估摸了那麻糖商贩大概的方向后，他拉着容苍追道："走！"

　　穿过熙攘人潮，二人追到那走贩身后，将其拦住，没等对方开口买卖，长舒便问道："您这麻糖可是在别处进的货？"

"是啊是啊，"那走贩忙不迭道，"李氏麻糖！一手货源！童叟无欺！"

通常来说，做零嘴贩卖这一行当的，若是遇到客人来问，真假姑且不论，为了让客人放心，多会拍着胸脯保证所卖是自己亲手制作。像这个小贩这样上赶着昭告买家，说货源来自别家，除进货的地方极有信服力和口碑外，没有别的解释。

"李氏麻糖在何处，可否指一下路？"

二人顺着小贩所指的方向找去，主街上一家占了三个铺面的蜜饯果子店朱门大开，正中间的屋檐下悬挂着"李氏麻糖"四个镀金大字的匾额，十分气派。

"这便是当年那逃生的孩子现在所在？"

长舒点了点头："那孩子当年死里逃生，回到镇上，人们都惊诧不已，纷纷问他何以躲过一劫。"

"他怎么说的？"

长舒迟疑了一瞬："他说……他拿着他娘给他做的麻糖，那魔气非但没有伤他，还把他送了出去。"

他看了一眼容苍有些无语的神情，轻咳了一声："听起来确实荒诞，可当年那孩子也不过五六岁，生死大事，他应该不会说谎，更不会在那时就已经想到此等谋生的法子。打那之后，他们家的麻糖便成了远近最畅销的东西，但凡路过秋水镇或是要去瘴山探宝的行者，都会来这里买一些讨个吉利。日子久了，这家麻糖店几乎做成了镇上独一份的生意，逢年过节，人们也都会来此买糖。"

进了店，听说他们是来询问瘴山的，小二连报都没报一声，摆摆手，说老板不见。

容苍不多言，取出一锭金子置于柜上，老板没多久便出来了。他们交谈半晌，得到的消息和博引阁中所查阅的相差无几，二人这才作罢，取了些麻糖，朝秋水湖赶去。

湖落城南，群峰环绕，要先走过一条极幽深的峡谷小径。峡中人迹罕至，偶有鸟啼划破长空，而后又是漫长的寂静空洞。

大半个时辰的路程，走到尽头处，见得茂密竹林一片。撩枝拨叶地探路前行，穿过了竹林，秋水湖直入眼帘。湖水清透，碧波悠然，围湖相拥的山谷郁郁葱葱，水峰相映，一片春意盎然。在外连伴了一月的冽雪寒风，忽入此地，见得连绵不绝的如画景色，长舒与容苍皆是眼前一亮。容苍拉住长舒的手："环湖走一圈看看。"

"糖呢？"长舒道，"拿出来吧。"

看容苍从怀里掏出包好的麻糖，长舒沉吟片刻，又说："你爱吃甜的，拿些出来解解馋也行。"

容苍笑笑，捏了一块最小的糖放入口中，没有咀嚼，只含着等糖慢慢融化。静谧之中，长舒有些无聊，又随口问道："甜吗？"

"甜。但是没有长舒买的桂花糕甜。"容苍含笑看着他，"长舒要不要尝尝？"

长舒不语，他本身不爱吃甜食，此时倒像是在思考要不要尝一口。下一瞬，容苍将手中带着些凉意的硬物就塞进了长舒嘴里。嘴里甜糯的味道从唇齿蔓延到整个口腔，长舒伸舌舔了舔上唇，等糖慢慢融化后，缓缓咽了下去。

容苍见状温暾道："我以为长舒也想尝尝。"

长舒半合着眼："你既敢如此，便是仗着我一向惯你。"

时隐时现的折扇又敲上了容苍的脑门，长舒推开容苍整理好仪容，负手前行道："吃也吃过，该做正事了。"

一如容苍所希望的，天很快就黑了，他们沿湖走了个遍，半点瘴气都没感知到。月上中天，云薄星稀，山野之中依稀传来忽远忽近的虫鸣鸟叫。

长舒昨夜几乎没睡，今早撑着起来，此时已有些许困倦，正打算小憩一下，臂膀却被捏了捏，容苍小声道："长舒，你听。"

幽沉的黑暗之中，有咿咿呀呀的唱戏声。长舒绷直了脊背，一下子坐起身，睡意全无，云眉微蹙，凝神分辨着那袅袅戏声从何处传来。容苍不那么谨慎，将各个方向都探查完，回到长舒身边，夜幕笼罩下，他们看不清彼此的表情，待四目一对，二人便异口同声道："湖中。"

如泣如诉的唱腔自湖底而起，直透耳膜。婉转悠扬的语调，若是在红楼高台，凭栏一唱，不知能引得多少宾客趋之若鹜，可偏偏是这样肃杀萧瑟的夜里。

白日还一览无余的秋水湖面，此时像将湖边夜色拉进了湖中，皓月当空，湖里却看不见半点倒影，犹如泼墨掩面，暗色罗织，将秋水湖变成了深不可测的一个无光黑渊。长舒沉默地站在湖边，仰目而望，正逢乌云蔽月，层层云幕随风微动，偶能倾泻出丝丝缕缕的皎洁月华。

有风穿谷而过，呼啸声起，苍穹之上的云雾徐徐退去，月光四散，湖底乍现波光，长舒低头，穷目难寻边际的湖水中，万象不存，却有长舒自己的倒影。

那是一个和他有着相同皮囊的倒影，衣着身形无一不与长舒一样，可与现在静立湖畔的长舒不同，湖下之人眉间一撇朱砂妖纹犹如淋漓鲜血所刻，鲜妍艳丽至极，好似那符文早已刺魂烙骨，眼底是带着恨意的浓浓轻浮魅色，嘴角一抹讥笑在泠泠月光之下更是刺目。

长舒眉头微皱，只当眼前出现了幻象，正想召出斩风，却见那倒影薄唇微启，明明只有嘴型，刹那间却好似有一模一样的声音同他贴耳相语："你终于来了。"

不自觉地，长舒心跳一空，一股莫名的极悲痛的情绪自胸腔内喷薄而出，随之而来的是魂魄深处那股灼烧之感，剜骨割肉一般在他体内凌迟。长舒难以勉力维持自己的身体站立之时，容苍突然将他拉住："长舒，你看。"

像在深陷泥沼之时被外力拔出，长舒头脑混沌一瞬，很快清醒，再一晃眼，方才湖边自己倒影的位置，幻象已随波而逝。转而清晰可见的，是一座巍峨雪山，从湖面倒影的位置判断，那雪山的位置，就在他们身后。二人不约而同向后望去，目之所及，依旧是幽深密林，渺渺茫茫的黑暗向未知的远方蔓延，不见尽头。

容苍回过头看了看湖面倒映出的雪山，沉思道："明明可以反光，却照不出任何东西。长舒，你说，这秋水湖，到底是什么？"

长舒自然也想到了："往生镜。"

"那这雪山……"

"在镜中。"长舒说完，向后一退，顺带把容苍拉远，低低叮嘱道，"你就在这里，别跟来。"

没等容苍反应，湖边一袭白纱翩飞，缓带轻衣的身影对准雪山倒影"扑通"一声跳进了湖里。"长舒！"容苍眉睫一跳，又是一声落水响动，他也跃进湖中。

湖下无水，满是瘴气，气体虽流动不止，却紧紧悬浮在他们周围，天罗地网一般，没有一丝缝隙。二人所有的视线都被隔断，犹如置身于伸手不见五指的深渊。

唱腔不绝于耳，长舒侧耳细听，却难辨来处。耳畔隐约传来沉沉的龙啸，长舒心叫不好，怕是容苍头脑一热跟着自己跳了下来，随即扬声唤道："容苍！"

龙吟戛然而止，片刻过后，再响起时则更为低沉用力。视线逐渐清晰起来，瘴气愈发稀薄，透过耳膜的声响也更加明确了些。长舒却愈发面色深沉，垂手站在原地直至龙啸声止，化为人形的容苍急急奔到他面前，满眼担忧尚未消却，不自觉地夹杂了几分发现长舒安然无恙后的欣喜："长舒！"

被呼喊的人眉间没有丝毫与之相同的情绪，反而面沉如水，长舒冷眼看着容苍把他双手拉住上上下下地检查，待容苍安静下来，方寒声问道："那瘴气，是你吞的？"

容苍被长舒的眼神看得心里一惊，脑中瞬时闪过无数种长舒察觉出了什么情况的猜测，但当下已难以狡辩，只僵着脸紧张地"嗯"了一声。

"上次卧玉泉中，你也是这样解决的？"

容苍打量着长舒的脸色，心跳如擂鼓，垂下眼眸又"嗯"了一声。

一句厉声喝问自头顶乍起："你去蓬莱两千年就学了这个？！"

容苍被这一句问得有些猝不及防，原以为长舒是凭他吞了这些东西从而推断出他以前干过的事情，但刚才那句话一问出口，情况好像不是容苍想的那样。他还是有些捉摸不透，只能把声音又变小些，小得几乎到了听不见的地步："嗯……"

"胡闹！"长舒把容苍抓着他袖子的手一把甩开，偏头骂道，"这东西是能随随便便吞进去的吗？！吞进去后又怎么解决？！魔气不散，它始终在你体内！若没法子排出去，侵蚀的便是你的魄体！这不是以命抵命是什么？你蓬莱拜的是什么劳什子庸师？！"

容苍彻底松了一口气，原来没有怀疑他的身份，只是担心他罢了。长舒脸色依旧十分难看，容苍饶是躲过一劫，也不敢放松警惕。容苍向前挪了半步，怯怯地去牵长舒的衣袖，小心道："长舒莫气。师父说了，我体质与寻常妖物不同。这些东西，吞就吞了，待它们顺着气血运向心脉，就能自如消化的。"

　　长舒嘴角扯出一个极冰寒讽刺的笑，眸中利芒如针："待出去了，我倒非要去蓬莱拜会你那便宜师父一遭不可。他若是解释不清楚你的体质到底怎么个特殊法，日后卧玉泉边的瘴气，说什么也要给他留上一口。"

　　"在此之前，这邪术不可再用。"长舒回身对容苍说道，"若两千年只叫你学得这么个舍身殒命的法子，倒不如从一开始就待在烟寒宫哪里也不去，卧玉泉那瘴气，不要你挡也罢。"

　　最后一句话音方落，容苍眸色霎时暗淡下去，长舒一眼捕捉到后才意识到自己这话说过了头。僵持少顷，长舒低眼看容苍还捏着自己一片袖角，眸光飘动，错开眼神板着脸道："省得跑出去两千年，人也不知道回来。"

　　掌心握着的手僵硬一瞬，只听容苍语调上扬着小小"哦"了一声。

　　浓雾既散，苍苍雪景显现眼前。

　　枯杪残叶，萧萧败柳，满目银装的山坡上，落木枝头皆挂了三尺青霜。莺啼般的戏声自打在夜里出现后就没停过，唱腔凄哀婉转，像在同谁诉尽离别衷肠，此刻长舒他们置身山中，比起在湖外，效果更是余音绕耳，袅袅如烟。

　　空谷中响起深浅不一的踩雪之声，夜色笼罩下，白得有些过分惨淡的山色又多了几分悚然和诡异。行至山腰，容苍突然拦住长舒，二人屏气凝神，一刻不歇的戏声下，不远处的缓坡上有逐渐逼近的脚步声和断断续续的谈话声。来人嗓音有些沙哑，带着明显的哭腔："再撑一会儿……姜禹……罗侯就快来了……你再撑一会儿……"

　　"无碍，霁……瑶灵。"另一个声音听起来十分虚弱，才说完几个字就歇下来喘了一口气，而后笑道，"这么久了，还是改不了口，惯爱唤你霁阳。"

　　正哭着的人似乎也忍不住破涕为笑，吸了吸鼻子，再开口时已没有先前那么慌张，柔声道："那便唤我霁阳。萧霁阳也好，瑶灵也罢，总归都是你的妻。"

第十章

133

姜禹没应，只放低了嗓音絮絮叨叨地同她说着闲话，大概这样一来是不会觉得那么累，二来也好分散萧霁阳的注意。

"瑶灵，你知道吗，我在忘川等你的那几年，并未如他们所说忘记前尘一分一毫，相反还记起了许多事。"他又停了半晌，缓了一口气继续道，"忘川河底，多的是守着一腔执念不肯轮回的魂魄，他们有的渐渐忘了前尘，最后痴痴被冥差领着喝了孟婆汤，入了六道；有的始终不忘，便化作一缕飞烟，成了忘川的一部分。霁……瑶灵，你知道吗，我本该是后者的。我快化作飞烟的那几日，慢慢想起了五万年的前尘。"

姜禹轻咳着，话里依旧带着笑意，温声哄道："你别怪萧启……不，你说他叫什么……哦，玄凌，玄凌帝君。那时他不过肉体凡胎，又在至尊之位，被命盘所定，求而不得心生恶念实属正常。五万年前，我也曾做过皇帝。我那皇帝当得比他更荒唐，更过分。我杀了许多人，犯下弥天大祸，判官罚我世世不得好死以弥补罪过。如此五万年，我每一世都孤苦无依，未得善果。这本该是我的最后一世，入了忘川，我的归宿便是一缕飞烟，这是早就定好的结局。偏生遇到了你，苟延几日寒寿，是上天怜我，五万年死赎，换一场无憾。"

"别说了。"萧霁阳打断道，"我不会让你就这么……谁！"

话锋急转，萧霁阳在听见不属于他二人的踩雪声后，原本温和的语调已是杀气毕露，高声喝斥之下眼风杀到声源所在，看到突然出现在跟前的长舒二人，她眼角微微抽动，周身气场霎时呈蓄势待发的攻击状态。长舒并不打算防备，只不卑不亢地唤了一声："瑶灵上仙。"

萧霁阳在凡间并未见过他二人真身，然而知道她是瑶灵的人在三界不是少数，正欲质问他们怎会在此的时候，一旁的姜禹却开口了："怜清道长。"

三人俱是一愣，将目光转向说话的人。

"上次尘世一别，已是五万年之久。"姜禹的神色十分平静，浅笑的嘴角似乎在诉说着他对过往的释然，"不知桑胥的子民们，如今可皆安好？"

长舒这次没有反驳，考虑到事有缓急，他按捺住心中疑惑，略略看了姜禹一眼，转而对萧霁阳道："忘川残魂强滞人世，岁长日久，不耐凡尘阳气，只会日渐衰腐，灰飞烟灭。"

"他不会的。"萧霁阳被长舒的话刺激得闭了闭眼，搂紧了姜禹，固执地说道，

"罗侯说了，他不日便到。届时会有法子救姜禹的。"

一旁的姜禹闻言苦笑着摇了摇头，应该是听萧霁阳重复过许多遍这样的话。

"他已经黔驴技穷了。"长舒淡淡道，"进到这往生镜中，便是延缓你夫君寒寿的最后一招。"

"往生镜？"萧霁阳蛾眉紧蹙，像是从未听过这样东西，"此处是瘴山，哪里是什么往生镜？"

"我不清楚他是通过什么方法让你们进来的，不过，这山确实就在镜中。"

"湖啊。"萧霁阳道，"难道你们不是从湖里进来的？"

"那湖就是镜子。"长舒沉默片刻，解释道，"在下在大晏国曾借内监身份与上仙有过几面之缘，只是那时为方便行事变了容貌，瑶灵上仙如今认不出来也实属正常。不过大晏国之行于在下而言并非巧合，而是有人刻意引我前去。此来瘴山，亦是牵扯中的一环。工夫耗费不少，被牵着走了一路，我们仍不知背后之人的目的。在下虽不认识罗侯，但也知晓他是瑶灵上仙的密友。今日奔赶至此，只怕也有他顺水推舟的一份力。方才那番逆耳之言，并非我拿大。只是推测那位罗侯，让阁下到瘴山躲避追杀，能延缓将军的寒寿不假，但更主要的，应该还是引我前来。"

萧霁阳面上疑云更重："可他从未曾跟我说过……"她瞳孔一晃，有些迟疑道，"你……是幻妖？"

长舒颔首默认。

"是我先入为主了。"萧霁阳得到回应，略带歉意地抿了抿嘴，"以为幻妖……都是紫禾那样的女子。"

"上仙何出此言？"长舒很敏锐地捕捉到萧霁阳将言未言的话意，"莫不是罗侯同你交代过什么？只有幻妖来了才能做的？"

萧霁阳默然，点了点头，扶着一旁的姜禹朝另一个方向走去，不忘对长舒二人道："我一直以为自己要等的是一名女子……罢了，请随我来。"

四人一路缓行到了一个洞口，里面寒气更甚，冰壁霜窟，逼仄狭小的空间里只放置了一口棺材，走近一看，是一个未至及笄的少女，发梢眉睫皆挂着薄霜，一头长发尽白，难以看出那是冰雪覆盖的缘故还是她本身的发色。

"这便是那山灵？"

"不错。"萧霁阳打量着长舒，话中有话地说，"阁下既是幻妖，那便劳烦你感知一下，她有什么异常？"

长舒也不推脱，二指捏诀，闭目点上山灵眉间，不过瞬时之后，便抽力收手，无声地抬眼和萧霁阳对视。

这山灵，正身处幻境之中。而她所处幻境，乃长舒亲手所造。

二人对望片刻，萧霁阳朱唇轻启：："看来我是等对人了，请吧。"

长舒凝视着冰棺里的女子。这幻境造得奇怪。姑且不论他对此毫不知情，根本想不起自己是何时来此为这山灵造的幻境，光是山灵身陷幻境的模样就已是足够诡异。

寻常中幻之人，应该如在大晏国时候的萧霁阳那般，行动自如，除了能见幻象外与常人无异，绝不是像这只山灵一样陷入昏睡。幻妖所产幻境，并不会让人陷入昏迷。除非这只山灵，在幻境中，也只是单纯地睡觉而已。可若那山灵只想睡着，自顾睡就是了，需要找人专门为她造一个幻境来睡吗？长舒凝眉召出斩风，指向山灵灵台，在进去前转头看了一眼容苍，见对方点头示意，也不再多说什么，魂魄聚力，进了山灵的幻境。

倒是新奇。

山灵的幻境中溪声潺潺，莺歌鹭啼，是与境外雪山全然不同的一派生机之象。一进去便见得有人安眠在如茵草地上，绿罗青衫，黑发如瀑，席地而眠的少女，睡得十分安详。长舒垂眸看了片刻，不知该怎么唤她，正欲伸手轻推时，那人却徐徐睁开了双眼。

碧绿的一对眸子，还带着些尚未完全苏醒时的懵懂。

幻境外，站在冰棺一旁的两人一魂也得见棺内女子掀起了覆霜的眼皮，绕山的戏声在此刻终于消匿，清凉如水的一对绿瞳看向身前原神离体的白衣身影，开口的嗓音犹如山涧清泉，柔柔道："长舒。"

这是长舒破得最快的一次幻境。瞬息之间，原神归体，他同众人一样面带惶惑地注视着这个大梦初醒的女子。她眉睫发梢的冰雪依旧没有融化，只人在棺中缓缓起身，踏出冰棺后施施然行了个礼，对长舒道："好久不见。"

长舒回礼，说出的话却毫无半点情分："我不记得你。"

秋 / 水 / 无 / 痕

"我知道。"山灵脸上挂着平和的笑，"你上次来时，便同我说过的。你说你再来找我，或许是很久以后，或许，你会根本不认识我。我都记得的。"

"我还跟你说了什么？"

"你让我……帮你保存两个东西。"她从袖中掏出一块不大不小的什么碎片，递给长舒，"喏。"

长舒接过，盯着手上的镜子沉吟道："还有呢？"

"还有……"山灵眸光转动，将视线悠悠挪到长舒身后的容苍脸上，轻轻一笑，作势要抚上长舒的印堂，"我先看看，你找回来没有。"

屏息静气地感知完，未几，她将手放下，长长叹了一口气，语意间似乎有些感慨："半点情根也没长回来。你当初……断得可真是狠心啊。"

"不过还好。"山灵倚棺而坐，对着长舒摆手示意一起坐下，说道，"引还在。虽不能帮你记起什么，至少不用像现在这样无心无情。你可要我帮你？"

长舒睫羽扇动："既然我曾说过要你帮我，那此时便不该推脱。"语毕撩衣而坐，静待眼前青衣女子的下一步动作。

并没有太大的动静，她只淡淡说了一句："会很痛。"随即她合掌运功，向长舒眉心输入灵力。长舒微微后仰，皱眉后轻哼一声，只觉灵台被注入了一股极有力量的灵气，初入体内便一发不可收拾地爆裂开来，翻天覆地的剧痛随之而至，有什么东西在他体内破土而出，同时以往那些嘈杂难耐的声音和画面渐渐在脑中清晰浮现。

他好像看见了容苍。那人还是黑衣黑发，眉宇间却少了如今的一丝顽劣任性，笑吟吟地看着他，同他讲："哥哥记好，我叫玄昭，不要忘了。"

他好木讷，听完只低低重复了一遍："玄昭。"

"嗯，玄昭。"那人乐得看他像个呆子，"怜清哥哥万万记好，切莫再认错人。"

有许多事接连不断地闪现，有他，亦有玄昭。就像姜禹所说的走马灯一般，记忆连着胸腔内破土而出的情绪爆发，像潮水席卷而至，每一幕长舒都看得清楚明白，可一旦闪过，他就再也记不起分毫。唯一留下的，是满腔莫名的悲哀。

"长……"

"别过来。"山灵睁眼冷视着意欲跨步而来把人拉起的容苍，因为长舒颅内意识的抵触，她的指尖开始难以自抑地颤抖。

容苍被迫顿下脚步，看着几步开外那个连脊背都在不停发抖的白衣身影，即便端坐在地，双目紧闭，也已是强弩之末，摇摇欲坠。挨过了极漫长的几刻，山灵像被什么力量突然弹开一般撤了双手，勉力撑着一旁空地，眉目低垂，有些虚弱地说道："带他走。"

容苍将人扶起，俯首去看，长舒不知何时流了一脸的清泪，鬓发皆湿，内眼角有隐隐血滴显现。他将耳朵贴近长舒的嘴唇，听清了那不断低声重复的话。

"玄……昭。"

容苍心一沉，带着人转身欲走，山灵在身后扬声道："等一下。"

他回身，绿罗青衫的女子抿了抿嘴，闭眼道："罢了，等他想起来再说吧。"

黑龙化形，空中一声震天龙啸，一抹狭长黑影腾空朝山脚秋水湖中奔去，积雪难化的山中，又恢复了寂静。

一双碧眼过了许久方才再次睁开，看向身后的瑶灵与姜禹："可是执月让你们来的？"

"我不知姑娘所说的执月是谁。"萧霁阳道，"涉身此处，是在下好友罗侯援手。"

"罗侯……"黑发绿眸的山灵低低念着这个名字，嘴角掠过一抹有些苦涩的笑意，"你带那亡魂过来，我且看看。"

混乱不堪的梦。血流成河，尸骨成山。他好像在不停地屠戮，下一刻，在地上死去的人又是自己。

"你救他……你救他……"

"玄昭！"

"长舒！"

长舒自一片混沌中睁眼，猛然坐起，已是在一间客栈的房中，面颊湿凉，长舒抬手抚了抚眼睛，才察觉自己早已泪湿衣襟。

他眉眼半合，看着半臂之外的容苍，心里莫名多了股安心，梦中直逼人心的凄惶霎时散去大半，再要回想时，回忆却空空如也："我方才……在梦里，可有说什么话？"

容苍看着他，有些难过，但还是抿了抿嘴，摇摇头。

长舒觉得十分疲倦，只觉魂魄很受折磨，这样的感觉近来十分频繁，每当他那些失去的记忆开始活泛，想要席卷而来的时候，他原本就破碎的魄体就会泛起犹如酷刑般的撕裂感，生不如死的痛苦直透骨髓。

"长舒……"

容苍坐在床沿，他靠过去，突然抬起一只手，对着长舒的眉心抵了一下，长舒这才意识到容苍要干什么，急忙睁眼道："容苍，不……"

若是势均力敌的一对魂魄，以魂养魂的结果自然是相互裨补，可与他这样一副残躯神交，只是舍身救人、徒耗修为的举动罢了。话还没说完，龙魂已经进到了他的体内，纵使教养和道义在心里不断告诫长舒不该让容苍平白损身受苦，可身体的本能让他无法拒绝半分。龙魂的滋养，于他而言犹如甘泉流进荒地，灌溉到四肢百骸每一个角落，温和而周全的填充将魂魄残片的割裂感缓解到趋近于无。

"容苍……"长舒推了推容苍，"够了……你会撑不住的……"

容苍置若罔闻，又梳理了长舒魂魄半晌，直到长舒担心他修为过度耗损，开始轻微挣扎起。

"我没事的，长舒不用担心。"话是这么说，可容苍眼底已稍显疲态。

长舒定定看了他半晌，突然想起什么，摸索着去够自己脱到床侧的衣物。

"长舒找什么？"容苍问。

长舒无言找了片刻，摸到那块掌心大的器物，舒了一口气。他目光遥遥，透过窗纸看着天边渐白的颜色，将那器物递给容苍："给你雕的玉，在我这里放了两千年。"

他絮絮说着："以前烟寒宫没有枫树的时候，祈安节，族人们最喜欢的信物就是自己雕的玉佩。幻族很会雕玉。"

容苍垂目看着从长舒手中接过来的玉佩，手指轻缓地在雕着他名字的位置摩挲，只觉得十分喜欢。

"长舒为何不在两千年前送我？"

"那时你在同我赌气。"丝丝困意袭来，长舒闭上眼，呢喃着，"还没来得及给你，你便要走了。"

第十章

139

他伸出食指摸了摸那块玉佩："许久没雕，有些手生。也不知你喜不喜欢。"

"我喜欢的。"容苍偏头，"长舒若是早些给我，我便能早些欢喜。"

长舒笑而不语，容苍垂眸一看，人已经睡着了，又去拿热锦帕给长舒擦了额头的汗，才守在床边趴下。

容苍再睁眼的时候，长舒一只手已经在他喉下滞留了半晌。容苍一把将长舒手腕抓住，半睁开眼，嗓音还有些沙哑，浅笑道："长舒这是怕我冷还是怎么？"

长舒没有挣脱，反倒将手心稳稳贴在容苍左胸，像是在感知什么。

"逆鳞。"

"什么？"

长舒眉目微凝："你为何，没有逆鳞？"

"我不知道。"容苍闻言便下意识将手放开，眼神也胡乱看向别处，"或许以前有，现在突然没了，或许还没长出来。"

容苍确实不知道。他生而没有逆鳞，故而没有能让人一击致命的死穴。霸横淮水万年也是因此。龙本就是万妖之首，若要再没有逆鳞也能好端端地活着，便没有什么可以将其控制。容苍不知三界淮水之畔是不是就他这么一条。若是长舒注意到了，再打听到什么风声，很快就能推测到他的身份。

"逆鳞护的是心脉……"

长舒皱了皱眉，没有把话说尽。若一条龙没有逆鳞，心脉如何维系运转？没有逆鳞便无法维系心脉运转，不安之感涌上心头，他顺着衣襟摸到容苍心脏的位置，凝神感知许久，遂有件事不愿信也得信，容苍没有心跳。他看着眼前少年人的眼睛，干净明亮得像只小兽，似乎略略一瞟就能从那双如墨的眸子里窥探到他以往化龙时的模样。容苍在这世间懵懵懂懂活了近五万年，显然也不知道是什么维系着自己的命脉。

长舒缓缓收回手，偏头看向床尾那扇透了一室晨光的木窗，目光渺渺地喃喃自语："再过几天，就是除夕了。"

他以前除了幻族祈安节从不曾在意过什么凡尘礼俗，如今身边多了个心向红尘的容苍，竟也愿意试着一脚踏进眼下的烟火人间。

容苍忽地坐起，随意套了件外衣便朝门外奔去：“我给长舒做样好东西。"

过了好些时候，临街的客房逐渐漫进楼下闹市的嘈杂声，秋水镇热闹了起来。容苍端着热气腾腾的青釉小碗踢开房门，鼻尖带着些灰白面粉，而长舒已穿戴规整地坐在桌边等他。

"汤圆。"容苍在长舒身旁坐下，用勺子舀起一个白糯柔软的小团子，"以前除夕，师父在蓬莱最爱让我给他做汤圆。"

长舒低头咬了一口，手磨的芝麻馅口感十分细腻，微甜的糯米外衣薄而绵密，入口即融。

"那你给他做吗？"长舒咽完温言问道，"这便是你做了两千年的手艺？"

"才不给那老酒鬼做汤圆。"容苍自己尝了一个，哂道，"初到蓬莱时人生地不熟，他让我干吗我就干吗，我老老实实给他做了两年。后来发现他这人什么都能对付，汤圆便在凡间给他打酒的时候顺便买了。"

"这也是买的？"

"自然不是。"容苍道，"这可是长舒吃的汤圆，哪里轮得到别人来做。"

长舒看着逐渐见底的青釉小碗，眼神幽幽，像是被勾起了什么回忆，小声自言自语道："以前烟寒宫，也有人爱在除夕做汤圆……"

"烟寒宫也有这等人物？"容苍来了兴趣，放下碗盏问道，"谁？"

长舒一怔。对啊，那人是谁？他怔忡过后回忆了许久，却怎么都想不起那人的容貌身份，只单单有点印象，知道以前烟寒宫也是有人爱做汤圆的。以前……又是多久以前？

容苍原本只是随口一问，眼下看着长舒嘴角的笑容倏忽消失，面上云眉深锁，也意识到了不对劲儿。他便趁此将心中的疑惑试探着抛出来，又问道："长舒……昨夜同我说，那玉佩许久不雕，有些手生。那长舒可还记得上一次动手雕玉是什么时候？"

长舒抬眸凝视着他。良久，他才像放弃了回想一般，有些失落和惶然地微微摇头道："我不知道。"容苍默然片刻，有些想法已经快得到验证，他握着长舒双手追问道："幻族可以探知旁人的记忆，那是不是，也能对记忆进行改动？譬如……"他斟酌道，"譬如，将已发生的记忆除去，又给人加上一段根本没发生过的记忆？或者将记忆打乱，把记忆中这人做的事安到那人身上？"

第十章

"有。"长舒有些无力地点头,"但那是禁术,一来此等术法施法的手段极为狠辣,要先将人的魂魄打碎重建,才能将记忆偷梁换柱;二来修习此术时极易走火入魔,一旦被发现,以修习程度来判,轻则除籍,重则处死。"

"可曾有人修炼过?"

长舒点头:"幻族……曾有人因此入魔。"

一个"谁"字还没问出口,容苍对上长舒颓然的眼神便已明白,眼前的人记不起。长舒记不起是谁。

楼下的喧哗声越来越大,终于引起了二人的注意。容苍叫来小二,询问一番才知道秋水镇今天一早便翻了天,秋水湖一夜之间消失了。

二人关上门后对视一瞬,容苍问:"长舒怎么想?"

"你呢?"

"蓬莱。"

"你也觉得蓬莱有问题?"长舒倒是有些意外,毕竟那是他师父所居之地。

"倒与我那酒鬼师父没什么关系。"容苍将往生镜碎片取出,摊到掌心,"我只是觉得,这三块镜子里面来得最为蹊跷的便是我这一块。"

"既然有人处心积虑地将你我引到大晏国和秋水镇,就是为了给我们镜子,那我这第一块碎片,到手得未免太容易了些。"容苍道,"我思来想去,它留下的线索只有一个,就是蓬莱。那人将它抛在蓬莱让我找到,大概等的就是这个时候。"

"没有线索,便让镜子成为线索。"长舒拿起容苍手中的镜子,指腹在上面缓缓摩擦,目光也沉了下去。他没有反驳容苍所言,但还有一点,便是容苍口中蓬莱的那位师父,怕是也脱不了干系。长舒记得容苍昨天告诉他,那师父说过,容苍体质特殊,吞了瘴气让浊物顺着筋血流到心脉处便能自行消化。他倒想了解,那位师父是怎么知道容苍心脉有异的。

"走吧。"长舒道,"去蓬莱。"

二人走到郊外,容苍看着长舒召出斩风,他突然问了一句:"长舒,我为何从未见过你和二叔的大哥?"

蓄力的手掌一刹之间僵了,像是从未知晓自己还有个大哥一般,长舒的眼神一下子变得木然和迷惘起来:"大哥……"

秋／水／无／痕

对啊，他为何，从没见过自己的大哥？

就好像是有人拿一块布，把关于所谓"大哥"的一切都遮住了，如此几万年，他习惯对着长决叫二哥，竟从没想过，自己应该是还有个大哥的。这念头在脑中也是一闪而逝，片刻过后，长舒骤然回神，还是那般眉目清明的模样，对容苍道："你方才，问我什么？"

容苍瞳孔一晃，定定看了长舒半晌，没将刚刚的话重复一遍，而是重新问道："两千年前，长舒去昆仑山取土才遇见了我……是谁让长舒去的？"

"二哥当年游历四方，途经昆仑山，得知山中之土不同寻常，便传书与我，让我取一抔试试——怎么了？怎的突然问起这个？"

容苍眸底划过一抹暗色，垂下眼睫道："没什么，走吧。"

飞升三劫 第十一章

蓬莱仙岛。

碧水环绕，天色湛蓝，二人落脚湖心小岛，顺着岛上缭绕仙气直行，便到了一座碧翠宫殿的长阶下。长舒蹙了蹙眉："此处竟在东海境内。"

"是吗？"容苍笑道，"这我倒是没注意。长舒先在此等候，我去禀了师父再来接你。"

"一起去吧。"

"不。"容苍将人拦住，看长舒面露疑惑，又补充道，"师父……不太喜欢见外人的。"

长舒沉默片刻："听你平日讲述，我当他是个随和的性子。"

"也罢。"长舒道，"你去吧。我在此等你。"

容苍不多言，朝殿内去了。入了殿，有一蓝衣玉冠的背影负手立于内阶之上，容苍作揖行礼道："师父。"

蓝衣背影并未转身，只问："怎么不带人进来见见？"

"平日不是每年都见吗？"容苍自顾自直起身，眼神如寒针般锁在那背影身上，笑不达眼底地说，"您说呢？师父。又或者，二叔？"

殿中陷入了一片僵持的寂静。未几，阶上的人脊背颤动，自胸腔中闷出几声低笑。再转身时，那人已恢复了长决的面孔，依旧是腰间别着一把弯刀，玄色的长靴和一身束口黑衣便装，问道："何时认出来的？"

容苍处变不惊地冷视着长决，信步走到一旁坐下："刚才的路上，想明白了一些事。"

"说来听听。"

"大晏国一行，长舒最初察觉出端倪的时候同我说，即便没有二叔无意间将皇城有幻妖的消息道听途说后告诉我们，也会有韩覃为了避免麻烦而找来烟寒宫让他帮忙解决，所以他被引去大晏国是必然。"容苍目光落到扶手边几案上的琉璃杯，随手把玩起来，"可引我们前去的人五万年前就布好了局，他怎么就能确定，这五万年间，韩覃能一直担任冥主呢？即便他能确定，那他又怎么保证，韩覃一定会因为怕麻烦而将此事告知长舒？五万年，沧海桑田，若那韩覃转了性，变得沉稳自持，万事都由自己兜着，就是不愿意麻烦长舒了呢？那布局之人所做的一切，岂不就在韩覃这里功亏一篑？把所有筹码压在一个不靠谱的韩覃身上，未免也太孤注一掷了。"

"所以大晏国之行，韩覃才是那个不确定因素，而二叔到底是不是真的随耳听到了关于紫禾的消息，并不重要。重要的是，你一定会把这个消息带回烟寒宫，让长舒知道。"容苍唇边浮起一抹轻笑，"瘴山一行更不必说，所有消息皆是出自二叔之口，当然，您还是说是韩覃告诉您的。可那天晚上，一起喝酒的只有你们三个，韩覃烂醉如泥，他到底说没说只怕自己也不记得了。就算他没说……"

容苍掀起眼帘将目光投向长决："您也有办法让他拥有一段自己说过的记忆吧？只不过实施禁术哪有把人灌醉来得容易。"

"这是后话。"容苍道，"那时长舒虽然也醉了，但恐怕还不至于什么都不记得。怎么偏偏就关于瘴山的事他没印象？韩覃真的说了？还是二叔早就将一切说辞准备好，只等长舒醉酒醒后摆在他眼前？"

"您也可以说前面这些都是推断，都是巧合，没有证据。"容苍撩起自己的袖子，露出手臂上那个曾在两千年前让长舒心软故而将他留在烟寒宫的伤口，"这伤口虽已痊愈，留下的疤却经年难消。我记得这伤是怎么来的。"容苍看向长决腰间那把蓄势于鞘的刀，这刀一旦出鞘，刀风扫过之处，没有完魂，"两千年前

第十一章

145

伤我那只大妖，修为深厚，与我对战一场，连面目都不曾让我看清。下手时虽招招看起来狠绝，却没在我全身留下一处致命伤，除了我手臂这处。"

"这是我精疲力竭，趁他不备，准备一击突袭时，他察觉稍晚，来不及收势，便唯一一次用他手中杀器伤了我。"回想至此，容苍眼色中淬了些阴寒，"你说怎么那么巧，那妖把我伤得寸步难移后，妖丹也好，逆鳞也罢，什么也不查探，什么也不取，就这么走了。没过多久，我便等到了长舒。"

"再然后，便是到这蓬莱。"他放下袖子，好整以暇地继续道，"与世隔绝，荒无人烟。却偏偏让我拾到了长舒千辛万苦才能得到那么一块的往生镜碎片。二叔你说说，这碎片，到底是平白现世的，还是你让我出去打鱼那日，有谁扔在湖底特意让我去捡的？"

"姑且说前面这些都是天意，巧到不能再巧。那红羽呢？"容苍眼神突然变得犀利，盯着长决道，"二叔将红羽藏到哪里去了？祈安节那晚他在博引阁无意间察觉了我的身份，第二日便准备将我告发。可他好端端放在博引阁的书早在长舒去前就被人收了起来，待我们回到赤霜殿，他人也不见了。"

容苍咄咄逼人："他来找我时曾说，因为得知二叔一大早就要去博引阁，便只将脚游妖游记的事告诉了二叔。假使烟寒宫替我隐瞒身份的另有其人，二叔也没把红羽的话放在心上，替我隐瞒那人运气好，在二叔和长舒到达博引阁之前好巧不巧也去了一趟，收起了游记，才让我的身份没被你们知晓。那后来我问二叔红羽的去向时，二叔怎的说是有旧友找他呢？"

容苍"嗤"了一声："红羽是两千年前长舒为了给我解闷而收来的一只姑获鸟。二叔久不在烟寒宫，不知道不奇怪。长舒为了照顾那臭鸟的面子也瞒着我，可我与那臭鸟两千年前好歹也朝夕相处了一年之久，怎会认不出他的味道？在入烟寒宫之前他连人形都没修成，话也不会说，就被抓进了笼子给我解闷，哪里来的旧友？只能说他运气不好，发现了我的身份，却偏偏告知了你，不晓得从一开始处心积虑让我受伤遇到长舒、留在烟寒宫，还帮我隐瞒身份的人就是二叔。"

长决听到最后，嘴角笑意凝固一瞬，过后犹自问道："红羽是我大意了。不过这些都不足以让你彻底怀疑我吧？否则早在去瘴山之前你便该来质问我了。我倒好奇，我究竟是哪处露了大破绽，让你如今才肯定我的身份？"

"二叔除了红羽这个意外，没有什么破绽了。"容苍颔首掸掸衣袖道，"是长舒。"

听到这个名字，长决眉宇间的轻佻和戾气退去一半，眼色也肃重了几分："长舒？"

容苍转头悠悠看向殿外，眼神缥缈："还有几日便是除夕了。"

"我听长舒说，烟寒宫以前也有人爱在除夕做汤圆。"容苍将目光挪过去，不远处的长决脸上已笑意全无。

"可长舒记不起他是谁了。"容苍想着长舒那副模样，心头忽地有些不忍，闭眼摇了摇头，靠在椅背上，接着说，"他说以前幻族曾有人修习过篡改记忆的禁术，后来被除了族籍。"

"那时我便想起，二叔在祈安节的祭坛下曾同我说过，这世间除了你和紫禾，还有一只幻妖，也不在族籍上。"容苍微微眯眼，"只是当时你没让我听清他的名字。那只被除籍的幻妖……和除夕爱在烟寒宫做汤圆的，是同一个人吧？"

"于是我便想，这世间，能让长舒或纵容如待我，或敬重如待你，容许在烟寒宫除夕之夜胡闹的，还应该有谁。"他顿了一下，"接着我就发现，长舒被强行抹去了关于一个人的记忆，那人想来该是你在祈安节无意间向我透露的那个人。那人你记得，长舒却不记得，可你从不在长舒面前提起，也不允许长舒在脑海中回想，一旦想起，便被强制忘记。你知道长舒被人篡改了记忆，你在刻意隐瞒。"

容苍起身，朝着长决一步一步走去。

"二叔，你们的大哥呢？"

二人不过一臂之遥。长决看着眼前神情如风清月白般镇定的少年，良久，闭上眼深深叹了一口气，再睁眼时眸中是一片带着些不明痛色的复杂情绪。他苦笑一声，看着腰间弯刀呢喃道："二叔……你如今叫他二叔。我倒真的希望，你的二叔，他还在这世上。"

瞬息过后，长决再看向容苍时，面上已恢复了平静。

"你在往生镜中见过长舒吧？"长决看向容苍的胸口，"你如此聪慧，应该也想过，一个残魂，怎会莫名让你如此上心。"

容苍脸色微微一变。

"你的东西在他那里，你当然想着他。"

长决突然以迅雷之势拔出腰间利刃，刀尖之上不知何时早已染了血迹，容苍还未来得及防备，长决已在一息之间闪身至他眼前，手中弯刀毫不留情地刺入了容苍心脏的位置。

"我现在就让你看清楚，你与他之间，发生过什么。"

痛，钻心削骨的痛。容苍皱紧眉头，左胸处旋转着不断深入皮肉、刺进肋间的刀刃让他疼得毫无还手之力。视线模糊之时，耳边嗡鸣不断，他听得长决冷漠的一句："长舒他，曾是九天上神。"

五万年前。

九重天，烟寒宫。正是晌午时分，各宫殿的主人大都午睡未起，正殿前的庭院花荫寂寂，宫门虚掩，偶有几许清风将围墙而种的枫树吹得沙沙作响。两个梳着十字髻的洒扫仙娥闲来无事，坐在院子中央那棵数十人合抱粗细的老枫树下窃窃私语。

"你昨天不当值，没瞧见咱们宫里的大场面。"

"怎么，东海那小祖宗又跑来招惹咱们三殿下了？"

"可不是！"挑起话头的小仙娥说到这个霎时容光焕发，"昨天那动静大得哟。别的不说，光是三殿下发怒那副模样，这辈子能被我见着这么一次，算是此生无憾了。"

"你也不看看招惹他的是谁。"另一个仙娥撇撇嘴，把手举到眼前抠了抠指甲，司空见惯似的说道，"除了那位混世魔王，谁还有那么大的本事让咱们三殿下动怒啊？"

"说得也是。"挑话的想了想，点点头，片刻过后还是忍俊不禁地笑出声，挤眉弄眼地压低声音道，"昨天可不一样……"

"是吗？怎么个不一样法？这次又送什么奇珍异宝了？"接话的眼珠子一转，来了点兴趣。

"这次打死你也猜不到他送了什么。"小仙娥挑了挑眉毛，小心翼翼环顾周遭，确定没人后，凑到对方耳边，"他送了一幅自己亲手描摹的丹青……"

"这有什么奇怪的……"

"你听我说完——"那小仙娥急急忙忙拉着旁边人的胳膊，凑得更近了些，"他画的是咱们长舒三殿下。"

"不然呢？难不成还画别人？"那人听完打了个呵欠，"既是要送给三殿下，那画他也是理所应——"

"他画的是三殿下女儿身的模样！"

话音刚落，打到一半的呵欠戛然而止，院内陷入一片寂静。风吹树摇，一阵窣窣响动。半晌过后，枫树下传来一声感叹："他……他怎么……敢呀！！！"

第十一章

这件事早在一天前便传遍了整个九重天。

东海水神玄凌帝君有个亲弟弟，自小被惯得无法无天，唤作玄昭。这位骊龙族的二殿下，几万年来名声在外，上天下海，没有他不敢做的事，没有他不敢惹的人。自两百年前在罗侯的法华宴上见过幻族储君长舒三殿下后，便像痴迷什么物件似的，扬言不把长舒殿下带回东海誓不罢休。可惜这次撞上的是铜墙铁壁，三界内外独一份风姿的长舒殿下，是个出了名的冷傲孤高、油盐不进的主。

玄昭胡搅蛮缠了两百年，把烟寒宫的大门缠得再也不对他开放。自此宫中戒条上又多了一条：凡有意放玄昭进宫者，罚三日禁闭，自行前往博引阁替大殿下管理书目一月，一年内不得入赤霜殿半步。此令一出，彻底绝了玄昭找长舒三殿下的路。

奈何玄凌帝君在九重天还是有几分薄面的。玄昭一计不成，又生二计，顶着一副和玄凌八分像的面孔，稍做打扮，再换上一身青色锦袍，褪去了吊儿郎当的姿态，到了谁面前都叫人难以识破其真实身份。

烟寒宫再闭门谢客也不能无缘无故将东海一方主神拒之门外，且玄凌帝君本人向来与大殿下长亭交好，二人之间本就常有来往，故而玄昭每次扮作玄凌，只要架子端得滴水不漏——主要玄凌也不是个多正经的上神，总能畅通无阻地被当作自家哥哥礼遇有加地放进来，再溜去赤霜殿找那位长舒殿下。

这个办法屡试不爽，即便没有一次能逃过被长舒识破然后赶出去的结果，但人好歹是见到了。

直到前不久，长舒不知是顾不上对付玄昭还是瞧着他顺眼了些，玄昭几次假扮成亲哥的模样跑来赤霜殿，长舒即便认出来了也懒得将他赶走。容苍便得意到忘了形，前两日学着人间那一套买身卖身的说法备了几盒子大礼，说是烟寒宫和他一手交货一手交人，叫两位殿下把礼收进去，再把三殿下送出来，从此长舒就是东海的人。

礼盒抬到烟寒宫门口，看热闹的围了里三层外三层，幻族主事的三位殿下都被闹得到了大门口来。那位被临时拉去充数的东海鲛人战战兢兢不知所云地念着自己手上的单子，一边片刻不停地瞟着倚门的三殿下的脸色，心里打着鼓，只道场面稍起风云他就鲛尾抹油准备开溜。谁料对方安安静静听他念完，神色如常地走到他跟前，掏出随身锦帕递给他道："有劳你了，擦擦汗。"

鲛人大脑空白地接过帕子，看着这位气质清逸的一族储君转过身，目不斜视地路过自家那位玄昭二殿下，举起手中从未打开过的斩风扇，对着原本挤得无从下脚的烟寒宫门口一扬，千里之外的东海就下了一场难得一见的大雨，噼里啪啦掉进海里的全是玄昭不知从何处搜罗到的奇珍异宝，砸得海中许多尚未成精的鱼虾贝类几日不敢探出水面。

长舒收拾完这堆烂摊子后，无视众人议论，拉着自家大哥二哥进了大门便轰地把门关上。玄昭望着两扇紧闭的玉石大门摇头暗叹，长舒的脾气近来真是愈发好了。

这件事给玄昭造成了一个很大的错觉，以至于当天晚上回去他画了一幅丹青，蛾眉凤眼，云鬓花颜，大红的罗裙往身上一挂，画中人支颐侧卧在贵妃榻上，活脱脱一个娇俏艳丽的绝色美人。

"你是没见到咱们三殿下的反应，丹青'嗖'地一下，比人先被扔飞到门外。我再看殿下从房里把那位祖宗追杀出来的时候脸都绿了，要不是斩风扇打不开，我估计烟寒宫昨天就变屠龙场。"

"欸，不过说起来，咱们三殿下除了昨天，似乎也是好久没有和那位动过手了……"

"三殿下最近忙着呢，没空修理那位。"小仙娥道，"你没发现吗？咱们宫里这大半个月都压抑着，大殿下常不在宫里，这几天却和二殿下一起往赤霜殿跑得勤，二人来去都绷着脸，不是大事哪里还能让他们这么紧张？平日在赤霜殿伺候的那些人这段时间也不敢喘大气儿。虽说长舒殿下不刁难人，但任谁去了殿里，瞧见他那脸色，都知道是有心事的，也没心思像平日那般同他开玩笑了。"

"你这么说，咱们宫里确实有点反常……不过到底是什么事，能惹得这三位都这么如临大敌的？"

"我听说啊，是咱们三殿下修为进了一阶，要到渡劫的时候了……"

"啊？"听的那人疑惑道，"可咱们三殿下已经是上神了，再渡一次……"

"所以这次非同小可。听说关乎整个神格命盘，稍有不慎，滞留人间是小，怕的是——"

正说着，虚掩的玉石大门外响起了沉稳的敲门声。二人遂终止了闲谈，起身前去开门。刚打开一条缝，看到门外人的脸，昨日不在宫里的仙娥便"啪"地把门关上。

"怎么了？"

小仙娥转身背对着门，指了指身后道："又是那位……"

另一个小仙娥心领神会地无声比了个"二"，见对方瘪着嘴使劲儿点了点头后，把人拉过去小声道："你确定不是玄凌帝君吗？"

"玄凌帝君前几日才来过，怎会往我们这里跑得那么勤？门口这位肯定是那小祖宗假扮的。"

"不应该啊……"小仙娥摸了摸下巴，"我记得昨天玄昭殿下被咱们三殿下打出烟寒宫的事传开后，玄凌帝君难得发了一次怒，从凡间赶回去把那小祖宗关东海让他面壁思过呢……按道理不会那么快就被放出来……"

恰在这时，沉缓的敲门声又响了起来。"咚咚咚"的三声，不疾不徐，不急不躁。

"你看门外那位那么有耐心，也不像玄昭二殿下的行事风格。"一边说着，小仙娥愈发坚定自己心中所想，一边便推搡同伴去开了门，"这回肯定是玄凌帝君本人。"

再开门，门外的人和方才第一次开门时的神态无异，着一身绿衫负手而待，长身玉立，眼波无澜，面上挂着一抹从容浅淡的笑，像是对旁人认错他身份还将他晾在外面的事并不在意。两个仙娥见此，眼中皆是浮起一抹尴尬的神色，屈膝行礼道："见过玄凌帝君。"

玄凌略略颔首，问道："长舒殿下可在？"

此话一出，两个小仙娥便挂不住笑了，心照不宣地对视一眼，只怕眼前之人果真又是玄昭假扮的。

"二位别误会。"玄凌道，"那孽畜被我关在龙宫，设了禁制，出不来的。此时叨扰，只是因为听说长舒殿下不日便要渡劫，特来送些薄礼相助，也算略表心意，代我那不成器的小弟赔个不是。"

二人犹豫片刻，最终还是相信了玄凌："既是如此，那帝君便随小仙进来吧。"

绕过九曲回廊，途经几处院子，一直走到最南边，围墙一侧目尽不见天，而是一棵四季长红的枫树，枫树后有个雅致清幽的院子，院中坐落的便是赤霜殿。

"三殿下正午休，烦请帝君稍等，容小仙进去禀报。"

静待片刻，方才进去的小仙便回来，敛衽颔首道："殿下午睡已起，帝君请。"

玄凌过了石屏，还未踏上玉阶，便见到长舒正坐在书桌后垂目于手中古籍，带玄凌进正殿的仙娥通报过后行礼退下，白衣玉冠的三殿下便起身端端正正作了个揖，语调淡淡的，像手边杯中那一汪清茶："玄凌帝君。"

玄凌回礼道："殿下多礼。"

二人都不是执着于虚礼套话的性子，待长舒问过所来为何事之后，玄凌便开门见山地将怀中一颗火红的珊瑚珠拿了出来。长舒正要推辞，却听玄凌缓缓道："听闻三殿下修为将临化境，怕是要下凡历劫一遭。殿下天资过人，两万五千岁便修成上神，而今以上神之身再度历劫，其凶险程度怕是空前。渡三劫，劫劫难历，稍有不慎便会落入万劫不复的境地，还望殿下能收下这珠子。一来它比起龙宫那些中看不中用的废铁，勉强算有些能抵御煞气侵体、保人魂识本源的作用。二来只因我数万年间对家里那孽畜疏于管教，致使他近日在烟寒宫惹下诸多祸事，对三殿下多有不敬之处，只盼三殿下海涵。"

玄凌将珊瑚珠递与长舒，言辞恳切："这珠子十几万年前本是佛前清池中的圣物，乃那颗名震三界的白玉菩提珠的珠芯，后菩提珠珠灵转世，便将自己的真身与珠芯留在了清池。我骊龙族归顺天界时，真佛将这珠芯赏了东海。此次殿下渡劫，东海没什么拿得出手的，唯有此珊瑚珠，姑且算得上有些名头，故特地备了赠予殿下，也算聊表玄昭多日冒犯的歉意。"

长舒无言听着，知晓玄凌将这珊瑚珠说得无足轻重的话都是谦辞，此物之贵重，只怕在整个三界都是数一数二的。

而玄凌偏是一个言出必行的人。

长舒曾听玄昭私下在他耳边唠叨时神神秘秘地同他说过，自己这位大哥就因自负的性子，替一小妖挡天雷，结果生生被打掉了半片逆鳞。此事除了他兄弟二人，再没人知晓，长舒是第三个。

对待路边小妖尚且能因为自己随口的一个承诺而舍掉逆鳞，此时这珊瑚珠已经摆到了长舒跟前，若送不出去，玄凌势必是不会离开的。加之此次渡劫确实非同小可，长舒便却之不恭，道谢收下，想着渡劫归来后再将东西还回去好了。

送完东西，玄凌也不多留，二人行礼告别后，长舒就让仙娥送客。

一路行至朗清苑，长决慢悠悠地从苑内石洞门后踱步出来："帝君留步。"长决又给小仙娥递了个眼色，后者便走开了。

"持觞君。"二人行了个平礼，玄凌问道，"多日不见，可还安好？"

长决不答，反笑着问："持觞君？"

玄凌嘴角凝固一瞬，又道："长决殿下。"

"长决殿下？"

这次玄凌愣住了，顷刻过后，先前脸上的沉稳自持烟消云散，咧嘴唤道："二哥。"

"去你的。"长决朝他虚踹了一脚，"谁是你二哥？上回那礼盒扔得不够远是吧？"

被识破身份的玄昭狡黠一笑："我先叫着，练练口。"

长决朝眼前蜿蜒小路指了指，示意玄昭继续走道："怎么？这次从头兜到尾，没让长舒赶出来？"

长决身形本就高大，在烟寒宫里只比长亭略矮一些，如今玄昭同他并肩走着，竟还高出自己小半个头。身量修长的小辈闻言低斜着瞟了长决一眼，"喊"了一声道："我这次来是办正事的。"

"你还能有正事？"

"关乎长舒，自然是正事。"玄昭过完嘴瘾，解释道，"我听闻长舒要下凡历劫，怕他出事，便将龙宫的珊瑚珠子拿了来，赠予长舒。"

"珊瑚珠？"长决眸光微动，"八万年前骊龙族归顺天族时，真佛赠的那颗珊瑚珠？"

见玄昭点头，他用手指了指道："你家兄长若是知晓，非扒了你的皮不可。"

"这珠子就是他给我，让我给长舒的。"玄昭道，"他忙着呢。去了人间许久，不知不觉快一个月了，偶尔回来，也待不了几个时辰。都说这天上一日，人间一年，也不知他有何事，要在人间蹉跎几十年。昨日还是听闻我惹了长舒，火急火燎赶回来一顿打，打完才将这珠子给了我，让我等关完禁闭再送上九重天来赔罪。事关长舒安危，我哪里等得了？万一关禁闭这几天，他就神不知鬼不觉下去了，可如何是好？"

"光是这样？"长决一副了然于胸的模样，"我不信你没在那珠子上动什么手脚。"

玄昭一噎，悻悻道："留了点标记。我自然是想……等长舒下凡，能凭着这珠子快些找到他。"

三日后，烟寒宫上空的七星斗柄北指，七杀闪烁了一夜。

翌日大早，依旧是那两个小仙娥，在一片肃穆笼罩的气氛中打开那扇白亮的玉石大门，见到了真正的玄凌帝君。本尊反而没有前几日的玄昭那般从容不迫，自双脚踏进门后便直奔赤霜殿而去，虽仍旧端着一方主神该有的仪态，脚步却不难看出比平日仓促了几分。玄凌长驱直入，只见到了端坐院中有些怅然的长决。他的步子缓了下来，逐渐放慢，直到从长决平静又有些担忧的眼神里得到答案。

"三殿下……已经下凡了？"玄凌道，"长亭可知晓了？"

长决面沉如水："他还没回来。我已派人去通知了。"

二人在院中一立一坐，相对无言许久，终于，这位幻族的二殿下像是恍然醒过来一般，望着玄凌问道："帝君此来，所为何事？"

"哦，"被问的人此刻好似也是被提醒后才想起什么，整理好思绪，在长决身旁坐下，一字一句地说，"在下，是来提亲的。"

长决微一挑眉："提亲？不知我族哪位小仙娥有幸，能得殿下青眼？"说完他便想起了玄昭，长决心中一沉，"终身大事，只怕还是同心悦之人当面商议的好……"

"持觞君说得是。"玄凌先赞许了一句,又道,"只是那人现在不在烟寒宫。如今这宫里能掌事的,怕只有你了。"

"大哥他很快就回来了……"

"事有缓急。恕在下冒昧,此事乃急事,我等不到长亭回来,须得将这桩婚事敲定,以免发生变故。"

长决脸上忧色更重:"可我怎敢擅自决定……"

玄凌怔了一下,而后有些哭笑不得地道:"持觞君误会了。"

长决连着"哦哦"了两声,很快掩饰住脸上的不自然,干咳道:"那帝君所求姻缘……"

玄凌目光定定地,声音徐缓而醇厚:"我听闻幻族族内有一长老,行踪不定,多年漂泊在外,名叫紫禾。"

与此同时的人间。

垣国在冬至这天,迎来了那年的第一场雪。鹅毛大雪洋洋洒洒飘了一夜,莫邪山上玄门大门前的百级长阶在众人一觉醒来之后便覆了厚厚一层玉屑,漫天白絮将铺就长阶的青砖染尽,站在门前望去,脚下好似卧了条逶迤的银蛇。山腰处是连绵广袤的松木林,如今满目亦是琼枝玉树,茫茫大雪盖了整个山头,偶有些稀稀落落的绿意点缀其间,引得上玄门的弟子趁掌门不在,纷纷弃了早练,跑到悬台看雪。

莫邪山本就高耸入云,上玄门又建在山顶,如今站在悬台瞭望四方,只依稀可见云雾缥缈间的群山山巅。耳际遥遥传来丹鸟昂鸣之声,接着便是山脚处忽远忽近听不太真切的婴孩啼哭。站在悬台边上最胆大的小弟子约莫七八岁,他扶栏侧耳仔细听了听山脚的声音,扯着一旁同他一样身着烟灰色练功服的人嘀咕道:"大师兄,你听见了吗?"

"嗯?"

被唤大师兄的人闻言低下头来,连带着头顶的纱冠随着动作微微摇动,一丝不苟的发髻下是一张眉目疏阔的脸,他神情温润,举止儒雅,嘴角总带着两分淡淡的笑意。还没来得及听清身旁小师弟的问题,身后便有人揶揄道:"小十六又仗着耳朵好瞎猜,幻听了吧?一天到晚总想着有小孩子新进门内,这样你就不是所有人里最小的了——"

"二师兄!"被唤作小十六的弟子急急打断身后人的玩笑,稚嫩的一张脸被半羞半怒的情绪烧得五官皱作一团,他狠狠瞪着身后的二师兄道,"我没有听错!刚刚就是有……"正说着,一对圆眼中的怒意转瞬被逐渐扩散的惊奇神色取代,小十六动了动耳朵,安静一会儿过后,指着长阶的方向道,"你们看!"

众人齐齐朝身后大门外看去,这次不用劳烦小十六再赘述,他们也知道方才那阵来自山脚的婴孩啼哭是真的了。外出近一载的掌门此时已慢慢出现在他们的视线中,正一级一级拾级而上。一身翠色衣衫把本就丰神俊朗的人衬得多了些清新俊逸,头顶碧冠色泽润亮,发髻下的脸剑眉星眸,挺鼻薄唇,一眼望去,竟不像是个做掌门的,反倒很容易让人当成一位不过弱冠之年的翩翩公子。而这位公子怀中,抱着一个虎头虎脑的婴儿。婴儿眉间长着一粒小小的朱砂痣,他在襁褓中睁大了一双眼睛,漆黑的眸子里是一派初生牛犊般的天真懵懂,正不明所以地打量着自己眼前所见的一方天地。

众弟子在看清来人面孔后只在原地愣了一瞬,而后很快整顿形容,排队在阶前跪好,齐声道:"恭迎掌门。"

赫赫声势震撼莫邪山巅,引得襁褓中的婴儿爆发出一声清脆嘹亮的啼哭。

"都起来吧。"踏上最后一级石阶的玉面公子虚扶了一下位列队首的弟子,又看了看怀里哭得撕心裂肺的孩子,他轻轻皱了皱眉,把孩子递给对面,"怜城,将这孩子带下去,收拾干净,好好照料。"

"是。"

大师兄怜城将掌门怀中襁褓稳稳接过,刚一到手,卧在柔软棉布里的小团子便破涕为笑,咯咯乐了起来,眨着眼睛冲他咧开还没长出乳牙的小嘴。怜城看着,眼中不由得也生出一片柔柔笑意,待笑过后才惊觉自家掌门已拂袖走出了几丈远,他一边轻轻摇晃胳膊,一边冲掌门疑惑着试探道:"掌门……这孩子……"

"山脚捡的。"

离开的人步履不停,直到怜城犹豫着又问了一句:"这孩子可有名字?"

名字?青衣翠冠的背影微微一顿,略略侧过了头,眼角余光似是朝着那孩子的方向:"就唤他……怜清吧。"掌门的身影逐渐走远,直至消失在众人的视线中。原本敛容庄严端立在怜城身后的弟子们顷刻之间蜂拥而上，将山道围得水泄不通。

"怎么那么白净啊……跟糯米团子一样……"

"不然怎么是雪里捡的呢，简直就是个雪娃娃。"

"欸欸！笑了笑了！快看！他笑了！"

"再笑一个！再笑一个！小——欸，刚才掌门说他叫什么来着？"

"怜清！小怜清！"

"怜清……怜清……大师兄！你说……掌门给他取这个名字是不是就是把他收入门中了？"

"小十六就惦记着这事呢！"

"二师兄！"小十六恼羞成怒，"我只是实话实说！不然师尊干吗让他跟我们一个字辈，直接取名狗蛋儿不就得了！"

"胡闹。"怜城一时没忍住，被小十六怜付逗笑，"就是寻常人家的孩子，也不能随意取这么个名字。"

"我乱说的呀。"怜付抠了抠脑袋，"那他算不算我们的小师弟？以后能管他叫小十七吗？"

"还是看掌门的意思吧。"怜城往掌门寝殿的方向望了一眼，"先带怜清去收拾收拾，这孩子一身的雪泥。"

自此，怜清便在上玄门被这群师兄手忙脚乱地带着，你一口米我一口饭地养大。光景不待人，似乎只一眨眼的时间，他便无病无灾地长到了十岁。

人间十载春秋，在天宫不过十轮昼夜交替，其间怜清有师兄们天天围着打转，日子过得偶尔杂乱无章，时常井然有序，九重天却是闹翻了天。

玄凌自十日前同长决交谈过后便又匆匆忙忙去了凡间，也不管烟寒宫那位长老最终会不会给回复，次日东海便来了人又抬着两列熟悉的半人高的镶金八角盒放到烟寒宫门口。这场求亲排场虽大，玄凌本尊却不到场，显得甚没诚意。可说没诚意，东海摆出的姿态又似乎是非要把人娶回去不可。

紫禾多年浪迹天涯，长决自别过玄凌后便派人四处寻找她的下落。找了几日，两列揽尽三界奇珍的八宝盒便在烟寒宫门前放了几日。东海的媒人毕恭毕敬在门前等了七天，却连被紫禾当面拒绝的机会都没得到。

幻妖一族生性不羁，对仙籍一事也不甚看重，遑论神贵鬼贱之说。这在幻族眼中更是荒谬。故而天地间随主族入仙籍上九重天者有，不入仙籍只愿遨游天地做散妖者也有。

妖仙之别，不过天宫那卷仙谱上有无一个名字罢了。紫禾是幻族资历最老的长老，数万年来游历四方不问世事，只有每任幻族主君立储之时才会回来坐镇，对储君品性进行评定考量。被立储之人要名正言顺成为储君，举族誉之并不够，还须不让紫禾非之。否则将储之人即便再得众人心，在紫禾点头之前，那也是要放一放的。

十几万年间倾慕这位在幻族中有举足轻重地位的长老而前来求亲的人不在少数，没吃过闭门羹的人倒是还未出现，只因从未听说过有什么求亲的人，能让这位广交三界好友的长老屈尊赶回烟寒宫看上一眼，再决定结不结亲。东海面子固然大，可紫禾不想给，也不过一声招呼的事。

闻讯从人间赶来的玄凌帝君坐在朗清苑内听完长决转述紫禾的意思后，什么话也没说，只凝神看看手中那杯半满的清酒半晌，呢喃了一句："若是当初非要她报恩不可，或许如今便不用这般苦等不得。"

他这亲求得唐突了些，可自己也是最近才听闻幻族有位名叫紫禾的长老多年来一直在世间寻找一条只有半片逆鳞的黑龙，偏偏他这时忙得抽不开身，根本没有时间亲自去找紫禾说明身份，也不能大张旗鼓地告诉旁人他只有半片逆鳞。于是便将所有的缘分赌在了这一场求亲上，盼得紫禾能回来看他一眼。

可惜他没那个福分成为例外。玄凌帝君，在紫禾那里，不过一个冷冰冰的名字罢了。

他闭眼轻轻笑了笑："这三媒六聘，命定求不到一个成全。"

言毕他便将手中清酒一口饮尽，同长决拜别，头也不回地走出了烟寒宫。放在宫门口足足七日的那堆聘礼，终是原封不动地随主回了东海。

三日后，东海玄凌帝君同瑶灵上仙定亲，天族与骊龙族因此又添了一层情分，定亲宴设在南海之上，广聚三界名门，偏偏玄凌也好，瑶灵也罢，两方事主无一人露面，宴会倒依旧办得轰轰烈烈，宾客尽欢。筵席散过，人们酒醒三分，回味之余却免不了叹息东海对幻族求而不得的情谊。玄凌也好，玄昭也罢，下人面子的手段都是极不留情的，这骊龙族与烟寒宫的梁子，怕是就此结下了。

这边人们口中另一段孽缘的当事人正趁着南海那场定亲宴逃脱了龙宫的禁制，跑去了人间。

上玄门并非什么百年名门，全道门弟子人数左不过也就十几二十个。但它人少的原因并不是无人问津，恰恰相反，上玄门自建派不久便在垣国声名鹊起，只因创派的掌门虽来历成谜，修为却是盖世无双，一出手便一鸣惊人。自入世以来，但凡他出面，解决的都是斩妖除魔、名震天下的大事。那些功德业绩，寻常道派若能沾上一二，足以光耀门楣数载，扬名立万经年。也正是因此，上玄门颇得皇家器重，在垣国的威望一日盛过一日。

可那位深不可测的掌门喜好实在令人难以捉摸。收人不看家世，不问出处，甚至连寻常道家最注重的天赋根骨也不在他的考量范围。那些入了上玄门的弟子，有的出身寒门，有的是天潢贵胄，有的天资聪颖，也有个别傻头傻脑，他们唯一的共通点似乎是都还敦厚纯良，慈悲向善，看心性个个皆是极难得的璞玉浑金之材。

不知从何时起，传闻上玄门的掌门自莫邪山下抱了个雪地里的小娃娃回山之后，就再也没有收过弟子。

怜清十岁那年的夏天，上玄门收到朝廷御令，举派前往敌国桑胥国与垣国的交界处，镇压敌国亡魂所积怨气而成的邪祟。垣国的最北边与桑胥交界之处乃一片无垠沙漠，唤作霜天漠。垣国临海，垣军多擅水战，不擅陆战，而北部的桑胥骑兵曾在九州之内都是令人闻风丧胆的存在。桑胥国民风豪放，朝堂内外重武轻文，最精锐的一支骑兵镇守在两国交界处，时常以莫须有的名头扰乱垣国边界秩序。他们烧杀掠夺完边境百姓过后，便转身钻入大漠躲得无影无踪。在垣国，素有"宁赴十趟修罗国，不踏一步霜天漠"的俗语。

也就是怜清出生那年，新登帝位的垣帝在国师辅助下如有神助，出兵二十万，势要剿灭桑胥国。桑胥负隅顽抗数年，最终不堪重负举国投降。投降的前提是让桑胥三十万国民迁徙来垣。如此庞大的数目，垣帝没有丝毫犹豫，在来使面前一口应下。

可就在三十万桑胥子民行至霜天漠时，一夜突起的沙尘暴使他们的驻扎之地荡然无存，紧接着流沙将所有徙民拖进了茫茫大漠之下。三十万桑胥子民，朝为活命奔，暮无埋骨坟。国已不复，积怨难消，生灵涂炭之地多生邪祟，有祸物以怨气为食，三十万亡灵怨气冲天，霜天漠成了滋养妖孽的沃土。

上玄门奉命剿的便是这样一窝邪祟。

怜清在师兄们出发的前一晚收到一箩筐未经雕琢的玉石。

"小十七！这些可都交给你了！在我们回来之前要全部雕好哦！"说话之人将装满玉石的箩筐沉沉放在怜清身前的长桌上，葡萄似的两颗眼珠子滴溜溜地转了转，抱臂弯腰看着眼前的小不点，"师兄们的名字都会写吗？可别雕错咯。"

怜清坐在桌前的高凳上，面无表情地看了看怜付笑得眉眼弯弯的脸，又看了看身前有他两张脸那么大的一个箩筐，抿了抿嘴，腮边抿出两个浅浅的小酒窝，轻轻地点了一下头。

"我就知道我们家小十七做什么都有天赋。"怜付极轻快地补充道，"尤其是雕玉。"

"千金难买怜清手。"怜付戳了戳怜清侧脸的酒窝，逗得手下的人皱了皱眉，他便高兴了，伸手去捏怜清的脸，拖着语调说道，"我们家小十七还是不高兴的时候最可爱了。"

怜清吃痛，摇着脑袋甩开怜付，垂眸眨了眨眼睛，看着自己够不到地面的脚尖，小声道："来了。"

"什么？"

"十六。"怜付还没听清怜清的话，门外便传来怜城温柔的嗓音，带着些不轻不重的斥责，"又趁没人偷偷欺负小十七呢？"

"大师兄。"怜付条件反射地站直了身板，一脸苦相道，"我没有……"

"没有？那桌上这一箩筐都是谁的？"

"有我的……但是也有他们的！"

"我让你来是让你使唤小十七雕玉的？"

"不是。"怜付嗫嚅道，"可是该嘱咐的我都嘱咐了……"

"那就走。"怜城朝门口扬了扬下巴，"东西都收拾好了？符咒带齐了？我刚还看见怜洛在到处找你呢。"

"啊！二师兄！"怜付一拍大腿，"他刚才说有事等我回去呢！我先走了啊——"声音随着说话人的脚步越拖越远。

怜城走过去，大手盖住满筐的玉石，微微欠身对怜清道："若是不愿意做，便不做。"

十七抬头看着怜城，后者被盯了半晌，轻轻叹了一口气，摸了摸怜清的头："你呀。我们怎么就把你养成了个锯嘴葫芦，喜怒哀乐都不会说。"

门外窸窸窣窣的蛐蛐叫声与夏夜的星空融合为一体，怜清看着快被大师兄拿走的箩筐，突然说道："我愿意的。"

正要跨过高凳出去的人身形一滞，转过头道："什么？"

"我愿意的。"怜清仰起脖子，眼里星光点点，"师兄们喜欢我雕的玉佩，我很高兴。"

怜城怔了半晌，突然释然一笑，他知晓怜清虽然不会显山露水地表达情绪，却是个从不撒谎的性子。于是他又坐了下来，柔声问道："十六可把该说的都给你说了？"

怜清点点头："三天的干粮都在小厨房里，师兄们怕我够不到，所以把干粮放在了米缸里。水要煮熟了再喝，怕我不会煮，所以已经煮好放凉封在水壶里。"

怜城赞许地揉了揉怜清的头："还有呢？"

"还有……"怜清想了想，"不许别人进来，不要走出结界，最远只能走完长阶。"

"小十七真聪明。"怜城把他抱下高凳放在榻上，"说的东西一遍就记住了。"他又轻轻刮了刮怜清的鼻梁，笑着哄道，"不过十七放心，掌门设的结界，谁都进不来。睡吧。明早给师兄们送行。"

怜清听话地钻进被窝，安然睡去。

第二天一早，怜清被师兄们簇拥着走在队伍最前面，他的练功服有点长，衣摆被他踩得满是鞋印，最后还是跨坐在二师兄肩上一路随行到了最下面的一级台阶才被放下来，他目送着最后一位师兄走远。送走众人后的怜清在原地发了一会儿呆，转身欲回时，余光里却闪过一个黑影。他没有多看，低头只管走自己的，刚抬脚，那黑影竟直接挡在了他眼前。

大师兄不是说师尊设的结界旁人进不来吗？

怜清仰头去看,这人极高,一身玄色缎袍熨烫得找不到一丝褶皱,衣不染尘,气宇之轩阔比之师尊师兄们有过之而无不及。再往上,不速之客正偏着头一脸笑意地看着他。怜清张了张嘴,有些不敢相信眼前所见,唤了一声:"师尊?"

来人闻言蹙了蹙眉,一撇嘴,蹲下身,单手将怜清从地上抄起,直接让怜清坐到了自己臂弯里,又恶作剧似的捏住怜清的鼻尖轻轻摇了摇:"谁是你师尊?"

怜清突然失重,急急抱住那人的脖子,眼睛一扫,看见对方颈下,再直视时眼里已经找不到半分惊讶,只缓缓对着近在咫尺的俊俏男子说道:"你不是师尊。"

玄昭一边将另一只手托在怜清后背,怕人从他小臂上栽倒下去,一边抱着怜清往长阶外走,好脾气地问道:"那我是谁?"

怜清摇了摇头,片刻过后开口:"你是妖吗?"

玄昭抱着怜清故意走得摇摇晃晃:"为什么不能是人?"

"你不是人。"怜清道,"我用内力感知到了。"

"你有内力?"玄昭睨着他,"那么小就开始练功了?"

怜清心不在焉地点头,眼睛却死死盯着玄昭脚下:"我不能出去。"

"哦,为什么?"

说着,玄昭一只脚已经踏出了结界。没等怜清回答,他挑眉逗着怀里的人:"怎么办,现在已经出来了。"

怜清低着头不说话。

"你被一只妖带出来了。"玄昭继续悠闲漫步,任由怜清搂着自己的脖子,偏头问道,"你要逃吗?"

怜清摇头。

"为什么不逃?"

"我打不过你。"

玄昭用指头轻轻点了点怜清的鼻尖:"那你不害怕?"

怜清在玄昭碰到自己鼻尖的一瞬下意识闭眼向后撤了一下,慢慢睁开眼后,紧了紧抱着玄昭脖子的双手,问道:"你会吃了我吗?"

"你太小了,我不吃你。"玄昭看他一眼,掂了掂,惹得怜清晃悠着赶忙用力箍住他的脖子。

怜清错开眼，小小地咕哝了一声："等我长大了你就吃不了我了。"

"什么？"

怜清别过脸，嘴巴抿成一条线。

"下过山吗？"

怜清嘴抿得更紧了。

玄昭含笑看着怜清侧脸那个被抿出来的酒窝，摇着怜清问道："哥哥带你第一次下山，不想知道去哪里？"

还能去哪里，肯定是去妖窝。怜清总觉得眼前这人是在骗他，十六哥每次给他讲故事的时候都说妖最爱吃小孩子。这妖怪说不吃他，或许是想把他带回妖窝去给别的妖怪吃。他眸光扫过从二人脚下蜿蜒出去的长长山路，在玄昭胳膊上努力坐稳道："你是什么妖？"

"龙妖。"玄昭道，"你想看看吗？"

下坡路有些崎岖，怜清坐在玄昭胳膊上被颠得有些烦躁，正打算回答玄昭不想看，一转头就见着那人额上不知何时冒出的一对龙角。那是极长的一对角，通体漆黑，纯粹得没有掺杂一丝别的颜色，在旭日的照射下泛着金属光泽。那角从额上破出来后便顺着头发生长的方向朝额头的后上方弯曲而去，像什么古树的枝干，一直延展到了与那人后脑齐平的位置。

怜清愣愣盯着那对黝黑龙角，一时竟忘了自己方才想说什么。

玄昭朝他侧了侧头："想摸摸吗？"

怜清原本紧紧抓着他衣襟和后领的手指无意识地在布料上挠了挠，手痒痒似的。没过多久，怜清还是忍不住伸手抓了上去。他长得比同龄的孩子慢些，因此人不高，手也瘦小，一掌握不住龙角的主干，握个支角倒是刚好。玄昭侧低着头，看不见怜清的神情，只觉得自己额上龙角被小心翼翼抓住之后，臂弯里的人便没了动静。就在玄昭准备抬头看看的时候，头顶稚嫩的嗓音响了起来："我不会水。"

"什么？"

"我不会水。"怜清说，"你住海里吗？我去海里会淹死的。"

"谁说我要带你去海里？"玄昭把头抬起，挺直了脖子，看着怜清眼中因为够不到龙角而被迫放手的丝丝不舍，他捏了捏对方白软的脸，"我带你去人间。"

玄昭不想用法术,二人便一路聊一路走着去,多数时间是黑龙东拉西扯地胡乱问着什么,怜清基本上不出声响,偶尔有一搭没一搭地回几个字。

二人落脚垣国帝都时已日薄西山,夜市刚起,主街上灯火还不甚辉煌,不过人流已经有些密集了。玄昭隐了龙角,将怜清放下,走在他前面,问道:"想回去吗?"

怜清点点头。高个子的黑衣公子便朝他伸出一只手:"那就得牵好我。否则跟丢了,就没人带你回家了。"

怜清看了他一眼,伸手牵住玄昭的小指。玄昭一愣,而后心情颇好地说道:"怎么那么听话?"

怜清闻言也懒得搭理他,只说:"我饿了。"

这么一提醒,东海二殿下才想起身后的小人儿如今是凡人之躯,已经大半天没吃东西了,怪不得不跟他说话,想来是没什么力气。他心生怜爱,走了没两步又回过头把人抱起来,四处张望着生意兴隆的食肆:"想吃什么?"

"粥。"

"粥?"玄昭失笑,"好不容易下一次山,只想喝粥?"

见怜清沉默,他才反应过来:"也难怪,你不知道山下有什么。想吃糯米糕吗?"

"糯米糕是什么?"

上玄门并非苦寒之地,门内弟子大多出身不凡,时常在下山时带回许多美味珍馐,只要不太过分,掌门都不会管。但掌门对怜清与对别人不同,他要怜清寡情寡欲,遂在门内下了禁令,所有人都不能在怜清面前摆弄半点从门外带回来的东西,免得平白惹怜清生出不该有的旖旎心思。

"甜的。"玄昭朝怜清靠近了些,好让人抱着脖子坐稳。他带着怜清走进一家酒楼,悠悠道:"糯米团子就该吃糯米团子。"

"我不是糯米团子。"

"那你是什么?"玄昭斜眼望着他,"我不信你那些师兄们没人叫你糯米团子。"

怜清被戳中羞处，把脸转开，声音冷冷的："我叫怜清。不是糯米团子。"

"好，糯米团子怜清。"玄昭把他放在食桌的凳子上，自己坐到另一边。小二很有眼力见地过来问了菜，玄昭洋洋洒洒说完一大串菜名，待小二走后，又凑过去俯身问道："怜清，'犹怜草木青'的怜青？"

怜清两手揣在怀里，有些无奈地对着玄昭摇头："'怜瞰苍灵，澄浊为清'的怜清。"

"你师父取的？他什么时候回来？"

"少则一日，多则三日。"

正说着，玄昭点的糯米糕很快上来了。玄昭拿筷子夹下一小块，仔细给怜清吹凉，放到怜清嘴边，漫不经心地问道："去杀妖怪？为什么不带你？觉得你太小了？"

怜清点点头，看着嘴边的糯米糕，粽叶混着红枣和糯米的清香充盈鼻间，他咽了咽唾沫，却不张嘴。眼前的糯米糕晃了晃："不想吃吗？"

怜清紧盯着糕点的目光没有挪开分毫，嘴上还是犹疑："我师尊说我不喜欢吃甜的。"

玄昭猝不及防噗笑出声："你喜欢什么，不喜欢什么，是你师尊说了算吗？"

怜清像是有些不解，眼神投向玄昭："自然。"

"不是这样的，怜清。"玄昭收了笑，坐到怜清身旁，手上的糯米糕冷了，他又去夹另一块，"或许你师尊说的任何一句话你都能奉为圭臬，但喜欢与不喜欢是天生的，你师尊说了不算，你得遵从本心。"

"就像这糯米糕。"他又递到怜清嘴边，"须得吃过，尝过味道，你才有资格评判自己喜不喜欢它。你怎么能试都没试过，就定了它的死罪呢？"

怜清凝视眼前白糯的糕点，沉思半晌，缓缓张嘴咬了一口。

玄昭得逞，自叹自己在怜清面前扳倒了那古董师尊一局，乐道："好吃吗？"

怜清不答，腮帮子一起一伏嚼了半天，咽下去后，把筷子上剩下的也咬了去。玄昭低了低头，抬脸时眉眼笑意未尽，又去给他夹了一块，吹凉放到怜清嘴边。这东西是怜清第一次尝，开头吃着咂摸不出什么味，玄昭接连喂过去，一直喂到最后一块。怜清不想吃了，心道听师尊的话没错，若总让他吃这些甜腻的糕点，自己怕是第二顿就不愿上桌了，便咂咂嘴道："有些腻。"

第十一章

165

"是吗？"玄昭放下筷，眼珠子一转，叫来小二，附在对方耳边说了句什么，未几，小二便端着两个白玉小盏上来。

玄昭拿筷子头蘸了蘸盏中清透的液体，递到怜清唇边："甜的吃过了，尝一口别的。"

"这是水吗？"

"不错。"

"为何不直接把杯子给我？"

"这水不一样。"玄昭一本正经道，"你先尝一口，若是觉得能喝，我便取一杯给你。"

怜清将信将疑地把筷子含进嘴中，须臾，猛烈咳嗽起来。

玄昭装模作样给人顺了顺气，看着怜清雪白的一张脸呛得通红，额间朱砂痣都被皱起的眉头挤得快要看不见，心中暗笑，嘴上却关切道："怎么了？被呛到了？"

黑如鸦羽的睫毛被渐渐充盈了眼眶的泪水沾湿，怜清咳得眼睛和鼻尖有些发红，声音颤巍巍地从嗓门里费力挤出来："辣。"

"辣吗？"玄昭惊诧地看了看白玉小盏，自己蘸着尝了一口，"不辣啊，你莫不是尝错味道了？"

怜清有些不可思议地看着他，这人怎的尝了如此辣的水连眉毛都不皱一下？

玄昭又蘸了一下："要不要再尝一下？说不定方才是你尝错了。"

怜清有些迟疑。

"再尝一口解解辣。"

小团子睫羽扇动几下，最终还是又含了一口。后来那夜无论玄昭说什么他都不理了。

等玄昭抱着同自己赌气的人从酒楼出来的时候，夜市的纷杂和热闹已经如潮水般退去。街上行人无几，虫鸣窸窣，怜清半合着眼，醉酒之意在体内泛滥，上下眼皮不知打了多少遭架。

玄昭一臂搂着怜清的双腿，一臂圈住怜清，从正面抱住了他。等怜清支撑不住把下巴靠在他肩上时，玄昭便不疾不徐地拍着怜清的后背，在帝都大街无声走了许久。今日是夏至，月色明朗，晚风习习，携带的凉爽之意拂过面孔后，玄昭再开口时声音也轻了许多："小怜清，我同你讲个故事好不好？"

大抵怜清是困了，玄昭问完许久，耳后才传来怜清似有若无的回应，听起来像小鸟啁啾："嗯。"

"你知道真佛吗？"

玄昭耳畔再听不到什么声音，唯有绵长的呼吸。玄昭看着月华如洗的夜空，轻轻一笑，语调竟不自知地柔和了几分："十几万年前，真佛清池中曾有一颗白玉菩提珠。有一尾黑鲤误入清池，被菩提珠的无瑕光华所吸引，便在那清池中长久留了下来，而且一留就是几万年。那珠子在佛下听禅许久，早已生灵，可它心无外物，便迟迟不愿化形。后来那尾黑鲤从罗侯处偷得一味药引，哺给了菩提珠，菩提珠便对黑鲤生了念想，一份念想也是一份心意，心意种在珠芯处。真佛知晓后，勃然大怒，下令即刻处死那尾黑鲤。就在这时，那数万年不愿现世的珠灵化了形。"

说到这里，玄昭顿了一下，目光悠远，像是透过眼前薄雾般的月色回忆起珠灵初初化形时的模样。少顷，玄昭又扬唇道："真是皑如白雪，皎若明月。"

"珠灵在佛前磕头下跪，求佛免那黑鲤一死。它自愿投入轮回道，将真身与珠芯留在池中，历苍生之苦以替黑鲤赎罪。黑鲤因此逃过一死，在清池中潜心修炼，化龙前夕，他偷偷遁入轮回道，寻找那菩提珠去了。他转世便是龙族殿下，为寻得珠灵在三界流连了五万年，成了三界有名的纨绔浪子。说起不务正业，诸仙第一个想到的就是他。可又有谁知，他生来只为一事执着。"

玄昭闭眼贴了抚怜清披散下来的头发，朝莫邪山的方向走去。

"两百年前的法华宴，我一见你，便知晓自己此生再也不必入红尘。"

举世无双 第十二章

　　七年后,还是一样的夏夜,莫邪山腰长阶旁的松木依旧青翠如盖,夜幕中,一灰一白两个挺拔的身影踱步于林间,灰衣的那位两手空空,交叠着背在身后,他穿的是上玄门寻常的弟子服。他身旁的白衣公子要更瘦削一些,手执一把长剑,背着一个不大不小的包袱。

　　"你十六哥特地下山找人给你裁的这身新衣裳倒是十分合适。"

　　"十六哥向来心细。"

　　白衣公子低头看了看身上这套光凭材质和绣纹针脚就能猜出价值不菲的素色锦袍,没有多说什么。

　　"盘缠可带够了?"

　　"够了。十六哥和二师兄他们怕我不够,白天又悄悄塞了好些进去。"

　　灰衣公子停下脚步,笑道:"那你是如何知道的?"

　　对面的人跟着停下,一本正经道:"包袱变沉了许多。"

　　"他们这是料到你会趁他们不注意,在夜里不辞而别。"怜城抬头望着垂挂在天际的圆月,语气中难免带了两分怅然,"小十七,何不明日一早再走?"

　　怜清沉默一瞬,说道:"师兄们定会个个都要找我道别。"

　　怜城闻言不由得一笑,听出了怜清话里的无奈:"也是。一样的叮嘱你要听个十几遍，像小十六那样的说不定还要唉声叹气洒点眼泪，你还是悄悄逃的好。"

"师兄们是爱护我的。"怜清漆黑的眸子闪了闪，"只是那样……大半日又过去了。"

"你明白就是了。"怜城叹了一口气，"他们自你出入门起就把你捧在手心，片刻不离地带着长大，谁让你磕了碰了都要自责好久，哪里舍得随随便便让你一个人下山。此次若不是师命难违……对了，你同掌门说过了吗？"

怜清点头："说过了。"

"掌门可有另说什么？"

见对方摇了摇头，怜城拍拍怜清的肩："掌门向来话不多，他知道该说的我们都已经来来回回说够了。不过他也是极关心你的。不然上玄门十七个弟子，他也不会谁都教，却偏偏只收你为徒。"

他说罢又笑了笑："十六个师兄，就没一个是闷葫芦，却把你养成这样面冷心热的性子，这点你倒像是掌门带出来的。"

"此次下山，是师尊交给我的一次历练。无情诀心法我虽修至上乘，但总归没有实练过。师尊说，万事万物不破不立，我虽修的是无情道，但总要入世，才能出世。"怜清目光凝在虚空，"再者，这次在皇城作祟的妖孽，很可能是七年前伤我的那只。即便师尊没有派我，我也是要去的。"

怜城神色一凛："你是说……那只罗刹？"

七年前上玄门奉命去霜天漠封印怨灵，虽不知那里为何会积聚如此强大的怨气，但有掌门坐镇，一切也还算顺利。岂料就在封印快要完成之时，原本安分的怨灵突然躁动难捺，两方对峙之下，阵法中竟催生出了一只罗刹。那罗刹修为虽浅，破阵而出时却带着冲天煞气，倘若让她就此逃脱，人间怕会不得安宁。

那罗刹大抵在阵中听见了师兄弟讨论怜清，得知了上玄门还留着一个小弟子的消息，一出阵便朝莫邪山的方向奔去。他们原本并不担心，觉得有掌门亲设的结界挡着，届时恰好可在结界外将无路可走的罗刹就地剿灭。结果追到莫邪山下才发现结界不知何时已被人破解，罗刹得以从裂口中混入上玄门。

众人当即慌了阵脚，也不管什么捉妖，去了怜清房中，发现人果然失踪后，便随着罗刹一路残留下的踪迹去寻，最后在莫邪山一处峭壁底下的山涧旁找到了昏迷不醒的小十七。至于那只罗刹，早就趁乱逃了。

怜城搭在怜清肩上的手顺着摸到怜清后脑，那里有一处指节长的伤疤。

"当年那罗刹说来也奇怪。虽掳了你，却没伤你，把你丢在山涧旁就独自逃了。原本听闻罗刹喜食人眼，那时我们漫山跑遍都寻不到你，小十六第一次急得哭天喊地，说要是你眼睛真没了，就把自己的挖给你。"怜城说着自己也微微红了眼眶，"后来你醒了，脑袋上摔出来的这个伤却经久难愈，我们又发现留在小厨房的那些吃食你一点没动，问你发生了什么，你半点也想不起来。都说人生在世要经历生死情三劫，当年你伤在要紧的位置，能醒过来我们就谢天谢地了，不敢强求什么，这也算你经历了一遭生劫。"

"只是你那些师兄，现在提起这件事都还会垂首自叹，怪自己当年没照顾好你，怕你头上这伤再留下什么别的隐患，要是日后复发，没人在你身边，总归难辞其咎。所以自那以后，直到你十五岁，不管做什么，他们都想寸步不离地跟着。如今你第一次孤身下山，他们才那么放心不下。"

怜清听完，难得微微扬唇笑了笑："大师兄何尝不是一样？方才那些话，怜清已经熟得快背下了。"

怜城有些局促地笑了笑，仰头眨了眨眼，又低下头对怜清道："都说可怜天下父母心，当年上玄门数十男儿，都没体会过这句话的意思。那年冬至，掌门抱着你回来，走完百步长阶就把你递给了我。你就在那花布襁褓里，冲我们一笑。"

"你刚来的那一年，基本上每个人到了白天都顶着一双青黑的眼。只有你，夜里折腾完了，白天就安分了。可我们还要练功，有人气不过，冲到你面前，还没张嘴骂人呢，你就冲着人笑。这一笑啊，再大的脾气都被你笑没了。"

怜清略略颔首，任怜城轻轻摩挲着自己后脑那个疤，听得大师兄柔和地说道："谁说我们家小十七古板？明明打小就机灵，还不会说话就知道怎么逗人开心。"

二人相视一笑，怜城像是被开了话匣子，又接着说："一直到你十岁，我们表面上不说，心里其实总是着急，我们想不通为何你就是比寻常人家的孩子长得慢些？别人家的孩子十岁都到大人的腰了，你呢？你就……"

怜城说着就比画起来，手掌比到大腿的位置："你那时……只有这么高……小小的一个。掌门又不许旁人拿别的东西喂你，一日三餐只许你吃素粥馒头，还说十四岁就要开始让你练习辟谷之术，这一听可把我们愁坏了，十四岁，人还没长定型呢，就要断食……"

"大师兄。"怜城絮絮叨叨说得正起劲儿，突然被怜清低低一声呼唤打断。他正眼看去，自己口中那个从小就让师兄弟们为他发愁的小孩子此时凝视着他。莫邪山的月色十几年如一，时光穿梭似流水无痕，当年怀中那个牙牙学语的孩子竟像是一眨眼就长得快和他一般高了。

怜城收了声，知晓到了告别的时候。他轻咳道："怀沙可带在身上？"

怜清微微举起执剑的右手。

"那就好。"怜城想了想，实在找不出什么还要叮嘱的话，便问，"你……还有什么要说的吗？"

怜清原本打算摇头，突然想到了什么，沉吟片刻道："师尊有教过你们什么我没学过的功法吗？"

"没啊，怎么突然问起这个？"

怜清皱了皱眉，眼中升起困惑之色："一夜宵禁后我睡不着，在小山后面见二师兄和十六哥靠在一处说笑。"

怜城一脸严肃地问道："你还看到什么了？"

"没什么了。"怜清回忆道，"二师兄与十六哥好像正在说什么，就看到我了。"

怜城解释道："他们两个一向是对冤家，白日打架，夜里修好，感情也是门派中极好的，想必当时，你二师兄正玩闹得起劲儿，又或因开玩笑过了头，在对小十六道歉吧。"

须臾，怜城又轻声问道："他们是怎么说的？"

"他们说他们在修行。"怜清道，"没有玩闹。"

"时候不早了快下山吧。"

"大师……"

"走吧。"

"大……"

"早去早回。"

怜清被怜城推着朝长阶的方向走去，一步一回头地看着大师兄，每次转过去他都只能瞧见身后人面带微笑地对着他摆手告别。怜清心里有股的怪异感，但最后还是转过身，端端正正朝怜城作了个揖，头也不回地走了。

次日，怜清已经走到了垣国帝都城郊的一处小树林。此时天色尚早，虽不至天光大亮，但夜幕已变成了一层薄薄的黑，透着些似有若无的幽蓝，半轮将隐不隐的残月和稀疏星光闪烁着镶嵌其中。怜清倚树而坐，看着远处未开的城门，闭目养神，静待着城内五更三点的晨钟敲响后再朝帝都前行。

师尊同他说，此次帝都邪祟作乱，害人者没有特定的目标，接连受难的人中，平民百姓有，皇宫贵人也不少。若非要说死者之间有什么共同点，那便是死去的皆为妇人。民间至今为止已连续多日在不同的寡妇家中发现了尸体，死者都是户主，每具尸体都被夺食了双眼。而宫内的情况，从上玄门接到的密诏来看，死去的都是皇妃，已有十数人遇害，至于尸体死状如何，诏中并未细说，只是急令门内下派弟子入宫除妖。事态究竟怎样，还得入了宫再看。

正冥想间，怜清耳畔捕捉到一阵极隐蔽的风声，来去都极快，若不是因为周边太静，很容易就会被忽视。林中没有起风，刚刚那声倒像是谁的衣袖飘摆时带出来的声响。怜清戒心顿起，睁眼之时顺手抄起一旁的怀沙，眼神如锋地警惕着四周，耳朵也不放过一丝声响。

随着城内晨钟鸣响，两道鬼魅一般的黑影从皇城上方蹿出，朝着远处一座小山丘奔去，速度快到荡入人眼时只剩残影，加上所过之处遗留的丝丝鬼气，怜清断定那绝非凡物。趁着东西还没飘远，怜清起身欲追，刚一转头，余光瞥见身后又晃过一团黑影，这次竟离他不足一丈。他霎时心叫不好，来不及思索便将怀沙从鞘中拔出，朝身后那抹黑影横扫过去。

剑风刚过，便听得一声惨叫，紧接着就是什么重物相撞的声音。怜清收了剑，急急朝声源望去，只见身后最近的一棵大树旁蜷缩着一个浑身漆黑的人。那人影伏趴在地上，浓密的黑发如杂草一般盖住了他的面孔，一身亮缎玄袍虽质感极佳，却有许多破口。

怜清在原地静观半晌，这人像是受了什么重伤，一动不动，只背部有微弱的起伏。从一身比寻常料子贵重许多的华服来看，这人显然出身不凡。出身虽不凡，却又像是受过什么极刑，怜清蹙了蹙眉，随着一股淡淡的血腥味漫向鼻腔，他看

举／世／无／双

着树边几近昏厥的身影，一时更难以辨别这人是个什么身份，为何会突然出现在如此偏僻的城郊。

就在这时，一直蜷伏的人猛烈咳了两声，长长吐出一口气后，略略偏过头，半睁的眼睛透过杂乱的发丝直直看向怜清，分明是在求救。怜清走过去，鼻息间闻到的血腥味愈发浓郁，待他彻底走近，蹲下身扶着人的肩把他翻过来正面朝天查看伤势时，才发现对方身下的黄土早已浸了一团浓稠的暗黑血液，那人左胸肋下，伤口汩汩冒着热血。由于这人的衣衫是黑的，只看得出伤口周围的布料比其他地方深了一些。若不走近，根本无法察觉这人受了这么重的伤，而这伤看起来竟像是才受的。可刚刚，这里明明只有他们两个……

怜清眸光一震，替那人点了穴道临时止了血，赶忙问道："这伤怎么来的？"

那人撑着半起身，一口气提不上来似的倒进怜清怀里，动作间，他面前的几缕发丝被晃到一边，露出满是泥污的一张脸。他极艰难地抬起手，颤悠悠地指向怜清手中的怀沙："你……你的剑……"

怜清瞪大眼睛，不太敢相信这么重的伤竟是出自自己方才点到为止的招式，况且他记得收招之后，怀沙入鞘时并未沾染血迹，当下又拔出来正反来回仔细看了看，才确认它没有伤人。

怀里人在怜清沉默的等待中呼吸一凝，手也停止了颤抖，不过一刹，指着怀沙的那只手又颤巍巍抖动起来，沙哑的嗓子断断续续吐出了几个字："剑……剑气……伤我……"

话一说完，人就偏头昏死过去。怜清被眼前这一幕吓得一愣，怔忡几许，才摇着怀里的人唤了两声，无奈根本得不到应答，眼看着这人的呼吸越来越难以感知，怜清一咬牙，把人扛着匆匆背进城里。

伙计一大清早刚把门板搬开，就看见一黑一白两个公子摇摇欲坠地站在门口，黑的神志不清，全靠身旁人扶持着才能勉强站稳；白的浑身是血，只有一张脸稍微干净些，此刻也略显苍白和疲惫。那伙计还算有点定力，直眼盯着两个人看了一会儿，他稳了稳心跳，咽了一口唾沫，喉咙里咕噜一声过后，原想拔腿跑回后院叫人，却发现自己已经吓得迈不动步，当即头一转，扯着嗓子吼道："大夫！"

闻声赶来的大夫也被这一幕吓得醒了瞌睡，疾步过去和伙计一起将怜清二人

173

扶进内院，在怜清说了数次自己没事之后，大夫才专心致志地替那黑衣公子诊断起来。

"身体别的地方都没有大碍，受的都是些皮肉之苦，只是左胸肋下这处伤得不轻，不过也没波及体内要害。待我开些外敷内服的药，再静养几日就能慢慢恢复。只是其间注意饮食，不要随意下床走动。此外，我看这公子呼吸失畅，内里虚损，像是郁症，所以别有太大的心绪起伏，免得再生波折。"

怜清谢过大夫，又付了诊费，没多久伙计便端来一碗安神舒体的汤药。怜清不好推脱，当即服下，又除去沾血的外袍，拜托伙计替那黑衣公子买身干净衣裳，林林总总处理完一切后，怜清才疲倦地坐在床边，望着床上的人发呆。

大夫早前给他们二人擦干净了脸和手，此时怜清才注意到卧榻上那人的面容。这是个极白净的少年，长眉高鼻，眉宇之间还带着些尚未长开的稚气，约莫不过十五六岁。少年睡梦中还紧蹙眉头喃喃自语，像是遇到了什么难以开解的心结。怜清怔怔看了一会儿，总觉得少年有些熟悉，但又说不出来。恍然间又想起怀沙自他进房后便被抛在桌上，便转过眼盯着一丈处的那把神器陷入了沉思。

说是神器，其实怀沙与其他兵器相比，到现在也没表现出什么特别的地方。十四岁那年师尊带着他去荟英堂挑神器，又或者说，是让神器挑选他。那时大师兄伴他身侧，怜清一眼便看见了高居阁顶的怀沙。薄而细长的一把剑，乌兹矿作里，白蟒皮为衣制成的剑鞘，未入鞘的剑柄不知由什么玉石而铸，与鞘身浑似一体，柄身依旧以蟒皮护手，头尾两端的挖云白玉隐隐泛着青光。

大师兄察觉到怜清的目光，顺着望过去也看到了怀沙，他眼中划过一抹赞许之色，嘴上却叹道："剑是好剑，模样也配你，就是难测福祸，多年来秉性未定，也没人能将它唤醒，只能被束之高阁。"

怜城话未说完，却听得铮然一声气鸣，阁顶的那把长剑已脱鞘而出，剑气破空，直向怜清刺去。

"小心！"怜城高呼未毕，身旁的小师弟已纵身翻至一侧，只见扑空的神器前招未落后招又起，凭空倒了个向，急急旋转间如破竹般朝怜清所站之处攻去。

怜城惊魂未定，正欲出手相助时，怜清已闪身避开了攻势，负手弯腰与膝齐

举／世／无／双

平，脚尖转向再霍然起身一把握住了剑柄。剑本难驯，自内向外赫然一震，逼得怜清手腕一抖，整个手背都有些发麻。若要让他放弃，自是不依的，他就着这个姿势以剑柄为支点发力一跃，侧翻之时将周身力气朝剑压去。怜清再落地，剑依旧没有脱手，却已调了个头。眼看手中的宝贝又要发难，怜清骤然放手，比二指为剑同那无主之器来来回回过了数十招。一人一物间的博弈，只听得见风声急啸，看得见剑影穿梭，衣袂翻飞，直教人眼花缭乱。待杀势渐收，怜清已擒着那柄长剑凛凛而立，剑脊指天，清冷寒芒直透眼睫，薄而坚韧的剑身竖在怜清眼前，剑上映出的是那半张清秀而淡漠的脸。

怜城见尘埃落定，缓缓走了过去，面上愁云方散，只道："神器择主了。"

他又抬眼看着怜清："起个名字吧。"

怜清垂眸片刻，沉吟道："便叫怀沙。"

怀沙认主至今，除了它与怜清初见之时，从未有过什么异常。它秉性未定，从认主那日的行径来看，倒更像一把凶剑。为此怜清下山之前师兄们常常替他担忧，甚至有过不少次诸如"请求掌门给怜清换一把神器"之类的提议，都被掌门冷冷打了回去。

剑主倒不甚在意，但日子越久越觉得自己手中这把剑除了好看一无是处，稀松平常甚至有些平庸，有时还没十岁那年二师兄给他削的桃木剑顺手。

直至今日，床榻上来路不明的凡人口口声声说被怀沙的剑气所伤，眼看无辜之人为之重伤卧床到如此地步，他才开始思索，自己到底有没有能力掌控这把不知福祸的神器。

怜清想累了，脑子也慢慢混沌起来，不知不觉便趴在床边睡了一觉。

这黑衣少年正是玄昭，他感受到伏在手边的身体呼吸渐渐匀长，便停止了无休止的呓语，悄悄睁开一只眼看了看。等确认怜清睡着他再慢慢坐起身，掀开被子下床，走到人身后，两手穿过怜清腋下把人抱起来安安稳稳放到床上，再装作无事发生的模样睡到了内侧。

怜清被敲门声惊醒的时候天色已晚，窗外的光线透到房内，身后一片昏黄。他还没有完全清醒，不远处门外的敲门声有规律地响着，怜清维持着闭眼的状态缓了一会儿，刚想动弹，却发现自己被什么禁锢住了。

第十二章

他猛地睁眼，还剩三分的困意霎时烟消云散，眼前不是睡去时的床沿，而是漆黑的领口，怜清的瞳孔一点点放大。而后怜清一把将人推开，"噌"地坐了起来，不知所措地整理着衣襟。

"呃——"

枕边传来一声闷哼，怜清低头看去，刚刚转醒的黑衣少年痛苦地皱起了眉，紧闭双眼，大概是伤口被刚才那一推弄得有些撕裂，少年整张脸疼得拧作一团。

一波未平一波又起，从遇见这黑衣少年开始，怜清似乎就总在失手闯祸。自小便举止得体，人人称赞的他哪里见过这些场面，更别提和人共眠这种事，哪怕是从小一起长大的十六哥，也从未和他这么亲密过。怜清乱了手脚，进也不是，退也不是，连舌头都有些打结地慌忙问道："你……你没事吧？"

"没……事……"少年从牙缝里挤出几个字，嘴上说着没事，额头上已经痛得滴下了涔涔汗珠。怜清翻身刚要去找大夫，就被少年抓住了手腕，"别走……你别走……痛……"

"我去找大夫……"

"别走……我害怕……"

"我……"

"一会儿就好……一会儿就好了……"少年说完，兀自大口喘着气，喘了几口，好像就真的舒缓了些。

怜清动也不敢动，待少年看起来不那么难受，他才有些无措又懊恼地自言自语道："我怎么会在床上……"

少年费力地撑着起来，怜清见状赶忙扶着人靠在靠枕上。见对方垂下眼睫，眸中神色不明，怜清无奈地说："我也不知道。"

怜清正打算道歉，门外的敲门声却再度响了起来。怜清下床整理好仪容，应了声"请进"，伙计拿着新裁的衣裳进来。

"我也是目测这位小公子的身形估量的尺码，往大不往小了做就是。"伙计将衣服放在桌上，看着床上的少年，"最新的一批布料，上好的蜀锦！"

两人欠身道了谢，却见那伙计犹犹豫豫站在桌前还想说什么，有些欲言又止。

"二位客官，我们医馆……不留人过夜。"

举／世／无／双

待二人收拾完从医馆出来，夜市正热闹，怜清看了看完全黑下来的天色，暗自庆幸自己提早一晚下山，不然就错过明早入宫面圣的日子。

"我们如今去哪里？"黑衣少年略带着些兴奋的声音打乱了他的思路。

"我们？"

"嗯。"黑衣少年认真点了点头，两眼亮亮的，"哥哥不打算带着我吗？"

"可是我……"

话没说完，对面那双眼睛一下子露出了十二分的痛苦神色，少年握拳捂在嘴边，别开脸抑制不住地剧烈咳嗽起来，咳得上气不接下气。怜清作势要去扶人："你……你没事吧？"

玄昭咳了好一阵子，周围有些逛夜市的闲客被动静吸引得停下脚步望着他们窃窃私语，怜清无措地环视着那些人，又把目光放回玄昭身上，指望他拿主意似的。

少顷，咳嗽声停了，玄昭抚着胸口开始慢慢喘气。怜清道："你还好吧？"

对方没说话，等缓过来以后，才捂着左肋的位置，好不容易红润的脸色又微微发白："伤口好像裂开了……"

怜清一听便吓得忘了自己一开始想说的话，拉着人进了一家生意兴旺、伙计也多的客栈。他从钱袋里掏出一锭银子放在柜台上，一边扶着玄昭，一边提着包袱和剑，未褪青涩的容颜覆上匆匆之色："要一间上房，快！"

小二手脚麻利地带着他们进了顶楼的上房，听完吩咐便关上门下楼去打热水。怜清把手边东西放下，将玄昭按坐在床沿，伸手便要查看。玄昭一把抓住怜清，面露骇色："哥哥干吗？！"

怜清不明就里："我看看你伤口……"

坐在床上的人沉默地盯了怜清半晌，才下定决心似的，闭上眼，任由怜清检查伤口。怜清抬眼一看，床上的人依旧紧闭双眼，感觉到怜清在看他以后，玄昭放在膝上的双手也紧张得捏成了拳头。

怜清自是不明白这人怎会紧张成这样。门派里的师兄弟们谁受了伤都是这样互相替对方看诊的，怜清替人把衣服穿好，坐到桌边倒了一杯水，松了一口气道："伤口没有裂开。"

听到他坐远，一直不肯睁眼的人这才把头转过来，慢慢睁开眼睛，理了理衣襟："是我多事了。害你白担心一场。"

怜清刚刚举着茶杯放到嘴边的手一滞："我不是这个意思……"

看对方垂着眼不接话，怜清干咳一声，起身道："你伤没好，便请在此暂住几日吧。"

"那你呢？"玄昭撑着床沿抬起头，看着迈步出去的怜清，"哥哥此欲何往？"

"不必叫我哥哥。"怜清没忍住，脚步一停，看过去，发现玄昭听他这么说以后眼神很快暗淡下来，赶忙补充道，"折煞我了。"

他在上玄门按齿序排是最小的，身边人打小便是一口一个"小十七""小怜清"地叫，被叫了十六七年。虽然自己也老早便盼着门派赶紧再收个年纪小他一些的弟子，让他也能体会为人兄长的感觉，能有个弟弟去照顾，但绝不是像现在这样，一下山就收这么大个弟弟。

"我明白。"那人低下眼睑，声音也冷了下去，"哥哥不落凡俗，有仙人之姿。帝都之外，你愿意救我一命已是难得。是我配不上这么叫你。刚才那一声，便是最后一声了。"

怜清站在原地看着那人低头的模样，看了许久，神色懵懂地缓缓开口道："你……有点像个人……"

床上的身影难以察觉地一僵，不过一瞬，他扯了扯嘴角，把头错开道："我不像人，难道像鬼吗？"

怜清这才恍然意识到自己失言，只道说多错多，干脆一闭嘴，干巴巴地留下一句"我再去开间房"便逃之夭夭了。留在房里的人听着一墙之隔的木梯上显然已经乱了节奏的脚步声，笑容逐渐在脸上漾开。怜清再回来时似乎已经整理好了情绪，怀里抱着一个木盆，里面是小二已经调好温度的热水。

"你先将就着擦擦身。"怜清把木盆放到屏风内，"伤口不能沾水，忍几日。这几日就不要沐浴了。"

玄昭道："你呢？"

怜清在屏风外忙着收拾，又替人找来帕子，他一边忙着一边说："我今晚就在你隔壁房间，若是有事就叫我。"

怜清塞塞窣窣又忙活好一阵，才发现屏风里面的人一直没有说话，怜清探

举／世／无／双

178

出头去，只见玄昭坐在床上一动不动凝视着窗外，神情忧郁，颇有些顾影自怜地道："我知道了。"

他又道："你且去隔壁住吧，反正我这伤也不重，若半夜出了事，神志不清难以开口叫人，估摸着也就是昏迷一时半会儿，第二天一早起来便好了。若是没熬过去，就这么无声无息地死了，也没什么好说的。你对我仁至义尽，是我在这世上遇见的最好的人，我万不该再奢求什么。"

怜清张了张嘴，没说话。一切准备妥帖后，怜清无声地退出了房间，小心翼翼地替玄昭把门关上，回到自己房中准备洗漱。可他之后还是站在墙边贴着耳朵去听隔壁的动静。估摸着过了半盏茶的时间，怜清耳边才隐约传来下床走动的声音。怜清悬着的心放下一半，便离开墙角，开始心不在焉地脱冠洗漱。脑子里却满是半盏茶前自己在隔壁看到的那张毫无生气的脸，还有玄昭同他说的那番话。怜清六神无主地洗漱完，熄灯上床，在床上辗转几个来回，总提心吊胆地注意着隔壁的动静。也不知怎的，昨日那位大夫叮嘱的话开始在他脑海中一遍遍回响。

怜清一个打挺从床上坐起，忧心忡忡地想，这人原是有郁症的。他今夜同对方说了那么多话，先是让对方误会自己是累赘，还让人别管他叫哥哥。那人说自己配不上以后这么叫他，他也没解释几句便逃了。如今想来当真是句句都惹得人家悲从肺腑来，无话尽自哀。

现下明明是那人最需要人照顾的时候，他却非要独善其身，不是平白惹人难过心寒是什么？这些年学的礼仪风度，都叫他抛到哪里去了！怜清越想越急，越想越悔，一个翻身就下了床，抱着被褥朝隔壁冲去。走到廊上，怜清稳了稳气息，鼓足劲儿扣了扣玄昭的房门。没人应。他心里一沉，又连着扣了几次，里面还是没有动静。

怜清一咬牙，踢开了房门。房内一片寂静，窗户没关，一弯下弦月正好映在窗户，月光冷冷地打进来，一个模糊的黑影躺在床上，对方才的响动没有做出任何反应。怜清把房门踢回去关上，抱着被褥走近，细细看了看，发现那少年的身体有着微弱的起伏。他轻轻舒了一口气，又试着抓住那人的肩推了推，没多久，传来一声迷糊的"嗯"，怜清彻底放下心来。

那人慢慢转醒，一开始看见自己上方伏着个黑影便吓了一跳，待视野清晰后才疑惑地说道："你怎么来了？"

"我……"怜清直起身，退出床帷，抱着被褥左顾右盼道，"我还是和你在一间房的好，若是你有什么不适，我也能及时察觉。"怜清说完便将被褥往地上一扔，"我就睡这里好了。"

"那不行。"怜清在黑暗中看不到那人的神情，只觉得对方的声音严肃了许多，"既是为了照顾我，我怎么还能让你睡地上，要睡也是我睡。"说着便要起身下床。

怜清忙阻止，又是想着除妖的事，又怕自己答得一个不对惹人伤心，干脆转了话头道："你怎会一大早出现在城郊？"

对面默然不语，正当怜清不知是不是自己又说错了什么时，听得玄昭道："从家里逃出来的。"

"家里？"

"嗯。"那人的声音听起来不太自在，"我母亲是隔壁县一位老爷的续弦，从嫁进府中时便带着我，那时我已有十岁了。老爷视我为己出，但没两年便突发急症走了。后来府中嫡子继承家业，那位哥哥向来不太看得起我的，只因……只因我有些不足挂齿的喜好。原本只想相安无事地应付一些时日，等到明年春闱便不再寄人篱下，岂料他们竟将我关了起来，对待畜生那般对待我。我忍辱负重多日，前一晚趁他们不备，从府中逃了出来。"

怜清听得入神，直直问道："什么喜好竟让他们如此厌恶？"

对方呼吸一凝道："人人皆有难言之隐，哥……你还是别问了。"

听得那一声被憋回去的"哥哥"，怜清心思转了个弯，问道："你是几年生人？"

"什么？"

"你是几年生人？"怜清重复了一遍，"我是丰庆二十五年的。"

"我……丰庆二十六年。"

"我比你大一些。"怜清不自觉地用手指捻了捻衣角，"若你不介意，往后便仍唤我一声哥哥。"

"你不是不愿……"

"我只是怕僭越了。"怜清道，"我总盼着能有个小弟，你若诚心这样叫我，那是最好不过。我很受用。"

"当真？"

"没有虚言。"怜清闭上眼，替玄昭掖了掖被角，"我们早些睡吧，明日还有要事。"

刚刚安静下来，窗外便有两道黑影掠过，怜清在黑暗中乍然睁眼："有亡魂之气。"言毕便要起身从窗口追出去。

玄昭一把拉住他："带上我。"他见怜清犹豫，又道，"留我一人在此，你难道不会分心？"

怜清想了想，自入城以来，满帝都便萦绕着浅浅的妖气，现下入了夜，亡魂进城，大妖也不再蛰伏。若将这人丢在这里，难保不会让他受到威胁。届时自己不在他身边，倒也说不准比现在带上他，哪样更危险些。

"那便跟紧我，凡事都不要出头。若遇打斗，便在我看得见的地方躲好。"

两道亡魂来去如风，过了大街竟在拐角处分道扬镳，怜清带着玄昭，速度不比以往，生生跟丢了一只亡魂，甚至来不及看清对方去处。余下的那只似乎与同伴一样一早察觉了他们的追踪，反倒丝毫不忌惮似的，只管朝目的地奔去。

怜清寻着鬼气紧随其后，对方也没有要把他们甩掉的想法，两人一魂始终保持着不远不近的距离，最后亡魂停在皇宫上方，眨眼间，直直朝东南面一处灯火阑珊的宫殿俯冲而去。那亡魂落了地便隐去，怜清拉着玄昭站在殿外回廊的角落，由于此时早已宵禁，他们又身处守备森严的皇宫，行事比刚才不免多了几分谨慎，不敢轻举妄动。

怜清抬眸四顾，确认周边暂时不会有巡逻的禁军突然出现，便拉着玄昭走向殿门，欲在门外探听殿内情况，若稍有异常，便进去救人。刚刚走进，就听得里面传来极清脆的一声哭喊。怜清神色一寒，伸手便要推开殿门，却硬生生被玄昭拦下。他不明所以地看向玄昭，只见对方眼神忽闪，小声说道："哥哥再等一下。"

怜清虽心有疑惑，还是按捺住了对着玄昭问个仔细的想法，无声地朝殿门又靠近了些，想要仔细听听里面的动静。突然，殿内响起一声乞求，直传到门外二人耳中，怜清当即便要抬脚破门冲进去救人。

玄昭见状死死拉住怜清，低声喝道："哥哥要干什么？！"

"救人！"怜清眉头紧蹙，急得眸中已见少许怒意，"你没听见房内有人喊'不

181

要'吗？！"

玄昭语塞，一句解释卡在喉咙说也不是，不说也不是，咂嘴咂舌半晌。怜清眼中疑云更浓，生死攸关之事非同小可，还欲争辩时离大门不远处的殿中却传出了脚步声。二人对了个眼色，屏息凝神躲到宫殿另一侧。

未几，殿门打开，从中走出个年轻人，眉目俊秀，神色深沉，三十来岁，着一身玄色长袍，肩袖上用银线绣着五爪飞龙的暗纹。他负手静立在门前台阶上，独身站着，却有股傲睨万物之姿。

远处的宫门口忽然闪烁微弱的烛火，待烛火近了，二人才发现那是提着一盏夜灯的老太监，他正躬身佝偻着朝殿前那人走去。那老太监走到年轻人身旁，毕恭毕敬行了个礼，将挂在臂弯处的暗色斗篷服侍着那人穿上，他声如蚊蚋道："陛下……"

隐在斗篷帽檐中的那张脸被阴影遮去了大半，只勉强露出一个瘦削的下巴："莫要多言，走。"

老奴颤颤巍巍应了一声"诺"。

未等怜清走进殿内继续打探，门口来了两列提灯而行的宫女和内监，他们整齐地列队在殿前，整个宫院忽地灯火通明，领头的宫女欠身前去敲了敲殿门："娘娘，可要奴婢服侍您沐浴洗漱？"

殿内的声音与先前怜清所听判若两人，再没什么娇俏婉转的调子："不用。"

宫女似乎也有些猝不及防，反应了一瞬，很快便屈膝行礼道："是。"

一班人马又如来时那样恭谨着退去。院中彻底安静下来，殿内也熄了灯，想来是那位娘娘已然安寝。怜清没慌着出去，脚步停在原地思索着什么，天边却红光一闪，有一赤红的身影朝远处掠去。好强的游魂！怜清眸光如针尖般刺向那影子离去的方向，他极快速地对玄昭叮嘱道："此地应当没有危险，你且好好待着，等我回来找你。"说完便纵身朝那赤色游魂追去。

一人一魂交手，怜清竟觉得对方连十分之一的功力都没有使出，不过是以逗弄之势同他打闹，他却已经左支右绌了。一直纠缠到城墙边一处无人之地，那赤色游魂悠悠收手，现了原形。怜清定睛一看，眼前现形的游魂没有三头六臂，更不是什么牛头马面，而是一位红衣公子，他生着一双异瞳，正满眼笑意朝他望来。

怜清抬手召出怀沙，摆出防备之势。对面那人却在看清他的第一眼时神色一愣，眼中笑意倏地消失，略有些震惊地唤道："长舒？"

怜清眸中凌厉之色丝毫不减，持剑横于胸前："谁是长舒？"

红衣公子闻言皱了皱眉，上上下下将怜清来回打量了几遭，眼中覆上一片了然神色，作揖道："是在下唐突，认错人了。"

见怜清不理睬，他亦不恼，笑着解释道："在下九幽冥主韩覃，此次前来人间只因地府被不速之客放出了两只游魂。原本这也是常事，只要不出乱子，地府是不管那些不愿轮回的孤魂的。可那两只游魂来了人间，竟扰乱纲常，妄自残害生灵，在下这才不得已前来查看一番。"

怜清依旧冷冷地："地府为何不管？"

"人世多阳气，不入轮回道的游魂，自有他们要承受的代价与磨难。"

怜清见对方确无他意，将信将疑地收了神器，回礼道："那前辈可查看到了什么？"

韩覃听到"前辈"二字时眉睫一跳，生生忍住了心里迸发出来的笑意，一本正经摇头道："我追到皇宫时，那畜生便没了气息，想来是依附到活人身上去了。"

怜清垂眸沉吟道："我昨日入城时见他们从城内逃窜出京，入夜方归，想来明晚也是如此。待晚辈明日入宫面圣，夜里将那妖孽逼出皇宫时，还请前辈在宫外配合，将其一举擒住。"

韩覃再听"晚辈"二字，实在忍不住不笑，只能瘪着嘴，点头赞同道："好说，好说。"

怜清见这人五官逐渐扭曲，神色也愈发怪异，只多看了两眼，并不置喙，又欠身道："既是如此，那晚辈先行告退。"

两人拜别过后，怜清朝追来的方向走回去，也不知是不是错觉，他刚走出不远，背后便传来极放肆的笑声，那人像是又有些忌惮，笑了笑，又收回去，收不住，又笑出声。

这边玄昭百无聊赖地站在原地数地砖，数着数着，就看见一墙之隔的殿门无风自开了。

玄昭抬了抬眸，记得自己在此之前并没听到房内有任何的脚步声。须臾，门槛上跨出一双肤色苍白的脚，瘦骨嶙峋，像是被抽干血肉一般。玄昭眼中闪过刀锋般的寒芒，抬脚一跨，走出了藏身的暗处，负手扬眉看着阶上不知是人是妖的身影。

冷冷的月光下，那背影猛地转头，挂在骨架上的皮囊面容微微抽搐，一个转身便向玄昭袭来。还没靠近玄昭一丈内，一声凄厉的惨叫霎时响彻殿前，是个粗犷的男音。衣着华贵的妃子被震退数尺，倒在地上，皮贴骨的脸上一双黑不见底的眼眶中露出恨意。玄昭扫了一眼地上的妖孽，踱步过去，半蹲下身捏住那副骨架的下颔，皮是人的皮，骨是人的骨，魂却不是原身的魂了。

"孽畜，该招惹谁招惹谁去。"玄昭语毕收手，起身不再理会。

那妖孽迟疑一瞬，见玄昭对他确实没有兴趣，迅速攀柱而起，朝西北处窜去。玄昭跟在其后，见那附身之妖停在一处极恢宏的宫殿前，对着紧闭的殿门轻轻吹了一口气。远方有熟悉的气息，玄昭朝着宫墙处遥遥一望，闭眼感知到怜清的方位，闪身回了之前等人的地方。

怜清赶回先前安置玄昭的宫殿，还没走进，便听得一声哀叫，随即加快了脚步跃过墙头朝叫声处奔去。却见殿门大开着，玄昭仿若受了什么东西一击似的，正摇摇晃晃倒地。怜清闪至玄昭身旁，忙将人扶好，比他高了大半个头的少年此时整个人软绵绵的，顺势便靠倒在了怜清怀里。

"哥哥……"少年声音极其虚弱，"我听你的话，在此好好等着。结果那东西出来伤了我，便跑了……"

"跑去了何处？"

少年摇摇头："他太快……我好痛……"

怜清十分担忧道："何处痛？"

少年把脸放在怜清肩头，似是已经痛得有些神志不清了："哪里都痛……哥哥救我……"

宫中打更的梆子声离他们越来越近，皇宫不是别处，他们能在此待上这半个时辰而不被人发现已是不易，若此时要再去别的宫殿搜查那鬼魅，便是将此地当成无人之境了。怜清低头看看怀里逐渐没了动静的人，召出怀沙，御剑而归。

回到客栈，玄昭已经昏迷不醒，时不时因为难受而发出一些细微的哼唧声，

举／世／无／双

嘴里也不知在说着什么。含糊不清的呢喃传进他耳中："痛……哥哥……我是不是……快死了……"

怜清眉宇间划过一抹歉意之色问道："你告诉我，你哪里痛？"

"我也不知道……"

怜清只能试着在他身上各处探探，运功给他输些真气。

"好多了。"怜清摸了半晌，榻上的人朝身后摆摆手，靠着床头坐起身，"早知哥哥仙风道骨，没想到修为如此厉害，不知是哪家道派弟子？"

怜清下意识坐直了脊背，正色道："莫邪山，上玄门。"

"上玄门……"玄昭摆出沉思状，问道，"听闻上玄门七年前举派前往霜天漠封印邪魔，只留了一个未满十岁的小弟子在门，名唤怜清。如今估摸着年纪看，那名小弟子莫不是哥哥？"

怜清颔首默认："那时我法力低微，不能替师尊解忧，反倒使众人为我担心一场。"

玄昭眉睫一跳："怎么说？"

"师尊临走时为我布了结界，可结界不知中途被何人所破，从霜天漠逃走的妖孽借此进了上玄门，擒住了我。"

"你受伤了？！"玄昭的语调一下子上扬。

怜清被玄昭突如其来的反应吓了一跳，点头道："没受什么重伤，只是摔到了后脑，忘记了一些事。"他又道，"此次下山，便是来寻那只在霜天漠逃走的大妖。只是当年破我师尊结界者究竟是何方妖孽，永远都不得而知了。"

玄昭看了看怜清："或许那人，不是故意的……"

怜清不解："破人结界，还是我师尊所布下的那等结界，也能一不小心吗？"

"我的意思……可能那人，不是故意不把结界修复的，他只是一时高兴，便忘……罢了。"玄昭在心里翻了个白眼，想着越解释越给自己抹黑，话锋一转，说道，"哥哥你说后来忘了一些事，有没有可能恰好把破结界的那人给忘了？"

"是有这个可能的。"怜清道，"那几日的事，我总记不大清楚。若以后想记起，怕是只能靠运气了。"

玄昭笑了一下："哥哥一直说我像一个人，可似乎也说不出我像谁，莫不是下意识将我当成了你忘记的那只妖怪？"

"休要胡说。"怜清板着脸道，"妖是妖，人是人，我又怎会善恶不分？你以后不要如此妄自菲薄。"

"可哥哥从未问过我姓甚名谁。"玄昭把脸别向床榻内侧，"哪怕是这店中的伙计，哥哥招呼人时都会问一句名讳。哥哥从未关心过我。也是，我一个无依无靠的穷书生，日后能不能考取功名还不一定，哪能奢望让哥哥记得我。"

玄昭没有再多言，只是眼神显而易见地暗淡了下去，怜清看着这人眉眼间逐渐攀升的悲切之意，只道自己又把人的郁症给引出来了。他前一两日太忙，况且一见这人就有种说不出的熟悉感，加上对方的伤势严重，又被一口一个"哥哥"地叫着，于是把这事忘了。若是现在立马上赶着问人名讳，似乎亡羊补牢的心思又太明显了些，怜清一时间哑口无言，不知该怎么办。

玄昭顺势轻轻叹了一口气："哥哥快睡吧。"

安静了一会儿，怜清突然问道："你不是被妖伤了？揉揉就好了？"

……

二人没睡几个时辰，便又起来要入宫。客栈离宫门不近，要经过几条大街。怜清二人刚下楼，目之所及处，人们似乎聚在一起交谈着什么奇闻逸事。怜清拦住在门口揽客的小二，询问一大早这街上都在议论什么。

"客官外地来的？"小二一看便道，"咱们这京城啊，近来可不太平。已经连着大半个月死人了，死的还都是——"

小二说到这里有些欲言又止。怜清接话道："都是寡妇？"

那小二却不接，只看了看怜清，眼神闪躲着："您姑且就这么认为吧。总之啊，昨夜又死了一个，也是寡妇。"

"在何处死的？"

"家里呗。"小二不欲多谈，一副准备抬脚过去招呼其他客人的模样，又偏过半边身子对怜清小声道，"她们都是在家里死的，死的时候，眼睛都没了。"

怜清拉着玄昭离去，后者见他有些出神，便问："哥哥可认为是昨日那亡魂干的？"

怜清摇摇头："那亡魂入了宫便依附到凡人身上，估计昨夜遇害的是那宫里的娘娘。亡魂既已附了身，应该没么容易再出宫杀人。"

"杀人的另有其人？"

"我们在宫外，不是还跟丢了一只吗？"怜清顿了顿，又道，"不过也不一定就是那两只亡魂干的，说不定还有别的东西在皇城作祟。"毕竟这皇城一入夜，除了亡魂，还有难以让人察觉的一股妖气。而宫外寻常妇人的死法，照师尊说的，更像是七年前那只罗刹鸟所为。若宫内是亡魂杀人，宫外是罗刹鸟作祟，那便对得上了。只是不知昨夜跟丢的那只亡魂去做了什么。

二人从偏门入了宫，怜清递上上玄门名帖，便有人领着他们去面圣了。他们一路换了几队领路人，最后由内监带着在一处寝宫前候旨。宫内传来宣见的声音，二人才得以进入两道宫门，他们穿过一进院落，来到一处寝殿前。玄昭抬头看了看，正是昨夜他跟着那亡魂最后到的寝殿。殿中有侍卫也有内监婢女，此时他们个个噤若寒蝉，皇帝斜卧在长榻上，脸还是那张俊秀的脸，只是现下略显苍白，有些精力不济的模样。他脚下不远处有个担架，盖着白布，白布下应当是昨夜遇害的妃子。

二人行了礼，垣帝掀起眼皮看过来，声音有些沙哑："二位便是上玄门委派的道长？"

怜清不动声色地用眼尾扫了扫玄昭，作揖道："是。在下上玄门弟子怜清，这位是小师弟——"他停了一下，又道，"怜净。"

"怜清道长。"垣帝微微颔首，眼风一扫身旁的老太监，那人便喝退了余人，只留他们四人在殿。

待众人离去，老太监掀开白布，朝他们走近，用一副苍老而平稳的嗓音对怜清道："道长请看。"

那是具枯瘦黄瘪的干尸，身上穿朱戴翠，光凭打扮难以想象死者生前的样貌。若非老太监亲口所说，这很难让人相信是刚死不久的尸体。据老太监所言，这是陛下昨夜临幸的妃子，算起来，已是死在皇帝枕边的第十七位皇妃。

"陛下都是召妃子来此侍寝吗？"

老太监朝身后的皇帝看了一眼，见对方垂眸不言，便答道："起先侍寝的娘娘们是来此陪伴陛下的。后来这宫里的妖孽开始作祟，每日陛下醒来时枕边人都是这副模样，就改了规矩，让侍寝娘娘们在自己宫里候驾。结果在别的宫里就寝，情况还是照旧，陛下一觉醒来，枕边人就成了干尸。昨个儿陛下去这位娘娘宫里，临幸完了便回来，谁承想今早一起，这尸体竟自己爬上了龙床。"

怜清道："那陛下没有临幸任何人的时候呢？"

老太监一噎，又转回去看了皇帝一眼，见对方还是默许，便徐徐说道："那妖孽就在后宫随机挑选一位娘娘，杀害了送到龙床上。"

至此两人便明白了。若想要自己心仪的妃子免受其害，皇帝就得临幸别的娘娘，但这总归不是长久之计。皇帝在静默中缓缓开口，沉稳低哑的声音里自带几分威严："今夜朕会去惠清宫找宁妃，届时劳烦二位道长在宫外等候，待那妖孽现身，便一举将其拿下。"

"宫外怕是不行。"玄昭道，"那邪祟一来就直冲殿内，朝娘娘身上附去，若我等只在殿外，见其踪迹再追随而去，只怕会慢人一步。"

皇帝抬眼看去，目光冷冷射向玄昭："难不成你要堂而皇之守在殿内？那妖孽见了你们，还敢下手吗？"

"这有何难。"玄昭道，"我们扮成陛下和宁妃。既免那妖孽伤人，又保证我等二人及时捉妖，岂不两全？"

老太监正想呵斥"大胆"，却因垣帝一个手势噤了声。

良久，年轻的皇帝闭了闭眼。

"就依二位道长。"

怜清行礼告退，转身时淡淡看了玄昭一眼，很快便把目光收了回去。

出宫的路上怜清目不斜视，问道："你觉不觉得遗漏了什么？"

"动机。"玄昭道，"那亡魂若只是单纯地想要杀害妃子，为什么非得把尸体送到垣帝枕边，让他日日受惊。若要加害垣帝，也有千种万种方法，直接杀了，垣国离灭国也不远了，总之没必要用这么恶心人的方法折磨他。除非那亡魂本来的目的，就是要垣帝日日夜夜担惊受怕，生不如死。"

"这便是那亡魂与垣帝之间的私仇了。"怜清道，"我们能想到，那垣帝呢？"

玄昭笑了一下："可是他不告诉我们，也不让那老太监告诉我们。"

"那老太监知不知晓还得另说。"怜清停下脚步看着玄昭，"你有时倒不太像个书生。"

玄昭偏头问道："为何？"

怜清不答，转身继续走着，走了几步，声音才慢慢传到玄昭耳中："我听闻书生都比较古板，不语怪力乱神，不窥他人私密。"

"哥哥觉得我多嘴多舌？"

"你是极机敏的。"怜清瞥了玄昭一眼，说道，"遇事脑子转得也快，能先想到许多旁人所不能想的，春闱一定难不倒你。"进了客栈，怜清直朝楼上客房走去："只是下次若遇上别人，别随意让同伴扮成妃子。"

玄昭跟在怜清身后，闻言先是一愣，而后低头一笑。长舒无论在何处，天上人间，生气时都是一个样，再恼怒说出口的言辞也是温雅的。

怜清二人卯时入宫，玄昭被带到别处换衣，怜清则被一堆内监服侍着换上了宁妃侍寝时的装束。未几，又进来几个穿着白粉罗裙的侍女，说是替他梳洗打扮。宫里的规矩怜清也不好造次，便尽数依了。侍女退出不久，殿外有内监高声唤宁妃接驾。怜清按规矩跪伏在地，待礼仪章程走完，他略略抬起头，目光沿着眼前的软缎黑靴向上，那是一件银线勾出暗色龙纹的玄袍，半束的发髻上压着衔珠金冠，金冠下是被月色照得轮廓模糊的小半张侧脸。

怜清呼吸一凝，脱口便道："师尊？"

"什么师尊？"

玄昭转过身，将怜清好生扶起，忍不住打趣道："哥哥真有天上地下都找不出能与之比肩的绝代风华。"

怜清被说得回了点神，耳根一红，不免恼道："你休要胡言乱语。"

玄昭不辩，又问："哥哥怎么不看我？是我不好看吗？"

怜清再走神也禁不住玄昭这么叫唤，暗暗叹了一口气，看着玄昭："你自是十分好看的。"

话音未落，窗外刮进一股凉风，生生将床尾两盏烛台吹灭，整个寝殿霎时陷入了半明半暗的昏黄之中。

"来了。"

玄昭一把将怜清推至身后，将人全部笼罩在自己身下。怜清一惊，眼里方才的柔和也所剩无几，目光扫射着四周："来了便来了，你这般姿态是为何？"

"我要保护你。"

怜清不由得有些发笑："你护我？"

怜清心跳得厉害，或是玄昭也感觉到了，便说话来分散他的注意力："哥哥方才把我认成了谁？"

"我师尊。"怜清耳侧捕捉到了殿外的风声，知晓越是此时越该迷惑那待在暗处的亡魂，便未反抗，贴着玄昭耳后问出了那句话，"你叫什么名字？"

"玄昭。"答话的人像是毫不在意现在所处的这番险境，他抬起头，眼中甚至还泛着笑意，"哥哥记好，我叫玄昭，不要忘了。"

怜清被玄昭突然抬头看过来的目光弄得猝不及防，条件反射地回望，呆呆重复道："玄昭。"

"嗯，玄昭。"怜清第一次见玄昭笑得眉眼弯弯的模样，"哥哥万万记好，切莫再认错人。"

怜清越过玄昭，手迅速朝前一扬，铿锵唤道："怀沙！"

薄纱广袖中霎时寒光一闪，怜清剑走如飞，倒执长剑朝自己右后方直刺而去，电光石火间，两人还未起身，便听得床边传来一声惨叫，声线极其粗犷。剑芒铮然，一瞬间的光将黑暗中的亡魂模样折射在剑脊之上。怜清向后瞥去，竟是个披甲的将军。顾不得思考许多，怜清按着玄昭的肩，极快地叮嘱道："玄昭，不要乱跑。"随后便破窗追去。

被突袭的亡魂负伤逃到宫外，还未出城便闯入一道无形的结界，被同怜清里应外合的韩罩抓住。

"跑？我让你跑！"结界内那亡魂被韩罩迎头一掌劈倒落地，正头昏眼花得看不清天地时，又被拎着脖子提起来，死死卡在了韩罩的胳膊肘儿。

怜清赶到时，见亡魂已被擒住便松了一口气，他放慢速度，走到韩罩身前抱剑行礼："前辈。"他又看了看那终于现形的亡魂，原来方才在皇宫中并非他眼花，这亡魂确是个身高八尺的英武大将模样，此时虽受制于人，但也不卑不亢，昂首直身，眉宇间一片杀伐之气。

韩罩原本没认出眼前之人，等怜清走近了再定睛一看，下巴差点没掉到地上:"长,长舒?!啊不,不是……那个你,你叫什么来着?"

怜清有些不自然地把脸别开:"怜清。"

"哦,怜清。"韩覃的目光死死钉在怜清身上,平日那股子吊儿郎当的劲儿又上来,一时手下也松了力道,"你怎的打扮成这副模样?"

怜清皱了皱眉,显然已是被韩覃这番无心之语惹恼,但碍着眼前的形势,强按住心中不快,打算商量正事。那亡魂却趁韩覃不备,一下子从韩覃怀里挣脱了。怜清见状反应极快地拔出怀沙,掷剑而追,削铁如泥的剑刃刚挨上那亡魂将军的侧颈,怜清便抓住了剑柄,借力纵身挡到亡魂将军面前,怀沙在他肩头打了个转,此时被怜清拿着直指亡魂将军喉咙。

怜清说出的话同怀沙迸射出的剑气一般冰冷:"你还想逃到哪去?"

"逃?"亡魂将军先是"哼"了一声,随后沉默半刻,仰头放肆大笑,言辞间尽是淋漓恨意,"我早已身死,一介亡魂,这世间还有什么要我去逃?我只是恨……恨自己灰飞烟灭前未能让那过河拆桥的狗皇帝去皮脱骨,永堕无间!"

这类话韩覃在九幽的忘川前每日听了没有一千遍也有八百遍,那些不入轮回的亡魂,所思所念不过"不甘"二字,因有不甘,才生执念,或因贪欲起,或因遗恨生,听得多了,也就麻木了。他踱步到这亡魂将军身前,懒得听他抒愁叹恨,只懒洋洋问道:"另一个呢?"另一个找到了,他就带回去休息了。

亡魂将军眼中的怒火在听见韩覃的问话后便消了大半,他的气势一下子颓然,闪烁其词道:"他没杀人。"

"杀没杀人我自己会看。"韩覃咂嘴,"你只需告诉我他在何处就行了,懂吗?"

亡魂将军不说话。

"你觉得你不说我便找不到吗?"韩覃道,"不过迟早问题。"

亡魂将军捏了捏拳头,低声道:"守阳街,鲤跃桥。"

"每日都在那处?"

"每日。"

此时未至宵禁,城中夜市虽热闹,但韩覃、怜清和那亡魂将军都身处结界之中,又在城墙角落,没人看到他们的行踪。

"我先将这东西送回九幽去。"韩覃对怜清道，"长……咳……怜道长且替我去那什么桥看看，看另一个是否如他所说就在那处，若不在，道长便回去歇息，我处理完事自来寻他。若在，烦请道长看看他是否伤人，若没伤人，道长也回去歇息，若伤了人——"

"我自会出手相阻。"

二人相互拜别，怜清目送韩覃离去，自顾自走出结界，回味似的偏了偏脑袋，喃喃道："怜道长……"

正走着，不远处的闹市中传来一声渺渺的呼喊："哥哥！"

怜清下意识抬头去看，闹市中灯光辉煌，烟火交织，玄昭像是从帝都大街的繁华尽头而来，逆着人流奔向他所站的寂寂无声之处。

"可算找到你了。"

"怎么跑出来了？"

"妖怪走了，你也走了，我不想留。"

"垣帝呢？"

"我管他作甚？"玄昭从宫里出来后大概跑得有些急，本就松散的发髻如今落了一绺头发到额边也没察觉。怜清抬眸凝视他半晌，朝他招了招手，玄昭便心领神会地对着怜清乖乖把头低了下去。

远处闹市的嘈杂声逐渐杳然，灯火在眼角余光里也变得阑珊，怜清帮人把头发别进发髻，又替玄昭紧了紧发带，随后拉着玄昭一齐朝那片热闹里迈步而去："走吧。"

玄昭看着自己被怜清紧紧抓住的手腕，心底欢喜，脚步却悄悄变得拖沓了些："我们去哪里？"

"守阳街，鲤跃桥。"怜清向后望道，"你可知在何处？"

玄昭摇摇头："咱们问着去。"

穿了几条旧巷，又转过几个回廊，鲤跃桥下是一条清水河。

今日不知是什么日子，有许多男男女女约在桥下共放花灯，清冷月色洒在河面，随着推放花灯时泛起的涟漪在水中摇曳闪动，波光粼粼，和花灯中透出来的那些红红火火的颜色交相照映，倒是给这偏僻的石桥平添了几分烂漫。

青石板的回廊边每隔三丈便立着一根朱漆木柱，廊檐下有长长的石凳，凳上坐着位荆钗布衣的妇人。妇人气质素雅，未施粉黛，五官却清秀可人。只是凝望着河面的眼神十分孤寂，不知在那里坐了多久，脚下的花灯已经飘走了一波又一波，她仍是一动未动，连目光都没在河面移开半分，像是陷入了什么久远的回忆，一时走不出来似的。

"瞿副将，"桑胥靠在回廊内侧的墙角，含笑看着站在木柱后遥望着自家妻子的亡魂，"夜夜至此守着你家夫人，是信不过我？"

亡魂不言，没有半点反应。

"我说了不杀她就是不杀她，即便杀尽所有垣军的遗孀，我也不会动她一根汗毛。"

"我知道。"亡魂淡淡道，"你的好意，我心领了。"

"没什么好意。"桑胥语调带着些疲倦，"桑胥人一向有冤报冤，有仇报仇。十四年前你冒死为我桑胥子民报信，这是桑胥还你的恩情。"

她像是对亡魂的沉默习以为常，笑着问道，"何不上去相认？反正这人世阳气一时半会也无法将你蚕食干净，你像你家主帅一样夜夜吃点生魂补补，说不定还能同夫人相守一世。"

这话听着刺耳，亡魂神色起了些波澜，皱着眉头道："劳烦请你以后别再说这样的话。"

"怎么？我这不是好计谋？"

"那些生魂是无辜的。"

"无辜？"桑胥眯了眯眼，拔高了一个音调冷笑道，"狗皇帝的妃子，垣军的遗孀，哪一个跟他们没有关系？她们无辜，那我三十万枉死的桑胥子民不无辜吗？"

亡魂闭上眼，不欲与她争论。

廊下的这处角落煞气骤增，引得河岸另一边原本带着玄昭没有头绪闲逛的怜清突然寻到了目标。拦在玄昭身侧的男子还在喋喋不休地叫卖："公子，买个花灯送您身边这位姑娘吧，才子佳人到这河面一放，甭管您许什么愿，保管心诚福至，相守三生！"

玄昭原本听得好笑，却瞧见身旁的人已经严肃起来，顺着怜清视线望去，尽头是对岸一处漆黑的死角。玄昭眼疾手快付了钱,抱着花灯看向怜清:"哥哥?"

"走。"

像是有感应似的,这头的桑胥眼尾似有若无地扫了一眼怜清的方向,自言自语道:"终于来了。"

不过几瞬,两拨人便聚集在了这处。桑胥十分泰然,笑着朝来客招呼:"可是怜清?"

光与暗的交界处渐渐步入一个窄瘦的身影:"你认得我?"

"我认得你。"桑胥道,"七年前我便认识你了。"

"果真是你。"长剑出鞘的声音于这场未见硝烟的对峙中猝然响起,"京中那些平民妇人可是你杀的?"

"是我杀的。"桑胥没有一丝迟疑,"她们该死,她们的丈夫害死了我的子民。"

"可她们是无辜的。"

"无辜?"桑胥笑得浑身发颤,这话她今夜听了许多次,"活着就是好,能替死去的人说一声'无辜'。三十万桑胥人呢?他们死了个干净,谁来替他们说一声无辜?他们现在还在被迫为杀死他们的凶手固守边疆!怜清,你若有朝一日得见垣帝,能否替我向他问一句,他垣国子民的命是命,我桑胥三十万百姓的命便不是命吗?!"

回廊中有刹那的寂静,寂静过后,怜清的声音还是如水般平淡:"我不知道你在说什么。"

"你不知道?"桑胥一字一顿道,"七年前我来找你,你可还记得你答应过我什么?"

怜清不接,她便继续说道:"你说你要替我报仇。"

那时她元气大伤,吊着最后一口气跑到莫邪山,打算拿那位留守小弟子的命来赌一把,赌自己的一条活路。她进上玄门找到那小弟子时不免愣了一愣,她没想到那些道士口中的小十七是这样小,看样子不过是一个五六岁的娃娃。她都到他面前了,那娃娃还红着个脸呼呼大睡,全然感知不到自己房里进了个人。

她把怜清捉到悬崖边,让风把人吹醒。本以为怜清会被她吓得屁滚尿流,没想到手边小小的人睁开眼清醒了一会儿,只是看着她问:"你又是什么妖？"

　　你又是什么妖？如此问话倒把她弄得有些无措了。她便说她是逃命的妖。她不知哪里来的耐心，竟告诉怜清自己没有害过人，有巫师图谋不轨，怂恿皇帝用邪术杀光了她的族人，拿她族人的怨魂砌起一道边疆的城墙。她的族人们生不得太平，死不得安息，至今还被邪术封印在沙漠之下得不到轮回。她是她族人的灵，是她族人日日夜夜的仇恨与不甘所孕育的一抹煞气，她要救他们，为她的族人报仇。

　　那时的怜清听完，看了看她身上的伤口，说："我会为你的族人报仇。"

　　上玄门弟子杀至山脚，她匆匆看了怜清一眼，在心底刻下怜清的模样，问他："告诉我你的名字。"

　　"怜清。"

　　"怜清。"她把人放下，"你要记得，你会为我报仇。"

　　桑胥慌乱逃走，留下被崖边大风吹得昏过去的怜清，没看到那个十岁的孩子在她走后不久便滚落了悬崖。

　　怜清说："你将我扔下悬崖，我不记得了。"

　　"你不记得，桑胥的苦难便永埋地底，再没人救他们了。"桑胥朝剑锋一步一步逼近，"我救不了，我只会不停地杀人，杀够垣国三十万人，为他们殉葬。你要如何呢？怜清，你要杀了我吗？"

　　桑胥的话里再没了笑意："你杀不了我。我是一抹怨气，桑胥子民冤屈不解，我不死不灭。"

　　怜清问："那如何为他们申冤？"

　　"你带着往生镜来霜天漠，我在霜天漠等你，给你看一样东西。"桑胥说，"往生镜是世上唯一能封印我的法器。届时你若看了我给你的东西，仍要杀我，我便束手就擒，任你将我封在往生镜中。"

　　"何处取得往生镜？"

　　"东海，蓬莱。"

　　怜清身后的玄昭呼吸一滞。

　　怜清又看向不远处倚在柱子后的那只亡魂。

　　"他没害过人。"桑胥道，"他日日来此，不过思念未亡的妻子罢了。我去九幽查找亡故垣军的名册时无意在忘川发现他和他家主帅。两个都因执念不肯轮回，一个为情，一个为恨。我一时兴起便将他们救了出来，各尽心事去。"

回去的路上怜清才想起，下山前师尊同他提过一句，若确定在皇城作祟的妖孽是七年前那只逃进莫邪山的罗刹，那便去一趟东海，找童天道长取一样法器再去收服那只罗刹。如今看来，那法器便是往生镜了。这样一想，桑胥大概是真心要给他什么东西看的，连克制自己的东西也毫不避讳地告诉了他。

"你在想什么？"玄昭抱着花灯，有一下没一下地朝河面上瞟。

"我在想，七年前我为何会答应帮桑胥报仇。"

现在好像该处理的事情已经处理得差不多了，皇宫作祟的鬼魅也被捉住了，明日面圣复命，再去一趟东海，取得往生镜将桑胥封印，这一趟下山之行也算圆满。可不知为何，怜清心里反而涌上一股说不清楚的空虚感，总觉得自己要面临的远不止这些。

"哥哥是豁达又坚定的人，两厢对峙，若你选择站在了某一边，一定是因为你认为自己的选择是正确的。"

"是吗？"怜清这几日来面对玄昭那些信手拈来的夸赞已经逐渐变得安之若素，只回想着玄昭的后半句话，喃喃道，"七年前，我便认为桑胥是对的吗？"

"放花灯吧。"玄昭瞅到前方有一处无人的柳荫，"架不住那商贩央求，我便买了一个。"说完又顺手在一旁的小摊前买了一支小羊毫，他蘸了蘸墨，将笔递与怜清道，"哥哥许个愿。"

怜清将那花灯和笔看了半天，竟想不出许什么愿。他忽然觉得自己这一生过得颇为无趣，临到这种场合连个愿望都憋不出来，也不知一辈子走到头的时候会不会有什么牵挂。

"你许吧。"怜清把笔推回去。

"好。"玄昭笑着，执笔在灯壁上行云流水地写下两行字，眼中的期待与兴奋在花灯点燃的一瞬被一同照亮，怜清忍不住好奇，便探头过去看了看。

"空守惊鸿影，原是盼君归。"怜清略略偏头，看着玄昭问道，"这是何意？你在等谁吗？"

玄昭眨了眨眼："说出来就不灵了。"

怜清笑笑，心里有些失落。

"回去吧。"他道，"我该换身衣裳了。"

玄昭起身同他并肩："若桑胥所言属实，当真是垣帝杀害了三十万无辜百姓，哥哥该当如何？"

"杀人偿命，垣帝也不例外。"

玄昭不知怎的，脑中突然闪现长舒下凡历劫那日的天象，七杀入命，大死大生，遂沉默片刻道："可他是你们的皇帝。"

"天子犯法与庶民同罪。"怜清道，"既身为天子，若当真做出此等不仁不义之事，便更不可饶恕。垣帝不仁，如何配得上'天子'二字？"

"你若如此做了，可还能回师门？"

怜清脚下一顿，这倒是他没想到的。

"届时若招致杀身之祸，我自不会将祸患引入师门，自寻去处便是。"

"这是你师尊想要的吗？"

怜清看向玄昭，目光里多了几分坚毅和固执："若我走了死路，那定非师尊所愿。可我若是为了苟活而摒弃心中道义，又有何颜面回去面对师尊？"

怜清转身继续向前走，脚下不再停留："此次师尊要我下山，为的是让我历练，更是让我自凡世中亲身受道。若不入凡尘练道，那'道'于我而言，始终不过一个字罢了。"

"玄昭，你是读书人，可知何以为道？"

玄昭不答，他便说："道者，解众生苦，伸天下义。天下不是垣帝的天下，是不以国界划分的万万苍生的天下。上玄门虽在垣境，着眼的却是三界生灵。若有人违背道义，离弃苍生，那上玄门中人要做的，就是替天行道。我乃上玄门掌门嫡传弟子，更应如此。"

怜清越是如此，玄昭便越是担忧，只怕这固执的性子会应了怜清一世的命数。若怜清非要一条路走到黑，落在他身上的天劫可不会留情。感觉到玄昭慢下步子，怜清回过头："怎么了？"

"没什么。"玄昭收起思绪，三两步跟上怜清，"只是在想，上玄门还收不收弟子。"

怜清将玄昭上下打量了一遭，好像真的在思考。过了一会儿，他有些委婉地

197

说道："你太大了。"上玄门没收过十五六岁的新弟子。

玄昭：……

又去一家铺子买了笔墨纸砚，二人抵达客栈时已临近宵禁。怜清未来得及换衣，匆匆赶到桌前，铺开笔墨，将手边早已凉透的半杯清茶往砚里一泼，磨好墨后便专心致志地在书案前作起画来。玄昭也不扰。

过了大半个时辰，估摸宣纸上的画已完成得差不多了，玄昭绕到怜清身旁，垂眼一看，画上是个身高八尺的威武大将，连盔甲上的残损之处都被细细勾勒了出来，只是五官还是一片空白。玄昭便笑："哥哥不必把那亡魂画得如此细致，只需将面部画得能让垣帝认出即可。"

"我画人面一向有些失真。"怜清道，"你怎知我画的是那亡魂？还是画给垣帝看的？"

"哥哥的剑芒扫过亡魂时，我在你身后看了一眼。想来哥哥作出此画，要给认的，也就是垣帝了。"他说罢便从怜清手里拿过画笔，"我来画吧。"

少顷，那将军的粗眉星目便如印模般出现在了画上。

"倒比我画得更有神韵。"怜清看着，只道玄昭画功老练，不像临时发挥，不由得问道，"以前总替人画吗？"

玄昭笑着睨视怜清一眼，想到至今还挂在自己东海龙宫的那幅丹青，语调悠悠："哥哥以前总说我像一个人，我没有告诉过哥哥，你也很像一个人。"

"什么人？"

"我梦里出现过的一个人。"

怜清足足愣了半刻，他声音低低的，像在忍着不发脾气："你我萍水相逢，以后莫要开这样的玩笑。"

玄昭慢慢走过去："我没有开玩笑。"

"那日清晨我浑身是伤，就算你不给我那一剑我也活不长了。可你偏偏要误伤我，伤了我还要救我。哥哥既然救了我，就不能不管我。你方才冷脸对我，不让我跟着，还不如再给我一剑。"

怜清飞快地想了想，若是玄昭就这么死了，那他在花灯上便有得写了，就写"玄昭活过来"。

一觉醒来已天亮，窗外楼下大街繁华如旧，怜清昨夜头脑一热，便答应了让玄昭跟着自己，现在清醒过来，只觉得头昏脑涨。这要是完成了师尊给的任务，回到师门，难不成带着玄昭回去吗？怎么跟师尊交代？他正想着，门外传来脚步声。

怜清忙望过去，玄昭端着食盘踢开了门。盘子里放着个白瓷小碟，碟上是摆成花样的糕点，还冒着热气。他刚一进门便注意到坐在床上的怜清，盘子一放就走过来坐在床边，问道："醒了？"

怜清回过神，望着桌上那碟糕点问道："那是什么？"

"糯米糕。"玄昭拈起一块糕点递到怜清嘴边，"尝尝。"

"我不吃——"怜清十四岁修了辟谷之术，不需要吃这些东西。

"先尝尝。"玄昭拿着糕晃了晃，像是早料到怜清会这么说，打断道，"你不喜欢再拒绝。"

怜清没尝，盯着唇边那块白糕半晌，忽地问道："我们以前……是不是见过？"

拿着白糕的身影骤然一僵，玄昭干咳了一声："哥哥从未下过山，我也是第一次从家乡逃出来，怎会见过？"

"当真没见过吗？"

玄昭笑了："不知道，或许前世见过？"

"前世吗？"怜清半点没有开玩笑的样子，"你说我就信。"

"当真？"

"当真。"

"我与哥哥前世见过的。"玄昭道，"若我这样说了，你可愿与我同游？"

怜清低头沉思片刻，忽而抬眸看着玄昭："那便与你同游。"

"这话轻易说不得。"玄昭渐渐敛了笑意，郑重道，"哥哥既然说到，便要做到。"

怜清想了想，认真答道："昨夜你朝我走来时，我心里很高兴。"

他接过有些半凉的糯米糕，徐徐说道："我不信什么前世今生，可你说同我有缘，我便信了。这话若换了别人来说，我是懒得理会的。只因它是你说的，我便乐得自愚。同样，我与你同游，不为别的，是我内心愿意。"

等一切收拾完下楼已过午时，晨间便沸腾起来的喧嚣未散，他们便找到小二问又发生了何事。他们问了才知，这城里如此热闹，正是因为昨夜无事发生，突如其来的安宁惹得街头巷尾议论纷纷。

"桑胥走了。"怜清道，"她果然说话算话。"

玄昭看了看怜清拿在手里的那幅人像，问道："哥哥此次进宫，真要把这画给垣帝看？"

"嗯。"

"他不认怎么办？"

"他心里有鬼。"怜清道，"我这些年断断续续查过垣军在霜天漠那一战的资料，历时三年，损失二十万大军，如此战况，史书不过一笔带过，着墨极少。而且你知道那二十万大军是如何牺牲的吗？他们与桑胥军厮杀三年有余，兵力损耗不过一半。剩下的十万垣军并非战死，而是在桑胥国投降之后，三十万桑胥子民迁至霜天漠驻扎却被卷进流沙失踪那夜的第二天，回程路上被下令剿杀的。"怜清顿了一下，眉宇间闪过一抹凌厉之色，"剿杀的名目，竟是他们投靠敌军。"

玄昭哂道："敌军都没了，他们如何投靠？"

"正是如此。"

怜清面沉似水，这名头一看便是胡乱扣上的，只怕不管桑胥国的覆灭还是那十万垣军的死去，背后都另有隐情。也难怪那亡魂将军对垣帝怨恨至此，刀头舐血保家卫国，没有战死沙场，凯旋时却丧命于自家君主的屠刀之下。

"若他不认，哥哥便去东海？"

"认与不认，我都要去。"怜清神色坚定，"既答应了桑胥，我理当赴约。"

"东海之大，便是蓬莱，也不止万顷。哥哥如何找到那往生镜？"

"师尊说，让我去寻童天道长。"

"童天？"

"怎么？你知道？"

"有所耳闻。"玄昭打着腹稿，"以前在话本子上看到过，说是个不知年岁、法力深厚的得道仙人，有不死之身。真佛也曾是他座下弟子，还替他……收服过远古魔兽骊龙一族。"

见怜清听得来趣，他便一扫脸上的不自然，继续道："后来童天与九重天天尊斗法,真佛背叛童天,与天尊里应外合,天尊靠偷袭取胜,童天不服,欲杀之而后快,被祖神软禁于东海,蓬莱也就此没落。"

他所知晓的这些,并非真从话本上看到,而是玄凌告诉他的。童天当年恨透真佛,一念之差,从蓬莱之底,东海镇压骊龙的篱幽天内放出了玄凌这支骊龙族中最为凶恶的血脉。至于他,是数万年之后才出生的,玄昭也曾问过大哥,为何骊龙族最终也走到了归顺天族、背叛童天这一步,玄凌从来都是只笑不答,不曾回应过他。

话尽于此,蓬莱他定然是去不得的。且不说童天认出他是玄凌亲族会不会将他碎尸万段,蓬莱之地之所以能镇压骊龙一族数十万年之久,是因为其境内蒸腾的真气,足以炼化骊龙本元。本元一散,若无神器护体,龙魂朝夕难保。所以篱幽天那一道道套着他们同族手足的神锁,既是保护,也是禁锢。

玄昭将怜清送到皇宫脚下便止步:"那皇帝怕是不想见我。我送哥哥到此,等你出来。"

同怜清告了别,玄昭负手立在宫门旁边,眼下日头正盛,刺目的阳光洒在皇城大街,将他沉黑的身体镀了层模糊的金光。玄昭朝身后略略侧过头,先前和怜清在一起时的温和神色顿散,眼尾冷芒扫过身后跟随他们已久的鲛人:"何事?"

"启禀二殿下,"那鲛人语气慌张,躬身行礼,"帝君同瑶灵上仙的婚期已近在眼前。"

"大哥呢?"

"失踪了。"

怜清并没有让玄昭在宫门外等候太久,只是出来的时候神色十分冷峻,且手上的那幅画已经不见了。

"怎么样?"玄昭迎着怜清往客栈走,"宫内是何情况?"

"昨夜没有死人。"怜清道,"宫内妃子是被亡魂将军吸食生魂而死,宫外死的全是十四年前的垣军遗孀,如今亡魂将军被抓,桑胥离去,帝都应当没有隐患了。"

"画呢?"

怜清面色一沉:"垣帝原本听闻此事平息,心情颇佳,后来我将那画展开,问他可认识画上的人，他勃然大怒，问我这画从何而来。我说这是那作祟的亡魂，他没再说什么，只是扣下了画，把我赶了出来。"

"那现下……"

"去蓬莱。"怜清道，"几十万条人命，不能死得不明不白。知道真相的，除了垣帝，就只有桑胥了。"

"哥哥。"玄昭突然叫住他。

怜清向身后看去，玄昭停了脚步。他刚才没注意，此时才发现玄昭身后不远处不知何时多出一个家仆打扮的人，正静静站在原地，低眉顺眼地等着玄昭，一动不动。

四面人潮川流不息，怜清隐隐有些不安，过去低声问道："怎么了？"

"家里来信，说是我那大哥突发急症，恐日子不长。如今缺个主事的人，他们能想到的，也就我这个异父异母的弟弟了。"玄昭面有难色，"总归……得听他交代后事。"

怜清愣了愣，半晌说不出话。玄昭又从怀中掏出两个不过掌心大小的铜镜，将其中一块递与怜清："这是我传家的宝物。祖上曾遇仙人，因行善事得了这镜子，虽无大用，但全天下仅此两件。哥哥拿着镜子，不论多远，只要朝它唤我一声，我若听见，定会应你。若是有事，奔赴万里，我都赶来寻你。"

怜清茫然地接过镜子，良久，像是慢慢接受了这个消息，点点头，垂下眼眸道："你是该回去的……毕竟你娘亲还在那边，你也要认真准备明年的春闱了。也好，我本以为带着你，一路不能总御剑，还想着要走十天半个月的路，如今倒是轻松了些。"他不知该再说些什么，只是本能地躲开了玄昭的目光，缓缓转身离开，一个人朝前方走去，"你且去吧。我处理完事情就来找你。"

玄昭想去拉怜清，刚迈开步子，身后便是东海鲛人不得已的一声低唤："二殿下……"

玄昭收了手，盯着怜清，直到那个瘦削挺立的背影消失在茫茫人海中，他才惴惴离去。

蓬莱四面环海，怜清御剑一日，赶到时已是黑夜。岛上烟波缭绕，空无一人，怜清自蓬莱上空就看见了岛心的巍峨宫殿，落地便直奔而去。殿中有一蓝衣玉冠的公子，安坐于书案前，气质斐然，容貌俊逸，似乎是知晓怜清会来，在此等候了多时。怜清见他第一眼，只觉这人陌生，可两下对视一番，却又有种难言的熟悉之感。

"在下怜清，求见童天道长。"

"我便是童天。"那蓝衣公子见怜清脸上掠过一丝惊愕的神情，笑了笑，"可是上玄门掌门霖宣嫡传弟子怜清？"

"正是晚辈。"怜清原只是抬手作揖，现下弯腰行了个礼，"恕晚辈眼拙，多有冒犯。"

童天抬手，示意无碍："霖宣先前同我说过，你或许会来找我寻往生镜一用。可往生镜早在数万年前便被我赠予了东海水神玄凌帝君，如今正当他大婚，宴请三界，来者不拒。你若要非取不可，便拿我这腰牌，去东海龙宫的印水台，将它交与守门人，往生镜自会送到你手中。"他言毕将手中腰牌朝怜清一掷，只道，"下水去吧。蓬莱东去三千里，便是真龙栖身处。这腰牌会护你在水下无恙。"

怜清行了谢礼，不多说，安静离去。

出殿，下了殿前长阶，怜清在岛上无声站了一会儿，终于还是拿出铜镜，轻声唤着："玄昭。"

那边窸窣响动过后，很快便有人声，带着些许兴奋："哥哥？"

怜清点了点头，意识到玄昭看不见，又低低"嗯"了一声，一时竟不知该说什么。

好在那头的玄昭不是个闷葫芦，急问着："可到蓬莱了？见到童天了吗？有没有拿到往生镜？他可有为难你？你有没有受伤？"

怜清被这一堆问题弄得不知先回答哪一个："一切顺利。"又道，"你呢？你可到家了？"

"到了。"

"可见到你大哥了？还有娘亲？"

那边旋即陷入了沉默，未几，玄昭支吾道："府中杂事太多，我一回来便忙着处理，尚未见到大哥。"

怜清"唔"了一声，又不说话。两个人似乎都没有话说，却又都不想道别，便这样分隔两地拿着镜子看着。

"你……可还在生气？"

"什么？"

"今日我突然离开，你可还生气？"

怜清心里原是有些憋闷的，玄昭一问，什么都好了。他对着镜子摇头，又想到玄昭看不见，抿唇道："不气了。"

不知怎的，他忽然想起小时候师兄们每次把他逗气，他再怎么摆出一副冷冰冰的模样，只要随便谁来哄两句，就都给台阶下，故而十六哥总说"我们家小十七是全天下最好哄的孩子"。

玄昭又问："当真？"

"当真。"

"意思就是你白天真的气过？"

玄昭还想逗怜清，殿外却有人敲门："殿下，婚服送到了……"

玄昭心里一慌，也不知怜清听见没有，只仓促道："先不说了，哥哥。"他遂收起镜子，怔忡半刻，缓缓叹了一口气。

天尊赐婚，大婚前玄凌却无故失踪，这桩婚事本就是东海主动向天界讨的，那边为了示好，也给足东海面子，将虽无实权但身世显赫的瑶灵嫁了过来。如今玄凌临到头了闹逃婚，又不知他这般到底是何缘由。若将实情公之于众，不管骊龙一族态度如何，从外界来看，这摆明是挑衅天界，顺便打瑶灵亲族的脸。大哥犯的事，做弟弟的尚且能视为分内，但后果却不该让整个族群跟着他们一起承担。无论如何，得先把婚礼糊弄过去。

以往在烟寒宫门口耍泼皮，一本正经的假玄凌他扮得，如今东海迎亲，不过接轿拜堂，换一身红装，他一样扮得，只是大概要委屈新娘子独守空房了。

玄昭又抬头看了一眼挂在壁上的那幅丹青，无奈笑笑，起身前去开门。

婚服是提前七日请羽族最好的绣鸟织的，金丝红线，蚕衣羽领，裁的却是玄凌的尺寸。所幸兄弟二人身形相差不大，玄昭正打算试试看婚礼当日需不需要变换体量，手还没摸上婚服，门外便传来好久不见的朋友——余昔的笑骂："好你个玄昭！帝君要我片刻不离看着你，你倒好！七日前南海的订婚宴，我不过去凑了会儿热闹就叫你逃了！害我找你找得好生辛苦！如今又自己跑回来！看我不在你身上讨个痛快！"

两人关上门，在殿内嬉笑打闹，殊不知怜清此时已到了东海龙宫门口。

天界与骊龙族联姻，宴请四方，只要执家族名牌者皆可入宴。怜清递了童天腰牌，被人放行，便悄然自寻印水台去了。

龙宫广袤，金宫玉殿如撒豆般遍布海底，怜清兜兜转转走了许久，终于在一处高礁上隔着座辉煌宫殿眺望，发现那印水台隐在龙宫最南面的偏僻处。

他不动声色地找过去，那宫殿是通达印水台的必经之路，怜清先前看它规模，断定应是龙宫极尊贵的人的住所，原还有些为如何避开周边守卫而苦恼，不承想走近后才见殿周无人，甚至未设任何禁制。殿中之人不是心大，就是自大。

殿门未关，只是虚掩着露了个不大不小的缝，看样子是谁进殿后随手合上的。怜清悄无声息绕墙而行，却听到嬉笑打骂的声音。帘窥壁听非君子所为，怜清权当自己不存在，只想装聋作哑接近印水台，奈何那张扬跋扈的笑骂声里混杂了"玄昭"二字。怜清以为自己生了错觉，下一步还没迈开，殿中另一人说话声起，是他心里正惦念的嗓音。

"这婚服倒也算合身。"

"你也不看做了多久。"有人话带笑意，"不过我听说新娘子失踪了不少时候了，还没被找回来。"

"嗯。"

"嗯什么嗯？你家的事，你不着急啊？话说你这段时间都干吗去了？难不成去找长舒了？我可告诉你啊，那位千叮咛万嘱咐过我，让你干什么都不准去骚扰人家长舒！"

长舒……怜清觉得这名字十分耳熟，却一时间想不起在何处听过。或许是巧合呢？玄昭方才匆忙与他道别时那声不真切的"婚服"只是他幻听，殿中之人也是声音同玄昭相似罢了。他心里这么想，脚尖却打了个转，朝那虚掩的殿门走去。

"我没去找长舒。"

"那你干吗去了？"

"我干吗去了非要和你说？"

透过门缝只能瞧见一个挺拔轩昂的背影，着一身大红的喜袍，背对着怜清，将对面同他说话的灰衣公子挡了大半。怜清松了口气，这不是玄昭的背影，玄昭似乎没有那么高大。

"你是不是去找长舒了？"灰衣公子叉腰，在怜清视线里露出一截胳膊，"人家都不愿搭理你，两百年，你怎么就不死心呢？"

"我都说了没去找长舒。"一身红衣的背影悠闲泰然地坐下，将手中的东西轻轻放在紫檀木桌上。怜清趁灰衣公子看到门外的自己之前略一侧身，躲在门后，换了个角度，再看不见说话的二人。可那桌上的东西，他方才那一瞬已看了个清楚明白。

是铜镜，是玄昭同他说的，天上地下，仅此两块的铜镜。

"我去人间找乐子了。"玄昭漫不经心道，"不让我找长舒，我找别人还不行？"

余昔嗤道："在你心里，有人比得过长舒？"

玄昭沉默一刹，笑吟吟道："自然没人比得过。"

门外，怜清若有所失地慢慢抬眼，已不期望能再从门内看到什么。直到那幅墙上的丹青，那是一个侧卧在贵妃榻上的女子，面容与他相差无几，唯一不同便是眉心少了一颗朱砂痣。

我与惊鸿共歌舞，一宵醉死凭栏处。

怜清在这时终于想起了自己曾在何处听过这个名字。是他第一次见九幽冥主韩罜的时候，那位口无遮拦的异瞳鬼神横冲直撞地唤他"长舒"，他问谁是长舒，韩罜定定看了他半晌，笑着说自己认错人了。不怪韩罜错认，这般无二的长相，便是怜清自己去看，只怕一时也难辨究竟。他想起自己夸赞玄昭将人像画得甚有神韵，还问玄昭以往是否常替人画，玄昭答非所问。

空守惊鸿影，原是盼君归。

那时玄昭想的是这幅丹青吧？

原来不是玩笑，玄昭字字句句都在向他坦白，是他自己愚钝蒙昧。那晚流水送花灯，河神听愿，不过人间寻的乐子而已。

白日玄昭说要离开，怜清便知晓，他不会回来了。

玄昭这乐子寻得不走心，让怜清早察觉到了那些破绽。怜清告诉他，自己是丰庆二十五年出生的，他便说他生自丰庆二十六年。怜清出生那年，丰庆帝驾崩，太子即位，次年便是恭绪元年，丰庆哪来的二十六年？普通一介文弱书生，为何同他一个修道之人一样，在帝都上蹿下跳，却能数日滴水不沾？在帝都门口遍体鳞伤，浑身上下什么也藏不住，传家的宝贝却说变就变出来了吗？寻常大臣尚且在面圣时把脑袋系在裤腰上说话，他一个指望金榜题名翻身改命的人，竟是半点也不怕得罪皇帝的。

一个草草敷衍，一个甘心受骗罢了。

怜清不记得自己后来是怎么离开的，他去了印水台，取了往生镜，该有的礼数和防备一点没落下，只是人抵达霜天漠的时候又有些恍惚，好似取这镜子，赶一程山水的路，都是别人替自己完成的。

桑胥等了怜清许久，她惯是个不会看人脸色的，怜清一落地，她只管问："往生镜可带来了？"

怜清点头。

"你照照我。"

"什么？"

"拿镜子，照我。看看我是怎么来的。"

见怜清不动，桑胥扬唇一笑，拂袖朝身后一望无垠的大漠走去。

寻常沙漠白日炎酷难耐，到了夜间才有那么几丝凉意，霜天漠却不同。或许是这里埋葬了太多枉死的无辜生命，底下封印着数以几十万计的亡魂，未平的怨气终年盘桓，不管白天还是黑夜，霜天漠永远是一派寂寥荒芜。

怜清沉默地跟在桑胥背后，听她自述，又或者是讲那死去的三十万亡灵的故事。

"垣国崇道已久，相传如今在位三十年有余仍盛宠不衰的国师就是个法力深厚的道长。十七年前，现在的垣帝被当时崭露头角的国师扶持，初登大宝，一上位便在其怂恿之下举兵讨伐桑胥。"桑胥眼中划过一抹讥讽，"桑胥小国，人数不及垣国十分之一，骑兵战力再强，面对二十万大军也只如蝼蚁，投降是迟早的事。桑胥国负隅抵抗了三年，最终还是大败。"

"那年桑胥举国灾疫泛滥，整片国土像是在顺应它早该覆灭的天意，满目疮痍。凡国民落有居所之处，无不是大旱或者洪涝。后来我才知晓，这一切，都是那位神通广大的国师的手笔。桑胥王派出使者，乞求三十万百姓暂迁垣国境内，若能达成所愿，他便自刎谢恩。"

"垣国实力固然雄厚，可三十万流民不是个小数目。这边派出的使者都做好了被一口回绝的准备，谁料那时不及弱冠的小皇帝毫不犹豫地应下了，还说希望桑胥子民迁得越快越好。打仗还需粮草先行，举国入境的事，垣帝没有一丝迟疑，却也毫无为此做些准备的迹象。桑胥贵族中不是没人对此有过怀疑，可他们觉得下场再坏也不会比自己当时的情况更糟，大不了就是垣国多了三十万乞丐。只要能让子民活下去，他们什么都不求了。"

桑胥突然停下来，侧过身睨着跟在后方沉默的怜清："你可听说过'砌魂墙'？"

怜清摇头。

"此乃三界禁术，为大凶大恶之业。非神魔之力不可为，曾是魔界无论内斗外伐都盛极一时的术法。后因其反噬之力太过强大，太多修习此术的魔族遭到孽报以致魂飞魄散后，魔界将其列为禁术，非一族之主不可修炼。你可知，此术为何如此凶煞？"

"噬人者，亡灵。"

怜清心里揣测，却不多言。

桑胥不置可否："此法并非在战时所用，而是要等杀死敌军后，去强行牵制亡魂，迫其不入渡厄，不可轮回，不得解脱。亡灵被原地封印，只能留在殒命之处为人所驱使。既然去不了九幽，自然也无法到别处作战，故而被此术牵制住的亡灵最大的用处就是防御。"

"他们的意念被压制，鬼力被利用，魂识一旦有所反抗便受此邪术感应，千倍万倍地回到自己身上。越是反抗，便越是痛苦；越是痛苦，怨气就越重；怨气越重，数量越多，用亡灵结起来的壁垒便越坚固强大，'砌魂墙'的名字也由此而来。你说，这方法阴不阴寒，恶不恶毒？施术之人，该不该遭到报应？"

怜清眼神冰冷，言简意赅："垣帝该死。"

"只是垣帝吗？"桑胥忽地一笑，慢悠悠道，"好巧不巧，桑胥三十万流民失踪在这霜天漠之后，垣国北境自此安稳十四年至今。凡有意入侵者，只要踏入此地一步，皆是有去无回。"

月色苍凉，照向这片鬼寂的大漠，照亮了他们眼前的一角，桑胥眼中的尽头却依旧是无边的黑暗。她的眼神好似千万根淬着剧毒的寒针："我生来便叫桑胥，我是那三十万无法自赎的意念、得不到解脱的怨气和难以反抗的苦痛。我的子民生前受难，死后还要为屠者磨刀，他们身为亡魂却要反哺杀死他们的凶器。怜清，你说，这是什么道理？！"

"垣帝身为一国之君，却如傀儡一般对幕后之人听之任之。三十万条人命，在他眼中轻不过草芥鸿毛，重不过墙砖片瓦，此等不遵人道，不敬鬼神之辈，为什么君，治哪方国？"桑胥淡然一哂，"操纵一切的人到底是谁？你想不到吗？难道你不想知道那位呼风唤雨的国师是何方神圣吗？"

她瞥了一眼怜清手中的镜子："往生镜里照往生。你拿着镜子看看，看看十四年前，三十万条无辜的性命是如何为生而死的。"

怜清这才举起了那面镜子，缓缓照向桑胥。镜面白光一闪，他们眼前出现了一间昏黄僻静的暗室。这场景自镜中折射出来，逐渐放大，直到在他们身前变作正常尺寸，使旁观之人好似身临其境方止。

暗室中有两个身影，一个是身着玄色冕服的垣帝，另一个则穿着一身淡青色广袖长袍，负手面壁而站，叫人看不到面容。两人沉默着，人前威仪八方的皇帝慢慢抬手对着那个素衣缓带的挺拔背影躬身作了个揖，道："老师。"

后者淡淡"嗯"了一声，问："桑胥可派人来提徙民之事了？"

"老师手段高绝，鬼神莫测，桑胥来使今日进宫正为此事。"垣帝恭敬道，"我顺着应下了。"

"一口应下的？"

"一口应下的。"

"蠢材。"

不轻不重的一声呵斥，到了垣帝那里却如千斤重担般将他脊背压得更低了些。

"罢了。"国师不欲过多解释，"待桑胥开始徙国，我便前往霜天漠。你传信给高望，叫他做好准备，以防不测。此术凶险，若我出了什么岔子，便让垣军上阵，只要桑胥人死在霜天漠，砌魂墙的操纵不是难事。"

垣帝应了一声，又道："一切听从老师调派。"说完便起身退出了暗室。

桑胥冷冷插嘴道："高望便是皇宫作祟的那亡魂将军。此事若成，垣帝许他拜侯称相，高望才豁出身家性命为他效力，甚至不惜一箭杀死跟随了自己二十多年的副将。"

"清水河边的亡魂？"

"不错。"论及此人，桑胥眼中的冷漠稍有消退，"瞿惑，当年唯一一个想要救桑胥于危难之中的垣人。他在军帐外无意间得知垣帝的计划后连夜奔赴大漠深处将消息告知我桑胥子民，一个'逃'字还没来得及说出口，便被追来的高望射杀。"她闭上眼，双唇微颤，大抵是被记忆中那些流沙吞人的场面所刺激，"后半夜，茫茫大漠变成了吃人不吐骨头的地狱。那是桑胥被屠尽三十万人却不见半丝血腥的亡国之夜。"

怜清恍惚，见她眼角好似有一滴清泪顺着面颊流下。

桑胥笑着，嘴角的笑在此时看起来尖锐而讥诮："可怜那高望，以为带着垣军帮了皇帝便能位极人臣。可他忘了一个亘古不变的道理，最高位者，若做了腌臜之事，永远只会让死人保守秘密。"

怜清问道："那国师也死了？"

桑胥倏然睁开了眼，看着怜清，像在看一个口出狂言的稚子："死？你把垣帝看得太厉害了些。国师是什么人，垣帝能动他？"说着又将目光投向往生镜中的画面。

暗室尽头，一直面壁的人徐徐转身，墙角一盏跃动的油灯忽明忽灭，将那人原本隐匿在黑暗中的面容映进了怜清眼中，一半清晰，一半模糊。怜清不受控制地瞬间放大了瞳孔，甚至须臾忘记了呼吸。

那是他的师尊，上玄门掌门，霖宣。

授我道者，摧我也。

怜清逃了。

桑胥问他："怜清，你还要帮我报仇吗？布阵者不死，我的子民永远得不到解脱。你若不帮我也无话可说。我会因这里的积怨而日益强大，然后杀光垣国的人，让他们为我的子民殉葬，直到这片土地上最后一滴血流尽为止。"

往生镜中的画面一换再换，怜清麻木地旁观了一场阴谋的诞生、传递与实施，无数桑胥子民临死前都还不知道发生了什么，最后留在他脑海中的，只有无数双在茫然挣扎时无措而绝望的眼睛。他近乎呆滞地伫立许久，最后跌跌撞撞迈着步子，失魂落魄地逃离了这片大漠。

他想到了十岁那年，上玄门以镇压邪祟之名举派前往霜天漠加固封印。知情或者不知情，他身边的每一个人都是那场屠杀的帮凶。

怜清不知道自己为何最终站在了东海龙宫门口，本能驱使着他来找玄昭，外面刀林剑雨，好像这个人身边还剩一隅容身之所。

天光大好，良辰吉时，他落在一片火红的珊瑚海中，没来得及上前，便目睹了自九天之上迤逦而来的一队仪仗。东海一方倾巢出动，迎接这位远嫁而来的新娘。浩浩汤汤的人群自龙宫涌出，庞大纷杂却又不失礼节，最终分立两列。有人自队列中缓步走来，行至九凤花轿前，俯身掀帘，将蒙着盖头的贵人牵了出来。

春风得意，眼波潋潋，喧天锣鼓声中与宾客对饮同欢的，是一日前同他信誓旦旦、一诺同游之人。

怜清将贴身的铜镜丢在珊瑚海，转身回了霜天漠。

桑胥再见到怜清是三天后。她正百无聊赖地拿着往生镜在手里把玩，大漠苍苍，天地一线之内不见半点生魂，她已经在这里孑然度过了上千个日日夜夜。

三日前第一个迈进这片荒漠的人，那个叫怜清的孩子，是她这些年来在这个怨瘴弥漫的世界唯一会偶尔想起的一抹身影。她永远记得七年前自己第一次见到他，十岁的孩子用那双不掺半点杂念的眼睛同她对望，他漆黑的瞳孔像世间最纯澈的潭水，能化开所有身不由己的苦难。

他告诉她："我会为你报仇。"

走投无路的人不会放过半点生机，她为这一句话等待了七年，怜清成了她的执念，成了这片背负着三十万条性命的荒冢土地上的唯一一丝希望。这世上还剩一个人愿意聆听她的冤屈，只要这个孩子还在，三十万鬼魂就还有重见天日的时候，他们得不到安息的亡灵或许还能等到解脱的一天。

桑胥想着，她已经陷入了这样的沉思不知多少次，她的目光定在虚空里，定在茫茫无边的大漠之涯，直到视线里出现一个小小的黑点。那黑点不断朝她移动着，渐渐放大，变白，从模糊走向清晰，被光线勾勒出人形的轮廓，再有了肢体和五官。

那是怜清，从这片大漠逃走又回来的怜清。

她看着怜清走向自己，就好像看到他走向了死亡。

"你回来了。"桑胥说不清自己是什么心情，像是欣慰，又像是提前惋惜。

怜清点头，他没有桑胥想象中的那样狼狈，手握怀沙，白衣素冠，挺拔干净甚至比起上一次有过之而无不及。

"你知道你回来意味着什么？"

"我来赴约。"十七岁少年人的脸稚气未脱，却已找不到任何三日前那般的慌张迹象，"我答应过你的，会为你报仇。"

"你想好了。"桑胥道，"你可知你要杀谁？"

"我知道。"怜清冷漠得像一尊雕塑，眼里没有光彩与感情，"霜天漠中无辜惨死的流民，回家路上背负污名的将士，每一双埋葬他们的手，我都会折断粉碎，撒在他们轮回的道上，为他们殉葬。"

"我不要你让那些人殉葬。"桑胥淡然道，"为杀而杀的路送不走我的子民，他们需要你报仇，是为了求一场解救。凶手不死，魔阵不破。除掉那些人的性命他们才能逃出封印，去到往生。届时亡魂轮回，怨气自散，我也会随之消失。若你当真做好决定，三十万亡灵会用唯一一次以魂魄起誓的机会，附鬼力与魂识到你的佩剑，无论此后他们的魂魄轮回与否，此剑拥有的力量永世不散。我将随誓成为剑灵，守护此剑，灵随剑动，非你之命不从，至死方休。"

"来吧。"

"不再想想？"

"我道如此。"

怀沙方铸，怜清没有回莫邪山，他先去了帝都皇宫。一路疾行，到皇宫脚下时天边霞光将散，正是灰蒙蒙的一片。

垣帝自梦中悠悠转醒，一睁眼便看见负剑站在榻边的怜清。来者脸上没有任何可以称之为神情的东西，宫内昏暗一片。怜清沐浴着薄凉的天光，幽深的目光如冷剑一般凿在垣帝脸上，没有一丝感情，不见愤怒和恨意，亦不见敬畏与恐惧。三丈殿门大开，方圆数里却不闻人声，连枕边侍寝的人也不见踪迹，遑论门口当值的内监。

垣帝猛然从床上坐起，后背出了一层冷汗。若不是眼前道士的一对眸子随着垣帝的动作跟着移动了一瞬，他差点就要以为，此时立在床头波澜不惊的那个人，真的只是一尊神像。榻上危坐之人睡意全无，警惕地看清来人面孔后方才略微松了一口气，皱起眉头试探地唤了一声："怜清道长？"

怜清不言，两人无声对视了半晌，殿中响起剑锋破空之声，怀沙剑尖指地，伴随着怜清语调平缓的质问："桑胥三十万徙民葬身大漠，垣国十万将士枉死归途，可是陛下与国师手笔？"

垣帝当即愣住。他眯起眼，谨慎地打量着眼前之人的神色，低声道："不错。"

"国师何人？"

皇帝突然来了底气，他轻轻扬唇，一字一顿地答道："上玄门掌门，霖宣。"

怀沙微不可察地抖动了一下，怜清无懈可击的表情似乎终于出现了一道裂缝。垣帝极敏锐地捕捉到那一丝变化，慢慢靠着墙壁，不再紧绷着脊背："你既来问我，那便是已知晓了什么。我可以全盘告诉你，反正你日后要成为上玄门的掌门。三十万桑胥人和十万'叛军'都是我杀的，我下的命令。你师父教我的，他布的局，施的法，亲手挥下的屠刀。"他抬眼看向怜清，竟有些讥讽地说道，"你待如何呢？怜清道长，你要杀了我吗？"

怜清沉默一瞬，不疾不徐地点了一下头："我要杀了你。"

垣帝脊背一僵，表情刹那凝固，像听到什么极好笑的事情，问道："你要弑君吗？"

"弑君如何？"

垣帝慢慢重新坐正："斩杀天子是何罪过，你乃修道之人，更该明白。一旦犯下此罪，上天入地，九天黄泉，便是身死也难以消业。"

"身死又如何？"怜清脚步轻若点水，一步一步向垣帝走近，"我为何非要消业？"

垣帝面色阴寒，咬牙道："你知道罪业不消的后果吗？"

"同阎王说去。"

天边月出一角，第一束光打到怀沙剑脊之上，三两滴血顺剑锋而淌，流到白石地板，一路滴出了宫墙。

莫邪山苍峰流翠，松林茂密，百级台阶贴着山脊蜿蜒而上，怜清拾级登山，走在这条陪伴了自己十七年光阴的路上，一步一响，没有挪动过视线的双眼凝望着长路尽头那座巍峨耸立在山顶的宝殿。怀沙被他倒握着负在身后，垣帝的血已半干，尚未凝固的那些顺着剑刃倒流，积在挖云白玉制成的剑柄与剑身的交接之处。

"怜清。"

他在最后一级阶前站定，听见了师尊的声音，不卑不亢地回应："师尊。"

"你回来了。"

"弟子回来了。"

"事情可做完了？"

"还没有。"

"何故回来？"

"报仇。"

"报谁的仇？"

"桑胥。"

空中传来一声浅笑。

"你是谁？"

"弟子怜清。"

"谁的弟子？"

"上玄门掌门霖宣嫡传弟子。"

"何故回来？"

"为桑胥报仇。"

那声音的笑意又加深了些："那便来吧。"

绕过身前的青铜祭鼎便是平日的练功场，怜清迈步之前那里还是四野寂寂，不过一霎，人群凌空而降，瞬息之间列队以待，行步变换间已急速布好了上玄门最为凶险的天罡阵。

那是他的十六位师兄。他们此时俱是瞳孔泛白，印堂全黑，阵成之时整座山顶魔气骤增，殿前出现十六把青光剑，齐刷刷对准了怜清面门。

怀沙又是一抖，比在宫里那一次更厉害了些。师尊的声音悠闲恣睢："要想杀我，先杀他们。"

"你控制了他们？"

"已经形同死人了。"殿中白光一闪,有男子施施然落座于书案前的镀金太师椅上,"不枉我开宗建派三十余年培养他们。心性越纯,越好控制。"

话音刚落,十六人举步并进,被控制了意念的人麻木呆滞,皮影木偶般抬剑朝怜清奔去。

"不要想着只守不攻。"霖宣笑着,"七年前加固封印者便是他们。十六个人,少死一个,桑胥亡魂都逃不出霜天漠。"

已越过阵法将所有人甩在身后的怜清脚步一滞,缓缓转身看向后方不知疲倦地对他发起攻势的十六个人,原已碰到大殿门槛的脚尖忽地转向,朝对他步步紧逼的人群走去。

怜清记得那晚在殿前第一个死去的人是十三哥,离山那夜的包袱便是他收拾的。然后是九师兄,包揽了从小到大教怜清识文断字的任务。下一个是十五哥,怜清每次被罚都替他留饭的人。他记住了那晚师兄们死去的顺序,以何种剑法,在什么位置,是一击致命还是声东击西。

他们在临死前的最后一刻都恢复了神志,用一双双看着怜清长大的眼睛盯着怜清,眼里净是不可思议。怜清的剑来得又快又狠,他们将言未言的话堵在喉间,没来得及说出口便失去了发出的机会。

每一个人都是那样半张着嘴、瞪大眼睛,看怜清手中的怀沙从自己体内拔出去,再直直地倒下。怜清最后杀的是二师兄和十六哥,他将他们引到鼎前,夹在他和鼎间,一剑刺死了两个人,感情极好的他们自此便死在了一处。

然后怜清朝殿中走去。他前脚已经迈进了殿内,师尊在座椅上等着他,后脚却被人抓住了。怜清低头,大师兄不知何时从阶前爬到了他的脚下,身后是一条长长的被血拖出来的痕迹。

"小十七……"怜城死命地仰望着他,这个自他在襁褓中时便从师尊手中把他抱到自己怀里的人,此刻喉咙被划开了一个巨大的伤口,鲜血汩汩地从那里冒出来。那是怜清一招封喉的剑法。

怜城费力张大嘴,牙也被血染尽,艰难地发出他这一生能说的最后一点声音:"逃。"

原本只是鞋底沾红的软缎白靴现下脚腕处也多了个血红的手印,那双拼命抓着怜清左脚的手在怜城说完最后一个字后便很快脱力放开。

霖宣慵懒靠坐在太师椅上，怜清每进一步，怀沙便多一分躁动不安，直到二人隔桌相望。

霖宣看着他，眼中有些许赞赏之色："没有什么想问的吗？"

怜清脸上被溅了大片血污，顺着他的下颌滴落，他举起怀沙，人和剑都像是从血河里蹚过："一切尽在师尊掌握之中。"

"不想知道我为何这么做？"

怜清摇头："人死如灯灭，弟子前来不为解惑，只为让三十万桑胥亡魂得到解脱。"

霖宣默然少顷，轻叹道："长舒啊……你还真是，做人做神都一个模样。"

怜清至此终于眼神微变，眉宇间的痛楚转瞬即逝，下一瞬，怀沙便刺进了书案前的胸膛，霖宣伏诛时没有任何挣扎反抗，怀沙插在他胸前，直到那具肉身渐渐咽气，才终于停止了躁动。

怜清耳边嘈杂纷乱的声音响了许久，像是从十分遥远的地方传来，男女老少或悲怆或欢喜，或哀鸣或高呼，他们闹了很长的时间才慢慢散去。

怜清知道，霜天漠解封了。

桑胥还沉睡剑中，他注视着师尊的遗体渐渐消散，化作一缕轻烟自墙上那扇窗中飘远，自己只是一介凡人，没力气去追了。

绕过那把满是血污的太师椅，怜清握住怀沙刺穿了自己的心脏，这样的响动惊醒了剑中的桑胥。拔出怀沙后，他把怀沙插入椅背封印了起来，再缓缓靠着椅背滑下去，慢慢坐到冰凉的青石地板上。

他仰头看着那高挂殿顶的天窗，窗外乌云渐起，那轮残缺的玉盘挂在天上，落了他一身的月光。喉间涌起浓烈的腥甜味道，怜清靠在椅后，本想在衣侧擦擦双手，却找不到一处干净的布料。

他如此爱洁的一个人，此时只是闭眼无奈地笑了笑，然后伸手自怀中小心掏出了一个巴掌大小的油纸包裹。

惊雷之声盖住了油纸的窸窣声响，也惊动了东海龙宫正在拜堂的玄昭。第一道天雷连奏七响，玄昭数完便丢下一众观礼宾客直奔海岸而去。

不应该，长舒不应该那么早就历劫归去。

怜清将手心油纸内的糯米糕掰下一块，缓缓放进嘴中。除了浓郁的血腥气，他再尝不出其他味道，就连喉间那抹腥甜，也早已苦到极致了。这一夜奔忙，他眼下才空出点时间，于弥留之际想想玄昭。

十岁那年，有人趁师门空虚，偷偷掳他下山去。那人把第一口糯米糕送到他嘴边时告诉他，凡事总要自己试过，才能知道喜不喜欢。他把那一盘糯米糕差不多吃完，才咂出味来：原来他不喜欢。

七年后，教他这个道理的人又把别的东西带着他一步一步试过，就像当年吃那块糕点的时候，他最初以为自己是喜欢的，如今临到末了，他发现自己还是不喜欢。

下次不要听那个人的了。

怜清将糯米糕一点一点抿碎，咽下去，再掰开第二块的时候，他听见了玄昭的声音。

"长舒！"

还未送到嘴边的手指猛然一僵，怜清猛地被搂入一个匆匆而来的怀抱。

玄昭慌得六神无主，连话都说得断断续续："长舒……"

"长舒……"怜清意识开始渐渐散乱，只能低低重复着这个名字，"你也叫我长舒了吗？我不是……怜清吗？"

他抬起眸子看到玄昭的婚服，红得比他身上的血还要醒目。那一瞬他才好似有了情绪，莫名有了些委屈，质问道："这是你的婚服吗？你一贯不爱唤我怜清，是因为把我当作长舒吗？"

"不是的……"玄昭慌慌张张替怜清擦干面上的血迹，"这不是我的婚服……"

怜清别过脸，喉间的血腥味再也压制不住，猝然涌出口，满下巴的血，玄昭怎么擦也擦不干净。

"这不是我的，你信我。"玄昭贴着怜清，沾得满鬓血迹，"你信我。"说着却被推了推。奈何怜清使不上力，没推开。

十六哥总说他是全天下最好哄的，这次他却不好哄了。

"总归不该穿着这身衣裳来见我。"怜清闭上眼，长长地歇了一口气，"我自小长在莫邪山，修了十七年无情道，总以为这便是我的归途。却没料到一遭下山，就遇上了你。"

怜清封住的穴道开始一个个解开，他愈发觉得提不上气，呼吸急促起来，越用力，眼泪便控制不住地往上涌。

"今年冬至，我便十七了。"他又看向窗边被乌云遮住的月亮，耳边雷声轰鸣，怜清的声音竟慢慢平稳下来，"我自幼被师兄们呵护着长大，从未经历什么艰险磨难，亦算得上衣食无忧。非要说苦处，大不了就是练功时，师尊严厉了些。尽管如此，风吹日晒，打雷下雨，师兄们都还是想方设法让我少吃些苦，能让我安逸就让我安逸。"

"若放在寻常人家，想必孩子能这般顺利平安地长大，父母是要日日谢神拜佛，烧高香的。以至于那晚你让我在花灯上写愿，我都不知该写些什么，想来是因为我以往那些年太平顺些。"怜清吸了一口气，嗓音有些发颤，"可我早该知晓，人这一生若过得太圆满，便注定走不长。"

"你看见门口的尸体了吗？"他道，"他们便是我的师兄，是这世上最疼爱我的人。就在刚刚，我杀了他们。"

"我还去了皇宫，杀了垣帝。"耳边的雷鸣暂停了，怜清心里一松，絮絮道，"我这一生，杀帝、杀师、杀友，是为得道，却终不得道。我一直以来背负在身上的天命，最重的一条，便是上玄门掌门嫡传弟子怜清。如今看来，这天命，从一开始就是错的。到最后，自是成空了。"

这么说着，他心里却悄悄地想，若有来世，他还是只想在莫邪山上，做那个什么都会又什么都不懂的小十七。

"垣帝说我犯下杀业，罪孽难消，我不怕什么罪业，也不怕它难消。只是来的时候我一路在想，早知如此，当初帝都郊外，我就不救你了。"

怜清手心还攥着那张油纸，纸里包着那块脏污得看不出原本样貌的糯米糕："我方才想起，十岁那年，自己曾遇到过一个人。"

他把目光挪到玄昭头顶："是只龙妖。有一对很漂亮的龙角，我很喜欢。"

成串的泪水落到怜清面颊，他也懒得去擦，只把手中的糕点拿到玄昭眼前："那人曾同我说，师尊告诉我的一切我都能奉为圭臬，但唯独喜欢一事，须得遵从本心。要先尝过，才有资格说喜不喜欢。"

"如今，你也算给我尝过了。"怜清语调淡淡的，目光涣散起来。

举／世／无／双

"滋味都不好，我不喜欢。"

玄昭轻声唤着："长舒……"

"我不是长舒。"怜清提着最后一口气，倔强地否认，即便他心里已经隐隐猜到了什么。

神魔之事，他一介凡人难观全貌，如今临死才探到几分真相。

尽管如此，他还是近乎固执地守着自己作为凡人的那点尊严。

"你记住。"他说，"我一世为人，亦有为人的骄傲。既是走了做人的路，就当自守为人的本分。"

"上玄门第十七位嫡系弟子怜清……当举世无双。"

糯米糕滚落血泊之中，第三道天雷声起，月光鲜红。

前世遗恨 第十三章

长舒回去后把自己关在房中半月。天雷二十一响惊动了整个九重天，日日都有前来送礼道贺的神仙，然而就是不见三殿下的身影。长决每天应付完一众来客后，第一件要做的事情就是跑去赤霜殿里瞧一眼长舒是不是还活着。长舒虽然没死，却跟睁眼的死人没什么区别。

持续许久，某天长决一声不响地踏进长舒的房门，他手上攥着一张字条，轻手轻脚坐到楠木圆凳上，慢悠悠给自己斟了杯茶："我听闻人间的垣国被大宴国灭国了，大宴国都都直接迁到垣国帝都去了。"

一语方落，长决赶紧看长舒那边，却见对方仍然无动于衷，他又干咳两声："那日韩覃来看你，我照旧替你挡回去了，他不愿白跑，便同我说了些闲话。他说大半月前，九幽来了个亡魂，亡魂生前位极九五，下一世本该入仙道，谁料其生前杀孽太重，韩覃便罚他在人世里轮回五万年，世世不得善终，以偿业报。待其偿完孽债后，便让他在忘川魂飞魄散。我一想，那亡魂怕不就是你历劫时遇到的那位皇帝吧。"长决说完"嗤"了一声，"三四十万条人命，五万年轮回，真是便宜他了。"

提到"历劫"二字，长舒的眼睫颤了颤。

长决又接着道："东海的那位倒是奇怪了。我原以为你一回来，他定是第一个赶着来找人的。岂料这次消息都传遍九重天了，我瞧着日头落了又起，他才姗姗来迟。也不知中了什么邪，看他那憔悴样子，还当也下去历了场劫。"

长舒的眸子终于有了变化，只不过他半垂下眼帘，叫人更看不出什么情绪。

"后来我才想起，你回来那日，恰逢瑶灵嫁入东海，玄昭竟是顶替他哥成的亲。只不过礼行到一半，玄昭不知怎的突然抛下一众宾客跑了。那新娘子也不是个沉得住气的，一看这亲结不成，便慌了，她竟也是个假扮的。"长决边说边往长舒那边瞟，"事情败露后，听说天尊大怒，虽没有明着给东海难堪，但已经下令搜捕玄凌了。估计玄昭这段时间就为这事焦头烂额呢。"

"不过这些都没什么，"长决神神秘秘地朝床边压低身板道，"我听说，次日玄昭回东海的时候，浑身是血，失魂落魄的，过往几万年里都没人见过他那副模样。不知道出了什么事，惹得他那般伤心。"

长舒听得蹙了蹙眉，闭上双眼。

"都这样了，那小子还惦念着你。没多久就跑到烟寒宫门口守着。我跟他说你闭门谢客，谁也不见，他这回倒反常起来，看着你赤霜殿这边。道贺的人来来往往，走了一波又进一波，唯独他，见不到你，谁都不搭理。我是请也不是，赶也不是，便随他了。今日他总算走了，临走前还留了话给你。"长决将手中的字条放在桌上，兀自念着，"杨花落水，错秋风故人。"长决念完又"啧啧"两声。

长舒蜷起手指，细细吸了一口气。

"不过话说回来，明日便是封君大典了。长舒啊……"长决磨蹭着唠叨了许久，终于打算进入正题，谁知他一转眼，却发现榻上没了人。

东海之极与天相接，尽头处是一汪暗潭，潭顶挂月，月色拂过水面，荡起波澜，好似泛着银光的片片龙鳞。

玄昭化了龙身潜在水中，唯余龙首和龙尾横穿半个潭底露出水面。他眼前掠过一袭白影，但眨眼之间便消失不见。玄昭心惊一瞬，很快又觉得是自己眼花，打算继续靠着岸边出神，然而他头还没沾地，一双瘦削苍白的脚便定格在他视线当中，有人站在他面前。

玄昭往上看，是一对细细的脚腕。他愣了愣，反应过来来者是谁后随即化了人形，只头顶一对龙角和身后的龙尾没有收起。他缓缓仰起脖子，将目光一寸一寸往上挪。当他对上那双深邃的眼眸时，即便心里有了准备，仍是呼吸一滞。

明明不过半月，他等这一眼却好似用了万年。

长舒垂目凝望着玄昭，他还是一副淡然的模样，眼底却已没有了半点那个莫邪山上不谙世事的怜清的影子。二人无言对视良久，耳畔潭水叮咚作响。玄昭慢慢低下头，呜咽了起来。长舒一怔，抬手摸了摸玄昭的龙角："怎么哭了？"

玄昭沉默半晌，开口道："我不知我也是你的劫，若我知晓，便是千刀万剐，我也不去找你。"

长舒目光微凝，不知想到了什么："都过去了。"

"可你那时不过十七岁。"玄昭似乎又有些说不下去，"你该有顺遂平安的一生。该长长久久地活下去，活到白头，活到终老，再回天上。我以为……我能陪你到老的。"

温热的液体顺着长舒的脖颈流到水中。

"妖也好，神也罢。你十岁那年我一见你便想，往后无论你怎么样，我都要跟随你。你若能与我结交，便再好不过，只要能等到，历经多少光阴都不算浪费。"玄昭停了一会儿道，"可我不知，我一朝行差踏错，让你往后朝我而来的每一步，都走得那么难。"

翌日东方渐白，玄昭待在长舒身边，如睡去一般安静，长舒摸向玄昭的喉结，那里有一处月牙状疤痕。

"逆鳞吗？"

玄昭点头，将长舒的手抓过来，将其稳稳按在逆鳞之上。

"别人碰不得，不过，若是你要……"玄昭凑过去，"我刮下来送你。"

"逆鳞护的是心脉。我听说骊龙逆鳞食之可保魂魄不散？"他看着玄昭，"你刮得？"

"你要便刮得。"

长舒沉默着没有说话。玄昭转移话题道："今日是你举办封君大典的日子。"

长舒"嗯"了一声。

"顺便给我授幻印吧。就今日，怎么样？"他抬起下巴，眼睛亮亮地朝长舒望过去，"我就待在烟寒宫了，老老实实的，哪儿也不去。"

长舒扬了扬唇角，抚摸着他的后颈："别闹。"

玄昭眼里的光消了下去，他低眉想了一会儿，又抬起眼睛道："那今日便先搁置此事。今日不行，那便明日。明日你若是有事，后日也可以的。"

摸在玄昭发间的手不留痕迹地一顿，长舒温声道："我该走了，要不要给你束发？"

玄昭没有察觉似的坐起来，笑着说："好啊。"

长舒拿起桌上的发带给他束好发髻："可紧了？"

"不紧。"

"松了？"

"不松。"

玄昭抬手去摸自己的发髻，他牢牢看着长舒，道："长舒盘的，刚刚好。"

长舒笑笑，给玄昭压了冠。

三个时辰的封君大典，玄昭一刻也没现身。他去了淮水。蛮荒之地，浊气遍布，寸草不生，神魔不近，没人知道，这条河底卧着一条假寐的黑龙。

"大哥，"玄昭上前，见玄凌化作人身，便知其伤势好了不少，又过去为他渡了些真气，"可好些了？"

玄凌调息片刻，点了点头："今日怎么过来了？东海出事了？"

"没有。篱幽天不知为何有些异动，但尚未引起天族注意。"

玄昭有些欲言又止，想到玄凌联系到他时连人身都无法维持，他还是没忍住，问道："究竟发生了什么？你大婚当前失踪数日也就罢了，再见到我时竟伤成这样，还要我不准向任何人泄露你的行踪。你可知如今天界在东海暗中布下多少眼线，就是为了将你捉拿问罪？"

玄凌摆了摆手："不用担心我会连累东海。我之前消失，只不过是功力进了一层，需要闭关数日，来不及告知罢了。如今我闭关失败，误了婚期，我自会去天尊面前请罪，但不是现在。若让天族知晓我伤到如此地步，只怕他们对骊龙一族做的，就不是守株待兔那么简单了。"

玄凌所受的伤明显不是简单的闭关修炼失败所致，他大半龙魂耗损，几乎伤

223

及命脉，很可能是被什么极煞极凶的利器所伤。玄昭见他有意隐瞒，也懒得戳穿。

沉默片刻后，玄昭听到玄凌问道："烟寒宫那位，历劫回来了？"

"回来了。大半月前回来的。"

"你见到他了？"

玄昭嘴角忍不住向上翘了翘："嗯。"

"没什么大碍吧？"玄凌漫不经心地随口问道，"之前让你送的珊瑚珠送了吗？"

"送了。"玄昭道，"此次也是多亏那颗珊瑚珠子。"

他话没说完，玄凌以为玄昭的意思是这珠子护了长舒，后者却是在想，珠芯归位，佛珠觉醒，一朝便将他们二人牵回了几万年前。

"说起那珊瑚珠，"玄昭沉思道，"大哥给我之前可曾假手于人过？"

"没有，怎么了？"

玄昭犹豫少顷，摇头道："没什么。"

他昨夜在长舒体内探到一丝魔气，但也不过是转瞬即逝，现下看来，当是错觉。淮水之底不见天日，玄凌约莫着离玄昭离开过了大半日，外面当是入夜时分。他藏身的水洞外起了波澜水声，这次他连看都没看，轻轻一笑，对着外面唤道："长舒殿下。"

来人现了身，赫然是白日才行完封君大典的幻族三殿下，想是他来得匆忙，鲜艳的礼服都没换下。玄凌脸上带着些促狭的笑意："玄昭知道你在他身上下了随行散吗？"

长舒并不回答，一步一步朝玄凌走近，走到石床面前方才站定停下："你若想知晓，何不自己问问他。"

玄凌不置可否，换了个话题："听闻殿下历劫归来，我算了算日子，今日当是举办幻族封君大典的日子。看殿下这身打扮，也应没错。难为三殿下百忙之中还要抽空跟着随行散的痕迹来找我，这份心意，玄凌受之有愧。"

"三殿下？"

"哦，忘了。"玄凌打趣道，"该叫阁下幻君。"

"你我之间何必拘礼，玄凌帝君。"长舒也扬了扬嘴角，盯着玄凌喉间的双眼中却是一片冰冷，"还是说，师尊？"

玄凌脸上笑容一僵，随即冷静下来，同长舒对视良久："怎么认出我的？"

前／世／遗／恨

长舒的视线未从他喉间挪开："骊龙一族逆鳞显在喉下，为一月牙状的刀疤。东海主神玄凌，只有半片逆鳞，此事帝君应当没料到我也知晓，所以你在人间时，当着我的面，也并未刻意将逆鳞隐去。"

玄凌眼睛睁开了一条缝隙："玄昭告诉你的？"长舒不答。

"幻君此次费尽周折前来寻我，不知所为何事？"

"你在人间将我如此算计，我找你所为何事，难道很难想吗？"

"报仇？"

长舒淡淡扫他一眼："就算要报仇，我也得先知晓你算计我的缘由。"

玄凌一愣："莫邪山上我问你，你说你不想知道。"

"那是怜清不想知道。"长舒冷冷道，"既已决心赴死，又何必再添一层苦痛。如今我回来了，有些事，就非得问个清楚。"

"我若不说呢？"

"没有平白的交易。"长舒眸色深沉，"我听二哥说，帝君在我下界之时，曾向我族紫禾长老提亲。"

"这世上，你可还找得出第二个能替你告知她你那半块逆鳞之事的人？"

长舒放下这句，便不再多说，任玄凌如何打量，也是一副波澜不惊的模样。

半刻钟后，玄凌道："我也只是听命于人。"

"何人？"

"蓬莱，童天。"玄凌道，"当年骊龙一族被真佛收服镇压在篱幽天，后来童天遭其背叛，一气之下将我放出，要我假意拥护天族，等待时机助他报仇，事成之后，骊龙一族便自由了。"玄凌将头仰在石壁上，似乎很疲倦，"我那些同族，已经不知在篱幽天关了几十万年了。当年我被童天放出，与他达成协议。归附天族之时，我的同族们对我恨之入骨，只道我这一脉辱了骊龙族宁折不弯的脊梁。自此，我便背着骊龙一族的耻辱在东海活着。直到你历劫之前，童天找到了我，他说时机到了。"

"他怎么知道我就是那个时机的？"

玄凌悠悠长叹一口气道："幻君可曾听说过夫诸？"

"上古神兽，曾预言三界会现四大杀器，后被罗侯一口吞食。"

"不错。"玄凌道，"四大杀器现世，天地易主。童天等的就是这个时候。

斩风扇一直在你手中，几万年前扇灵现世，后来不知何故沉睡扇中，此为其一。往生镜在童天手里，他将我放出之时便让我将其放在龙宫印水台，前些日你已将它取走，此为其二。怀沙剑是你历劫时的武器，霜天漠中一诺成，鬼剑生，此为其三。如今三大神器皆为你所用，我亦将菩提珠芯提前送到你手中，幻君……还没想起自己的身份吗？"

"我自是想起了。"长舒接道，"但想起的又何止是在清池中的那些年。"

再往前些，菩提珠曾是魔族圣物。夫诸预言四大杀器相生相克，相互牵制。往生镜封印一切邪魔，菩提珠可杀九天神佛。前者曾在天界由童天保管，后者便在魔界由主君本族的骊龙一族守护。后来天界监守自盗，命探子将往生镜放入魔族境内，并以此为由向魔族开战。魔族大败，主君神魂俱散，被天界夺走菩提珠，珠子后来被放入佛前清池，骊龙一族也被封印于篱幽天下，成为魔界耻辱，无人问津。几十万年后，魔族式微，逐渐消匿三界，菩提珠曾是魔族圣物的过往也被所有人遗忘，变成了口口相传的一颗佛珠。

"即便四杀器皆在我处，他又凭什么觉得，我会帮他？"

"你不会帮他，可你会帮魔族。"玄凌面上浮出一个意有所指的笑，"几万年前，佛座下的清池里，一条黑鲤从罗侯处得到一味思引，偷偷哺给了菩提珠。他只知思引能使玉石生妄念，可不知一旦种下，若被妄念所伤，便会心生魔障。幻君体内的魔气，可还控制得住？"

长舒怔了片刻，喃喃道："自我十岁起，你便故意放玄昭进山与我相见，任他下凡同我结伴，后又逼他回宫替你成亲，等我到了蓬莱，再诱我前去东海龙宫撞见他大婚。"

长舒的语调听起来依旧没有起伏，埋在宽大袍袖中的指尖却微微颤抖："只为让我心伤，生出魔障。玄昭可知晓，他的亲大哥将他如此利用？"

"幻君还是先担心担心你自己吧。修炼至上神阶位再渡劫者，自古以来有三位。一位是祖神，一位是天尊，还有一位是童天。幻君乃世间第四人。可渡劫顺利，要的是飞升之时一扫前尘，不念过往，逝水脱身。我看幻君这模样，倒像是凡人怜清换了个神仙壳子，内里的那些傲慢和固执，一点没变。若渡劫不成，堕魔是迟早的事，天界忌惮幻族已久，天尊也知道你的真身。你若堕魔，无论是幻族主君，还是菩提圣珠，随便哪个身份都足让天界下定杀机。届时那帮乌合之众会如何对付你，不需我多说吧？"

"我为何要为天族怎么对付我而担心？"长舒问玄凌，"帝君觉得怎样才算渡劫圆满？成神吗？六根清净不近邪魔吗？谁给我定的规矩？"

一念之差，心魔难控不假，但渡劫成败与否，在长舒这里，除了他自己，谁说了都不算。

玄凌微微一愣，低头一笑："既然如此，幻君还想从我这里知道什么？玄凌知无不言，言无不尽。"

"为何我就是童天复仇的那个时机？"长舒向他逼近一步，"怜清身上发生的一切都太过巧合。夫诸当年只说过三界会有四大杀器现世，但他没有透露它们在何时何地因什么而觉醒。你们凭什么在一切发生之前，就断定我能造出鬼剑怀沙？为什么一定是我？这一切都好像是早已有人做完了预演，只等着相应的角色照着走。到底是谁，指示你们一步一步有计划地做出这些事情？我不信是童天，童天也在故事的一环。这世间除了能预见来日的夫诸，没人有这个能力。可他已经被罗侯吃了。"

"幻君不是已经说出答案了吗？"

玄凌说完看着长舒，笑而不语。长舒怔然片刻，垂下双目，沉思几许后又问了最后一个问题。

"中砌魂墙之术者，若已在墙中，届时无人来杀施咒人，该如何自救以破局？"

玄凌没想到长舒会问到这上面，思忖少顷，如实答道："砌魂墙乃三界禁术，施法者施法时，聚力千钧而待一发，关键只在锢魂成墙的那一刻。若无外援，墙中游魂皆是瓮中之鳖，除了杀死施法之人，此阵再无他解。但若是只想让自己不沦为墙中一魂，为人所驱使，倒有个宁为玉碎的法子，便是在成墙的那一刻，以力打力，借施法者加在每个人身上的力量，将自己的魂魄打碎，虽无法阻止砌魂墙成形，但至少可以不用忍受日后行尸走肉般的折磨。"

长舒听完，默默了然，然后无声地朝水洞外走去。

"长舒殿下！"就在长舒快要踏出水洞的最后一刻，身后传来了玄凌的声音，"我这一生行尽卑鄙之事，行走天地之间，即便对仇敌俯首称臣，同小人虚与委蛇，也从来问心无愧。我所做的一切都是为了亲族血脉，我有负天下人，却不负他们，只因我自篱幽天出来后所踏的每一步都没有半分私心。"

长舒回头望着他。

"可是紫禾……她不在我的预料之内。"他道,"她找了我太多年。我忌惮天界,太谨慎,也太懦弱了些。"

玄凌额前青筋一跳,此话一出,方才那番带着些孤傲自负的气势也骤然消失了:"替我转达逆鳞一事,烦请幻君,不要忘了。"

长舒离开烟寒宫时并没有人知晓,所以此刻回去也是悄无声息。他换上便服,去朗清苑找长决,殿中有灯,他走得轻,行至院前石板小路,便闻到一股隐隐的药味和刻意压制的细碎呻吟,听起来像是有些痛苦。待他在门前站定,叩响了殿门,房内的声音戛然而止,那股浅淡的药香也不见了。长舒在门前等了片刻,殿中的沉默却好似没有尽头一般,他又敲了敲门,唤道:"二哥?"

无人应答。接连重复两次后,长舒在门前不再犹豫,破门而入。房内果然没人,桌上放着只茶杯,杯口向上,里面还剩半杯将凉未凉的茶水。长舒朝内间走去,里面床帏微动,似是有风,窗却未开。窗下书案上放着个倒放的半透明的镂空琉璃瓶子,瓶子里闪着微弱红光,好在瓶塞未落,东西没洒出来。他走近看了看,只觉得瓶子有些眼熟,正要拿起,长决不知何时出现在他左边,他用右手横扫桌面,方才还在长舒眼前的琉璃瓶转瞬就进入了长决的左襟口袋。

"二哥?"

长舒心下一震,他这位二哥素来不务正业,眼看着长舒被定为储君,便更加游手好闲,半点心思都没在练功上面。可此时长决不声不响地走到自己身边,自己竟毫无察觉,可见其修为深厚。长决气息有些不匀,像是才奔波了一场,匆忙赶回来,他稳了稳神色,问道:"怎么了?"

"找你商量点事。"长舒再次闻到一股药香,这次的香味中还夹杂着腐魂的味道。

他瞟过长决的左襟,问:"方才那是什么?你受伤了吗?身上怎么有药味?"

"无碍。"长决摆摆手,踱步到床沿坐下,"前些日子打了只妖,从他身上得到这瓶子,里面还装着些他以往吃剩的残魂。我瞧这瓶子能装魂魄,还算稀奇,便弄回来研究研究,不足为道。我方才听到动静,以为那妖物回来抢瓶子,出去追,没追着。"

他休息够了，想起来问长舒："你今日大典过后便不见了人，现在跑来，找我商量何事？"

长舒还是盯着他左襟口袋，不知在想什么。长决被晾在那里，等着长舒的反应。

"大哥呢？没回宫吗？今日封君大典上也不见他？"

"大哥向来自由散漫，天涯海角地跑惯了。哪里像我，哪里也不爱去。"长决笑道，"你就别管他了。反正你已平安归来，不像历劫前那样叫人紧张，他几百年见不到一次人才是常态。"

"也罢。"长舒在长决一旁坐下，"我只是想去博引阁查阅些东西。我记得那儿向来是大哥在管，若没有他，可能找起典籍什么的有些许费力，但总归不是什么大麻烦。"

长决点点头，又问："是要去查阅什么？"

"童天。"长舒道，"听闻他有不死之身，还与真佛和如今的天尊有深仇大恨，我想去博引阁看看有没有什么野史有详细些的记载。"

"这我倒是听大哥提过一两句。"长决沉吟道，"如今世上有不死之身者，不止童天，祖神也是其一。当年祖神先以上神之力渡劫成功，修成不死身，童天紧跟其后也修得圆满。众神便以为只要过了上神之劫这么一遭，都能如此。因而定了个规矩，历此劫数的上神归来时都有一项章程要走，那便是验身礼，以割魂之刑验证是否已成不死之身。可谁知后来同样贵为上神的天尊也历劫归来，却没修成不死身，还深受割魂礼之害，差点失了仙身。那时天界众说纷纭，有说不死之身一事只能求个机缘巧合，有说天尊其实压根没有顺利渡劫。不知从哪里传来的消息，说是天尊渡劫时偷练禁术，招致邪魔反噬，以致渡劫失败，未得圆满。童天与他同为祖神弟子，都以上神之身历劫归来，得到的结果和待遇却是一个天上一个地下，两人之间的嫌隙也就此而生。后来蓬莱斗法，童天落败，祖神半隐，天尊摄政天族事务，第一件事就是废了割魂礼。如今看来，还托他的福，让你逃过这遭罪。"

长舒听着，目光微凝，很快又问道："传言可说他修的是什么禁术？"

"什么魂……"

"砌魂墙？"

第十三章

"不错。"长决道,"你听过?"

"我在人间历劫时有所耳闻。"长舒面色沉下去,将消息在心中筛了一遍,随口问道,"大哥是怎么知道的?"

"他与玄凌一向走得近。"长决道,"玄凌呀,你也知道,经历过许多事情。什么神啊魔啊之间的恩怨,他清楚得很。论起阅历,怕是整个幻族都没有比他更久的。当年他归顺天界时,连紫禾都还没有化形,知道这许多东西,也不足为奇。"

"说到紫禾。"长决收敛神色,"你今日大典结束,按族内规矩,当专门再去拜见她的。怎么不撂下一句话就开跑了?虽然她不拘泥于这些礼数,但我们做小辈的这样,实在是不合适。"

"二哥说得是。"长舒欠了欠身,"待我同二哥商议完手头上的事,自当前去致歉。"

"说了这么多,你问的这些事倒没一件与我有关。"长决打趣道,"这架势,该去大哥寝宫啊。怎么,下去历一遭劫,连家里的路都不认得了?"

长舒抿嘴轻笑,说:"哪里的话。既来找你,自是有要事商榷。"

"什么要事?说来听听?"

"遣散族人,除名仙籍,退出天界。"长舒缓缓正色道,"烟寒宫幻妖,自此堕为散妖。"

封君大典那夜实在热闹,长舒自朗清苑出来后直奔紫禾寝殿。不到半刻,奔出房门的不是深夜造访的主君,而是千万年才回来一遭、如今在殿中连板凳都没坐热的紫禾长老。

那道身影如光如梭,出门后便脚不点地似一阵疾风朝远处飞去。

有人说那道紫光奔去的方向,是淮水。

烟寒宫的人是悄无声息散尽的。世间入仙籍的幻族不在多数,长舒在烟寒宫百座殿宇之间流连一夜,没人知晓他用了什么法子将那些追随效忠了数万年的族人一个一个连夜劝走,又或许是他施以凛威,强令他们带着族中所有小辈离开。总之次日天明之前,长舒在宫门口看着最后一个下属飞离了天界。他转身回望百尺宫墙围起来的这座牢，墙内一棵棵赤枫簇拥成团，万年不败，点缀着这亘古无趣的九重天。

他在原地站了许久，待看够了宫内的每一块砖、每一片瓦和每一棵枫树上的纹路，才转身朝博引阁的方向走去。长舒这么多年来第一次觉得双脚踏在石板路上的回声是如此清晰。

玄昭坐在门外第四层玉阶上，手里拿着一片枫叶翻来覆去地把玩。或许是他过于放松了，长舒走过去他竟都没发现。直到斩风扇在他头顶轻轻落下，敲了一敲，泠泠如月色般清透的声音从上方传来，他才抬头去看，正是自己等了许久的人。

"谁准你随意扯我院中枫叶来玩的？"

玄昭将叶子朝身后一扬："昨夜便来找你了。"

"等了一天一夜？"

"也不算太久。我本以为你在二哥房里，可二哥也不在。别的地方我不敢乱跑，怕你生气。"玄昭想了想，说，"想来是因为你还没授我幻印，我一颗心放不下，时时刻刻都盼着。"

长舒听他拐着弯儿地催要幻印，心里发笑，温声道："我今日去博引阁看了些有意思的东西，讲给你听？"

"好啊。"

长舒抬眼看着墙边那棵巨大的古树，目光悠长："你可听说过'割魂礼'？"

"嗯。"玄昭漫不经心道，"相传当年祖神和童天以上神之身历劫归来，皆以割魂礼验其不死身，可后来天尊却没受住，还差点因此丢了性命。祖神隐退后，割魂礼也就被免除了。你是这世间历此神劫的第四人，若此礼未除，只怕你也要吃这遭苦。"

"你怎就知，我一定吃苦？"

玄昭便笑："你修为至如此境界，定是不怕的。可那割魂礼，说得好听是礼，其实就是叫人受刑。祖神、童天也好，天尊也罢，不管是熬过去的，还是没撑住的，都是在受苦。毕竟是将魂魄用裂魂铡生生割为九九八十一片，八十一片分魂片片都能独活，化出分身，才算过了割魂礼，验成不死身。但想来过程是极痛的。"

第十三章

"不过若是你今日要行这割魂礼，也不要怕。"他起身，转头笑吟吟地看着长舒，"我陪你一起去。"

"你陪我去，便不痛了？"

"我将逆鳞给你。"玄昭说，"你吃了它，将它放进魂魄里，就算我护了你。"

"那你呢？"

"我？"

玄昭捡起身后的枫叶，吹了一口，那枫叶飘飘荡荡落入不远处的晶土中。

"我像这叶子，落在此处。你带着我的逆鳞，我来生去找你。有天你会在路边捡到我，领我回家。"

"那时你就欠了我这个人情。"玄昭挨着长舒，"我要变成一个龙崽子，你处处依着我，宠着我，我日日把烟寒宫搅得天翻地覆你也惯着我。你若叫我受委屈，我便哭给你看。我一哭，你就要来哄我。若你使我难过了，你也会痛，因为我的逆鳞在你身上。"

玄昭语调轻快，长舒却没笑："别闹。逆鳞护心，你若没了它，心也没了，来世你记不得我。"

"我记不得你，我的魂魄记得你。你还有我的逆鳞，还有我给你种的思引，它们会替你找到我。"

提及思引，长舒手指一僵，突然说道："博引阁中古籍记载，祖神与童天归来之时，天雷有二十四响。"

玄昭呼吸一顿，听长舒继续道："天尊归来时，是二十一响。"

"我呢？"长舒问，"我回来的时候，天雷几响？怜清死的时候，你可有好好计数？"

玄昭不说话。

"我听闻是二十一响。"长舒说。

"那又如何？"玄昭将长舒的手握紧，"没有割魂礼了。"

长舒像是没有听到他的反驳，又道："听闻天尊历劫归来前修了禁术，招致邪魔侵体，心生杂念，才没修成不死之身。"

良久，长舒空远的声音轻飘飘传进玄昭耳中："玄昭，烟寒宫里没人了。我让他们都离开了。"

前／世／遗／恨

232

玄昭记起那夜在长舒体内感知到的一丝魔气。

长舒说："玄凌不久会遭天罚，东海无主，你该回去了。"

玄昭慢慢起身，深深看了长舒一眼，忽地展颜笑道："那我走了。明日来找你。"

"嗯。"

这晚将玄昭送走，长舒回房，端坐于葳蕤灯火下，第一次进了往生镜。镜中是一片雪景，莽莽高山，瘴气盘桓，极目尽是皑皑之色。长舒就是在这其中一眼看见了青岭。

那是个绿眸黑发的女子，她的头发很长，发梢结了霜，一直垂到脚腕，肤色也过于透白了些，快和身后的雪坡融为一体。她光着脚，眉睫上落了细雪，看见长舒时，她愣了很久。

"你叫什么名字？"她问。

"在下长舒。"

"长舒……"她喃喃念着，"这名字好听。是执月叫你来的吗？"

长舒摇了摇头："在下不知道执月是何人。"

女子眸色暗了暗，闷闷半响，突然想起什么似的："那你可听说过罗侯？"

长舒心里有了一丝了然，道："罗侯？"

"嗯。"

"自是认识的。"

"那你能见到他吗？"

"若是想见，倒也不难。"

女子迟疑一瞬，又道："你出去之后，若是见到他，能不能帮我……带一句话给他？"

"请讲。"

"你同他说'今雪既往，昨痕不溯'。"女子垂下眼睫，盐粒般的雪籽簌簌抖落，她声音低了下去，"他若不听，你再来找我一次。可以吗？"

长舒平静地看着她，女子思索了一瞬，道："你若答应，我便同你讲讲缘由，关于罗侯的一些事。"

"我叫青岭，这名字，是他给我取的……"

第十三章

这镜中不见四季，只有寒冬，她早已不知外面换过了几许春秋。起初被关进来的时候，她还细细记着，后来也不记了。太久了，日子就像这雪一样纷扬而落，积在人身上，怎么去算，也算不出个结束来。

那时罗侯还不叫罗侯，她也没有名字。在秋水镇化形的最初，是两个樵夫发现了她。

有人回去报信，说是山神显灵，这话一传十，十传百，传到了他们的太子耳中。

彼时的太子执月，只有十四岁，因其父在他一出生时就开悟成佛，所以执月自小便被立为储君。母后与祖父将其捧在手心里养大，导致他整日游手好闲，哪里有热闹哪里就有他。

山神显灵之说传开不到半日，他就已驾马奔驰而至。他只在马背上看了她一眼，便将她抱回自己日日留居的皇家戏院。她化形时约莫十岁模样，被执月带在身边养了大半年还口不能言，大字也不识一个。最扰人的是她初见人世，觉得样样都新奇，整日整夜地不睡觉。旁人拿她没办法，只有执月来了，抱着她把她放在枕边，告诉她要休息了，才能让她闭眼安静一会儿。

一日午休时，执月如常搂着她小眠。怀里的人不安分，拿手指去摸他的鼻梁，指尖一路滑到鼻尖，他刚想伸手去抓，就听到一声嘀咕："执……月。"

执月骤然睁眼，直直看向那双正望着自己的眼睛，绿色的眸子好似一片碧彻的湖泊，里面倒映着他讶异而兴奋的面庞。

"再叫一声。"

"执……月。"

他咧嘴一笑，低头拿额头抵着她的头："再叫一声。"

她不知他在高兴什么，只跟着他傻呵呵地笑："执月。"

旁人只敢唤他一声"太子"，只有她，一口一个"执月"地叫，叫得旁人白了脸色，叫得太子整日乐呵呵的。他教她读书识字，教她唱念做打，还给她取了个名字，叫青岭。

"他说我是唱戏的好苗子，我当然是好苗子。"青岭坐在雪地里，回忆起往事，面上浮起了温润的笑，"我是山灵，生来有百鸟鸣啭，有溪泉汩流，有风吹雨响，我有最好的声音。唱戏又怎么难得倒我。"

她为他学遍了所有的折子戏，锣鼓胡琴，水袖青衣，只唱给他一个人听。

直到一年后，真佛归家探亲。

"他要执月出家。"青岭脸上的笑渐渐消失了，目光变得悠远起来，"那是个说一不二的父亲。以慈悲饲喂天下人，却容不得自己的儿子有半点反抗。"

她至今记得执月对真佛的畏惧。平日那样一个嬉皮笑脸、吊儿郎当的人，跪在他威严高大的父亲身前，恭敬得低眉顺眼，噤若寒蝉。他就那样被带去古寺出了家，成了和尚。

她一路悄悄跟到古寺，看到佛前受戒后的执月，他穿着一身月白僧袍，垂目诵经，很是虔诚。那样的执月也够她看的了，她躲在暗处，痴痴傻傻地看他看了一整天。待庙里众僧散去，执月仍旧端坐在原地。青灯之下，他缓缓睁眼，朝着青岭藏身的地方望去。

烛火阑珊，两人遥遥相视，云海遮了半片月色，他眸光一转，对着她挤眼一笑。青岭愣了愣，反应过来后嬉闹着扑到他怀里，被执月一把接住。

"我以为你不认识我了。"她抬头，挠挠他下巴，"他们说受了戒，就离成佛不远了。成了佛，就再也不会记得前尘往事了。"

"他们骗你的。"执月抓住她不老实的手，把头低下，让她去摸他的戒疤，"我不会成佛。"

"为什么不成佛？"她在他怀里摇摇晃晃。

"我还要听我家小青岭唱戏。"他挠她胳肢窝，挠得她笑得花枝乱颤，随后又把她打横抱起来，"走咯，睡觉咯。"

他果真没说假话，佛家那些清规戒律，他老实守着，长老说他悟性极高，可他就是没有参悟成佛。青岭日日跑来找他，有人时就老实藏着，无人时便同他玩闹，一闹就过了六年。

十七岁生辰那日，她趁夜偷偷跑到他的禅房，钻进他被子里，要他抱着她睡。那时候执月早不同她睡觉了，忘了是几年前的哪天，他一本正经地把她拎下床，告诉她"男女有别"，自此便不让她进禅房见他，也极少抱着哄她了。她为此闷闷不乐许久，后来执月违背寺规偷跑下山，买了她最爱的麻糖才把她哄好。

那晚却不同。执月看着从被子里探头钻出来的人，怎么赶都赶不下床，几次

235

三番过后，他索性背过身去不理她，兀自睡去。青岭知晓自己乱了规矩，也不敢太猖狂，叫了几声"执月"，对方都没反应，她便一点一点挪过去，从背后把人抱住，开始挠他痒痒。

"青岭，"他声音很低，"你如今几岁了？"

她睁大眼睛看着他："十七。"

"十七，你长大了。"

"我长大了。"她抬手搂住他越来越靠近的脖子，在大脑里细细回想这句话。

执月以前也经常同她说什么东西长大了，她认为长大了就是可以吃了。果子长大了，可以吃了。鸡鸭鱼长大了，也是可以吃了。

"我长大了，我可以吃了。"

他就此破了戒。第二日惩戒便至。

青岭睁眼没有看见执月，跑到禅房外，却发现另一个人在院中等候多时。

"长舒，你知道思引吗？"她转过头看向长舒，"饮之生妄念，妄念生心魔，魔起蚀魂魄。"

真佛将她带到别处，让她饮了一杯茶，说这是罗侯亲手煮的。她问罗侯是谁，真佛笑了，笑里带着些轻蔑，说她同执月在一起那么久都不知他的法号叫罗侯。她沉默一瞬，将杯中的茶饮了个干净。思引便是那时种下的。

她不笨，不是不知道那里面或许有什么。可不饮此茶，她见不到执月。真佛带她去了正殿，封住她的声音，殿门紧闭，她只能在殿外听见里面的动静。

"三十六天罡围坐一团，将他困在阵中，要为他扫前尘，剔情根，除爱恨。我听见他在殿中挣扎抵抗，一直喊我的名字，一声一声，喊到沙哑，叫的都是'青岭'。"她眸中泛了水光，鼻尖微微发红，眼神定在虚空处，渺渺雪景，寸寸都是回忆，"真佛在殿外骂他逆子，说他冥顽不灵，难成大器，他通通不应，只求三十六天罡放他出去，让他见我。后来他的声音渐渐小了，阵法也停了，午日时分，殿门大开，里面走出个身披袈裟的僧人。那是罗侯，他成佛了。"

青岭嘴角扯出一抹有些酸涩的笑："就算那模样也很好看。只是……那是罗侯，不是执月。"

真佛恰好在那时解了她的封印，她爬过去，抓着袈裟的一角，试着唤了他一声"执月"。

青岭目光凝住，久久没有再说话。

"他说什么？"长舒试着问了一句。

她这才像被唤醒似的，轻轻将头抬起，回忆道："他叫我'休恋逝水，苦海回身，早悟兰因'。"

袈裟脱了手，那个人的背影，装得了整个天下，装不下一个执月和她。

至此心魔骤起，两鬓生霜，一念断肠。

长舒想起了关于罗侯的那些传言。

"听闻罗侯成佛之后，秋水镇有一山灵一夜成魔，魔障在人间作祟，残害百姓，罗侯主动请缨下界降魔，山灵才就此伏诛。"长舒道，"那山灵就是你？这漫山瘴气也是因你而起？"

青岭垂下眼，徐徐摇头："当年为祸人间的心魔不是我的。后来罗侯前来杀我，我也以为自己要死了，临死前却听到他叫我等他。我以为那是自己大悲之下生了幻觉，醒来却发现被他藏在了此处。"

她抬眼看向漫山遍野的雪："还在人间时，一到冬天，我便要休眠的。他将秋水镇的冬日盗走，镇在此处，想来是不愿让我醒过来，怕我难过。可我中了思引后，法力低微，如今山与灵逐渐割离，寒冬于我，也无甚影响了。他这么多年不来看我，也是怕自己难过吧。"

"你呢？长舒，"她问，"你来此处，所为何事？"

长舒默然少顷，同她拜别道："原是有事的，如今看来，恐怕要等下次了。"

从镜中出来，他便去找了罗侯——这位在天界声名在外却极少露面的尊者。长舒同他没有什么交集，上一次见面还是在两百年前的法华宴上。一张请帖被突然送到烟寒宫门口，上面言辞恳切，只说万望幻族三殿下给个面子。长舒不好推辞，便去了。如今想来，这份请帖从来不是什么一时兴起。

克嗔殿内。

罗侯双目半合，支肘斜坐于书案之后，浅笑道："幻君来了。"他早有预料。

"尊者好等。"

"殿下有话要说，罗侯悉听尊便。"

长舒也没客套，安然立于殿中，缓缓开口道："玄昭在数万年前于清池中见我，哺了我一味思引，如果我没记错，那思引正是尊者无意间让他得到的。后来我二人转世，他又折腾许久，两百年前才在尊者举办的法华宴上同我重逢。再到我下凡历劫，童天便告知玄凌时机到了，而后怜清杀师证道，鬼剑铸成，思引发作，魔珠觉醒。这些看似无比巧合的事情，光凭一举谋划推算根本无法做到让它们准确无误地发生，除非有人早就预见知晓，只是推波助澜地将各个角色早日安排到他们该有的位置。世间有此能力者，非夫诸再无其他。可我记得，尊者成佛之后，第一件事就是吞食了夫诸兽。我不是没怀疑过你，只是始终有一点捉摸不透。"

罗侯的嘴角漾开一抹微笑："哦？幻君说来听听？"

"动机。"长舒波澜不惊，将斩风扇握在手中，他三指别着扇柄，放到背后有一下没一下地敲打着小臂，"童天诱我入魔，为的是唤醒我的真身。心魔既生，蚕食魂魄，我迟早要与天界背离，届时便是他复仇的时机。玄凌与他携手，是为了救出困在篱幽天下的族人，不得不听命于他。可我一直没想通，便不敢怀疑你。你呢？罗侯尊者，你隐在暗处，为童天出谋划策，蛰伏这许多年，为的是什么？"

罗侯笑而不语。长舒也不急，慢慢脱口道："直到方才，我入了往生镜中才知晓，尊者也有记恨积怨之人，那人还是你的亲生父亲。"

他一边说着，一边微微扬起下巴，俯视着罗侯，打量他此时已凝住笑意的神色，一字一顿道："她——醒——了。"

长舒看着罗侯一瞬僵化的身体，又道："青岭要我给你带一句话。"

罗侯无声望着他。

"她说'今雪既往，昨痕不溯'。"长舒语调平和，絮絮道，"十几万年前，尊者初成佛，听闻故国旧爱一夜成魔，便从童天处借得往生镜，主动请缨，大义灭亲。此举至今为人所赞颂。不承想尊者杀魔是假，借物藏人是真。你将故国冬日盗走，只为镇在镜中使她无法醒来。即便早知她醒了，却依旧一意孤行不敢见她。如今旁人看来，青岭因思引生了心魔不假，可到底没有放下过去的人，究竟是她，还是一直以来自欺欺人的尊者？你想杀了真佛，是在为她报仇，还是为当年那个无法反抗的自己？"

罗侯被这质问刺痛，目光如芒直射长舒，看着对方额间已渐渐显形的暗红妖纹，冷冷问道："幻君今日前来，只为说教吗？若是如此，倒不如先担心担心自己。魔气蚀体，你的心智还能稳住多久？"

长舒眼底已现微微血色，他却不自知，反而难得地勾了勾唇角："我此番前来，自是要同尊者做个交易。"

"交易？"

"尊者吞食了夫诸兽，好歹也算有了点预见未来的能力。"长舒离他更近了些，近得让罗侯将他眼中那抹似有若无的讥讽看得清楚明了。

长舒启唇道："可瞧见了，你与童天大仇得报是在什么时候？"

罗侯死死盯着长舒，后背却沁出了一层细密冷汗。要开启夫诸眼本就需耗费极大的功力，看得越远，法力耗费越甚。他从吞食神兽之日起，便潜心修炼，所得神力大多用去预测来日。所以才能将至今为止那么多事告知童天，把所有筹划攥在手中，安排得井井有条，哪怕是现在，他也预料到了长舒会来找他。可唯独报仇之事，他几次三番意图窥算，每次即便功法枯竭也没能算出结果。要么此事天机未定，要么，就是功成之日不在眼前，还得再望几万年后才能算出一二。

菩提珠从长舒袖中滚到手心，他摊开手掌，欠身将珠子呈到罗侯眼前，缓缓说道："这是我的真身。历劫回来后我便将它从清池召了回来，真佛不可能没有察觉，天尊也不会不知晓。可他们为何还如此沉得住气，等着我自己去向他们陈词？"没等罗侯去想，他道，"尊者当然想不明白。夫诸知晓未来，却无法回望过去。"

长舒起身，悠然坐在一旁的客椅上："我尚在魔界之时，还是一个没有化形的珠灵。菩提珠能诛九天神族不假，但前提是它只认一个人的魂魄为主，只听那一人号令。"他抬起眼皮看向矮榻上的罗侯，"骊龙一族妖性亲水，千万年来天地间只生得一条火龙，那人便是当年的骊龙族首，魔界主君。"

罗侯拍案而起："可魔君早已在那场大战中身死了！"

"他是死了。魂魄还能轮回往生。"长舒施施然掸掸袖子，"当年魔界已破，他被逼退到生死一线，手下人求他吞了那颗珠子，至少能躲过一死，日后东山再起。可那蠢货……"

他垂着眼睛，声音低了一些，像是在和谁私语："他念及菩提珠生了珠灵，若那时将珠子吞下，珠灵便再也没有化形的机会。一时不忍，就丢了自己的命。菩提珠也被抢去，养在了别人的地盘，再也没人记得，它曾经是他的东西。"

罗侯怔怔道："幻君所言何意？难不成你今时今日认出那魂魄了？"

"认出了。"

早在几万年前，那黑鲤在清池中一天到晚围着他转的时候就认出了。

"天族中人？"

长舒颔首不答。

"那便将他策反。"

长舒像是听见了什么极好笑的事情，额前妖纹已愈发浓艳，隐在皮囊下也挡不住它的血光之色，他嗤之以鼻："你与童天一步一饵，不惜以几十万条人命为代价铸造杀器，如今还有上玄门十六个师兄弟亟待我去拯救。你们步步为营，逼我上了这条贼船，且不说我放手一搏与天族为敌也不一定会替你们杀人，就算是为了身后千百个族人，束手就擒也说得过去。天族不仁，你们也未必好得到哪里去。在下为何还要替你们拉无辜之人下水？"

罗侯沉思半晌，说道："既然如此，幻君同我说说此人是谁，总不妨碍我去杀了——"

罗侯话未言尽，长舒如刀锋般裹着杀气的目光已朝他扫去。

"那便对了。"罗侯心下了然，眯了眯眼，欣然道，"果真是他。"

"不要打他的主意。"长舒霍然起身，朝罗侯走近，"我今日来找你做的，不是这桩交易。倘或坏了规矩，大家玉石俱焚，求仁得仁。"

"幻君好气概。"罗侯讥笑道，"如今他大哥已被天族关押，他若是被那帮人拿捏稳了，对其听之任之，届时两方对峙，真要上了战场，他操控你岂不是易如反掌。幻君倒教教我，那时我们该拿什么去搏？！"

长舒止住步子，淡淡道："我本就没想过这次能赢了他们。"

罗侯额前青筋一跳："同我谈了那么久，三殿下在说笑吗？"

"你记住。"长舒直直看着他，面无波澜，"即便我因入魔引起天族忌惮，不得已反水，但当下形势，依旧是你们在求我办事。"他俯下身，"而我如今要做的，是让所有人都活下来。所有人，包括我的师兄弟、我的族人、玄昭，还有我，要在这场即将发生的大战后，都安然无恙地活下来。"

"至于交易，"长舒将菩提珠放在桌上，"这珠子只是我真身的一半，珠芯还在我身上。这场战我赢不了，但我不会死。等我醒来后，就会让天界的人偿债。而我要你做的，是加入这场混战，到时候我会趁机把珠芯给你。等大战结束，你拿着我完整的真身，替我救一个人。"

"谁？"

"玄昭。"

上清殿。

有人一样严阵以待，一样等长舒来做一场交易。只是这次殿上端坐之人换了一个——天尊。长椅上的神明笑得和蔼，话里也满是意趣："三殿下历劫归来多日，终于想到我这个闲人了？"

长舒欠身作揖："晚辈失礼。"

一番客套，面子做足。长舒站在上清殿正中心，听天尊慢慢把话说开："三殿下此次前来，除了见见我这个老头子，可还有别的什么事要禀告？"

长舒点头，拱手作礼道："晚辈在凡间历劫时，有十六位师兄。"

天尊略略倾了倾，等着长舒下文。

"他们本是秉性至纯至善之辈，只因受奸人所诱，无意间犯下大错，死后亡魂至今仍在九幽炼狱忍受酷刑，未得解脱。"

天尊未置可否："那错可是真犯下了？"

长舒犹疑一刹："犯下了。"

"可有冤判错判？"

"没有。"长舒道，"可他们是无辜的。天道虽未错判，却是错罚。"

"三殿下，"天尊看着阶下的年轻人，"这世间最听不得'无辜'二字的，便是天道。"

他一挥衣袖，凌空出现一幅画面，初时还有些模糊，过了几息，长舒便瞧得十分清楚。

那是玄昭。画面中人正跪在天牢门口的昭明台上，他面容有些苍白，眼中也不甚有什么光彩，他的脊背却挺得笔直，不知在那处跪了多久。

长舒下意识握紧了藏在袍袖中的手，目光在咫尺之内却又远在天边的那个人身上久不能离开。

"世间没有白来的宽恕。"天尊沉厚的声音仿若从大殿每一处壁缝中渗透出来，带着回响，"你看东海二殿下，找我求归墟泉眼，却两手空空。即便再跪个三百年，也求不到。可惜他不懂。"

归墟泉眼，其水自三十三重天而出，取之不尽用之不竭，为世间极寒之物。这时的长舒并不知晓，玄昭今日跪在那处求而不得的归墟泉眼，如他早预料到要给长舒的那片逆鳞一般，代替他陪在长舒身边，护了长舒五万余年。只是那时它的名字，叫卧玉泉。

长舒回眸："天尊说得是。"

那人看起来比谁都圆滑精明，实则几辈子都是个死脑筋。不然十几万年前魔界被破时也不会宁愿身死都不吞那颗珠子，平白叫人占了便宜。

长舒眉眼间闪过一丝冷嘲，他低下头，借着殿上人看不见的角度笑了笑，十分恭敬地询问道："若我拿别的东西来抵消他们的罪业呢？"

"三殿下是早有准备。"天尊露出赞许之色，"不知要拿什么来换？"

"我所有的神业。"

他抬头，额间妖纹似血欲滴，如同长舒的第三只眼，泛着朱砂色的光，照透了殿上人心思里的那点贪婪与丑恶。所有人都希望他堕魔。童天与罗侯想要他堕魔，成为他们复仇的利器；天尊想要他堕魔，这样神族便有了顺理成章去诛杀他的借口。借除魔之命，让菩提珠在这世间消失，他们就能永永远远地拔掉这颗眼中钉、肉中刺，九天神佛再无忌惮。

满座计穷现鬼胎，独有一人，为他孤身长跪昭明台。

天尊盯着长舒眉间难以掩盖的妖纹，那是魔气侵魂之象。

"三殿下要拿所有神业抵消那十六个凡人的罪业？"

"是。"

"即便除仙籍，堕仙身，永入邪门，万劫不复？"

长舒蜻蜓点水地朝天尊扫了一眼，回敬对方一分笑。

"仙籍辞墨，仙身折骨。我入邪门，非我劫数。"

涅钟长鸣十二刻，响彻整个九重天，是有上神堕仙离道。

跪在天牢外的玄昭心头一震，倏地从地上站起，跪麻的双腿让他不受控制地跟跄了一下，待稳住身形，他开始头也不回地朝烟寒宫蹒跚奔去。宫门紧闭，长舒先他一步回来，在宫墙之内设了结界。

玄昭长呼不应，化出真身意欲撞破结界，烟寒宫百里以内皆被惹得地动山摇。如此架势，终是在天亮之时引来了天兵，只道天尊以商议处置玄凌事宜为由，请他到上清殿一叙。

他在外面闹了多久，长舒就在赤霜殿坐了多久。只是殿中人脊骨不再那么挺直，反而有些脱力地靠着桌边，面对外人时眉宇间的戾气和傲气在宫外那只黑龙闯出的动静中一点点消失，被麻木和怔忡取代。

直到耳畔再听不到任何动静，长舒才缓缓走出殿门。跨出门槛的那一刻，长舒脸上的那点落寞转瞬即逝，他握着扇子，负手信步朝博引阁而去。

还未走近，他便听闻楼中有重物接二连三地轰然倒地。长舒处变不惊，在门前徐徐站定，刚要推门，却听到了烟寒宫内他最熟悉的声音。

"为什么……为什么不对……那么多次……究竟是哪里出了错……究竟为什么，为什么？"那声音自小而大。房内盛怒之人似乎又掀翻了几样重物，引得地面被撞出几声沉闷的声响。

此时正逢日出，长舒用折扇推开大门，光线稀稀落落，见缝插针地投进房中，满室飞舞的灰尘也被镀了层金色，将视线扰得迷蒙。房内有人面壁而坐，听见推门声后即刻停下了手上的动作，他的背影起伏不定，像是在强迫自己快速冷静下来。待喧嚣散尽，长舒朝那个背影走去，几日前在长决的朗清苑闻到的那股腐魂气味再次席卷而来，他无声走到对方身后，低眼瞥见一地凌乱的经谱，见那人手边搁置着敞开的一本禁书。长舒唤了他一声："二哥。"

如磐石般静坐的背影终于动了动，很艰难似的慢慢撑着起来，转过身，他步子有些沉重地走过去，目光落在长舒脸上，霎时凝固。

眼前人眉间妖纹毕现，那道如刀刻般的深红艳色，像自魂魄深处呈出的滚烫烙印，伴随着长舒周身极其嚣张的杀戮之气，只需一眼，任谁来都能看出，这是心神被侵、灵海受扰、堕神成魔之兆。

长决收敛神色，又拉扯出一个勉强的笑："今日怎么到这里来了？"

"想查点东西。"长舒根本没察觉到自己的异样，转而故意看向地上禁书翻开的那页，饶有兴趣地问道，"篡魂术？"

长决有些躲闪："我随便看看。"

"随便看看？"长舒睨视着他，"修此术者，处以何刑？二哥第一天入族吗？"

长决的笑挂不住了："你若为难……便将我从族籍上除名吧。"

长舒冷视着他，哂笑一声："好啊。"

长舒说完竟也一点都不含糊，挥袖召出族谱，二指在长决的名字上凭空一划，真就将他自族籍除了名。长决目光瞬间暗淡，他扯了扯嘴角，怎么也笑不出来，最后拍了拍长舒的肩，拖着步子离开。

长决刚走出两步，长舒的声音就自他身后传来："昨日我也来了这里，查到些有意思的东西。"

长决本想当作没听到继续走，还未抬腿，又听长舒道："鹅颈琉璃瓶，上古神器，有聚集残魂之用，世间仅此一件，乃东海蓬莱……童天之宝。"

长决猛然定在原地。斩风扇还在一下一下敲击着长舒掌心，轻缓的踱步声跟着那节奏离长决越来越近，长舒闲庭信步般地走着，边走边说："篡魂术，幻族禁术之一，将人魂魄打碎后取出原主记忆，再施此术把记忆篡改，而后放回原身，重塑魂魄。待魂魄愈合，原主苏醒，便算术成。稍有失误，魂魄不愈，原主便再无生还的可能。"

长舒走到长决面前，脚尖一转，侧身看向长决："可这最后一点，却对两个人例外。一是童天，二是祖神。因为他们有不死之身，能化出九九八十一个分魂，便是八十一个分身，每个分身，都能承受一次篡魂之术，所以随便试几次也没有关系，你说是不是？"

话语间族谱再次出现在二人身侧，长舒用指尖抚过那上面长亭的名字，若有所思地皱起眉头："二哥的名字我除去了……那现在，来说说你吧，大哥？"

长决沉默着听完，神情没有什么波澜，未几，发出一声哼笑，刚要开口，长舒又像想起什么似的，说道："哦，忘了。或许你更喜欢自己的另一个身份。"

"我该叫你……童天道长？"

长决的呼吸彻底滞住。

童天第一次见罗侯，还是在很久以前。

那时真佛尚在他座下，童天听闻其子一日成佛，按理本该召至跟前聊表贺意。但还没来得及，罗侯就已经主动找上门了。像所有刚刚得道的小神小仙一样，罗侯似乎也急着造些功德出来证明自己，在天界站稳脚跟。

罗侯飞来蓬莱找他借往生镜一用，说是故国妖孽作祟，要去降魔。他那时觉得此人后生可畏，二话不说便借了，一借一还，此后二人再没有联系。

直到真佛与天尊联手偷袭，他斗法败落，又被祖神软禁蓬莱，没过多久，罗侯便找上了他。失手于偷袭之后他怒火攻心，再动手时只差毫厘便能将天尊与真佛置于死地，若不是祖神赶到阻止了他，只怕事后天界追责，他也难逃一死。

祖神是偏爱他的，说是将他软禁蓬莱，实则知道他能靠着九九八十一个分魂，游遍天涯海角。天尊与真佛再是不忿，也只能忍气吞声。可是他不甘，他怎么能甘心？自祖神座下修习起，他行事向来光明磊落问心无愧，而今才道当时错，他咽不下这口气。冷眼看着罗侯来访，他面上走着过场，心里早已把这仇敌之子千刀万剐。

岂料对方带来的消息是：愿与君共手，诛宵小之辈。

童天讥讽地哼笑："你要杀父弑君？我与他们不共戴天，你与你爹又有何怨何仇？"

罗侯一笑置之，袈裟一挥，同青岭的那些往事一幕幕呈现在童天眼前。故事放完，罗侯也不笑了，只说他要是还不愿相信，自入往生镜去看，多年前他对外宣称伏诛秋水镇的那只山灵，其实一直以来被他藏在镜中。真佛不死，他心爱之人永远难见天日。童天入镜，果真看到了冰天雪地里沉睡的青岭。

走出镜子后第一步，他问罗侯有什么计划。

彼时罗侯吞食了夫诸兽，只告诉他经年之后世间将生一妖族，名曰幻妖，数万年后复仇之机将诞于幻妖一族之中，此时先要他放出篱幽天下的玄凌一脉，送出往生镜，让其投诚天族。待时候到了，罗侯会让他去一分身过了轮回，投生幻族，此后再静候佳音便可。

幻妖化形不易，千百年来世间或许才能修出一个，为幻妖者，初初化形时多数不知自己从何而来，也不知自己是何身份，有什么力量，半数以上在历天劫这一关时就丢了性命。

紫禾只是幻族能知晓的年岁最大的长老，在她之前，究竟有多少先人不明不白地活过又寂寂无声地死去，早已不可考。

她之所以如此为幻族所敬重，只因其是第一个为幻妖立族著谱之人。数万年间，她游历天下的同时也不断寻找散落的同族，于神魔交界之地立了烟寒宫，定百条族规，寻先人遗迹，再收于祠堂，而后渐设一族之主，林林总总，非数万年精力不可成。最终让世间幻族有根可溯，得枝可依。

若没有她，只怕天下无数幻妖至今也是飘飘荡荡，孑然一身。

如此，在童天收到罗侯消息、投生幻族之时，族内也早有了一个族规。凡已成形入族的幻妖，若遇未入族谱、刚刚化形的同类，有义务将其收养在身边，纳作亲族，直至其能自保为止。

罗侯告诉他，恪守族规，时机就在他收养的幻族之中。

这许多年，童天只遇见过一个长决。在长决化形当日，他替长决挡了三道天雷，这个弟弟，自此就算收入手中。罗侯极少同他联络，几万年来才找他一次，他便一直以为所谓的时机，就是长决，因此也对他严苛了一些。上天入地，捉魔斗鬼，样样手把手地教。教不会就打，打不听就罚，罚到长决样样都会为止。

长决贪玩，烟寒宫上上下下，凡他所过之处，无不是被闹得乌烟瘴气一团乱麻，就像数万年后的容苍。偏偏长决的嘴巴讨人喜欢，总能逗得那时的老幻君拿他没有办法。长决只有看到自家大哥来了，才会收敛一些，但其实心里总是不服气他的。最大的表现就是从不叫他一声"大哥"，老是"长亭""长亭"地叫，还要问他"你为什么给我取名叫长决"。

他往往一鞭子就给人挥过去，把正练功的长决打得吃痛，一个字也不敢多说。刚刚化形的妖怪能有多大，长决嘴一瘪，瞪着双泪汪汪的眼睛看着他，心里想：等我再大些，你就管不了我了。

长决是什么性子？屁股一动，他就知道他要拉屎撒尿，还能不知道那小子有什么腹语？他才懒得理他，转身就走，留给长决一个飘飘然的背影。

长决这一生看得最多的就是他的背影。

分身不能离主太久，往往在外待个百把年童天就要回到蓬莱。可他安插了玄凌在天界做眼线，骊龙一族踏不进蓬莱，即便有往生镜护身也无法做到常去。于是在长决自小到大的印象中，自家大哥惯是不沾家的，一旦回来，总是要和东海那位挚友在房内待上许久。等到他出来，就是检查自己功法和修习成果的时候。

后来长决就不爱唤他"长亭"了，长决像是慢慢长大了似的，虽然脾性没有收敛，却学会了尊卑礼仪，总是恭恭敬敬叫他一声"大哥"。他有次难得同长决月下对酌，两人都喝得微醺，醉眼蒙眬间，童天看着跟前已经快和自己差不多高大的长决，恍惚着问了一句："你怎么不叫我长亭了？"

长决微怔，笑道："小时候不懂事，如今大了，总不能一直不懂事。"

他不高兴："你同我疏远了。"

长决不说话。

他又问："可是记恨我以往对你严苛了些？"

长决抬眸看着他。他那夜也不知怎么了，兴许是喝了酒，烟寒宫的月色被酿得醉人。

他心想，若是以后要用长决复仇，长决会恨他吧。若是长决会恨他，这仇……要不就不报了？

长决咳了一声道："不是。"

"那是什么？"他还没醒似的，追着长决问。

长决"嗨呀"一声，豪饮一杯道："还不是你这名字取得不好。"

名字？

"不好吗？"

"不好。"长决道，"长亭长亭，在这世间活一遭，哪能事事长停呢？做人做妖，最要紧的，还是得往前看。"

"长决也起得不好。长决长决，与君长诀。怪不吉利。"长决笑他，"大哥取名字惯是不顺耳的。"

他点头，觉得自己名字确实取得不好。总不能事事长停，那这仇就不报了。拿一个长决去换那天尊和真佛，他们配吗？他们没这分量。他才不想与君长诀。

结果长决捡到了长舒。这世间有一种人，不管他是何模样，多大年纪，入哪道轮回，你若是要找他，在遇见他之前，你会有许多的怀疑对象，觉得谁都是他。可等你真正面对他的时候，只需要看他一眼，你就知道前面那些怀疑，在真正的答案面前，永远只能是怀疑。

长决让他给三弟取个名字，他心里翻涌，嘴边挂着一抹浅笑，说："那就叫长舒吧。"

长决夸他这次取名有了些长进。夸完就整天扒拉着自家闷葫芦似的三弟，叫着"长舒"逗他玩儿。

长舒长舒，这名字寓意多好。是很好。他事了拂衣去，看着门外来找他的玄凌，施施然请人进了房门。

该报的仇，还是得报，一样都少不了。

"你下凡历劫，他叫我回来，说有事同我商议。我从蓬莱赶回家，他又说没事了，后来我才知晓，是玄凌找紫禾求亲，不到七日，又跑去与瑶灵定了亲。既然如此，我便干脆请了玄凌，与他商议你历劫之事。"长亭眼神暗淡下去，"若那时，他没有一时好奇，跑到房门外偷听，我也不会……"

"你将他杀了？"

"杀了？"长亭冷笑一声，"我若是杀了他，又何苦天天困在这狗屁篡魂术里，悟不得，参不透，救不了他？！"

长舒默然。长亭将长决的魂魄打碎，想篡改他的记忆，中途却出了错，魂魄无法愈合了。

"话说回来。"长亭又或者说此刻的童天，步子慢慢地迈回去，走到那本禁书旁，弯腰捡起那本书掸了掸，眉眼间一片淡然道，"你是怎么发现我的？"

长舒静静地看着他拾书的动作，目光凝固在长亭拿书的那只手上："二哥，惯用的是左手。"

那日他走到长决的朗清苑，在门口明明听见了呻吟，也闻到了腐魂的气味，进门却不见人，只有倒在桌上的琉璃瓶。当即便猜到是房中的人逃得匆忙，没来得及将其带走。乍看那瓶子，他只是觉得眼熟，但还没深想，长决又神不知鬼不觉地到了他左边，用右手横扫桌边，将琉璃瓶放进了左襟口袋。

前/世/遗/恨

248

"我那时猜到了你不是二哥，可没想通你究竟是谁，为何有如此强的法力。"长舒道，"你先前问我，为何历劫归来，在床上躺了半月之久，毫无作为。"

他施法将被长亭推倒的书架扶起："人间十七载，我一日一日地过，便是几千个日日夜夜。再回来，我得把那几千日从头到尾，一天不落地复盘一遍，才能把里面千丝万缕的东西筛出来，得到我想知道的。"

"于是我就想到了我去蓬莱找你求往生镜那日，想到了玄凌。

"那时我觉得你很熟悉，不是面目，不是气度，而是幻族与生俱来的识魂之力，让我回来后想明白了，我熟悉的，是你的魂魄。"

"还有玄凌，"长舒慢慢走到书桌旁坐下，"他一个背负血海深仇的人，步步走在刀尖上，从一开始就知道我是白玉菩提珠，怎会无缘无故与我的亲大哥如此交好？他这样的人，敢在天界交朋友吗？"

"直到刚才，我知道了。"

长亭自捡起书后，便一直维持着那个微微佝偻的姿势，一动不动背对着他。

"若我的大哥就是童天，那一切都解释得通了。"长舒两指无意敲打着桌面，"玄凌听命于童天，可他不敢随意踏足蓬莱，若是童天分身在蓬莱之外，以另一个身份与他会晤，'情谊'二字，便是最好的理由。可分身不能长久离体，所以我的大哥很少回来，每次回来，也只是小住一些时日。"

"至于腐魂，"长舒侧目而视，扫过长亭有些僵硬的双腿，"篡魂术出了岔子，你不愿牺牲旁人，便把自己的分身一个一个地拿来试，凡是碎了无法愈合的，就装在琉璃瓶中。"

"可是大哥，"长舒懒洋洋地笑着，"分魂至多也只有八十一个，你如今试了多少？魂魄久不归体就会腐化，你这身子，还撑得住吗？"

童天沉默半晌，极缓极缓地转过身，盯着此时话里笑里都没什么好意的长舒，目光沉沉，仿佛在看一个陌生人："你入魔了。感觉不到吗？"

长舒敛眸，似笑非笑："又如何？左不过变得和你们一样，一肚子坏水。"

他起身，负手踱步到童天跟前，偏了偏头，凤眸微合道："还不赖。"

"长舒……"童天手中的簿子被他捏得变了形，握拳的两手指节也用力得泛青。

他太不习惯面对这样的三弟，甚至有一瞬，他想的是，时间倒退一些，退到

249

他什么都还没来得及做的时候，长决在他身边，长舒也干干净净的，就那样，他们一起在烟寒宫待着，就什么也不求，也什么都不做了。不要像现在这样，看似一切都在按计划行事，可他却把自己过得一塌糊涂，似乎想要的一样都没得到，不想要的还在接踵而至。

他甚至在心里问自己：就算此时此刻，真佛和天尊立马得到报应，你真的就高兴了吗？那么多年，你一直避免和长舒亲近，怕的就是将来要舍他的时候会像当初对长决那样优柔寡断，可如今长舒变成了意料之中的模样，你真的一点也不愧疚，一点也不心疼吗？你后悔吗？

他忽然就疲惫了，轻叹一口气，皱着眉头看向此刻全身处处透着不对劲儿的长舒。感觉事情在朝着他与罗侯筹谋的方向发展，却又似乎已经不在自己的掌控之中了。于是他缓缓开口，有些乏力地问道："你到底想做什么？"

"看你要什么。"长舒抬手抚上他大哥的肩，"要长决也好，要复仇也罢，我都有筹码。你选好了，我们做场交易。"

长舒心智还没有被完全魔化，至少目前残存着几分清醒和理性，天界向来逞个体面，还不至于他一脱仙籍就立刻进行追杀。他与童天撤离九重天后回到了神魔交界地，找到烟寒宫旧址，虽然天族翻脸在即，一场大战在所难免，不过幻族故地旁人难寻，他们在此尚且还有几日喘息的时间。

直到天界大发搜捕令那天，童天自外面匆匆赶回烟寒宫，沉着脸对长舒说："玄凌与瑶光被贬下凡了。还有，玄昭好像猜到我的身份了。"

长舒见怪不怪，他能从过往的蛛丝马迹里猜到这一切，玄昭未必不行。

"你怎么知道的？"

童天斟酌片刻："他来找我。"

"找你？"

"他给了我一样东西。"

童天说着，并不打算拿出来，看长舒蹙了蹙眉，才解释道："不是给你的……就是让我拿着，说是以后自有用处。"

他想到玄昭今日同他谈起长舒时的反常态度，眉宇间划过一丝不忍："他说与你无关。"

童天其实也不知道玄昭给他这东西是何用意，还慎重地告诉他一定要收好，等到他该知晓的时候自然就知晓了。他顿了顿，还是答道："归墟泉眼。"

长舒明显一愣，眼间的疑惑顷刻消散，整个人陷入了一场说不清道不明的沉默。这副模样在如今的他身上已极少出现，童天站在他面前，恍惚间有那么一瞬仿佛看到了以前，他刚从凡间历劫归来的时候。

过了一会儿，童天听见长舒低声问他，又好像是喃喃自语："他……要到泉眼了？"

童天点头："他同天尊换的。交换的条件是他亲自挂帅，统领天兵，将你缉拿。"

长舒彻底入魔了。

他记得，自己最后一次入往生镜中，见了青岭，那天是人间的冬至。

他站在山下，竟然觉得现在的自己已经久违了，似乎身体被另一个魂魄霸占了许久。长舒伸手触了触眉间，那妖纹消失了。看来自己推算得没错，往生镜内封印邪魔，只有来到镜中，才能找回片刻的神志。他抬眼看着这座雪山上缭绕的瘴气，瘴气本身难消难散，这山上的瘴气，应当是心魔刚刚出现的时候冒的一些。于是长舒问青岭："你是如何……才免了这往后许多年，心魔复生，再起瘴气？"

青岭垂眼一笑："长舒，我是山神，是大地之灵，这点心魔扰我一刻，怎能困我一生？"

加之她多年待在这镜子里，斩情根，除魔引，并非难事。

长舒听完，让青岭帮他一个忙。他要青岭为他除去情根，却悄悄在体内留下了思引。算是他一点私心吧，若来世再见玄昭，总好过对方一个人跋山涉水。

即便残余的魔气会因为没有彻底拔除的思引而纠缠他千年万年。

青岭替他保管的，还有一块往生镜碎片。临走前他替她造了一个幻境，那里青山绿水，芳草茵茵，没有寒冬飞雪，也没有百尺冰霜。青岭说她要在那样的环境里大睡一觉，睡到长舒再来找她为止。

"对了，"长舒踏出镜前扭过头对青岭说，"下次我来，或许是很久以后，也许会暂时认不出你。"

青岭笑笑，躺进了山洞里的一副冰棺，闭上了眼，声音也愈发减小："你尽管去，我便多睡几年……"

出镜，妖纹乍现，他额间是前所未有的鲜红。凡间下着簌簌大雪，一如怜清出生那日。玉屑纷纷，犹似向天去，又若入尘来，耳边还萦绕着出门前童天对他说的话。

"长舒，玄昭限你今日之内上九重天认罪。

"他说他找得到我，自然也知道你在何处。

"他叫你不要逼他带人来剿了你的老巢。

"他在天界的烟寒宫，等你赴会。"

又听说这段时间九幽来了一只罗刹鸟，似妖非妖，明明是罗刹，周身却不见半点煞气。

问了才知晓，这罗刹煞气已消，按理来说本该灰飞烟灭，是她自己立誓成了剑灵，附魂于剑，虽然将永世禁锢剑中，倒也还能留下真身和魂识在世。只是那剑的主人，却不见了踪迹。

她去九幽就是去寻主的，她寻了不少时日，也没找到自己主子的魂魄，最后怆然地回到剑身里去了。她临走前说："找，找不到。那我等，总能等来吧？"

别人问她为什么这么执着，她回答："桑胥子民，来去不受无偿之恩。"

这没头没脑的一句，也不知道说给谁听。长舒这么想着，不知不觉就到九重天了。

他朝烟寒宫的方向走，老远见着黑压压的一片。待走近，眼前又是白花花的盔甲，亮得刺眼。打头的那个一身黑衣，不披甲不执锐也就算了，不知怎么，今日的衣裳领口还有些低。身后数不清的天兵把自己包得严严实实，他倒好，生怕脖子露得不够多，喉间一块月牙状的疤叫人看得清清楚楚。

长舒先开口了："东海二殿下，好久不见。"

"幻君。"玄昭微微欠身回了个礼，"仙门不入，偏要堕魔。而今一朝翻脸，我天界是杀你不杀？若杀了，又有人要说天道无情。若不杀，该如何尽我等本分？"

长舒拿着折扇不紧不慢打着掌心，眼底划过一丝笑意，不说话，模样很是泰然。

人家都说一日不见如隔三秋，他们两个隔了寥寥几日，数秋之前还在温声软语，如今生分得像是翻过了一生，谁也不认得谁。有什么东西刺得胸腔生疼，不过一瞬，额前妖纹闪了闪，那疼痛感须臾消逝。半晌，他不合时宜地开玩笑道："二殿下，我现在授你幻印，怎么样？"

折扇停在掌心，他言笑晏晏："跟我回烟寒宫吧。不是你身后的那个，是他们找不到的那个。"

"放肆。"玄昭抬手，兵戈破空之声威震一方。

长舒继续说："我把你藏起来，你做我赤霜殿的人。"

玄昭置若罔闻，手一放，身后数万天兵齐声一喝，以潮水之势朝长舒奔去。

他忽地朗声一笑，抬手击倒了迎面而来的一个天兵，然后足尖一点，踩上对方的肩膀，旋身而上，凌空俯瞰着身下蝼蚁般的众人。

长舒问："你不等了？是气我让你等太久了，是不是？"

话音未落，天兵紧随而上，斩风扇在长舒手中转了半圈，横扫过去，扇风所过之处，洋洋洒洒落下一片尸首。

那些人杀不完除不尽，眼前泛着银光的盔甲跌了一波又上一波，斩风扇依旧没有打开。长舒拿着扇柄，杀招越来越快，血花飞溅，扇子在他手中逐渐只见残影。不知几时，身下的尸首已经堆叠成山。

一声轻笑自战场不远处飘来，蓄势待发的天兵逐渐停止了攻击，齐刷刷看向长舒身后。长舒收了势，落脚站在尸山之巅，一身白袍被血色尽染，眉间妖纹愈发炽烈。他转身，看见的是悠悠而来的天尊。

"幻君好身手。"他拍着掌，徐徐笑道，"只怕今日不血洗我九重天不会罢休。"

长舒睫羽也挂着血滴，他眼睛一眨，视线里红了一片。

"幻君不怜惜我九重天的人，不要紧。"天尊朝身后招手，"可是他们呢？"

长舒随着手势看去。起先被押解来的只有一个，后来慢慢多了起来，两个，三个……直到所有人被天兵按住，跪在他面前。

"君上！"

"君上？！"

"君上走！不要管我们！"

"君上快逃！"

长舒的镇静渐渐因眼前增多的熟悉面孔而土崩瓦解，他屏息凝神地数着那些人，除了没入仙籍的小一辈的孩子，其他人一个不差，那晚他挨个劝走的族人，全都跪在他眼前。耳边突然就静了下来，那些面孔的嘴唇还在不停地开合，无非是一声声重复喊着君上，叫他快走，他却好像一个字都听不见了，只有自己莫名粗重和颤抖的喘息。

长舒转头，目光一寸一寸移向身后的玄昭，滴血的指尖在袖子里无法控制地打战："你，捉了他们？"

玄昭看着那些凭空出现的幻族，也愣怔了许久，长舒一句问话打破了他大脑的空白，刚想开口，就听见天尊赞许道："多亏玄昭二殿下，提醒我烟寒宫众人虽已离开天界，但他们一个个在仙籍簿子上尚未除名，用点手段强召回来，简直轻而易举。"

长舒深深看了玄昭一眼，回过头，对着天尊，祭出了斩风扇。一息之间，数千把扇子如寒刀冷箭，铺成了一个平面，直指天尊，每一柄的扇身都仿佛泛着青光。

方才的天兵已有条不紊地转移到了阵前，将长舒的箭雨挡住。即便他要攻击天尊，也有他们这排排肉盾先与他耗个干净。

忽然，肉盾后方，传出一声惨叫。不过半刻，又是一声，接着便不绝于耳。长舒再熟悉不过，那是自己族人的声音。一声声凄厉的惨叫响彻天界，长舒眉眼间狠戾神色骤现，前排的天兵还没反应过来发生了什么，已经被冷不防袭来的扇身击成碎片。

长舒踩着最后一位天兵的头颅走到天尊面前，族人的叫声也在此时停止。

天尊身后，同长舒脚下的光景一样，尸山血海，残肢遍地。

罗侯不知是何时出现的，他无声站在天尊一旁，冷冷看着长舒，他们踩着彼此的同族僵持不下。

咫尺之间，天尊反手将掌心面向地上幻妖的尸体，一股无形的力量将他们成片拖起，尸身缓缓移动，排成队列，似是要将长舒包围起来。

砌魂墙，就是现在。

"斩风！"

召声回，扇灵归，斩风开，万妖来。

一直闭合住的妖扇在两人之间缓缓展开，短短的一瞬，天边竟有滚滚雷响。

前／世／遗／恨

天尊心道不好，伸手想收了那扇子，刚刚触到边缘，扇面却蹿出一簇离火，火舌撩过天尊指间，竟生出一股腐魂的气味。

天尊吃痛，还没来得及收手，那火焰猝然扩大范围，直从扇身烧到了整个烟寒宫，顷刻之后，殿宇便化成一片焦土。

长舒急急退开，在火差点烧到自己的最后一刻带着幻族的尸首从一片血海中抽身而出。火焰霎时形成蹿天之势，包围圈内看不清半点光景。

长舒同罗侯隔着火焰对视一眼，沉默一瞬，然后长舒迅速转身朝玄昭袭去。他两手空空，甚至没有任何攻击的架势，只是飞身朝玄昭扑去，目光死死锁在那个月牙状的疤痕上。当贴上玄昭的喉咙时，他拼命一咬，耳畔响起极其清脆的经脉断破之声，是玄昭的血肉连同逆鳞被他撕咬下来。一切都发生在眨眼之间，他要逆鳞，没给玄昭反应的机会。

逆鳞入腹，血腥味弥漫在呼吸之间，长舒绷着后颈，慢慢从玄昭喉间离开。下一刻，他被按回到了玄昭的怀里。他听见玄昭于混乱中在他耳边轻声唤他："长舒。"

"你要，我刮下来送你。"

"你吃了它，将它放进魂魄，就算我护了你。"

"我？我像这叶子，落在此处。"

"你带着我的逆鳞，我来生去找你。有天你会在路边捡到我，领我回家。"

长舒满口鲜血，一呼一吸间都是玄昭的味道，血顺着喉咙流到他腹中，灼得他一阵一阵地痛。他把玄昭抱紧，揪着玄昭后背的衣裳，眼前的熊熊大火终究被泪渲染得模糊不清，他咬着牙狠狠地骂："你来送死……你来送死……"

玄昭把他从肩上推开，瞳孔开始涣散，声音也小了，呢喃着问他："今日你说带我回赤霜殿，来世可还作数？"他又想起什么似的，话里透着点委屈，"他们不是我捉的……你那日不见我，我有些难过。"

大口大口鲜血从玄昭喉中涌出，他还想再说点什么，可一张嘴，口中的血液便如波涛般淌过唇齿，淹没了他所有的声音。玄昭的衣襟被鲜血淋透，他靠在长舒肩头，喉结飞快地滚动两下，靠着长舒的身体，一寸一寸矮下去，直至躺在长舒脚边。

长舒愣怔着，近乎呆滞地蹲下身，随后用掌心覆过玄昭失焦的双眸，替他合

255

了眼。

他的耳边是玄昭在断气时附于颈侧的最后一声轻唤："长舒。"

寻他两生，到头来所念所求皆不再。

只得他亲手送一程，倒也不算浪费这空度荒唐的几万载。

火墙外，天尊已将幻族尸首重新排好，只等请君入瓮。

等人高的火焰中慢慢走出一个身影，浑身浴血，穿行火中，却没被灼伤半分。残肢断骸在半空朝长舒游移。长舒伸手握住一旁的斩风扇，阵起，尸身急动如风，墙成之际，长舒手心向内，突然撒开。斩风以迅雷之速摆尾转向，借砌魂墙之力向他劈去，扇中妖灵想要收招，已来不及。

妖灵杀主，折扇破开长舒身体的一瞬间，魂魄如星四散。

那头的天尊本已做好了受斩风一击的准备，不承想长舒打的是这番主意。宁为玉碎不为瓦全，打烂自己魂魄也不愿置身砌魂墙中。那又如何？他碎自己一个，剩下的千百个族人依旧成了墙中之魂。

天尊冷冷一笑，看着离火渐渐熄灭，血海中的长舒双目失焦，眉间终于不见那串妖纹，他的身体蜷成一团，临死之前还在无意识地痉挛。天尊欣赏够了，目光扫过站在一旁护法的罗侯，打发道："随你处置了。"言毕他一扫身上的血迹，扬长而去。

罗侯在原地一动不动站定许久，有风呼啸而过，带着浓浓的血腥之气。地上被血浇得已经看不出面目的人抽搐了一下，随后手指又动了动。罗侯走过去，那只手在它主人头顶胡乱摸索着，像在找谁。罗侯蹲下身，抓住那只手。

那只手已近无力了，还是颤巍巍地把一颗小珠子放进他的手心。手的主人睁不开眼，但还在微弱地张合着嘴唇。

罗侯把耳朵凑过去。

"珊瑚珠……我的真身……

"你救他……你救他……"

远处走来一个人。

罗侯收起珠子。

"你来了。

"带他走。"

魂兮归来 第十四章

长舒做了个极其漫长的梦。

梦里他目送容苍进了大殿，他在殿外等着，不到半晌，海浪呼啸声止，一瞬的寂静里，长舒耳畔突然掠过衣帛翻飞的声音，一阵疾风自颈后刮过。

长舒警心乍起，侧目看去，来者自方才同他擦身而过后未做停留，已奔出数里，徒留一个愈发缩小的背影。

长舒探向腰间，只道不好。往生镜没了！

长舒急急追出去，不知追了多远，待那背影停下，长舒再回头一望，已离容苍去见他师父的那座宫殿隔得老远。奇怪的是，那背影跑到此处后就直接停下，再没有别的举动。

长舒站定，看了看那人身上的紫金袈裟，略微蹙眉，还没张口，来人倏地转身，作揖浅笑道："幻君。"他伸出手，掌心是从长舒身上盗走的三块往生镜碎片。

罗侯。

这是天界的人，加之自从下山以来，长舒与容苍所经历的事或多或少都指向这位尊者，他自然对他无甚好感，只颔首草草回了个礼，神色冷峻："不知尊者不请而至，随手盗走我怀中之物是何用意？"

罗侯笑而不语，避开了话头，反问他："幻君自卧玉泉一觉醒来，便把五万年前诸多事情忘得一干二净，连对至亲之人的印象也变得无比模糊。如今历尽艰险才找回一些往日的蛛丝马迹。难道你就不想知道，那时候究竟发生了什么吗？"

长舒不答，但他自然是想知道的。

罗侯又问："你重建烟寒宫的这数万年，只有同你一起经历过往事的二哥陪伴在侧。幻君难道就没有疑惑过，你的大哥去了何处？"

长舒心头一空，记忆里被遮盖许久的东西有些蠢蠢欲动，随即而来的却是钻心的头痛。他按住自己的太阳穴，有些费力地回想着："大哥……"

罗侯朝他一步步走近："这沧桑万载，即便你想不起来，你的二哥呢？他为什么也从来不向你提及半句？"

长舒头痛欲裂，不自觉佝偻下去，摇摇晃晃地往后退，退了没几步，满头冷汗直冒，疼痛之感已经不知不觉蔓延到了魂魄，痛得他意识也开始混乱。

罗侯不依不饶："幻君想想，你如今的二哥，真的是二哥吗？数万年来脚不沾家，长年在外的人究竟是谁？腰间佩的那把弯刀，又是谁才惯有的装束？五万年前有人修幻族禁术而被除籍，除籍之人，到底是谁？"

他一把握住长舒肩头，俯下身，在长舒耳边一字一顿道："幻君……真的分清楚了吗？"

长舒脊背轻颤着，冷汗涔涔落个不停，脑中似要炸裂开来，不断回想着罗侯的话。

常年不沾家的人……不是二哥……腰间弯刀……也非二哥所属……当年修习禁术的人……是大哥……大哥……大哥叫什么……长亭……是长亭！

身后传来怆然凄楚的一声龙啸，长舒骤然回首，容苍不知何时化出了真身向远处迤逦腾去，游龙入云，一息便不见踪迹。

"容苍……"

长舒想要去追，却早已被折磨得没有了力气，他蹒跚走了两步后直接跪倒在地。体内破碎的魂魄像是被人强行拼凑磨合，硬生生磨出一个窟窿。

长舒痛得从一开始的呻吟到最后仰头喊出了声，罗侯从怀中掏出最后一块往生镜碎片拼在一起，四块残片一触即合。往生镜复原那刻，长舒在极大的痛苦中陷入了昏迷。

一片黑暗，他好像到了镜中，眼前是秋水湖，湖里是自己的倒影。那倒影额间的妖纹呈赤红色，似笑非笑地看着他，看了许久，像是要从湖里走出来："你来了。"

"我来了。"

他离他越来越近，长舒就这么在原地站着，看他从湖里脱身而出，走近自己的身体。像被活生生豁开了一条口子，被强行接纳一部分残魂，身体里每一个交接融合的地方都像当初被打碎剥离的时候一样，痛得他生不如死。

睁眼，眼前是依墙而植的参天枫树和玉石大门，仙气氤氲……

九重天。

……

再醒来时是在玉柱金顶的殿中，长舒不知道这是何处，半梦半醒间听见不太真切的对话声。

"珠子可拿出来了？"

"拿出来了。"

"玄昭呢？"

"不知道。当时取出来他就跑了，这些日子，估摸着活不了了。"

长舒睁着眼在床上愣怔许久，记忆一一回笼。珠子……玄昭……取出来……他突然从床上坐起，引得不远处坐在桌边的罗侯与童天望了过来。

"醒了？"

童天起身，正准备走过去扶下床的长舒，对方踉踉跄跄地扑过来，抓着他就问："容苍呢？"

"你先听我说……"

"容苍呢？！"

"长舒……"

"容苍去哪里了？！容苍呢？！"长舒眼里闪着水光，几乎是朝童天吼了出来。他听见童天说的"把珠子取了出来"，容苍快没命了。

童天沉默地等长舒稳定下来，叹了一口气，将珠子递到他眼前："我按照你之前说的，用你的心头血将菩提珠取封，从他体内拿了出来。他大概同你一样，

259

想起了以前的事。珠子一取……他就发了狂一样化龙冲出大殿，走了。"

　　长舒失神，慢慢脱力坐到地上，呆滞了许久。久到童天与罗侯差点以为他就要一直这么坐下去的时候，长舒猝不及防起身，一头奔出殿外。等他们反应过来追出去，人已经不见了。

　　他第一次如此莽撞得像一只没头苍蝇一样到处乱找，乱了阵脚的人往往也会丢弃冷静与理智，等他找过最后一个自己与容苍去过的地方依旧一无所获之后，长舒才慢慢回神，去了当年紫禾化形时初遇玄凌的山洞。

　　果不其然，那洞中有一棵巨大的枫树，紫枝白叶，枫树旁卧着一条黑龙。

　　十几万年前幻族长老紫禾曾在无妄海与一只枫树精不打不相识，二人成为莫逆之交。后来枫树精为救长老不幸殒命，长老借着幻妖无本相的体质将那树精精元存放在自己体内以纪念亡友，自此枫树便成了族中圣树。

　　如今这精元，也算救了紫禾一命，免她失了逆鳞，魂飞魄散。

　　黑龙听见脚步声，略略抬起眼皮，看清来人后又继续合目假寐，直至长舒开口，唤了他一声"玄凌帝君"，也没有什么反应。二人沉默少顷，长舒咬了咬牙，声音有些沙哑疲惫："容……玄昭去了何处？"

　　玄凌不应。

　　"他定来找过你的。"长舒闭了闭眼，一口气叹出去，心头又添了千钧重，"他没了逆鳞，你该看到了吧？他不会同你讲他发生了什么事，只会告诉你，没了逆鳞这五万年，他也过得很好，你便真的觉得他性命无虞了。"

　　玄凌缓缓睁开了眼。

　　"他不好，他很不好。"长舒说得无比艰涩，嗓子快发不出声，"他这些年，被我换了心才勉强活下去。前些日子，他体内那颗珠子取出来了，他的魂魄在消散，他快活不成了。"

　　玄凌愣了愣，直起身，或许是将信将疑，警告性地朝长舒发出一声低吼。

　　"我能救他。"长舒抖着声线，几乎是在乞求玄凌，"你告诉我他在哪里，我救他。"

　　北海极溟。

　　三界极寒之地，终年落雪。世间一切，到了此处，无论消还是聚，都会比其

魂／兮／归／来

他地方要缓慢许多，正在容苍体内一点一点消散的魂魄也是如此。

长舒妖性偏寒，又在归墟泉眼造出的卧玉泉里躺了几万年，在极溟跋涉并不费力，没过多久便找到了那间快被积雪覆盖得融入茫茫山景的木屋。木屋门前的栅栏没有上锁，长舒轻轻推开，穿过院子，在几寸深的雪地上留下一串蜿蜒的脚印。他进到屋里，看到一堆烧焦的柴火，房内并没有人。

长舒心头一痛，寥寥数日，容苍至此，已经需要同常人一般烧柴取暖了。

门外传来沙沙的踩雪声，听起来十分沉重，还跟着什么东西在地上拖拽的声响。那脚步声起先还走得缓慢而平稳，到了栅栏门口，却停下了。

容苍看到了那一排脚印。

长舒在屋内等了片刻，等不到容苍进来，屋外安静得蹊跷。长舒一慌，只怕容苍已经悄悄走了，这才赶忙追出去。他还没踏出门槛，就对上了一直站在原地的容苍。

容苍今日披了一件极厚的黑缎斗篷，盖在头上的帽子很大，快把他一张脸都遮完，阴影之外只露出一个瘦削的下巴。他身后还有一大捆木柴。几日不见，容苍整个人都单薄了许多。长舒定定望着他，好一会儿才挤出点声音："容苍。"

"阁下认错人了。"被斗篷罩住的身影僵了片刻，过后冷冷开口，"这里只有东海玄昭，何来的容苍？"

容苍仰起头，长舒刚好看见他微微翘起的嘴角："不知长舒三殿下来此，有何贵干？"

长舒张了张嘴："我来找你。"

"哦？"容苍的笑意更明显了，"我这么一个行将就木的废人，还有什么利用价值，值得三殿下纡尊降贵地来找？"

他想了想，问道："还是说，三殿下是觉得，我的尸体，还能拿来做点盘算，不要浪费了才是？"

容苍说完，闷闷憋出几声抑制不住的咳嗽。动作间帽子往后抖了抖，露出他小半张脸。

那脸苍白惨淡，毫无血色，憔悴至极。

容苍拢了拢领口，继续说道："让我想想，三殿下还想拿我这副身体做什么打算。当年你与童天、罗侯暗地筹谋，四块往生镜碎片，一块让童天交给重生后的我，一块让他在你战败后悄悄传递给紫禾，一块给了镜中那山灵，还有一块给罗侯，后来罗侯为了避免引起怀疑，将它丢在秋水镇，伪装成秋水湖。"

"你不惜借力打碎自己的魂魄，让童天趁机把你入魔的那部分剥离出来，封印进往生镜中，而我的逆鳞会护你的魂魄重新愈合，你就神不知鬼不觉地活下来了。

"再等上这么几万年，你和我重聚，你自然是想不起来一切的，可你早已经安排好了，童天找到我，让你我偶遇，这便是敲响了你复苏的第一钟。

"届时童天就把我带去蓬莱，花了两千年，让我的魂魄被蓬莱的真气搅乱进而打碎，但我浑然不知。因为我本身就是个死物，我有你的真身护体，所以哪怕吞食了瘴气，哪怕魂魄早已被蓬莱的真气割成碎片我也浑然不知。所以我才能像童天一样，化出分身。

"当然了，分身只是让我去蓬莱的幌子。我去一趟蓬莱，总得学点什么吧。你这么安排的真正目的，还是为了今时今日，让童天更方便地从我体内取出你的真身罢了。没有我的魂魄这道封印阻挠，拿一滴你的心头血便能把菩提珠从我体内召唤出来。"

"可既然现在要取，当初又为什么要放进我体内呢？"容苍脸上扯出一个笑，"当然不是为了救我。"

他低头吃吃笑出声，有泪从那一大片帽檐的阴影滴到他脚下的雪地。容苍吸了吸气："三殿下好计谋啊。那时你魂魄暂碎，自己也不知道要昏迷多久，你害怕天界的人要斩草除根，所以你要把四方杀器全都藏好。

"往生镜已经被你打成了四片，童天、罗侯与那山灵互相不知道彼此把碎片放在何处，这是安置之一；斩风扇数万年来只有你能打开，天界的人一旦认为你死了，斩风扇也就成了废扇，他们不会关心它的下落，这是安置其二；怀沙剑被你封印在莫邪山，你至死都没有去见桑胥，也没有解封，天界自然无可奈何，这是安置其三。"

"那菩提珠怎么办？"容苍沉吟一瞬，又好似恍然大悟道，"放在死人的身体里，谁会去怀疑？当年九重天烟寒宫门口那么多具尸体，谁还会在乎一条没了逆鳞的骊龙埋骨何处？"

"于是童天带着你，罗侯带着我，我带着你的珠子，被罗侯悄悄安置在淮水，那个神魔不近的凶悍之地，苟且偷生五万年，每天睁眼想的就是怎么才能在那些大妖的爪牙之下活下来。"

"直到你把我带回去。"容苍声音低了下去，像是说累了，语速放缓，有些喘气，"我以为此后不求事事圆满，至少生死无恙。结果从那一刻起，就迈进了你几万年前为我布好的死局。"

他仰头看了看天，雪粒子簌簌地往下落，落到他的眼角，被未干的泪迹化开，冷得他皱起了眉："当年你筹谋这些的时候，我在干什么呢？"

他回想着，好像真的快想不起来了。过了很久，他的声音很轻很轻地落下来："哦，我在昭明台，在上清殿，拿自己做交易，为你求归墟眼。"

长舒抓着门框的手指尖泛白，把上面的木头都抠下来一块。他没什么好说的，五万年前让罗侯把菩提珠藏进了容苍体内，一来是为了给容苍换心救命，二来确实也是避免天界的人找到自己的真身。就连把重生后的容苍安置在淮水，也是他的意思。包括与童天商议，让童天趁着战后取走自己一滴心头血，日后再与容苍重逢，就连让他带着容苍去蓬莱，利用蓬莱的真气，用两千年的时间把容苍的魂魄化为碎片，方便以后取出菩提珠，都是自己的授意。

容苍生了七窍玲珑心，靠着前世今生支离破碎的一些线索，便看透了他的所有布局，他半句也不会为自己辩解。

容苍低下头，斗篷的帽子被风刮落，露出他此时的样貌。他的发顶和睫毛很快沾上了雪花，一两绺散发被吹拂过他的面颊，嘴唇因为没有血色，浅淡得快和皮肤一样苍白。一双暗淡无光的眼睛下尚有依稀泪痕，眸子里却没有了水光，他就这么平静地直视着长舒。

容苍闭了闭眼，刚才那番话耗费了他太多力气，此时已经疲惫到极限似的，声音微弱得能被耳畔的猎猎寒风一吹就散："三殿下精明算计，雷霆手腕，连五万年后的死法都为我安排好了，如今找上门，是等着拿我的尸首再做一次文章吗？"

容苍说完又笑了笑："罢了，从前种种，是我心甘情愿。怪我太蠢，临死之前未及认清，在这世间，对一个人若是期待太满，往往会输得一干二净。"

"温声软语听太多，便忘了满心奔赴过后，求而不得才是常态。说到底，如今因你将我如此利用而感到失落，左不过是气你拿我的生死当作布局的一环，只谋利益，不思人情。毕竟三殿下当年，从未将任何东西承诺于我。"

他重新戴上帽子，身体在斗篷里难以察觉地打了个寒战："当年你让罗侯将真身缝进我体内，让我再苟且五万年，我该感恩戴德才是。三殿下此番若要拿走我的尸体，便再等几日，等我魂魄散尽，你就把这副身体拿去，随便再装什么别的东西好了，也算我报你施舍我五万年阳寿的恩。我们就此两清。"

容苍俯身拿起绳子，拖着身后的木柴，一步一步朝屋里走去。先前长舒留在院中的脚印很快被大雪掩埋，如今容苍再踏上去，却浅了很多。

木柴太重，容苍走了没两步，脚力一虚，差点一个踉跄倒下，长舒奔过去，刚把他扶好，便被容苍推开。

长舒无奈只能放手，看着他缓慢地越过自己前行。几步的距离，换作以往的容苍，两息便能到达木屋门口，现下他却走了很久。终于，快到门前台阶下的时候，容苍停下来。

长舒站在原地，望着他的背影，看不见容苍的正面，只知道那个被厚重的斗篷包裹住的人呼吸愈发沉重，因为容苍的脊背起伏得越来越厉害。

半响，那背影的肩头轻轻颤抖了几下，容苍再开口，声音里有了些鼻音："只是这次，三殿下不要再让我活过来了。死生一场，非要让我再选，我宁可永远死在五万年前。"

长舒死死盯着容苍的背影，咬紧了牙，才让憋得通红的眼眶没有泪水落下去，免得他将容苍看得更不清楚："你不和我一起？"

有些佝偻的脊背僵了一瞬，容苍长长缓了一口气，摇头："不要了。逆鳞给你，你把思引还我……或是丢了毁了，我什么都不要了。若有来世，不要再遇见。"

容苍语毕再没给长舒说话的机会，抱着木柴快速进了屋，将门重重关上。即便知道长舒要破门而入易如反掌，趁着自己法力尚未完全耗尽，他还是固执地给屋子设了结界。容苍在屋内待了一天一夜，长舒站在雪中，看着结界散发出的淡淡光晕，脚步未挪动分毫。

天擦黑时便见屋内燃起了火光，等到半夜，柴火熄了，又听见床边隐隐的咳嗽声，接着容苍拖着步子起来生火，生了半响，又咳喘着躺回床上，如此反复几遭，直到天明。

容苍再出门拾柴时，长舒还在昨日的位置，肩上积了几寸深的厚雪，薄唇紧闭，一个字也不说，只期盼地望着他。

今日容苍还是披着那件巨大的缎面斗篷，刚打开门，看到门外一身覆雪的长舒时他愣了一愣，很快便错开目光。一阵寒风朝屋内钻去，容苍头皮一麻，还没来得及伸手，听见长舒急急一声："把帽子戴上。"

此话一出，两个人俱是沉默。

容苍绷着表情戴上帽子，宽大的帽檐又盖完了他整张脸。裹挟着大雪的寒风刀子似的刮得人脸疼，他迅速低下头，让帽子替自己挡住，然后看也不看长舒，直直穿过院子，朝林中走去。

长舒跟着他，始终保持着一段不远不近的距离，容苍起先没有发现，待注意到了，便加快速度，可再快也快不过此时魂魄归体的长舒，倒把自己走得直喘气。容苍干脆放慢步子，心道随他好了。

到了林子里，他却再无法忽视眼前的一切。所有散落的木柴不知何时已经被一捆一捆扎堆放好，没有一根潮的润的，全都干燥整洁地摆在那儿，天上下着雪，却落不到它们上面。容苍盯着它们看了少顷，一掉头，从不远处的巨石底下拿出自己藏好的斧子。自己砍还不行吗？不承想刚举起手，斧子一挨上树，面前合抱粗的树干"咔嚓"一声拦腰而断，留下干秃秃的木桩和容苍面面相觑。

他转头，始作俑者手拿折扇，低垂着眼睛，一袭白衣快要融入雪里，一副什么都不知道的做派。容苍气不过，去砍第二棵树。这次手刚举起来，前后左右的树齐刷刷断掉，砸在地上，发出轰然声响。

容苍：……

他放下斧子，丢在地上，默然半响，果断走过去抱着地上一堆捆好的柴，按原路返回。今日的柴不知怎么比往日轻了许多，抱在怀里就跟没抱似的，他也假装不知道，何必跟自己过意不去。

长舒又亦步亦趋跟在容苍身后一路，临到院前便站在栅栏外不走了，他看着容苍抱着柴火进屋，关门前听见容苍背对着他讥讽了一句："剖心剐肉，割魂散灵，三殿下不会觉得动动手指头砍两根柴，再卖个乖，我就不痛了吧？"

长舒攥着扇子，指甲快要掐进皮肉，低着头一言不发，直到砰的关门声传来，他才慢慢松了一口气，又抬起头凝视眼前的木屋。

再过一日，便是除夕了。

又过了如昨的一夜，第二日容苍开门，柴已经在脚下放好了。

容苍蹲下身，把木柴抱进屋，长舒本以为他又会如往日一样闭门不出，不承想刚把柴火放好，他竟出来了。长舒直直看着他朝自己走来，隔着半人高的木栏停下，语气还是冷冷的，带着点愠怒："三殿下到底要做什么？若要收尸，等过几日来捡人就好了，不必在这里忙前忙后，冻出问题算谁的？"

长舒捏着斩风，一把折扇尽管没有打开也还是快被他握得要变了形。他抿了抿嘴，同容苍对视："你还没得到我给的幻印，我向你下了誓，我要带你回……"

"你是说它吗？"容苍把话打断，手伸进衣襟，拿出贴身的一张纸展开，垂目凝视，兀自喃喃念着，"红笺为记，风雪来证，长舒在此立下重誓。今与容苍已立永授幻印之重誓，当许不背不弃之长约。结此善缘，载明族谱……"

容苍的声音越来越小，浓密的睫毛遮住他半合的眼睛，叫人看不到里面飘忽的情绪。

念到一半，他念不下去了，笑一笑，将信纸重新折好，二指夹住，抬眼看向长舒："原来三殿下多日以来惦记的是这件事，怕我还想赖着烟寒宫。"

"你放心。"容苍指节忽地用力，信纸在他手中化作齑粉，"昔日红笺白雪，你向我下誓，说去留由我。如今这诺，我不许了。"

长舒微微瞪着眼，愣愣看着那堆粉末自容苍指间飘飘洒洒散落，大脑空白一瞬，竟然忘了要说什么。

"长舒殿下，"容苍扫过长舒骤然落魄的神色，心尖抽搐似的一痛，咬咬牙根，转身回屋，"你我数年，皆该苦海自渡，早忘，才能早日回头。"

容苍走出一段距离，身后之人依旧没有回应，他不知不觉慢下步子，刚要踏上台阶，听见长舒颤着声音，问了一句："若我不肯呢？"

容苍脚步一顿，耳后响起栅栏推动的吱呀声响，踩雪之声离他越来越近，是长舒朝他步步逼来。

"若我偏不两清，就要你活过来，要你与我回去。"长舒在他身后站定，寒天雪地，容苍似乎都能感受到身后人的体温，"我不肯忘，你待如何？"

容苍眨了眨眼，仰头，抬眼看了看天，看着随自己说话而散到空中的白气，道："随你。"

木门一开一关，他又把长舒晾在大雪纷飞的屋外。

魂／兮／归／来

那晚夜间，屋里的火熄了好久，长舒也不见容苍起来添火，犹犹豫豫地踏出步子想进去看看，临到头了又总是悻悻撤回去。直到屋里传来"咣当"一声，像是什么器皿打翻的声音，长舒才眸光一震，冲进了屋里。

容苍洗漱的铜盆连带着木架都被掀翻在地，屋里木窗还开着，床上没人，长舒扫视一圈，才在身后的漆黑角落里堆放的柴火旁，看到一个蜷缩在地的身影。容苍两臂交叉胸前抱着肩，侧躺在地上，浑身都在发抖。长舒忙不迭将容苍扶起，他刚一抱住，便感受到容苍正不断溃散的灵力，如被打得稀碎的瓶子里正奔泻而出的流水，想要阻挡却无力回天。

长舒抬手一摸容苍的额头，都是冷汗，他身上温度低得骇人。把容苍圈在怀里，长舒抱着他，没有下一步动作，也没有替容苍输送真气。若不让他尽快散尽残灵，又怎么使用魂契。

容苍抖得没那么厉害了，长舒把外衣盖在他身上，听着他渐渐平缓的呼吸，轻声问他："容苍，你是不是每日每夜都如此痛？"

容苍缩在他怀里不说话。他日日夜夜都很痛，只是以往没有今夜那么来势汹汹，所以在长舒面前勉强能撑住。魂魄和灵力在身体里流失消散，偏偏容苍的意识却十分清醒，没有随着它们离去，于是他每时每刻都清晰地感受着自己的痛苦，每一次呼吸都是煎熬，像是一团寄存在身体里的魂识，眼睁睁看着自己慢慢油尽灯枯却无能为力。

长舒把容苍送回床上，这个数日前还与自己言笑晏晏的人，此时被折磨得只剩一副骨头架子。容苍靠在床头，低垂着眼睛不知道在想些什么。身体或许因为出汗而有些脱水，嘴唇也干裂了，脸色白得没有一丝血气。长舒在床边站了片刻，有些拘谨："我出去……"

"长舒。"容苍突然叫住他。

长舒攥住袖子，维持着侧身的姿势不敢动。

"我这些天，总是在想，除了你族人的安危，还有什么事情能让你动容。"容苍说得很慢，大概是乏力了，"是不是有朝一日，我死在你面前，你也无动于衷。"

他顿了顿，终于问出口："你这些天这么对我，只是出于愧疚吧？你守着我，照顾我，却看着我的灵力和生命一点点消逝而袖手旁观，你真的在……等着我死吗？"

话音一落，满室寂静。天将明未明，容苍等了一会儿，眼前的身影没有给他半点回应。他扯了扯嘴角，心里了然，再也不抱任何期望地合上眼，胸腔中有个一直积蓄着情绪的地方被此时二人间的沉默刺破，爆发出一片怆然，灭顶的悲伤随之而来，快要将他淹没。

下一刹，有人倏地把他紧入怀中。

容苍怔怔的，还没反应过来，听见长舒颤得不像话的声音从头顶传来："我不会让你死的，容苍，你信我。我从未想过要你死。"

"你信我。"他不停重复着。

良久，长舒听见怀里的人发出低低一声呜咽，接着是愈发难以自已的抽泣。

容苍把脸埋在他腰间，自己真是不争气，这个人这么算计他，临到头了，随便一句话就把他哄回来，让自己心甘情愿地无条件信他。

容苍在长舒怀里小声控诉："你怎么现在才来哄我，我等了你好久。你这么多天才找到我，我对你很生气，你明明知晓，说什么我都会相信，却还是一个字都不肯说，宁愿站在外面，让我担心。你这样捉弄我，我很难过。"

长舒摸着容苍的发，一遍一遍地轻声同他道歉："对不起，容苍，对不起。"

哭够了，容苍脸上竟难得有了血色，再醒来时已是下午，天色正好，似乎还能依稀见着太阳。容苍的精神莫名地比前几日好了很多，长舒问他还有没有哪里不舒服，他摇了摇头，走ράμ片刻，对长舒说："长舒，你再替我束一次发吧。"

长舒带着他到窗前坐下，桌上的铜镜蒙了厚厚一层白灰。长舒为他束发，一边束好，一边问："可紧了？"

容苍正透过镜子瞧他，对上长舒带着点笑意的眼睛，愣了愣，也轻轻笑了。

"不紧。"

长舒还笑着，容苍也浅浅地笑着，只是两人眼里都泛了点水光。

"可松了？"

"不松。"容苍说，"长舒束的，刚刚好。"

窗外风雪呼啸，长舒一边笑，一边把泪滴到了容苍发间："你我无离恨，人间有白头。"

束完发，压了冠，容苍轻轻打了个呵欠，像是又有些累了。长舒扶他到床上，听他絮絮叨叨地抱怨："二叔剜我心的时候，一点也不留情，我现在还疼。"

魂／兮／归／来

268

"这极溟的木，与人间的木不一样，很沉，法力也不好使，我抱着回来，有一半都不好燃，总是半夜就熄了。

"骊龙族的人现在到处找我大哥，群龙无首，都想让他回去，可他守着紫禾哪里也不去，怕是生生世世都要待在那个山洞里了。

"今日是除夕，长舒，你有没有听见人间的鞭炮声？我好像听见了，他们好热闹。

"好想再去人间啊……

"长舒，天亮过后，便是新年了……

"长舒，除夕一过，我们便回烟寒宫吧……"

说到后面，容苍的声音愈发小了，到最后他只轻微地张合着嘴唇，发出些让人听不清楚的呓语。长舒等听不见容苍的声音了，才开始低声念叨："你这一生，同我说过许多次痛。罗刹伤了你，你说痛；撞上红羽的剑，你说痛；大哥剜你心骨，你也同我说痛。可最该说的那一次，你却只字不提。"

他轻声问着："我夺你逆鳞时，你一定很痛吧？"

怀里的人不回应他，长舒也不再说了。他就这样一动不动守着容苍，从暮色四合到黎明将至，感受着怀中的人呼吸逐渐微弱，到最后几近于无，满屋只剩下透过墙壁传进来的呼呼风声。夜再深些，看不到一点月色的时候，容苍身体没有了起伏，长舒甚至能听见屋檐下的寒霜结冰的声音。

东方渐白，第一束晨光照进房里，照到容苍白到近乎透明的面颊。

"容苍，天亮了。"

他唤的人早没了呼吸，被晨光照亮的脸上，嘴角带着抹浅淡的笑，安静得像是睡去一般，模样很是乖巧。长舒浑然不知似的，将怀里没有温度的躯体抱得更紧了些。他也笑了笑，声音温柔得近乎一捧被煦阳化开的春水。

"你说，天亮就是新年。

"容苍，今岁平安，来岁圆满……岁岁常相见。"

长舒踏出这间木屋的时候，正值天光大好，雪色如练。

只是天光雪色皆不知，他此后再无欢喜事。

长舒先是回蓬莱联系了罗侯与童天，只叫他们明日便想法子上九重天到天尊身旁，届时他替族人报仇，破了五万年前那道砌魂墙，他们二人是要看戏还是就此撕破脸皮，都随意。

三人约好时间，罗侯将往生镜拿给了长舒，后者不再多言，竟掉头要朝九幽去。临走前童天还是没忍住叫住了他："玄昭就这么……死了？"

他在蓬莱带了玄昭两千年，仔细想来，这一生除年少时候与天尊一起在祖神座下受教，还有独自将长决养了几万年以外，从未与旁人朝夕相处过那么久，重生后的玄昭是第一个。

想到自己持刀剜心后玄昭的神情，他多少起了恻隐之心，竟真有些把人当成了自家小辈来怜爱的感觉。当年长舒赴战之前同他商议到这一步，他还有些犹豫，问当真要做到如此决绝吗？长舒那时眼中没有丝毫的迟疑，淡漠得让他怀疑是不是世间所有入魔的人都会变得如此冷血无情："下手要快，他很机敏，别让他逃了。记住以心头血为引，把整颗珠子完整地挖出来。不要让他的魂魄有半点能残留在体内的机会。"

可他剜心过后，一个不留神，还是让玄昭跑了。

长舒微微侧过头，他低垂着眼睛和睫毛，沉默了一瞬："是容苍。"说完他也没给童天答复，留下不明所以的两个人，脚不沾地地走了。童天看着神魂归体的长舒，这人雷厉风行地活着，却越看越让他觉得像是死了。这魂到底是回去了，还是跟着容苍没了？

长舒没工夫顾上旁人怎么审视他，好戏自然要朋友来看，他思来想去，似乎也就韩覃能耐大点，能在天界得人人礼让三分。再者以防万一，若是出了事，也好叫他替自己收尸，若是没出事，那斩风那么多年，也该让韩覃见见了。

去了九幽，韩覃告知他，前日也不知谁劝动了那个牛脾气的瑶灵上仙，竟带着她之前掳走的亡魂回来了。韩覃一看，是有人用法子保了那亡魂灵体不散，这样一来，再入轮回倒也说得过去。如今瑶灵已经到人间守着自己刚刚转世的小夫婿去了。

再从九幽出来，天便黑了，长舒站在夜色里，沉思半晌，又进到往生镜中。青岭等得百无聊赖。前些日子救了那对小夫妻，把人送走，唯一给自己搭伴的也没了。满山瘴气又被容苍吞了个干净，以前还能在雾中找树，如今看来看去都是雪，也颇没意思了些。她正想闭眼假寐，脚下缓坡有一人信步而来，白衣玉冠，正是不久前才重逢的长舒。

"长舒……"她一下子坐起来，见来人神色，试探着问，"你……想起来了？"

"想起来了。"长舒看着她，"我答应过你的，带你出去。"

那夜九重天上清殿十分热闹。先有罗侯带着自家父亲来拜见天尊，说是好久不见要聚上一聚，客人前脚刚坐下，后脚就有那位他数十万年不见的老朋友也跟来了。罗侯对天尊笑得恭敬："晚辈请来的，天尊不介意吧？"就好像他一个刚刚飞升十几万年的尊者从未耳闻过蓬莱一战，以及天尊与童天之间的恩怨一般。

天尊是个体面人，打着哈哈道："自是不介意。"

只是杯中的酒、宴上的乐，自童天现身后，怎么都有点变了味。

气氛没有不自然太久，一曲未终，人间莫邪山发出轰天异动，那只在山上守着怀沙剑已经久到快让人遗忘的罗刹鸟的鸣叫惊动了整个上清殿。剑灵唤主，绝非好事。真佛施施然起身，对众人宽慰道："莫慌。许是那妖孽大限已至，垂死挣扎。待我出去看个究竟。"

真佛走出不过片刻，南天门的天兵手忙脚乱奔赶来报："怀沙剑……解封了！"

天尊拍案而起，怫然道："一派胡言！鬼剑认主，唯一能解封的人五万年前便被本座杀死了！"

其间纵使幻族余孽东躲西藏，可他念及群龙无首，这才许多年来虽有追杀，却从不放在心上。怀沙剑主五万年前同那一辈幻妖一齐死在他手下，他亲眼所见，那道砌魂墙如今还在九天烟寒宫外伫立，九幽鬼剑怎么可能解封？

年轻的天兵咽了咽唾沫，抖着手擦擦汗，嗫嚅道："刚刚……有个叫长舒的……"

"天尊是在说我吗？"

天兵话未说完，便被殿外一声冷冷的发问打断，众人朝门口看去，檐下九尺玉柱后的拐角处慢慢走出一个身影，长眉凤眸，唇角带笑，额间一抹鲜红的幻族妖纹，好似灼灼赤焰，刻在那副雌雄莫辨的皮囊上。顺着沾了斑斑血迹的领口往下看，这人一手持剑，另一只手上像是提着个包裹，里面装了个什么圆滚滚的物件，有血浸透了布料不断朝地上滴落。

此时远处那些人仰马翻的嘈杂声响好像才传进殿中，愈发清晰和尖锐。殿外流云被血色烧成一片绯红。长舒顺着众人呆滞的目光向后看了一眼，回过头道："哦，忘了，五万年前有些天兵，听说因曾在天尊背后谋划出力而立功，这些年来日子过得太好，我让他们去见见故人。"

殿内寂静一瞬，忽然，有人认出了长舒手上提着的东西："那是……那是真佛的袈裟！里面……是一颗头！真佛的头！"

"真佛……真佛不是……金刚不坏之身吗……"

"可我听说……鬼剑怀沙……能破天地……"

"那剑上是什么？！你看到没有？你……你看到没有？！"

"是……是鬼面……是鬼面！"

不知是谁率先爆发出一声尖叫，殿内众人如鸟兽散，顷刻间杯盏翻滚，觥筹散落，一片狼藉。长舒见人走得差不多了，才把着长剑步步前行，朝殿中走去。

剑刃淌血，摩擦在花白的玉石地板上，发出沙沙的响动，带出一条蜿蜒细长的血迹。

怔在原座的天尊瞳孔骤然一张，死死盯着朝自己逼近的人。不……这不可能……这人五万年前死在他自己的斩风扇下，魂魄散成了碎片，毫无生还的希望。更何况，他还让罗侯亲手收了尸。可这人手中的怀沙剑……还有腰间那把扇子……

天尊突然想到什么，目光如炬，带着腾腾杀气朝座下岿然不动的罗侯一瞥。

那人闲闲饮了口茶，润了润嗓子，转了转念珠，笑道："天尊终于想起我了。"

"孽畜！"

天尊恨恨朝他瞪了一眼，抬手便是杀招，招法未落，眨眼被罗侯身侧的童天挡了回去。

童天抱臂而站，睨着天尊："你该不会觉得，现下的形势，还轮得到你为所欲为吧？"

此话一出，如一瓢冷水，将盛怒中的天尊泼醒。他举目环视，殿中已没有了旁人，殿外的天兵乱作一团，领头的天尊心腹几乎被长舒剿了个干净。方才众目睽睽之下长舒又一剑砍掉真佛的头颅，留下一句"尔等无辜，不妄动便无死伤"就进了上清殿，威慑得这些低等小卒谁也不敢随便闯进来。

天尊冷静下来，目光转回长舒身上，面部肌肉一抽，道："五万年前你便兵败兵于我，那时姑且还有个装模作样的玄昭给你殿后，如今就连玄昭也死了五万年，你该不会觉得手上多把废铁，就能翻身吧？"

长舒眼底划过一丝异色："你那时便知道玄昭不是真心帮你？"

天尊扬唇："不错。"

"那还让他挂帅上阵？"

"我知道他上了战场必定反水，不趁着玄凌被贬下凡，连着他弟弟一锅端了，天界哪里来的理由好收服东海？"天尊摇摇头，啧啧叹道，"没想到啊，还等不及我出手，你就替我把他杀了。"

长舒低头沉默了少顷，发出一声轻笑，抬头，眼芒扫过天尊面颊，如针尖般锋利："你该不会以为，五万年前，我真的杀不了你吧？"

天尊像是听到了什么极滑稽的事："那你怎么不杀了我？非要死一次再重头来过，是当时不想活吗？"

"你搞清楚，"长舒对着这通挑衅置若罔闻，将手中真佛的头颅一把扔到罗侯怀里，握着剑，慢慢踱步走上台阶，"五万年前，我不杀你，是因为我要保全很多人，我的族人、玄昭和上玄门十六个师兄。我行差踏错一步，都会让他们成为你手中的把柄，被你拿捏着生死来威胁我。我上一次死，不是因为你，而是为了换他们活。"

"可如今不一样了。"怀沙剑被举起，朝着天尊心口的位置。

"我的族人被我安置在天族找不到的地方，玄昭也死了，上玄门的师兄早轮回了不知几遭，我什么顾虑都没有了。"长舒一手举剑，一手召出斩风，缓缓抽出腰间别好的折扇。

长舒一字一顿道："如今，便要你偿那座烟寒宫外砌魂墙的债。"

"你还妄想救你魂墙中的族人？"

"我救得了桑胥三十万亡魂，救得了莫邪山十六个同门，今日，便同样救得了我受困的族人。"长舒喝道，"斩风，出！"

折扇倏地张开，带着滔天之势的离火，火舌急速扩散，很快包围整个上清殿，将殿中数人团团围住。就在这时，韩覃从九幽赶了上来，贸贸然踏进殿门，竟未被这离火伤到半分。碧蓝火焰中有星星点点的散灵在慢慢聚形，韩覃进殿后便见到这一幕，当即止步，两眼发直地看着聚灵的地方。未几，火中化出一个淡蓝色的人形，初时只是一个轮廓。那人形带着火星子，朝长舒走近，越近，五官四肢也逐渐清晰起来，直到跪在长舒身前，变成了一个眉眼疏阔的蓝衣少年，是扇灵。少年神色淡淡的，对着长舒颔首开口，语调沉稳铿锵，道："主子。"

"小扇子！"这头长舒还没应，韩覃已经连滚带爬地跑了过来，伸手便要抱住那蓝衣少年。扇灵起身轻轻一躲，韩覃扑了个空，再望过去，那人只是不冷不热地扫了他一眼，眼里话里都没有半点温度："我不认识你。"

这话不似作假，韩覃也像从未见过他这副模样，愣在原地。

"好了。"长舒在一旁开口，"要叙旧以后再说。斩风。"

刚唤了一声，扇灵便立刻移步到长舒身侧，低声应道："主子。"

要说这头的天尊为何看了半天好戏也没有动静，还是因为这把将上清殿围得水泄不通的南明离火。三界万物中，这是唯一能让他一见到就不敢轻举妄动的东西。当年烟寒宫前那场大战，扇灵尚未出现，光是扇面上燃起的一簇，他一碰就伤及魂魄，登时被灼出一丝腐魂，遑论现在，整个场子都被这离火包了个干净。待扇灵跟着长舒的眼神将目光投射过来，他终于心虚了。天尊运气腾身，直冲殿外，想去曾经的烟寒宫一处寻得那道魂墙作守。

下一刹，殿中响起长舒凛然一句短令："杀。"

剑灵应声而动，瞬时化作一抹火光，似飞剑般朝天尊刺去，后者只好回身格挡，不过片刻，两人便在殿内纠缠起来，一攻一防，一击一避，快得人眼所见好像只剩下两道随风而动的影子。

天尊很快落了下风，后面明显慢了下来，不久，众人听闻一声惨叫，两道光影中凌空落下一个人，面目全非，鲜血淋漓。紧跟着落地的剑灵脚下没有停顿，一式杀招在手，眼看就要朝奄奄一息的天尊打去，长舒却扬手，示意斩风稍停。接着他又朝童天使了个眼色，后者会意，转身出殿朝烟寒宫奔去。

"今日你一死，百尺魂墙即刻便解，你我二人也算两清。可有些账，还没算完。这杀招，我还下不得。"长舒突然看向罗侯，话还是朝着天尊说的，"十几万年前，秋水镇山灵青岭一念成痴，突起心魔，虽致瘴气绕山，却从未让那瘴气流于人世。可据我所知，天界对其下捕杀令的原因，是说那山灵的心魔为祸人间以致生灵涂炭。我倒想问一句，那时为祸人间的心魔，究竟是山灵身上的，还是天尊渡劫，修习禁术时惹上的？"

被质问的人卧倒在地，抖着嘴唇，说不出话。

"天尊默认了？"长舒淡淡地道，"当年与真佛合谋，将自己的心魔放置人间，一来终于有冠冕堂皇的理由把困扰自己多年的魔气除了，二来还能替真佛杀了耽误他儿子的心上人，一石二鸟，倒是好计谋。"

"只是如此，向你讨命的人便不是我了。"他往后一步，让天尊看清楚被自己挡住半个身子的罗侯，"你这命，留与不留，还得问他。"

罗侯自方才被提及往事时就已咬紧了牙关，两眼通红，手下运功，势必要杀了眼前之人。账吗？清与不清，还与不还，他不在乎，他只要报仇。罗侯痛恨天界的每一个人，包括他自己。

下一瞬，他挪步到天尊面前，居高临下地看着脚下满面骇色的猎物，举起一臂，随即殿内便传出凄厉的一声痛呼。涅钟长鸣二十四响，九重天万神同哀，皆是洞若观火，却无一人敢出手阻挠。殿内殿外地动山摇，天际血光毕现，三界共感，有上古神主羽化入归墟。

杀招已下，世间再无天尊。沉闷悠远的钟声不知回荡了多久，在一切归于安然后，无论是殿中的他们还是殿外旁人，依旧陷在绵长的沉默中，神佛妖魔，各有心思。

罗侯在原地怔了许久，满室寂静中，他突然呆滞地转身，一步一步向殿外走去，徒留一句呢喃回响："她等了我许久。"

这话不知让长舒想到了什么，他心头一颤，知道至此大局已定，也不想再看下去，慢慢转身，吩咐斩风留下，便走出了上清殿。行至烟寒宫，祖神所言不假，当年所有族人的残骸都在慢慢复原，魂墙已解，要不了多久，他们就会苏醒。

他走到童天身旁，那人正盯着一个薄弱到近乎透明的魂魄。这魂魄与其他人都不同，他没有形体，旁人只是肉身毁了，他没有肉身，连魂魄都正在从残片的形态慢慢融合复原。

那是长决。

童天握紧了拳，大气不敢出，屏息凝神看着长决的残魂一点点归位，脑中不断回想着当年长舒同他说的话。

"你到底想做什么？"

"看你要什么。要长决也好，要复仇也罢，我都有筹码。你选好了，我们做场交易。"

他最终选择了长决。

恩仇爱恨，谁知道再过个几十万年会不会如过往云烟，再回头看，届时安知自己不会觉得不值？这些事，又怎么比得过一个长决。

长决长决，他不愿与君长诀。

长舒推断得没错，大战之时天尊果然会用砌魂墙这一招。他那时也只是铤而走险，想着砌魂墙内，所有融入其中的皆是完魂，既然能借力打力，在成墙之时借魂墙之力把人的魂魄打碎，那为何不能试试，可不可以将碎魂在那一瞬抛进墙中，借成墙之势，强行把魂魄拼凑还原？

童天修习的篡魂之术没有缺漏，长决的魂魄之所以怎么都拼不起来，是他被夺魂时心死绝望，自己没了求生的想法。长舒那时想着试试，便在赴战之时带着长决的残魂与童天拼杀，成墙时趁乱放出了长决的魂魄碎片，如今看来，当是功成。

"二哥魂魄已成，只是现在太过虚弱，不知何时才会醒过来。我也不知这魂墙将他残魂强行复原会不会有什么别的效果，等他醒来之后，若是记忆出了岔子，什么都不记得了倒还好。我宁愿他半点也不知道，可如果他想起来了，是去是留，你自己决定。"

长舒交代完，没等童天回答，便头也不回地走了。童天瞧着他的背影，总有些说不出来的感觉。就好像这人在此之前一直强撑着一口气，等的就是现在，处理完了所有的事，似乎在这一瞬放下了担子，那股精气神霎时就没了。他的肩低了下去，背也不怎么直了，连脚步看起来都有些虚浮。

没过片刻，长舒便证实了他的想法，长舒一个虚晃，紧接着踉跄了一下。

童天赶紧跑去把人扶住，发现这人两手在止不住地微颤。长舒倚着他休息了两口气，便将他推开。这时童天才看到他脸上不知何时淌出的泪痕。

"无碍。"长舒道，"你去守着二哥。"

"你呢？"

"我要去找容苍。"话一出口，长舒眼角便红了，他有些急促似的往前走，喃喃重复着，"我要去找容苍。"

童天怔怔看着他远去。五万年前，长舒在博引阁揭穿他的身份时，本来打算去那里干什么？

归墟泉眼。

童天找了数日，最后才想到长舒可能在此处，到达这里的时候，他先是一愣，而后一惊，心里说不上是怒还是悲。容苍的尸体被搁置在泉底，长舒伏在泉边，脸埋在交叠的手臂里，脊背有微弱的起伏，像是在小憩。只是原本一头泼墨青丝，已成白发。

长舒向来浅眠，遑论现在还守着容苍，稍微感知到有人靠近，便立即警觉地抬了头。见来人是童天，他才略略松了一口气，有些疲惫地揉了揉眉心。童天还在原地被他这副模样惊得说不出话，待找回了思绪，走过去用神识一看，便知晓长舒干了什么。

"魂契……你果真……"他蹲下身，一把抓住长舒手腕仔细探了探，确定这人大体无恙才放下了心，"当年你去博引阁，就是为了修习此术？只是恰好遇见了我，顺便揭穿了我的身份。你从那时起，就已经想好，日后要以此救他性命？"

魂契一法，要一死一生才能施行，留死者神识与记忆于体内，待其魂魄彻底脱身，生者再与其生成魂契，以命续命，同生共死。

长舒没有回答他，只慢悠悠地起身，朝出口走去："你既来了，便替我守着吧。容苍不知何时才会醒过来，也许明天，也许几万年。若是有事，你就来找我。烟寒宫还有很多东西，等着我处理，我先……"

"你疯了！"童天瞪着长舒的背影，咬着牙骂道，"你魂魄才归体多久！身子痊愈了吗？！你看看你现在这样子！自己性命还悬在鬼门关就急着分一半儿给他！你当你是紫禾吗？！真以为怎么折腾都有命在？！你知不知道，即便你用了魂契，法力最多也只能维持三万年，若三万年后他醒不过来，你也活不成！"

朝泉外走去的身影脚步一顿，只一瞬，便很快恢复了从容，徐徐踱步离去。

长舒消失在视线外的最后一刻，童天听见他说："那便活不成。"

两万八千年后。

九幽。

277

许久不见这样的热闹，幽冥地府竟也张灯结彩，敲锣打鼓，冥主宴请八方，广邀四海之友来参加自己的婚礼。长舒与童天一起止步内庭外，看着凑热闹的大伙嬉笑着进去蹭夜宵，才渐渐敛了笑意，默默转身离去。童天跟上去，与他并肩而行，看这人不知怎么又在走神，便问道："在想什么？"

"没什么。"长舒摇了摇头，片刻过后又低低笑了一声，"只是想起，很久以前，也有人想要我做那副打扮，还为我描过一幅丹青。"

刚好走出九幽，长舒抬头看了看漆黑的天，身后的那些嘈杂热闹声似乎还萦绕耳畔，没有散去。

他轻声叹道："日子过得真快啊。"

童天点了点头，心里有些担忧，嘴上还是附和着："是很快。"

这两万八千年，长舒还在竭尽心力地寻找着流落在外的幻族，日日抽空去归墟泉眼同容苍说话，偶尔去卧玉泉睡上几天。长决的魂魄养在蓬莱，至今还没醒过来，童天成了闲人，每天最要紧的事就是替长舒守着泉底的容苍。

魂墙内的族人尽数归来之后，烟寒宫比以往又热闹了不少，不知他们用了什么法子，赤霜殿前那棵枫树也变得经年不败了，春夏秋冬，一如既往地红。

东海骊龙一族依旧找不到玄凌，再这么下去，快成一盘散沙。秋水镇的瘴山也没了瘴气，成了普通的一座青山，听闻有高僧久居山中，从不下山，一待就是上万年，把自己变成了凡间的传说。

正细数着往事，远处有一队人兵荒马乱地朝他们跑来。离得近了，才看见打头的红羽和他带领着的几个族人，都是长舒今日让帮忙看守归墟泉眼的人。

长舒心头一震，三两步走过去把红羽扶好，问道："别慌，发生了什么？"

红羽指着归墟眼的方向，又朝烟寒宫指了指："君上……归墟眼……容苍……烟……烟寒宫！"

红羽急上头了便说不出个所以然，长舒只怕有人去归墟眼抢了容苍的身体做文章，未等红羽再开口，直接拂袖，飞身朝归墟眼的方向去了。

到了泉眼，人果真不见了，长舒大脑"嗡"地一响，霎时一片空白。

过了半晌他才回过神，马不停蹄朝烟寒宫赶去。

果真出事了。宫殿上空大片乌云盘桓，拧成了一个巨大的旋涡，范围甚至还在不断扩大，颇有要把云下万物吸入其中的架势，只怕是有什么大妖在上方作祟。

长舒眼角一抽，召出怀沙，直直朝旋涡中杀去。

不管是谁，动了容苍，就别想活命。

到了旋涡深处，只剩下无边黑暗和呼呼风声。长舒提起十二分精神，环视四周，忽然眼前甲光一现，长舒当机立断朝那处刺去，不承想脚下一股黑风直直把他整个人裹住，朝宫中的赤霜殿俯冲而去。那黑风像是早已摸透宫中布置，熟门熟路钻入了长舒寝殿，刚一进去，殿门"砰"地关上，邪风把长舒放稳，又悄然脱身而去，藏了起来。此时外面夜色如墨，殿内一灯未点，伸手不见五指。满堂寂静中，两人对峙许久，突然，殿内响起冷剑铮然落地的声音，"哐当"一下，像是怀沙没被拿稳，掉在了地上。

一阵疾风应声而起，朝长舒冲去，后者像是彻底放弃了抵抗。容苍还没闹够，本想开口说些什么吓唬长舒，却有只手轻轻抚上了他的眉头，好似探一片云，画一个梦。

原来他被认出来了。耳畔传来极低的一声啜泣，容苍心道不好，抬手一摸，长舒脸上尽是泪迹。

他轻声唤道："长舒。"

话音一落，身下的人再也忍不住，再开口时话里带着哭腔："你回来了，你回来了……"

"我回来了。"容苍把人抱在怀里，像那个人在他年少时安抚他那样，一下一下拍着长舒的背。长舒不说话，脑子里绷了几万年的那根弦在此刻断了，他一个字也说不出来。不知哭了多久，容苍肩头的锦缎被泪浸得湿透，长舒安静下来，他听见长舒说："两万八千年……容苍，你可知何为一日三秋？"

容苍沉默一瞬，把头埋入长舒颈窝。

"长舒，我的加冠礼呢？"他喃喃地问，像三万年前刚被捡回来时的那个孩子。

"我的加冠礼，你可准备好了？"

宜归其家

―― 番外 ――

不化霜放在归墟眼里三万年，总算是被取出来给容苍填了心。

但这东西性味极寒，容苍元神属火，虽说如今长舒与他命脉相连，可剖膛换心一事终归凶险，半点马虎不得。也不是说非换不可。长舒当年从韩覃手中收下此物后，就因害怕风险，迟迟瞒着没有告知容苍。

只道这不化霜不被填进容苍心口，对容苍的性命而言也无大碍，左不过容苍的身子骨没有往日那般强健，修习法术也要更吃力一些罢了。

奈何韩覃是个嘴上不上把门的，还没让长舒瞒上个几万年，就在一次醉酒中同人说漏了消息。谁也不愿意自己的心口处是个空空荡荡的窟窿，容苍一知道，就去找长舒，说什么也要填心。长舒担忧容苍安危，左右搪塞，就是不肯答应。

容苍不吵不闹，一个转身走出寝殿，没让半点动静传进长舒耳朵里。

长舒在房内冷着张脸，心绪早就乱了。他站在书案前，捏住一支笔半晌，却愣是下不了笔。末了他还是皱起眉头，长叹一口气，放下笔寻那龙去了。

容苍根本没有走远，连赤霜殿都没踏出去，就蹲在院前花圃旁边。他背对大门，扯着那株长舒平日里最爱的兰花撒气。眼看兰花叶子连带着根都要被龙薅秃了，长舒走到龙崽身后，无奈道："这花又没招惹你。"

容苍把头扭到一边："那又有什么法子，招惹了我的我又不敢惹回去。我在这赤霜殿里人微言轻，连件自己想做的事都做不成，如今扒拉朵花都有人替它出气，却没人来理会我的委屈。"

长舒听着这声音不对，让人转过来。

"你这又是何苦。"长舒拭去容苍面上的泪珠,却被容苍躲开。长舒只能收手,看容苍低头继续去扯那株兰花的叶子。容苍的泪珠一滴一滴往地上掉,时不时还抽泣几声。

长舒的死穴算是给容苍拿捏明白了。

容苍哭得可怜见的,鼻尖都哭红了,偏偏就是一个人缩着不跟长舒说话。长舒看着心疼了,先开了口,声音又轻又温和:"那不化霜太过阴寒,若被贸然换进你的体内,福祸难卜。而且又不是什么非行不可的事,你如今将就着,平安无恙,不也挺好?倘若当真拿它给你填了心,届时出了点什么岔子,怎么办?让我再在归墟眼外守着你,遥遥无期地等个几万年吗?容苍,几万年太长了,有人等过一次,便再也等不起。"

容苍止了一瞬的抽噎,他听长舒说完,有些犹豫,慢慢抬眼看过去,正对上长舒一双沉静又难掩些许担忧的眸子。

可容苍的龙脾气也上来了。他在淮水作威作福了几万年,仗着一身法力横着走惯了。如今谁都拿他当个瓷罐子护着,生怕他磕着碰着出一点事。长舒这么对他,他当然求之不得,但人人都这样,就是轻视他了。可被人轻视又有什么办法,因为缺了一颗心,他的修为确实大不如前了。

容苍垂下眼,还是想争取一下:"韩覃说罗侯问过观音……我不会有大碍的。"

长舒冷下脸:"谁说不会有事也没用。"他站起身,摆明这事没有商量的余地。

容苍仰头:"若我非要呢?"

长舒沉默片刻,转身走回殿中,留给容苍一个决然的背影:"我看谁拿得走。"

容苍闹脾气了。他闹脾气的具体表现方式是离宫出走回东海,走时还连根拔走了那株长舒最喜欢的兰花。容苍离开的第二天,烟寒宫门口突然多出一群虾兵蟹将。他们在宫门前徘徊,说是路过,可一堆人走了几天都路不过。

几十张嘴,个个都念叨一件事。他们看似跟人交头接耳、窃窃私语,实则就差敲锣打鼓,拿个海螺把话吹进去,生怕宫里有些人听不到:"二殿下说了,他这次很生气！很难过！要拿归墟眼里的不化霜才能哄好。"

"什么东西？"

"归墟眼里的不化霜！"

"什么眼里的不化霜？"

"归墟眼里的不化霜！"

"归墟眼里的什么？"

"归墟眼的不化霜！"

"哦！不化霜啊——"

"没错！不——化——"

"霜"字还没出口，宫门前白光一闪，雪衣玉冠的君上长身立于阶前，手持一柄寒光冷剑。剑身出鞘，同持剑人一起泛着一股凛然的肃杀之气。

宫门前霎时安静下来，连秋风扫落叶的声音都清晰可闻。

"继续。"长舒拖着剑，剑尖划过门前玉石地板，发出尖锐的摩擦声，"归墟眼里的什么？怎么不说了？"

众人盯着长舒即将迈过来的步子，当他的鞋底落到第一级台阶上时，大家屏息凝神，然后很有默契地消失不见了。

这是来之前二殿下嘱咐的，让他们见机行事。

如果把别人喊出来了，别管是谁，赖着不走。

如果把长舒喊出来了，不要犹豫，保命要紧。

"不过把长舒喊出来的概率不大。"二殿下说，"我觉得他没有那么容易生气。"

容苍算着日子，果真在次月初等到了长舒差人送来的肉参汤。

肉参是玄凌大婚时首阳山山神所送，它万年生根，万年出苗，三万年开花，六万年成果，将其移栽到昆仑壤中，取用有度，凭其自愈之能，可用之不竭。三界就那么一株，比容苍的年纪还大。

一剂二钱煎药，文火慢熬八个时辰，每月服之可护心脉。长舒亲自为容苍煎药，从未断过。这次也不例外。即便闹着别扭，时间一到，长舒还是让人准时准点把这药送到了东海龙宫。好不容易有机会做文章了，龙崽子哪里会喝？他不仅不喝，还叫人捎了一句话回去：心都没了，还护个什么心脉？

这话很奏效。

半个时辰后，长舒提着药盒亲自登门。

玄凌倒是有先见之明，不愿意碰这个刺头。他连面都不露，早早派人在龙宫门口候着，只等长舒一来，就领着他去容苍的房里，免得这二人吵架的战火烧到他身上，殃及池鱼。

长舒将药盒放在桌上，取出琉璃碗："喝药。"

容苍坐在榻上，离长舒老远。奈何二人之间有个不成文的约定，即便他们闹再大的脾气，也要事事有回应。所以摆架子归摆架子，容苍还是梗着脖子回了一声："不喝。"

长舒睨视过去："你喝不喝？"

"不喝。"

"我数三声。"

"一。"

"二。"

长舒指头伸到三，床头的人冲到桌边，气势汹汹地把药喝了个干净。参汤入体，容苍确实舒服了一些。琉璃碗"砰"地一声被掷在桌上，容苍背对长舒坐下，他抄着手，留给身后人一个很不高兴的龙脑袋。

长舒看了容苍半天，确定人没有大碍，便收起碗，准备提着盒子回烟寒宫。容苍扯着嗓门："你要是不答应，我是不会回去的。"

长舒脚尖一顿，目光瞥到院子里那株拿结界护好的兰花，朝房中扫了一眼后，信步离去道："爱回不回。"

容苍：……

283

狠话出口不到半日，玄凌就来赶人了。

"你愿意惹长舒就你惹，我可惹不起他。"玄凌抱着兰花盆子塞进容苍怀里，"他再来一次，我东海都能结冰了。"

容苍不走："我还待不得我自己家了？"

"待不得。"玄凌抬脚就要开踹，一副眼不见心不烦的模样，"你赶紧滚回去。"

东海外，一位玄衣公子伫立于岸边，他头上顶着一对还没来得及收回去的龙角，怀里抱着一株兰花，很是迷茫。

天地悠悠，他不知道还能去哪里。

骄阳熠耀，深海无波，容苍望着粼粼如镜的水面发愣，他恍惚间想起自己曾在博引阁中看到一则传闻：上古凶兽饕餮，性喜食，量比鲸吞，贪婪无度，曾过中原罗州，吞食千年火精茯苓，后被太公镇压青州鼎内，至今未被放出。千年火精不腐不化，入体之后可融入元神，以御寒补阳。长舒不答应他用不化霜换心，无非是害怕这东西寒性太重，伤他根本。可如果有火精……

容苍眼睛亮了亮。

长舒跌跌撞撞闯入东海龙宫已是三日之后的事。

这位平日里沉稳自持的幻君，赶到玄凌面前时已无半分风度可言。长舒脸色苍白，连发髻都散了，看上去狼狈至极。玄凌只觉得自家房门被疾风一卷，一抹残影闪至身前，他眼睛还花着，长舒已披散着一头白发撑在他书案前，急问道："容苍呢？"

玄凌一头雾水："什么？"

"容苍呢？！"长舒语无伦次，额头冒着涔涔冷汗，"他出事了……容苍呢？！"

玄凌看长舒神态不似作伪，想来是容苍真出了什么大事，遂稳住心神，安抚道："我三日前便让他回烟寒宫了，怎么，他没回去？"

长舒失神，垂下双眼，睫羽在眼下投出一片阴影，脱力道："没有。"

"不该啊……"玄凌琢磨着,"你怎么知道他出事……"他说到一半,骤然想起这二人如今命脉相连,若是容苍有恙,长舒自然也能感知到,只怕滋味不会比容苍更好过。正想着,玄凌忽闻一声闷哼声。

长舒捂着胸口,额头上如豆大般的汗水滴下,嘴角也溢出鲜红血迹。他闭了闭眼,一息后眸中恢复一片清明,只是眼底隐有殷殷血色,沉声道:"太行山,青州鼎。"

彼时容苍已在鼎中和饕餮打了三天三夜,他从人形化出真身,再从真身被打回人形,身上不剩几处好皮,火精倒是被他牢牢攥在手里。再看饕餮,因有镇妖石柱困着,通天的本领也发挥不出来,被容苍在肚子上戳出一个窟窿,失了火精后,它失控发怒,搅得鼎内一片混沌。

一龙一兽打得天昏地暗,最终还是饕餮略胜一筹。

容苍倒在血泊里,怀中死死抱着兰花和火精。他眼看饕餮一掌朝自己的胸口拍下,闭眼前心想:完了,闯祸了,闯大祸了。

容苍在床上醒来时感觉很奇妙。他空空荡荡的胸腔里有东西了,肺腑间有丝丝凉意,寒流却不沁骨,内力也充沛了不少。动静惊醒了趴在他手边小憩的长舒,插着黑木簪子的满头雪丝下抬起一双迷蒙的眼,两人四目相对,那双眼中半醒的睡意顷刻烟消云散。

"醒了?"长舒抓着他,见容苍捂着胸口便紧张起来,眉头紧紧皱成"川"字,"可痛?"

容苍摇头:"不痛。"

"可有哪里不舒服?"

容苍反手握住长舒,抿嘴笑道:"没有。我很好。"

长舒盯着容苍愣怔半晌,突然把手抽走,起身道:"我去给你端药。"

容苍嘴角还没放下,就眼睁睁看着长舒离开了。他的手心留着长舒的余温,心里有股不详的预感:长舒好像生气了。

童天正巧在容苍等药的时候，从门外进来看他。这位没有长舒那么拿他当宝贝，一坐下就朝容苍胸口赏了一拳头，赏完才后知后觉地朝门外望了一眼，怕让长舒瞧见。

"行啊你，"童天揶揄道，"胆子够大啊，连饕餮都敢惹。"

容苍笑笑："你们怎么找到我的？"

"长舒找着的。"童天正了脸色，"你二人如今命脉相连，他能找到你不难。只是夺取饕餮火精一事，你属实太欠缺考虑。你不想活不打紧，长舒呢？你可曾想过？"

容苍自知心虚，把头低了下去。

"你在那鼎里有个什么万一，长舒在外边也吃着同样的苦头。换心之时，你倒是昏迷不醒，全无感觉，你知道长舒痛成什么样吗？他撑着一口气没昏过去都是为了看着你。他无所谓，只一心在意你的死活，你就不能在意在意长舒的死活？"

"什么叫我不想活不打紧……"容苍嘀咕着，"我也没料到这饕餮那么难对付。等到我想跑的时候也跑不掉，便只能硬着头皮扛了。我临死时也想着长舒不要因我出了意外才好。"

童天剜了容苍一眼："你若当真想着长舒，从一开始就不应该独自去取火精。"

容苍沉默一瞬，又问："长舒怎么答应给我换心了？"

"火精都让你拼死拼活给抢回来了，他还能不答应？"童天恨铁不成钢，"当时长舒刚把你从那凶兽爪子底下救走，天界就派了药王爷来查看你的伤势。说你伤成这样，倒不如把心给你填上，还能好得快些，左右你也得了火精，长舒便答应了。"

容苍点点头："天界这次还算慷慨，竟没计较我去招惹饕餮一事。"

"他们有什么好计较的。"童天道，"反正你又没放走饕餮，伤也是伤了你自己，叫个药王来疗伤还能跟幻族和龙族冰释前嫌，谁不乐意顺水推舟做这个人情？"

容苍："话说回来，我睡了多久？"

童天："个把月吧。"

"二十八天。"长舒不知何时出现在门口，踱步过来，冷着张脸，端着药碗递给容苍，"喝药。"

"好。"

容苍接过参汤，一骨碌喝个精光，正要放下碗对着长舒卖乖讨好，脸抬起来一看，长舒又走了。

容苍舔舔唇，小声道："长舒生气了。"

童天咂咂嘴，拍了拍容苍的肩，欲言又止地想说什么，最后叹了一口气："受着吧。"他又看着门外悠悠道："我们家长舒脾气真是越来越好了。"气成这样也不耽误煎汤喂药。

连着一个月，长舒白日里该喂药喂药，容苍说什么他便听着，问什么他也答，要什么他就给。他事事越依着容苍，容苍就越是知道长舒气得不轻。

"长舒一个月没对我笑过了。"当事人抱着酒瓶子，看着忘川一脸惆怅，"每次我赖着不走，他二话不说就换自己去睡书房。"

"该。"韩覃抱臂斜乜着容苍，"玩什么不好，你去玩饕餮。我看他就是惯你惯多了，鞭子给你吃少了，让你不知道天高地厚。"

容苍装没听见，兀自嘟囔："连我给他做的簪子他都不戴了。"

韩覃：……

因着受不了容苍死皮赖脸不肯回烟寒宫，说是怕见到长舒，韩覃给人支招了："枉你跟他在一起这么些年，你不知道长舒是个吃软不吃硬的性子？他既恼你，你还一个劲儿地往上凑什么？以退为进的道理你不懂？忘了自己最开始是怎么把人套进去的？"

容苍想了想，眼睛亮了亮。

长舒被韩覃告知容苍在淮水的时候，正坐在赤霜殿院子里的石桌前烹茶。

他两指刚把杯口拎起，便顿在半空："容苍伤势未愈，淮水又多凶兽大妖，

287

他跑去那里干什么？"

韩覃耸肩："他说反正家里也容不下他了，没人给他自在，还不如滚回老巢里待着。"

"胡闹。"话音未落，眼前一袭白衣已经晃过韩覃身边。

淮水。

长舒脚一落地，就在当年捡着容苍的那段江岸上看到一堆黑不溜秋的东西。容苍特意把自己的真身化小许多，比当年长舒在这里捡到他时还小。现下他正耷拉着脑袋，把脑袋靠在自己盘成一圈的身体上，听见长舒来了也不睁眼睛。

长舒走过去，垂眼看着脚下的小黑龙半晌，说："回宫。"

小黑龙偏过脑袋，用一对龙角对着长舒。

"一。"

"二。"

"三。"

小黑龙纹丝不动，铁了心要长舒把他哄回去。

长舒定定注视了他片刻，二话不说，往后一转，抬脚就走。他刚走了没两步，身后就传来细小的呜咽声。长舒停住脚，略略侧过头，眼角瞥见小黑龙睁开了眼，正巴巴望着他。见长舒看向自己，容苍又很有眼力见地发出了小小的呜咽声。

长舒走回去，面不改色："变回来。"

小黑龙把脸埋进自己蜷缩的身子里，仅剩一对龙角露在外边。长舒眼色一沉，这次说什么也不惯容苍。正转身离开，他脚边的衣摆被什么钩住了。长舒低眼一看，是小黑龙伸出一只前爪抓着他。小黑龙仰着头，两眼水汪汪的，用爪子攥着长舒的衣角，扯扯，又扯扯，可怜得紧。

正对视着，另一只龙爪子无声地从怀里伸出来。爪子里不知道握着什么，小心翼翼伸到长舒脚边时，爪子一松，慢慢挪开，长舒看到容苍给他雕的那支簪子。

小黑龙又轻轻叫唤一声，扯了扯长舒的衣摆。长舒眸光动了动，终是禁不住容苍这么对付，遂叹了一口气，蹲下身，一手拿住簪子，一手让小黑龙钻进自己怀里。

童天和韩覃在烟寒宫等了半天，就等回来这一幕：长舒抱着一条半人大小的黑龙，龙脑袋靠在长舒肩上，正惬意假寐，路过这二人时还故意睁眼在长舒肩上摇头晃脑，哼唧两声，四只爪子把长舒扒拉得紧。

但凡化成人，容苍的神情都能得意得相当欠打。

俩人瞠目结舌地看着长舒从自己跟前路过，再云淡风轻地拐回赤霜殿。等长舒走远消失了，韩覃才勉强合上嘴，叹道："行啊……好好一条龙，活成四脚蛇了。"

"我看他长我三弟身上得了。"童天哂笑道，"还龙呢，跟只猫一样。长舒再使劲儿惯惯，容苍都能不长脚了。"

反正长了也用不上，回个家还能找人抱。

"这叫卤水点豆腐，一物降一物。"韩覃坐回凳子上，抄起酒杯，"换成长决，我看你不是有过之而无不及。"

童天忍不住笑笑，一拳掼在韩覃肩上："你还有脸说我？三万年前天天跟在斩风屁股后头求爹爹告奶奶，要人原谅的那不是你啊？"

韩覃摆摆手："我们就别在这互相攻击了，真该被攻击的，现在正在你三弟怀里撒泼打滚呢。"

童天一脸无奈，摇摇头，跟韩覃碰了个杯。喝到尽兴时，童天醉眼蒙眬地想起许久以前一桩趣事。那时容苍装可怜，装讨人喜欢的样，比起现在，有过之而无不及。

说起几万年前，长舒还在九重天的时候，玄昭为了溜进烟寒宫，才真可谓无所不用其极。

别说化出真身，就是猫，他也是变过的。

起先他还没想过用这招，是有一日他在赤霜殿扑了个空，在回去的路上听到宫里的仙娥交谈，说前几日三殿下偶过人间，捡到了一只受了重伤的姑获鸟。那鸟约莫是掉进什么修仙人布置的陷阱里，挣脱不得，正奄奄一息困在阵中鸣叫时，它的叫声吸引了长舒。长舒探那鸟的记忆，发现它未曾杀生，一时起了恻隐之心，便将它捡回了九重天养了起来。几日的工夫，那鸟已是油光水滑，整天缠着长舒乱叫，对长舒喜欢得紧。

玄昭心念一动，脚底打滑，一个拐弯又往回走。他在赤霜殿院子里寻了个无人的角落矮身一化，变成一只黑猫。又嫌自己化猫的样子太过英俊，怕长舒心疼不起来，抖擞抖擞，又变出一身的伤，身上的皮毛到处秃，他这才满意地倒在殿门玉阶上，静待长舒回来。

亏得龙息掩藏得好，长舒那晚回来，看到自己门前多了一只猫先是一愣，又听小黑猫叫声虚弱，站都站不起来，便压根没防备，走过去把猫抱起来就带进了殿里。

那便是玄昭第一次得偿所愿。

当时他就像这次一样，脑袋趴在长舒肩上，一面捏着嗓音细声地叫唤，一面凶神恶煞地和长舒身后那只姑获鸟大眼瞪小眼。等长舒把他翻来覆去，查探伤口时，他又蜷缩着两只前脚闭眼装病，其姿态转变之迅速让边上的姑获鸟看得一愣一愣的。直到长舒抱着他去偏殿，要玄昭和那只鸟住在一个屋里时，他不乐意了。

长舒一走，他就跟在后面软绵绵地叫，一直和长舒保持一段不远不近的距离。长舒一停下看他，他就怯生生往后退，眼珠子里水光晃动，叫声一次比一次低微。

玄昭简直把长舒的性子摸透了，把他拿捏得明明白白。后来这招不管用了。长舒爱洁，就算能忍受这小东西跟自己一张床上睡觉，也受不了这只黑猫夜夜扒着他脖子。玄昭再被送到偏殿，又想出个更会卖弄的法子。他不吵也不闹，安安静静等长舒回了房，夜深人静的时候从门缝里钻出去，一声不响地在长舒门槛下躺着睡觉。

第二日一早，长舒起来时发现黑猫吹了一晚的夜风，浑身冰凉，一窝到他怀里就直打哆嗦，他便再也不敢让黑猫到别处过夜。玄昭很懂得张弛有度的道理，在长舒身边待够一段时间后才慢慢试着踏出赤霜殿，到烟寒宫别处玩耍。

起先长舒还担心黑猫怕生，每每一见黑猫往外跑，他都会踱步跟在黑猫后面。

宜／归／其／家

烟寒宫众人生性热情，见着小猫小鸟这些玩意自然爱不释手，时间一长，长舒也就放下心随黑猫乱跑。

没了长舒盯着，小黑猫这才暴露本性，旁人再想随便抱他亲他可不是那么容易的事，能不能把他抓到手里都得凭本事。

日子久了，宫里的人都瞧出来，这只小猫很会看人行事，三殿下不在的时候尽是调皮捣蛋，仗着自己模样可爱，简直在宫里横着走。一到三殿下面前，他的叫声就比寻常软上几分，姿态呀，当然是任人摆弄的。那个时候随便谁上手去薅他的毛，他都不会反抗。等众人薅够了，他才好眼泪汪汪地往三殿下怀里钻，巴不得自己看起来越委屈越好。

那段日子可谓是玄昭在烟寒宫里最自在的岁月，除了不能变人，日日与长舒同吃同住。

可离了东海太久终究会被察觉，那时玄凌还听命于童天，东海出不得半点差池。等他发现玄昭失踪很长一段时间的时候，第一反应就是来九重天找人。

玄凌敲开烟寒宫大门，先开门的是长决。

一问，长决才后知后觉地发现玄昭上一次出现在九重天也是很久以前的事了。

这下玄凌真慌了神。当他正要急急忙忙去别处寻自家弟弟的时候，长舒从宫里出来，淡淡地说了一声："帝君留步。"

"然后呢？"韩覃听到这里，心里猫抓似的痒，"长舒叫他留下做什么？"

"长舒啊，他回了自己殿里一趟，再出来，手里拎着一只黑猫。他一路走到宫门口，直直把猫扔进玄凌怀里。"童天笑了笑，饮下杯子里剩下的最后一口酒，"玄昭被提着后颈拎出来的时候，整只猫都是蒙的，浑然不知自己究竟是何时在长舒面前暴露了身份。"

童天撑着桌沿起身，身形摇摇晃晃，一抬眼，烟寒宫顶上是那轮终年不变的圆月。他眼里映着零星月光，心里想的是那时为玄凌开门的那个人。

童天最后说："长决当时，比那只猫还蒙呢。"

图书在版编目（CIP）数据

不须辞 / 诗无茶著. -- 武汉：长江出版社，2022.5
ISBN 978-7-5492-8287-6
Ⅰ.①不… Ⅱ.①诗… Ⅲ.①长篇小说－中国－当代
Ⅳ.①I247.5
中国版本图书馆CIP数据核字(2022)第069055号

本书经诗无茶委托天津漫娱图书有限公司正式授权长江出版社，在中国大陆地区独家出版中文简体版本。未经书面同意，不得以任何形式转载和使用。

不须辞 / 诗无茶 著

出　　版	长江出版社
	（武汉市解放大道1863号　邮政编码：430010）
选题策划	漫娱图书　聂紫绚
市场发行	长江出版社发行部
网　　址	http://www.cjpress.com.cn
责任编辑	陈　辉
特约编辑	李苗苗
总 策 划	幸运鹅工作室
人物插画	万事皆虚　栋33栋
装帧设计	肖亦冰　倪　争
印　　刷	深圳市精彩印联合印务有限公司
版　　次	2022年5月第1版
印　　次	2022年6月第1次印刷
开　　本	710mm×1120mm　1／16
印　　张	18
字　　数	266千字
书　　号	ISBN 978-7-5492-8287-6
定　　价	49.80元

版权所有，翻版必究。如有质量问题，请联系本社退换。
电话：027-82926557(总编室)　027-82926806（市场营销部）